MW00861988

in-c

El aroma del tiempo

Núria Pradas

El aroma del tiempo

Papel certificado por el Forest Stewardship Council®

Primera edición: febrero de 2018

© Núria Pradas, 2018
© 2018, Penguin Random House Grupo Editorial, S. A. U.
Travessera de Gràcia, 47-49. 08021 Barcelona

Printed in Spain – Impreso en España

ISBN: 978-84-9129-213-5
Depósito legal: B-26452-2017

Impreso en Rodesa, Villatuerta (Navarra)

SL92135

Penguin
Random House
Grupo Editorial

«Une femme qui ne porte pas de parfum n'a aucun avenir».

Coco Chanel

«Le parfum est la forme la plus intense du souvenir».

Jean-Paul Guerlain

La novela que tenéis en las manos trata algunos temas históricos y reales, sobre todo en lo referente al nacimiento de uno de los perfumes más emblemáticos del siglo xx: Chanel nº 5.

Me he basado en la leyenda que envuelve el nacimiento de este perfume y, también, en la complicidad que unió a Coco Chanel y Ernest Beaux y que lo hizo posible.

He intentado, dentro de mis posibilidades, entender y tratar de transmitir el momento decisivo por el cual pasaba el arte de la perfumería a principios del siglo xx, integrándolo en esta historia.

Por otro lado, los personajes protagonistas, Pablo Soto, Claudine Guichard, la familia Parés, etc., son fruto de mi imaginación y responden tan solo a una realidad narrativa.

Por último, he intentado transmitir al lector, y espero haberlo conseguido, la belleza de los paisajes de la Provenza donde se desarrolla parte de esta historia y que fueron para mí motivo de inspiración, y que han quedado grabados para siempre en mi corazón.

Para vosotros, lectores. Vosotros lo hacéis posible.

BARCELONA

PARÍS

LA MUERTE DE UN PADRE

Barcelona, febrero de 1916

1

Cuatro hombres trasportaban el ataúd. En sus rostros, se dibujaban las tristes huellas de quienes acarrean el peso de la muerte. Detrás, cabizbajo, caminaba Pablito volteando una gorra con las manos como si de un juguete se tratara. El último juguete de su niñez. A su lado iba Enric, un muchacho de su edad, un poco más alto y corpulento que él, y, detrás de ambos, Quimeta, la madre de Enric, vestida de luto y seguida de cerca por el cura, el padre Bernat. Unos cuantos vecinos, pocos, acompañaban la comitiva: manchas negras y tristes, arrastrando pies y almas por los suelos embarrados del barrio de Horta.

El exiguo cortejo se dirigía lenta y fatigosamente hacia la iglesia de San Juan. Después, una vez terminadas las exequias, aún les quedaría por recorrer un buen trecho hasta llegar al cementerio que contemplaba el barrio desde la lejanía. Allí quedaría Ramiro, durmiendo el sueño eterno al lado de Marie, su mujer. Ella llevaba esperándolo un tiempo; no mucho. Ambos habían partido de este mundo demasiado pronto.

Después, arropando al huérfano, regresarían todos al mismo lugar de donde habían salido: a la calle de Aiguafreda, la calle de las lavanderas.

El día era desapacible.

Al sacar el ataúd de Ramiro de casa, una espesa masa de nubes grises había cubierto el sol con su velo opaco. Parecía como si la mañana se vistiera, también ella, de luto.

El día era triste.

Las calles estaban vacías y las persianas de las tiendas bajadas en señal de duelo. Al pasar la fúnebre comitiva por la Bajada del Mercado, el pequeño huérfano alzó un momento los ojos que todo el tiempo mantenía clavados en el suelo, extrañado ante el silencio que le hurgaba en los oídos privándolo de la música cotidiana de las calles. Se fijó en que algunos hombres y mujeres salían de sus comercios y talleres para despedir a su padre en aquel viaje que acababa de emprender. El último. Con el rabillo del ojo vio a Mundeta, la del horno de pan, y a la señora Ramona de la mercería, que se santiguaban. Y antes de agachar de nuevo la cabeza aún pudo distinguir a Manuel, el frutero, y al señor Oliveres, el farmacéutico, ambos de pie ante las puertas de sus establecimientos con la mirada baja y las gorras en la mano en señal de respeto.

Sintió en sus hombros el brazo reconfortante de Enric, su amigo, que le sonreía para alentarlo. Pablito se limpió la nariz con la manga.

Conocía cada una de las piedras de aquellas calles por donde pasaban. Las calles de su niñez. Calles de gente sentada al fresco y de niños jugando; y de lavanderas ruidosas que al atardecer vaciaban los lavaderos llenando las calles de agua sucia. Entonces, los mayores se apresuraban a recoger sillas y niños, y salían a todo correr entre el ruido del agua, las risas de los chiquillos, y de algún que otro chapoteo travieso seguido de una regañina y, a veces, de algún bofetón.

Pablito pensó que todo eso había terminado. Que todo se lo estaba llevando la lluvia que comenzaba a repiquetear contra las ventanas de las casas del barrio y formaba charcos donde, ahora, solo chapoteaba la melancolía.

Los paraguas empezaron a abrirse como aves negras y fúnebres. Pero él rehuyó el cobijo que le ofrecía el cura. El agua le hacía bien. Lo limpiaba por fuera, aunque la tristeza siguiera asomándose a sus ojos y le mordiera el estómago. Las lágrimas le quemaban en la garganta y él hacía esfuerzos para no llorar. Abrió la boca para que las gotas de lluvia empujaran las lágrimas hacia abajo. Las tragó. Tragaba agua limpia de lluvia y lágrimas. Y mientras las tragaba, esas lágrimas iban convirtiéndose en rabia. Una rabia desconocida y sorprendente, porque Pablito no sabía qué era la rabia. Solamente tenía diez años y a los once años aún es pronto para enojarse con la vida.

En la iglesia, Pablito escuchó las palabras del padre Bernat sin parpadear; inmóvil, con la gorra quieta en las manos. De vez en cuando, se echaba hacia atrás aquel mechón de pelo espeso y rebelde que se empeñaba en caerle encima de los ojos. El olor a incienso parecía querer ahogarlo. Aquel olor le quedaría pegado a la nariz y grabado en la memoria, unido para siempre al recuerdo de la muerte. Como el olor a tierra mojada que perfumaba el cementerio cuando llegaron, después de que la lluvia cesara.

Perfumes de ausencias.

Abrieron el nicho y quedaron al descubierto los restos del ataúd donde descansaba su madre. Quimeta, que había sido la mejor amiga de Marie, se acercó a Pablito y le susurró algo al oído para distraerlo. Intentaba llevárselo de allí con zalamerías para ahorrarle el funesto espectáculo. Pero Pablito siguió tozudamente plantado ante el nicho con el corazón latiendo enfurecido contra el pecho. Enric, igual de terco, tampoco quiso moverse del lado de su amigo, aunque su madre, Quimeta, lo empujaba insistentemente hacia atrás.

Pablito tan solo tenía seis años cuando su madre murió. Había olvidado su rostro y también su voz. Pero vivía en su corazón a través de todo lo que su padre le contaba de ella. Para él, su madre era eso: una imagen que había creado su imaginación como si fuera un personaje de un libro querido.

Había prometido a su padre que no dejaría caer esa imagen en el olvido. Que siempre tendría un lugar en el corazón para su madre. Que cuidaría de su tumba y que le seguiría llevando flores cada quince de agosto, el día de su santo, y el primer día de noviembre, que es el día en que los vivos se acercan a sus muertos.

Padre e hijo conversaron mucho durante los últimos días de vida de Ramiro. Él le contó muchas cosas y le dijo que procurase no olvidarlas. Le pidió también que recordara siempre de dónde venía y quién era. Ninguno de los dos, sin embargo, habló de la muerte que se acercaba de nuevo. Ramiro sabía que pronto, muy pronto, él también pasaría a formar parte del mundo de los recuerdos. Fue por eso que se apresuró a aleccionar a su hijo. Después, ya nada importaría. Ramiro estaba convencido de que después de la muerte solo queda el silencio.

Pablito, de pie ante el nicho donde descansaba su madre y en donde pronto encerrarían a su padre, a pesar de sus pocos años, fue consciente de su soledad y de que aquellos a los que tanto había amado comenzaban a habitar el mundo nebuloso de los recuerdos. Quizás por eso, para impedir que desaparecieran del todo, siguió con la mirada anclada en el ataúd de su madre, y no la apartó ni siquiera cuando lo abrieron y sacaron los restos de quien lo había traído a este mundo, que ahora le parecía tan triste. Tan desolado.

Y así siguió, inmóvil y con la mirada clavada en el negro agujero incluso cuando introdujeron en él la caja de Ramiro.

Y cuando cerraron el nicho.

Pam, pam.

Encerrados.

Y no lloró.

Porque aquel dolor tan grande que sentía tan solo podía ser llorado por dentro. En soledad. En completa soledad.

2

Quimeta le dijo al padre Bernat que esa noche ella y su hijo Enric la pasarían en casa de los Soto acompañando a Pablito.

—Tendré que madrugar para coger el carro e ir a buscar la ropa para lavar, pero prefiero que el crío duerma en su propia cama esta noche. Enric le hará compañía, lo distraerá. ¡Son tan amigos! Ya sabe usted que nacieron solo con diez días de diferencia y desde que llegaron a este mundo no se han separado nunca.

El cura se dejó caer en una silla del comedor, cansado y abatido, y afirmó con la cabeza. La mujer se ató un delantal a la cintura y comenzó a trajinar por la casa mientras desgranaba en voz alta los tristes pensamientos que le rondaban por la cabeza:

—Mañana será otro día. Le haré sitio en casa, faltaría más. Todo el tiempo que haga falta. ¡Pobrecito mío! ¡Pobre Pablito!

Soltó un largo y melancólico suspiro:

—Qué triste es la vida a veces, ¿verdad, padre?

—Sí que lo es, Quimeta.

—Primero María y ahora Ramiro. Ya me dirá... ¿Qué va a ser ahora de esta pobre criatura?

—Esperemos que todo vaya bien, mujer. No llamemos aún al mal tiempo que el mal tiempo suele llegar por sí solo.

Quimeta no sabía estarse quieta. Mientras hablaba con el cura había batido un par de huevos y ahora ponía una sartén al fuego.

—Le haré una tortilla a Pablito, que el pobre debe de tener el estómago en los pies. Esta mañana les he preparado un buen desayuno a él y a Enric. Mi chico se lo ha zampado en dos segundos. Y es que Enric come como una lima, ¿sabe, padre? Pero Pablito ni lo ha probado. Qué lástima, ¡pobrecito!

El cura no respondió, absorto como estaba en sus pensamientos. De repente, levantó la cabeza y dijo:

—Quimeta, hazme el favor de decirle al niño que venga. Le tengo que explicar... Bueno, esto...

Dijo mientras sacaba una carta del bolsillo de la sotana.

Pablito salió de la habitación y tomó asiento en el comedor delante del cura. Si hubiera sido por él, se habría quedado encerrado en su habitación el resto de su vida, sin ver a nadie, sin tener que hablar con nadie. Con la única compañía de Enric, que nunca había sido muy hablador. Pero eso no lo podía hacer. Sobre todo, porque una de las últimas cosas que le había dicho su padre cuando ya ni podía levantarse de la cama era que obedeciera en todo al padre Bernat, porque él lo ayudaría.

El sacerdote puso la carta sobre la mesa y la cubrió con sus manos rechonchas de dedos cortos y regordetes.

—¿Sabes qué es esto, Pablito?

—Una carta —respondió el muchacho, haciendo un gran esfuerzo.

—Bueno, hombre; quiero decir si sabes..., si imaginas qué dice.

El chico negó con la cabeza. ¿Cómo quería que lo supiera si estaba cerrada? El cura, a veces, decía unas cosas muy extrañas. ¿Era, acaso, hora de adivinanzas?

El padre Bernat, sin parar atención al rostro enojado de Pablito, empezó a soltar un largo discurso en el que los nombres de Ramiro y Marie ocuparon un lugar destacado, seguidos siempre, eso sí, de aquel *enpazdescansen* que olía a muerto.

—Tu madre, aunque aquí en el barrio todo el mundo la conocía como María, se llamaba realmente Marie, porque era francesa.

Calló y esperó unos segundos a que el niño le respondiera. Pero Pablito no dijo nada. Ni siquiera levantó la vista del suelo.

—Marie Huard; eso tú ya lo sabías, ¿no es así?

Él asintió con la cabeza.

—¿Y qué más sabes de tu madre? —insistió el cura.

Quizás Pablito no sabía mucho más sobre los orígenes de su madre; o quizás no tenía ni pizca de ganas de hablar. Sea como fuere, no añadió nada; se limitó a hundir la barbilla en el pecho y a levantar los hombros en un gesto que no invitaba al diálogo.

El cura entrecruzó los dedos y apoyó los codos en la mesa. Y, entonces, olvidando los circunloquios, empezó a entrar en materia, sin prisas, escogiendo las palabras, y deseando de todo corazón no equivocarse en sus decisiones y que aquella triste historia terminara de la mejor manera para el niño. El padre Bernat era una buena persona.

—Pues mira, hijo, debes saber, si es que aún no lo sabes o no lo recuerdas, que tu madre tenía familia en Francia. En concreto una hermana que, por supuesto, es tu tía. No sé si tu padre la nombró alguna vez. Pero a mí sí me habló de ella cuando se sintió morir. Me sigues, ¿verdad, hijo?

Unas gotitas de sudor caían por la frente ancha del padre Bernat. A menudo, estar al servicio de una comunidad le obligaba a uno a hacer cosas que nunca hubiera deseado hacer.

Ante el silencio imperturbable del niño, el cura siguió hablando con el corazón cada vez más encogido de tristeza:

—Cuando tu madre murió, tu padre dejó de tener contacto con tu tía de Francia. Pero... Bueno, eso ahora no importa. Ella es tu única familia, ¿no es cierto? Por eso tu padre me dio su dirección y, mira, ¿ves? —dijo alzando y mostrándole la carta—. Le he escrito.

Pablito, de improviso, alzó la cabeza y se quedó mirando fijamente al cura; parecía que las palabras le entraran por los ojos, tan desorbitados como los tenía. Aun así, siguió callado. Y quieto. Muy quieto. A la espera.

—En esta carta le pido que se haga cargo de ti. Ahora que tus padres ya no están, esa es la mejor solución, hijo. Tienes que vivir con tu familia.

El niño le sostuvo la mirada. Pareció que el tiempo se detenía para dibujar un gran interrogante y, después, cuando el reloj reanudó su andar, Pablito bajó los ojos de nuevo al suelo, se levantó sin decir nada y de una corrida fue a encerrarse en su habitación.

Quimeta, que había estado escuchando desde la cocina, salió al comedor. Ocupó la silla que acababa de dejar libre el niño y dijo, pasándose un pañuelo arrugado por los ojos enrojecidos:

—¡Ay, Dios mío!

3

Las hojas húmedas que alfombraban el patio desprendían un intenso olor vegetal y acre que trepaba hasta la habitación de Pablito. Era un olor conocido y familiar que lo reconfortaba. Las plantas trepadoras, sacudidas por el viento, parecían hablar. Sus suaves murmullos ascendían por las paredes y llegaban a oídos de Pablito susurrándole sus condolencias. Desde la cama, el niño oía el trastear de Quimeta por la casa. La mujer, incapaz de estarse quieta, la había dejado limpia como los chorros del oro: había fregado, cocinado, ordenado y vuelto a fregar, aderezándolo todo con suspiros y lamentos y algún padrenuestro rezado por el alma de su añorada María y la de su marido; y, sobre todo, por el niño. Por la suerte de aquel pobre huérfano.

—¡Ay, Señor! ¿Y si no lo acogen sus parientes extranjeros? Dios sabe qué pensará esa gente de tener que cargar así, de sopetón, con otra boca. Si no lo quieren, entonces ¿qué será del hijo de María?

Movió la cabeza de un lado para otro y se apoyó en la escoba:

—¡Con lo que María echaba de menos a su hermana! Pero Ramiro ni conocía a los parientes de María. No se habían visto nunca. Y, ahora, ¿se quedarán con su hijo? Y si no lo hacen, ¿qué le espera a la pobre criatura? ¡El hospicio! ¡Eso le espera! ¡Ay, Dios mío! Que si yo me pudiera quedar con él, bien sabe Dios que lo haría. Pero ¿cómo me las iba a arreglar yo, pobre de mí?

La mujer se miró las manos. Las tenía enrojecidas e hinchadas de tanto restregar la ropa de los ricos. Pero eso no era lo peor. Lo peor era el dolor de espalda que no la dejaba ni andar de día ni descansar de noche. No podía alimentar otra boca; no, si no era matándose a trabajar aún más.

Se secó las lágrimas con aquel pañuelo empapado y arrugado que arrastraba con ella todo el santo día. ¡Y es que había derramado tantas lágrimas! Se echó en la cama de la habitación de matrimonio. En esa misma cama donde acababa de morir Ramiro. Y, antes, María. No tardó mucho en quedarse dormida de puro cansancio.

Cuando Pablito oyó el respirar pausado de Quimeta, soltó el aire que retenía en los pulmones; ese aire lleno de soledad y de miedo. Un llanto mudo le estalló en el pecho, en los ojos y en el alma.

Haciendo esfuerzos para no hacer ruido y no despertar ni a Quimeta ni a Enric, que dormía en un colchón a los pies de su cama, Pablito escondió la cabeza en el nido de la almohada y se dio cuenta, con toda la madurez recién adquirida, que las presencias de su madre y de su padre empezaban ya a convertirse en polvo.

UNA TORRE EN PARÍS

París, agosto de 1888

1

Los enormes pilares de la torre crecían y se ensanchaban como los pies de una gran pirámide de hierro. Los obreros trabajaban envueltos en una nube espesa de alquitrán y hulla que se les metía en la garganta. El ensordecedor ruido del metal bramaba bajo los martillos. Trabajaban en los remaches con mazas de hierro, como si fueran herreros de la forja de un pueblo cualquiera, golpeando rítmicamente sobre el yunque. Pero no lo eran. Tampoco golpeaban verticalmente, de arriba abajo, sino horizontalmente. Con cada golpe se desprendía una lluvia de chispas. Los obreros de la torre Eiffel, con las siluetas recortadas en el cielo azul de París, parecían recoger relámpagos con las manos.

Los periódicos de medio mundo se hacían eco de la construcción de la gran torre de hierro fundido que se estaba levantando en París con motivo de la Exposición Universal que se debería celebrar en 1889. Ramiro Soto leía uno de esos artículos con avidez. Una vez lo hubo leído, lo dobló cuidadosamente y lo guardó en una caja de cartón que escondía debajo de la cama de la pensión, junto a los demás.

«Adelantan extraordinariamente en el Campo de Marte las obras de la famosa torre que ha de ser asombro de la Exposición de 1889.

Interesante por extremo es hoy una visita al gran taller donde se están construyendo las piezas enormes que han de formar la torre de trescientos metros.

Puede ya adquirirse idea de la importancia de la empresa, aunque no sea más que desde el punto de vista del arte metalúrgico. Actualmente los pilares del edificio, de los cuales uno ya tiene la altura de veinte metros, han consumido en su fundición 550.000 kilogramos de hierro. Casi otro tanto de material espera almacenado a que se forje. [...] Ciento sesenta y un obreros constituyen actualmente el personal del taller. Trabajan sin cesar, hasta los domingos, desde las cinco de la mañana hasta las siete de la tarde. Desde que comenzaron los trabajos, es decir, desde el 1º de febrero último, no se han interrumpido más que durante tres días, incluyendo entre ellos el de la fiesta nacional...».

La Vanguardia, 11 de agosto de 1887.

Tenía un sueño que refulgía en sus ojos y que le permitía ver al hombre que quería ser.

Que sería.

2

Ramiro, un joven alto y fornido con una mirada de cuarzo que parecía querer agujerear la vida, únicamente conocía una manera de vivir y era la de avanzar haciendo realidad sus sueños. Yecla, la villa murciana que lo había visto nacer, se le había quedado pequeña para contenerlos. Hacía más de cuatro años que se había quedado solo en el mundo. Sus padres le habían dejado una humilde casa en el pueblo y unos campos que él no quería cultivar. Y, sobre todo, le habían legado la escasa educación que tenía; aquellos años de escuela en que había aprendido a leer y a escribir, y a perderse en unos mapas que le mostraban la anchura de un mundo a juego con sus expectativas.

Llegó a un acuerdo con un aparcero para que le cultivara los campos, y probó otros oficios que aquel pequeño rincón del mundo le ofrecía. Trabajó en una fábrica de aguardiente y en otra de jabón. Nada parecía gustarle, hasta que se colocó como aprendiz en una fragua y, así, golpeando el hierro candente con el mazo, pareció que descargaba la furia de su espíritu indómito. En la pequeña fragua de Yecla aprendió los rudimentos de un oficio en el que se sentía cómodo. Convencido de que había encontrado el inicio del camino, vendió la casa y los campos. Puso sus escasas pertenencias en una vieja y desvencijada maleta, porque los caminos se recorren más deprisa si uno va ligero de equipaje, y se fue para Barcelona.

Tenía diecisiete años.

Sus sueños no conocían límite alguno.

3

Una vez hubo llegado a la Ciudad Condal se dirigió directamente al barrio de la Barceloneta, en donde se levantaba la fábrica más importante de construcción de maquinaria pesada de la ciudad: La Maquinista Terrestre y Marítima. Era allí donde él quería trabajar.

Y lo consiguió. Ramiro pudo colocarse en los talleres de construcción de máquinas de La Maquinista. No solo era un hombre joven y fuerte y un operario con gran capacidad de trabajo, sino que aprendía deprisa. Los trabajadores de más edad lo acogieron bien y le enseñaron lo que sabían. Fue así como empezó a progresar en su oficio y se especializó en el remache del hierro.

Fue uno de esos hombres, uno de los compañeros de más edad, quien le mostró la noticia en un periódico por primera vez. En París se estaba construyendo una torre de hierro, un gran arco de triunfo que debería llegar a los trescientos metros de altura.

Al principio, Ramiro no lo creyó. Aquella proeza le parecía imposible. ¿Trescientos metros? Suponiendo que la estructura aguantara y los grandes pilares de hierro no cayeran empujados por el propio grado de inclinación, ¿cómo se las arreglarían para ir subiendo el material?

La curiosidad de Ramiro, a pesar de sus dudas y suspicacias, fue en aumento. Empezó a guardar todos los artículos de los periódicos que hablaban de la torre en una caja que tenía escondida debajo de la cama. Por la noche, en la soledad del cuartucho de la pensión, los leía una y otra vez intentando entender aquel prodigio. De esa manera, el joven se fue haciendo una idea de cómo sería la torre Eiffel y lo que había comenzado como una simple curiosidad se convirtió en una necesidad de saber y comprender. Muy pronto, la torre que el ingeniero Gustave Alexandre Eiffel levantaba en París ocupó por entero sus pensamientos. En ella vertió sus inquietudes, convirtiéndose en su único y obsesivo objetivo. Esa torre era una especie de ser vivo que lo embrujaba con sus cantos de sirena.

Entendió que solo había una solución para apagar el fuego que lo consumía: ir a París.

4

Cuando Ramiro Soto puso los pies en París por primera vez en su vida, la ciudad parecía dormir bajo una llovizna que teñía el cielo de gris. Aun así, él se enamoró de la ciudad como uno solo puede enamorarse a los veinte años: apasionadamente.

Gracias a los ahorros de la venta de la casa y de los campos, y a lo que había podido ahorrar trabajando en La Maquinista, el joven pudo regalarse unas semanas dedicadas a conocer y a coquetear con la ciudad que se le ofrecía sin reservas, como una amante complaciente. Pronto aprendió a tratar y a mimar a su caprichosa enamorada y a conocer sus rincones ocultos. Como todos los amantes que le habían precedido en el corazón de tan caprichosa dama, y como los que le seguirían, también él supo descubrir su verdadera esencia, que se revelaba, sobre todo, de noche; porque era de noche cuando París, la voluble, parecía estallar en colores. Era entonces cuando Ramiro caía rendido bajo la electricidad que llevaba el aire y se perdía por los viejos barrios donde cada noche se escribía, se pintaba, se reía y se bebía vino.

Después de alojarse durante dos semanas en un pequeño y sencillo hotel, Ramiro creyó que había llegado el momento de buscar un espacio propio para emprender con más libertad el objetivo que lo había llevado a París. Y aunque su francés era totalmente insuficiente y rudimentario, las noches pasadas en Le Moulin de la Galette, un bar con una pequeña pista de baile encima del Maquis donde se podía disfrutar de bebida y compañía a muy buen precio, habían sido suficientes para hacerle comprender que bajo la mayoría de las azoteas de París se escondían las habitaciones de los criados. Estas no eran más que buhardillas del tamaño de un armario que miraban a la calle a través de un ojo de buey y que muchos propietarios que ya no disponían de servicio alquilaban a gente con pocos recursos.

Ramiro alquiló uno de estos minúsculos y precarios alojamientos a una viuda venida a menos. En él solamente cabía el colchón en el suelo, que era de madera y chirriaba de mala manera. Por la ventana redonda se divisaban azoteas y más azoteas y un minúsculo pedazo de cielo azul. Pero aquel cuchitril tenía algo que le confería a ojos de Ramiro un valor especial. Algo que no habría podido encontrar en ningún palacete de l'Île de la Cité: se encontraba en la Rive Droite, junto al puente de Iéna, y se abría directamente a la obra de la torre Eiffel.

5

La torre Eiffel. Su sueño. Su objetivo. Ni un solo día había dejado de visitar las obras de la torre desde su llegada a París.

Algunos de los trabajadores que los primeros días lo miraban con curiosidad teñida de desconfianza habían empezado a tratarlo de manera más amigable al ver que era un entusiasta admirador de la obra y se reían ante sus desaforados esfuerzos para hacerse entender y saciar su curiosidad.

Pero la gran suerte de Ramiro fue conocer a Ricardo, un trabajador de uno de los grupos de remachadores que hablaba español porque su madre era de Córdoba, aunque él había nacido en París.

Ricardo, un joven de mirada franca y directa, que nunca parecía escatimar sonrisas, fue quien lo inició en los secretos de la torre que aún permanecían ocultos a la insaciable curiosidad de Ramiro:

—Por lo que he oído pronto habrá que utilizar una grúa trepadora porque la torre ya será más alta que las grúas normales.

Ramiro alzó las cejas y abrió mucho los ojos y la boca, como si quisiera tragarse aquella información y grabarla directamente en el cerebro:

—¿Grúas trepadoras? —logró murmurar—. Pero... ¿cómo? ¿Qué...?

Ricardo sonrió. Le gustaba poder practicar el español que tenía un poco arrinconado desde la muerte de su madre y aún le gustaba más poder darse importancia ante alguien tan interesado en la obra.

—¡Imagínate! —le dijo, mirando hacia la torre y gesticulando con las manos mientras buscaba las palabras precisas—. Serán unas grúas que se desplazarán como... Como un tranvía sobre vías por la cara interior de cada pilar de la torre, y estas vías, después, cuando la torre esté terminada, servirán de apoyo para los ascensores.

—¡Ascensores! —repitió Ramiro sin disimular su sorpresa.

—Hombre, ¡no querrás que los visitantes de la torre suban a pie! —dijo Ricardo con una mirada burlona en sus ojos, muy negros.

Ramiro no salía de su asombro. Aquel Eiffel era un genio y él no se cansaba nunca de oír hablar de cómo trabajaba y de cómo iba levantando aquel prodigio de la ingeniería moderna.

Los dos jóvenes empezaron a encontrarse fuera de la obra. Se sentían a gusto estando juntos y cada uno aportaba su granito de arena a esa amistad que nacía. Ramiro había encontrado a alguien con quien poder hablar de su sueño sin las trabas del idioma; eso sí, siempre que se le presentaba la ocasión dejaba bien claro a Ricardo que, además de un soñador, él era un obrero cualificado.

Ricardo le enseñó a Ramiro el barrio donde vivía, la Salpêtrière, en el XIII *arrondissement*, un conjunto de barrios obreros que habían sido creados pocos años antes en unos momentos de ampliación de la capital. Juntos se dispusieron a no dejar una sola taberna del barrio sin visitar mientras sellaban su naciente amistad.

Pero había un lugar especial que Ramiro deseaba conocer desde su llegada a París; un lugar del que había oído hablar en Montmartre cuando había visitado Le Lapin Agile y que él imaginaba como el colmo de la diversión nocturna parisina. Un lugar, según decía la gente, donde todo el mundo se daba cita, desde obreros a padres de familia de clase media, pasando por mujeres de vida fácil y aristócratas.

Le Moulin Rouge.

Una noche los dos amigos se citaron allí. Cuando Ramiro llegó vio a Ricardo, que ya lo esperaba cerca de Le Moulin, en la falda de Montmartre, una zona poco respetable que de noche frecuentaban mujeres de mala vida. Se encaminaron ambos hacia el cabaré y entraron juntos.

En un primer momento, Le Moulin Rouge desilusionó a Ramiro. Se trataba de un local algo cavernoso y asfixiante donde se amontonaban docenas de mesas. Pensó que los que lo elogiaban con tanto entusiasmo exageraban.

Los dos amigos ocuparon una mesa con una buena vista sobre el escenario. Pidieron las bebidas. A medida que pasaba el tiempo, la primera impresión negativa de Ramiro empezó a desvanecerse bajo la cálida luz de las lámparas de gas, que brillaban como luciérnagas y que se reflejaban en el gran espejo contiguo al escenario confiriendo un aire mágico a la sala.

Y, entonces, Ricardo le dio la gran noticia:

—¿Sabes? —le dijo sin abandonar para nada la misteriosa sonrisa que lucía aquella noche—. En la obra van a montar ya las nuevas grúas. Se está formando una nueva cuadrilla de obreros para remachar las grandes piezas de la maquinaria.

Pareció que Ramiro se quedaba sin respiración, con el vaso de vino detenido a medio camino de los labios.

—Le he hablado de ti al encargado. Bueno, he exagerado un poco la nota... Tenía que asegurar la jugada, claro. Le he dicho que eras un primo mío recién llegado de España, pero que no tenía que preocuparse por nada porque hablas perfectamente el francés.

Ramiro bebió un generoso trago de vino sin apartar los ojos desorbitados del rostro de Ricardo. Un chorrito rojo se le escapaba de entre los labios entreabiertos.

—Mañana te espera. Te hará una prueba. No tengo ninguna duda de que te contratará.

El ruido, las luces del espejo parpadeando... Todo lo que les rodeaba se difuminó como por arte de magia ante los ojos de Ramiro. Unas notas de música señalaron el comienzo del espectáculo. El escenario se llenó de colores y de los cuerpos ligeros de ropa de las bailarinas.

Pero los ojos del joven murciano solo veían una cosa: una torre de hierro que se elevaba hacia el cielo de París.

LA JOVEN MARIE HUARD

París, noviembre de 1888

1

Marie salió de la fábrica de Chocolats Lombart, donde trabajaba, mezclada entre el resto de personal del turno de noche. En la Avenue de Choisy, las luces de las farolas seguían encendidas, aunque el cielo empezaba a aclararse. El aire era frío y llevaba entre sus alas los olores de la mañana recién estrenada. Las calles empezaban a llenarse de ruidos cotidianos que resbalaban sobre su piel.

Aún le quedaba un buen trecho hasta llegar al cuartucho en donde vivía. El turno en la fábrica, más de trece horas trabajando de pie, la mala alimentación, las pocas horas de sueño y aquella tos que arrastraba desde hacía meses y que se negaba a abandonarla la habían debilitado. Solo tenía ganas de echarse unas horas en el mísero colchón y olvidarse de todo: de su vida, de sus penas y de sí misma.

Caminaba despacio, mirando la calle que parecía alargarse a medida que avanzaba. Notaba cómo el sudor le resbalaba por el cuello. Las manos le hervían. Tomó conciencia del enorme cansancio que la tenía prisionera. De buena gana se hubiera sentado en aquel mismo momento para descansar, pero no podía hacerlo. Se apoyó en la pared de un edificio, respirando fatigosamente. Pensó que, si descansaba un poco, aunque fuera de pie, tal vez aquella sensación tan desagradable se diluiría. Pero se equivocaba. De repente, sintió que la cabeza le daba vueltas y una náusea le subió a la boca desde el estómago mezclada con el sabor amargo de la bilis. Se estremeció de frío; de un frío que también nacía de su interior y que la manteleta de lana con la que se abrigaba no podía mitigar.

Las piernas le empezaron a flaquear. Los espasmos de frío dieron paso a un calor febril. Comenzó a ver miles de puntitos brillantes que danzaban ante sus ojos. Todo se oscureció. Fue resbalando por la pared que le había dado acogida, desgarrándose en mil pedazos, alejándose de todo, engullida por la oscuridad. Abrió la boca e intentó gritar el pánico que sentía. Pero el grito nació mudo.

2

Hacía un año y medio que Marie había dejado Grasse, la pequeña villa de la Provenza conocida como la ciudad de los perfumes, en donde había nacido. Tal vez sería más correcto decir que había huido. Grasse era un lugar de una gran belleza; la ciudad antigua quedaba recogida a los pies de la vieja torre convertida en un laberinto de puentes, arcos, escaleras y rampas. Una verdadera maraña de callejas empinadas que giraban y subían entre olmos y plátanos. A sus pies, ondeaban las colinas que parecían cabalgar una encima de otra, adornadas de olivos de hojas plateadas.

Grasse era como un buqué florido y perfumado. Y eso era así gracias a su situación excepcional y al clima que favorecía el cultivo de numerosas especies florales y aromáticas. Como los jazmines, considerados los mejores del mundo.

Marie había nacido en la Rue des Quatre Coins, justo al lado de la Place aux Aires, en el corazón de Grasse, en donde al pie de la gran fuente se celebraba el mercado de flores y que en su día albergó bajo los porches de sus casas a los curtidores de pieles. Pauline, su madre, regentaba una pequeña confitería situada en la planta baja de la pequeña casa de dos plantas en donde vivían. La había puesto en marcha después del fallecimiento de su marido en un accidente laboral. El negocio había permitido a la viuda Huard salir adelante con sus dos hijas, Marie y Anne. En cambio, nada pudo reconstruir su vida rota por la mitad, ya que la muerte de su marido le había arrebatado la alegría de vivir de tal manera que parecía que aquel desafortunado accidente hubiese dejado huérfanas de padre y madre a las dos hermanas Huard.

Vestida de luto por fuera y por dentro, Pauline Huard había cerrado el corazón a cualquier sentimiento que no fuera el de la pena por la pérdida y la autocompasión. Con la vida y el futuro despedazados, se había recluido en un círculo de dolor y desesperanza del que no podía ni quería salir, y ni la presencia de sus hijas era suficiente para hacer renacer en su rostro las sonrisas perdidas y en su corazón los anhelos de vivir.

Pauline se sentía además atenazada por un miedo obsesivo que llevaba clavado en el corazón: temía que un nuevo accidente le arrebatara a sus hijas, como ya le había arrebatado a su marido y, por ello, delimitaba sus movimientos de tal modo que parecía como si las pobres chicas vivieran encarceladas. Marie ya había cumplido los dieciséis años y su vida se reducía a ayudar a su madre en la confitería y en las tareas de la casa. Fuera de estos dos estrechos escenarios podía decirse que no conocía nada más. Y en cuanto a Anne, a sus trece años cursaba su último año en la escuela, tal y como había hecho su hermana mayor antes, sin otro horizonte de futuro que seguir los mismos pasos que ella una vez terminados los exiguos estudios.

Las dos hermanas Huard se parecían mucho por fuera, pero sus almas eran muy distintas. De los labios de Anne, la pequeña, no salía nunca queja alguna. Era dulce como los confites que su madre vendía en la tienda. Y muy sumisa. La mirada solamente se le entristecía cuando acudía a su memoria el recuerdo de su padre ausente; entonces sus bonitos ojos se nublaban. Pero, aparte de esos momentos de añoranza, Anne siempre mostraba una bonita sonrisa en los labios y la estrechez de su vida no parecía preocuparla demasiado.

Los ojos de Marie eran más claros que los de Anne; a contraluz, adquirían un bonito tono verde. Pero no solo diferían de los de su hermana en el color; en los ojos de Marie aleteaban miles de sueños impacientes por hacerse realidad. Y sus labios, llenos y carnosos, dibujaban siempre un rictus de enojo que era la punta del iceberg de su inconformismo y de su infelicidad.

Era por eso que Marie discutía a menudo con su madre ante el estupor de Anne. La mujer acababa todas las discusiones con un gesto seco de la mano. Con cada gesto imponía un nuevo silencio. Otra ilusión rota. Otro deseo no realizado. Y, poco a poco, Marie se iba alejando de su madre y se sentía cada vez más forastera en su propia casa, encerrándose en su mundo. Un mundo patéticamente pequeño, pero en el que todavía existían los sueños.

Hasta que conoció a Gilles en la confitería, un día en que él entró a comprar una de esas figuritas de mazapán que decoraban el escaparate de mil colores, y que Pauline elaboraba en la trastienda con sus propias manos.

Gilles no era mucho mayor que Marie. Pero tenía el alma aún más llena de sueños que ella.

3

Gilles y Marie solo podían hablarse de amor con la mirada. A la muchacha le pareció que dentro de la estrechez de la vida que llevaba nunca le sería posible hablar con él de otra manera. Pero Gilles no le temía a nada. Esperaba a que Marie saliera de la tienda para hacer cualquier encargo y, burlando el férreo control de su madre, la abordaba y le decía al oído todas aquellas cosas hermosas que ella anhelaba oír.

Un mundo nuevo se abrió ante Marie con la llegada de Gilles. Un mundo lleno de nuevas y desconocidas sensaciones, de anhelos insospechados que crecían de día en día a medida que crecían, también, las promesas de amor.

Hasta que llegó el día de la primera cita y la joven Marie no tuvo más remedio que acudir a su hermana en busca de ayuda.

—Es que a mí no me gusta mentir, ¿sabes? —respondió Anne ante sus súplicas.

—No hace falta que mientas. Solo te pido que entretengas a mamá al salir de la iglesia el domingo. Una hora. ¡Solamente una hora!

—¡Pero si mientras nosotras vamos a misa tú te quedas a cargo de la confitería! —Aún se resistió Anne, en cuya inocente cabecita no había lugar para los juegos malabares que Marie pretendía hacer para ver a su enamorado.

—No creo que nadie se dé cuenta si la tienda está cerrada durante una hora.

—¡Sí, los clientes!

Marie lanzó una mirada airada a su hermana. ¿Cómo podía ser que no se pusiera de su lado?

—Pues, mira, ese es un riesgo que tendré que asumir. Tú le dices a mamá que quieres ir a dar una vuelta con ella y que no debe preocuparse de nada porque yo me quedo a cargo de la confitería.

—¿Y si no quiere?

—¡Pues la arrastras! Si siempre hace todo lo que tú le pides.

Marie chasqueó la lengua con evidente enfado. Después suavizó la mirada y añadió:

—Anne... Annette... Pero ¿no te das cuenta de que estoy enamorada?

El rostro de su joven hermana se iluminó con una sonrisa pícara:

—Y, dime, ¿cómo se siente una cuando está enamorada?

—Es... Es como... Como si tuvieras el cuerpo lleno de pétalos de flores, ¿sabes?

Las dos hermanas se miraron a los ojos y se echaron a reír. Y con esa mirada sellaron su pacto.

De esa manera, domingo tras domingo, Anne y su madre daban un paseo al salir de misa mientras que Marie corría a los brazos de su enamorado. Y aunque la muchacha, en un primer momento, trató de resistirse a las demandas amorosas de Gilles, pronto su resistencia se fue deshaciendo como arenilla fina. Escondidos de miradas indiscretas, los dos enamorados daban rienda a su pasión, amándose deprisa pero apasionadamente y, antes de separarse, siempre encontraban un momento para las promesas hechas al oído con labios ardientes:

—Yo no me conformo con esto, Marie. Ven conmigo a París. Estaremos juntos para siempre y viviremos nuestra vida.

La joven, a quien el corazón latía muy rápidamente cuando estaba tan cerca de Gilles, dejaba resbalar su mirada verde y soñadora por el rostro del muchacho y le decía a media voz:

—No puedo abandonar a mi madre. No lo resistiría.

Él, entonces, acercaba sus labios a los de la chica y la besaba con urgencia, con prisa, con un beso que era todavía un beso adolescente pero que recorría el cuerpo de Marie de arriba abajo con un latigazo de alegría.

No fue, sin embargo, ni Pauline ni ningún cliente extrañado por las ausencias de Marie en la confitería quien acabó sacando a la luz sus encuentros amorosos con Gilles. Fueron ellos mismos quienes se delataron porque se volvieron codiciosos de aquellos instantes de amor que se regalaban y los fueron alargando hasta que acabaron poniéndose en evidencia.

Un domingo de primavera, Marie regresó a casa con retraso. Se había arreglado con esmero como siempre que salía con Gilles. Llevaba su mejor vestido, uno de rayas ceñido a la cintura, y se cubría la cabeza con un sombrero de paja para impedir que le salieran pecas. Fue corriendo hacia la tienda dispuesta a ponerse la bata con la que esconder a los ojos de su madre el vestido nuevo. El corazón le empezó a latir más deprisa al ver que la tienda estaba abierta. En la trastienda, Anne lloraba en un rincón, avergonzada y asustada. Sin duda, su madre se había aprovechado de su miedo y candidez para sacarle la verdad.

La mujer estaba fuera de sí.

Un silencio envenenado se enroscó en el aire. La ira brotaba de los ojos de Pauline, que se apresuró a verter en Marie los reproches que anidaban en su corazón amargo.

—¡Que Dios nos ampare! ¿Dónde se ha visto? ¡Has traicionado mi confianza, que es lo más sagrado! ¡Te juro por lo que más quieras que no volverás a ver a ese... desgraciado! ¡Estás deshonrada y has traído la vergüenza a esta casa! Me has mentido, me has engañado y has convertido a tu hermana en una encubridora. Me avergüenzo de ti. ¿Qué pensaría tu pobre padre si estuviera vivo?

Marie sintió que una rabia profunda como no había sentido nunca antes le crecía en la garganta hasta convertirse en un hilo gélido y cortante.

—Ya soy mayorcita, madre. ¡Déjeme vivir de una vez! ¡Haría mucho mejor en preguntarse qué pensaría padre de usted y de su amargura!

Pauline fulminó a su hija con una mirada rebosante de furia y levantó la mano dispuesta a descargarla sobre ella, pero la muchacha interrumpió el gesto con un movimiento rápido y seco de su brazo. Se quedaron ambas, madre e hija, atrapadas en una danza quieta, de movimientos interrumpidos y miradas amenazadoras.

Al bajar el brazo, un dolor opresivo le estalló a Marie dentro del pecho y sintió en su interior la urgencia de la despedida. Se giró de golpe y con pasos acelerados se encerró en su habitación.

4

Esa noche ninguna de las dos hermanas Huard pudo conciliar el sueño.

—¿No duermes? —se atrevió a preguntar Anne, mientras se revolvía en la cama sin pegar ojo y oía a su hermana hacer lo mismo.

—No —le respondió Marie, tragándose las lágrimas.

Siguió un silencio lleno de suspiros.

—Anne...

—Dime.

—Me voy.

—¿Qué?

—A París, con Gilles.

—¡Oh, Marie!

—Me lo ha pedido varias veces. Lo haré. No puedo quedarme aquí, consumiéndome.

A Anne se le encogió el corazón. Notó un agudo dolor dentro del pecho, pero pensó que era un dolor dulce porque, aunque estaba a punto de perder a Marie, sabía que ella iba en busca de la felicidad. Dejó escapar un suspiro triste y tierno a la vez.

—No te apures. Yo cuidaré de mamá.

—No. De quien debes cuidar es de ti misma.

Anne se levantó de la cama y fue a tumbarse junto a su hermana mayor. Se fundieron las dos en un abrazo estrecho.

—Te quiero, Anne.

—¿Me escribirás? —le preguntó Anne.

—¡Pues claro! Y dentro de un tiempo te vendré a buscar y...

Marie notó el suave peso del dedo de Anne sellándole los labios y, después, el tacto frío de un objeto que su hermana le ponía en la mano.

—Toma. Mi cadena. Es de oro, como la tuya. Quizás algún día te hagan falta las dos.

—¡Oh! Anne...

Anne se acurrucó entre los brazos de su hermana y apoyó la barbilla en su pecho. Marie tuvo una sensación inquietante, como si el mundo se moviera bajo sus pies. Pero no quiso pensar en ello.

Dos días después huyó con Gilles a París.

5

Al contrario que Marie, Gilles no se dejó impresionar por la grandiosidad esplendorosa de París. Cierto era que las dimensiones de la ciudad nada tenían que ver con lo que los dos jóvenes habían conocido hasta ese momento. Pero si bien Marie se sentía abrumada al contemplar las torres de Notre Dame o al pasear por la gran explanada de la Place de la Concorde, en cambio, Gilles, a la semana de llegar ya era capaz de recorrer Montmartre, el barrio donde se habían instalado, con los ojos cerrados, y le era tan familiar Le Moulin Rouge como Le Sanglier Bleu. Todo le parecía fascinante, todo le llamaba la atención.

Gilles era un joven que irradiaba determinación. Tenía una cara aniñada en la que destacaban unos ojillos burlones y seductores. Unos ojos de un azul cielo clarísimo, de expresión afilada. Los cabellos rubios le oscilaban sobre los hombros. La sonrisa era tan seductora como la mirada. Con esta carta de presentación, Gilles encontró enseguida trabajo en uno de los bares de Montmartre. Trabajaba muchas horas. Volvía al lado de Marie cuando las sombras lentas de la noche ya daban paso al cielo oscilante de la madrugada. Pero era feliz porque la sangre le hervía bajo el deseo de iniciar una nueva vida.

Para Marie, en cambio, las cosas eran diferentes. La pena puede paralizar a las personas. Y la muchacha estaba hundida en la pena puesto que vivía su huida con un gran sentimiento de culpa. La ciudad le resultaba tan extraña y amenazadora que solo se atrevía a salir a la calle cuando Gilles la acompañaba. Pero al empezar él a trabajar, se terminó el tiempo de los largos paseos por la ciudad cogidos de la mano. Y ella cayó en un silencio y en una soledad insoportables. Algunas mañanas el simple hecho de salir de la cama y hacerle frente a la vida se convertía en un reto insuperable para Marie. Parecía como si París, el gran monstruo, se hubiera comido sus ansias de libertad.

Gilles la animaba a salir y a buscar trabajo.

—Es importante que nos esforcemos en mejorar. Cuando podamos alquilar un piso, y no una habitación mugrienta como esta, verás las cosas de otra manera. Tienes que buscar trabajo, Marie.

—Sí, tienes razón —le respondía ella, ausente. Pero pasaban los días y cuando Gilles le preguntaba si había salido, ella le respondía con desgana—. No; aún no.

Y, entonces, él la miraba con esa mirada que la había encandilado allá en Grasse, pero que ahora estaba colmada de reproches.

Y Marie se iba hundiendo cada vez más en la desesperanza y no podía dejar de pensar que jamás encontraría trabajo en París. Porque ¿quién era ella? Nadie. Solo una pueblerina sin ninguna formación. ¿Qué sabía hacer ella? Nada. ¿Quién iba a querer emplear a una persona así?

Marie, pues, hizo lo único que se vio capaz de hacer. Acompañada por Gilles fue a vender las cadenas de oro. La suya y la de Anne. Pensó que aquel dinero, poco, le conferiría una pequeña tregua; un tiempo para pensar en cómo podría encaminar su vida en París. Y una vez las hubo vendido, se volvió a encerrar en su soledad y en su silencio. Y como la melancolía, si la dejamos, termina apoderándose de las personas, Marie, poco a poco, de día en día, empezó a descender por la penosa pendiente de la desolación que ella misma había tejido.

Tres meses después de su llegada a París, Gilles ya había cambiado de trabajo varias veces, siempre buscando las mejores oportunidades. Ya no parecía el mismo muchacho de quien Marie se había enamorado en Grasse. Vestía como un parisino y en sus ojos brillaba una nueva y chispeante mirada aún más atractiva. Cada vez pasaba menos tiempo con Marie.

Hasta que un domingo, el joven llegó del trabajo más tarde que de costumbre, cuando la mañana ya casi iluminaba la ciudad. Marie yacía indolente sobre la cama deshecha, el pelo enredado en la almohada, observando ausente las partículas de polvo que danzaban sobre un rayo de sol que entraba tímido por el ventanuco. Gilles se arrodilló a su lado. Le acarició el pelo castaño. Ella no se movió. No lo miró. El muchacho sacó un pequeño paquete del bolsillo del pantalón. Eran unos cuantos billetes doblados y atados con un cordel.

—Ten. Te dejo esto; te hará falta.

La besó en la mejilla.

Y desapareció de su vida para siempre.

RAMIRO Y MARIE

París, 1889
Barcelona, 1905

1

Ricardo y Ramiro habían aprovechado el día de fiesta para salir a beber por las tabernas de la Rive Gauche, como de costumbre. Ahora ya no solo eran amigos; también eran compañeros de trabajo. A Ramiro lo habían contratado para trabajar en la nueva cuadrilla de remachadores tras comprobar que conocía el oficio y que no tenía ningún miedo de trabajar en las alturas. El idioma tampoco había sido obstáculo; aprendía deprisa, entendía las órdenes y empezaba a chapurrear un francés preñado de giros y de palabrotas en español.

Andaban ambos cogidos por los hombros, tropezándose con todo, con el cuerpo lleno de vino. El aire de la madrugada era como un muro de hielo sobre la piel, pero ellos no lo sentían. De repente, Ricardo descubrió aquel bulto en el suelo:

—*Voilà!* ¿Qué tenemos aquí?

Se acercó y trató de enfocar la mirada sobre el extraño fardo. Dio un traspié y a punto estuvo de caer encima del bulto. Se tomó su tiempo para examinarlo mientras Ramiro orinaba en la acera, de espaldas a él.

—Es una persona —sentenció Ricardo con la lengua pastosa y arrastrando las palabras.

Ramiro terminó de abrocharse el pantalón y se acercó.

—¿Una persona?

Con el pie sacudió con cuidado el cuerpo. Se oyó un gemido.

Los dos amigos se miraron asustados. Parecía como si la borrachera les hubiese desaparecido de golpe.

Ramiro se agachó y giró el cuerpo que quedó encarado hacia él.

—¡Es una muchacha!

—*Mon Dieu! Pensez-vous qu'elle est morte?* —preguntó Ricardo en su francés nativo.

Ramiro pegó la oreja al pecho de la chica.

—¡No! Respira. Todavía respira.

En ese momento la muchacha abrió los ojos y los fijó en los de Ramiro. Él, sin saber por qué, sintió que algo en esa mirada lo envolvía.

—No se preocupe, señorita. La ayudaremos. No tema nada.

Y en ese momento tuvo la seguridad de que cumpliría siempre la promesa que acababa de hacer.

2

Los médicos aseguraron a Ramiro que Marie no sufría la temida enfermedad. A pesar de su palidez extrema y de la delgadez que se acentuaba en las manos huesudas, finas y blancas como las de un muerto, Marie no era tísica. Solamente era una chica de constitución muy débil que recuperaría la salud, decían, si descansaba, comía adecuadamente y tomaba baños de sol.

Y él, de la misma forma que había costeado de su bolsillo todas aquellas consultas médicas y las medicinas, se dispuso a pagar también un alojamiento aireado y salubre donde Marie pudiera recuperar la salud por completo sin necesidad de volver a gastarla trabajando en la fábrica. Y es que Ramiro estaba decidido a cuidar de ella.

Ricardo no entendía la obsesión de su amigo por esa joven enfermiza.

—¡Que me cuelguen si lo entiendo, chico! Yo creía que el amor era otra cosa —le decía a menudo.

—Para el carro, ¿quieres? Tú no te has enamorado jamás. No deberías opinar de lo que no conoces —le respondía Ramiro, molesto.

—Tú te has vuelto loco, *pas vrai?* ¿Cómo has podido perder la cabeza por esa chica, di? ¿No te das cuenta de que vives un calvario y que te pasas la vida yendo y viniendo de médico en médico?

—¿Y a ti qué más te da?

—¿A mí? ¡Nada! Solamente te aviso. Pero, ya que lo dices, pues mira, me parece que tienes razón: tu vida me importa un rábano.

Y ambos se perdían, entonces, en una discusión interminable que no llevaba a ninguna parte, solo a resquebrajar poco a poco aquella amistad que aún era demasiado tierna como para resistir tan duros embates. Tal vez a causa de Marie, los dos jóvenes fueron distanciándose cada vez más y llegó un momento en que solamente se veían en el trabajo, donde, incluso, procuraban evitarse.

A Ramiro este distanciamiento no pareció dolerle mucho. En ese momento de su vida le alcanzaba de sobra con la compañía de Marie para vivir. Ella llenaba todo su mundo. Sus horizontes. Todos sus sueños, todos sus deseos habían quedado reducidos a la mirada febril de Marie.

Y la muchacha se dejaba querer y cuidar sin atreverse a analizar muy a fondo sus sentimientos. Su gran amor la había abandonado y aquel chico alto y rudo, que hablaba un francés extravagante, parecía querer dar la vida por ella. ¿Qué podía hacer? Él la había salvado del mundo horrible en que había quedado atrapada y, quizás también, de morir en un hospital, sola como un perro. Por eso, cuando aquella tarde de invierno Ramiro entró en el pequeño piso que había alquilado para ella, cargando en una mano una bolsa con comida y en la otra un ramo de crisantemos, y se la quedó mirando con aquellos ojos melancólicos que ocultaban sentimientos apasionados, ella supo lo que él estaba a punto de preguntarle y, también, lo que ella le respondería.

Ramiro y Marie se casaron al cabo de pocas semanas, una mañana de cielo encapotado en que las azoteas de París supuraban humedad. Y una vez convertidos en marido y mujer, Marie descubrió en su marido a un amante tierno y entregado capaz de deshacer con el fuego de sus ojos la soledad en que ella había vivido desde su llegada a París.

Fueron unos meses felices.

Pero Marie no estaba del todo bien. Según los médicos, la humedad de París no la ayudaba a recuperar la salud de su pecho delicado. El desapacible invierno había barrido con vientos y tormentas las calles, extendiendo su fría mano sobre la ciudad. Marie se pasaba días enteros encerrada en el piso, sin salir para nada, vigilada de cerca por Ramiro, que veía cómo una expresión triste oscurecía las tímidas sonrisas de su amada.

Ramiro había oído hablar de algunos sanatorios a donde los enfermos de cuerpo y alma iban a curarse. Pero sus ahorros habían disminuido mucho desde que se había hecho cargo de Marie. No se podía permitir llevarla a uno de esos sanatorios. Mientras hacía lo posible por hallar la mejor solución, una idea empezó a darle vueltas por la cabeza de manera insistente. La torre estaba entrando ya en la fase final de construcción. Se estaban colocando los ascensores. Al llegar la primavera estaría terminada y él habría hecho realidad su sueño. Un sueño que ya pertenecería al pasado porque ahora toda su vida giraba en torno a su mujer. Supo que había llegado el momento de volver a Barcelona, la ciudad mediterránea y soleada donde Marie, estaba seguro, acabaría de recuperarse.

Pensó en los conocidos que había dejado atrás en la época de trabajador en La Maquinista. Podía volver a ponerse en contacto con ellos. Les explicaría su situación y les pediría que le ayudaran a encontrar un lugar donde vivir, en uno de los barrios altos y aireados de la ciudad. Encontrar trabajo no tenía que suponer un problema para alguien que había ayudado a construir la torre Eiffel.

Puso manos a la obra. Cuando llegara la primavera, Marie y él dejarían París.

3

Cuando Ramiro habló a Marie de dejar París en busca de un clima más benigno que la ayudara a mejorar, la mente de la joven viajó hacia Grasse.

Añoraba Grasse. Añoraba sus cerros floridos, sus valles y campos; amaba cada rincón de su pequeño paraíso en medio de la Provenza. Pero la idea de volver fue volátil; ni en sus momentos más oscuros en París, aquellos en los que se vio abandonada por Gilles, ni cuando tuvo que echarse a la calle, asustada, para buscar trabajo porque ya no le quedaba dinero para llenar la despensa, ni cuando comenzó a notar que la enfermedad se apoderaba de ella, había pensado en volver.

Sencillamente, no podía volver. No se sentía con fuerzas para enfrentarse de nuevo a su madre y, además, sabía que su presencia allí sería un descalabro que rompería la relativa tranquilidad en que vivía Anne.

¡Añorada Anne!

Los primeros meses de estancia en París le había escrito con frecuencia, intentando esconder bajo mentiras y exageraciones la melancolía en que había caído y el miedo que la gran ciudad le producía. En sus cartas, le describía la ciudad a través de los ojos de Gilles. Le contaba, de la manera estimulante que él tenía de ver París, las impresiones y los descubrimientos que el joven iba haciendo día a día como si fueran suyos, negándose en todo momento a admitir que su vida no era ni de lejos la que había soñado que sería.

Pero las cartas se fueron espaciando y, cuando se encontró sola y abandonada, fue incapaz de seguir mintiendo y dejó de escribir. Fueron días muy duros para Marie. El dinero que Gilles le había dejado se terminó pronto. Tuvo que cambiar la pequeña habitación por otra, aún peor, pero que estaba más cerca de la fábrica de chocolates donde finalmente había encontrado un precario trabajo. A causa de esta mudanza, dejó también de recibir las cartas de Anne. La comunicación se cortó y el dolor se hizo más profundo. ¡Cómo sufría ella sabiendo lo que debía de estar sufriendo la pequeña Anne!

Marie reanudó la correspondencia por carta cuando se casó con Ramiro. Una vez más, endulzó su situación y culpó de su silencio a su ruptura con Gilles.

«Pero las cosas, hermanita, pasan porque tienen que pasar y, a menudo, de una gran desgracia se deriva algo bueno que nos hace más felices de lo que nunca habíamos soñado ser. No lo olvides nunca. Porque a mí me ha pasado. Gracias al abandono de Gilles, ahora estoy casada con el mejor hombre del mundo...».

Tampoco Ramiro había pensado en instalarse en Grasse. Marie le había explicado con todo detalle su huida de casa. No le había ocultado nunca nada. Y él había dado por supuesto que aquel era un lugar donde ella no podría encontrar la tranquilidad ni la paz que tanto necesitaba.

Así que empezó a hablarle de Barcelona. De cómo había sido su vida cuando había vivido y trabajado allí. Le habló de los inviernos apacibles y de los cielos primaverales, tan azules, tan limpios. De las calles del Ensanche, que eran las más aireadas y luminosas de toda la ciudad y de cómo en la rambla de Cataluña, su avenida más elegante, las copas de los árboles mecían el paseo de los noctámbulos en las noches de verano. Puede que le ocultara que en Barcelona el calor en verano es pegajoso e impide dormir. Le pareció más oportuno hablarle de la brisa engañosa que acaricia a los barceloneses cuando llega la noche.

Le describió con toda clase de detalles cómo era la Rambla; y sus flores; y los pájaros. Y le dijo que un día irían a pasear por allí y le enseñaría el Hotel Oriente, que era la joya más brillante de aquel paseo. También le dijo que la llevaría al barrio donde él había vivido, aquel barrio marítimo y populoso, la Barceloneta, pero que no se instalarían allí porque era demasiado húmedo. Le explicó que en la ciudad había restaurantes deslumbrantes como La Maison Dorée, desde donde la panorámica de Canaletas era excelente, y que algún día irían los dos cogidos del brazo y se sentarían en el bar y se tomarían una copa de champán como hacían los ricos. Y que, por supuesto, también la llevaría al teatro; el Paralelo estaba lleno de teatros, de cabarés y de bares que siempre estaban hasta la bandera, desde el Café Sevilla al Teatre Nou. Aunque el más moderno era El Edén Concert, donde irían a divertirse.

Marie intentaba mostrarse contenta e ilusionada, aunque a esas alturas ya sabía que las grandes ciudades no eran de su agrado. La asustaban y así se lo hacía saber a Ramiro con preocupación. Él, entonces, la cogía de la mano y le respondía que no tenía que tener ningún miedo porque Barcelona era una ciudad tranquila que dormía acariciada por el mar; y llegaba un punto en que ni su rumor cansado se oía, y enmudecían incluso los serenos.

Marie escribía a su hermana para contarle las maravillas que la esperaban en Barcelona:

> «Barcelona, por lo que cuenta mi marido, es una ciudad preciosa, con un clima benévolo y una gente acogedora. Por lo que me dice es mucho más tranquila que París. Sus barrios son como pequeños pueblos donde todos se conocen.
>
> No debes perder la esperanza, Anne. Hoy por hoy, todavía no puedo ir a verte, pero cuando nos hayamos instalado y estemos más tranquilos después del ajetreo del viaje, nos veremos. Ya lo verás. Iré a Grasse para que conozcas a Ramiro. O enviaremos dinero para que vengas tú a pasar una temporada en Barcelona.
>
> ¿No sería maravilloso?».

Y, finalmente, aquella primavera de 1889, Ramiro y Marie abandonaron París y pusieron rumbo a Barcelona. No fue un viaje fácil. Antes de llegar a la Ciudad Condal, Marie sufrió un aborto. El primero.

4

A Ramiro le habían hablado del barrio de Horta como uno de los más aireados y sanos de Barcelona. Por eso, tan pronto llegaron a la ciudad, se instalaron en una pensión y, mientras Marie se recuperaba de su aborto, él buscaba afanosamente un lugar en donde vivir en ese barrio. Tuvieron mucha suerte porque en ese momento quedó vacía una de las ocho casas de la calle de Aiguafreda, la calle que todos, en Horta, conocían como la calle de las lavanderas. Eran casas habitadas por familias obreras. Las mujeres, a fin de ayudar en la economía familiar, lavaban la ropa de la gente acomodada de Barcelona con el agua de sus pozos.

Cuando Marie vio aquella casita, que compartía pasaje con las otras y que tenía un pozo y un pequeño patio, con su fachada estrecha y su balcón en el primer piso, lloró de emoción. No, Ramiro no la había engañado. Vivir allí no sería como vivir en París, ni como en ninguna otra gran ciudad. Aquel pedacito de Barcelona era un oasis de tranquilidad. Parecía un pueblo tranquilo donde seguro que podría ser feliz.

Ramiro habría dado cualquier cosa por poder reincorporarse a La Maquinista. Pero la fábrica se encontraba demasiado lejos de su nueva casa como para desplazarse hasta allí a diario. Por eso no le quedó otro remedio que buscar trabajo en el barrio. Probó en varios lugares, pero tal y como le había pasado en su Yecla natal, nada le satisfacía. Finalmente, se decidió a invertir sus últimos ahorros en el alquiler de un pequeño local donde montó su propia herrería. A partir de ese momento, él y Marie tendrían que vivir al día, sin ese colchón que les había ayudado a superar las dificultades. Pero nada de eso le importaba si su mujer sonreía. Y Marie, en su casa de Horta, recuperaba la salud y la sonrisa.

Lo que más le gustaba de la casa a Marie era el patio. En ese pequeño rincón donde las vecinas solían plantar tomates y judías, ella creó un jardín que la trasportaba a su Grasse natal, con geranios rebosantes de yemas a punto de estallar y con un gran rosal que trepaba por las paredes y las colmaba todo el año de rosas que brillaban al sol. ¡Cuántos buenos ratos había pasado en aquel jardín! En las horas más altas del día, el sol caía de lleno en uno de los lados. Pero la sombra del rincón donde crecía la hiedra daba cobijo a los pájaros que, de vez en cuando, se atrevían a bajar hasta el platillo que Marie llenaba de migas de pan.

Marie encontraba allí un bienestar como no recordaba. Aprendía el idioma e iba trabando amistad con las vecinas. Sobre todo con Quimeta, una mujer fuerte como un roble, madre de dos hijos varones, que a la salida del sol se encaramaba a un carro para ir a buscar la ropa que lavar y, cuando se ponía, la devolvía limpia a sus dueños y corría luego a casa para alimentar aquellas dos bocas que no se cerraban nunca.

Gracias a su vecina Quimeta, Marie, que no podía trabajar como lavandera porque su salud no se lo permitía, encontró algún trabajo más ligero para ayudar en casa, como remendar sábanas, coser dobladillos o arreglar algún roto. Y cuando no había trabajo, se dedicaba de lleno a su jardín, donde las horas le pasaban sin darse cuenta. Aquel rincón era su paraíso; el lugar en donde se disolvían las preocupaciones, volátiles como humo.

Fueron años tranquilos, ensombrecidos únicamente por la pérdida de aquellos hijos que no querían nacer. Las primeras veces, Marie había reaccionado con rabia y lágrimas; casi con desesperación. Más tarde, cada vez que una nueva vida se le escurría entre las piernas se sentía invadida por un triste sentimiento de resignación. Tuvo seis abortos. Y, después, ya no volvió a quedarse embarazada. Tanto ella como Ramiro respiraron aliviados. Se acabó el sufrimiento. Se tenían el uno a la otra. Tenían la casa, el jardín... Iban tirando. Ya se sabe, en esta vida no se puede tener todo.

Fueron pasando los años. Hasta que un día de principios de enero de 1905, un día en que el frío parecía trepar por las paredes, Quimeta entró en casa de Marie con el rostro descompuesto.

—¿Qué pasa, Quimeta?

—Si te lo digo, no te lo vas a creer.

—¡Di, mujer! No me hagas sufrir. ¿Les ha pasado algo a los niños?

Al oír estas palabras, Quimeta palideció. Buscó una silla y se dejó caer en ella, exhausta.

—¡Mis hijos! Dos bocas que alimentar... Tú sabes por lo que he tenido que pasar, María. Y ahora que ya son mayorcitos... Ahora que ya pueden ayudar en casa...

—¡Di de una vez, mujer!

—María... ¡Que estoy preñada!

Marie se quedó muda. Fue su mirada la que habló.

—¡A mi edad! Que ya he cumplido los cuarenta. Y después de tantos años.

Quimeta se lamentaba, con el llanto danzándole en los ojos asustados.

Marie sintió que una náusea le subía por la boca y tuvo que levantarse corriendo, pero no llegó a tiempo y vomitó allí mismo, en el comedor.

Quimeta se asustó:

—Pero... Mujer... ¿Y a ti qué te ocurre ahora?

Marie conocía aquellos síntomas. Los mareos matinales y los vómitos. La esperanza. Y al cabo de unas semanas, la pérdida. Se puso a llorar sobre el regazo de Quimeta, que también estalló en llanto.

Pero al llegar septiembre, cuando el aire fresco que ya presagiaba el otoño se adueñó del barrio, de la ciudad entera, Marie y Quimeta dieron a luz dos niños sanos y fuertes con tan solo diez días de diferencia.

Ramiro y Marie no podían salir de su asombro. Marie ya había cumplido los treinta y cinco años. Ya no esperaban aquel milagro. Y, sin embargo, atrás quedaban los años de sufrimiento e incertidumbres. Aquel niño llegaba al mundo aferrándose con fuerza a la vida.

Le pusieron Pablo, que era el nombre del padre de Ramiro, y empezaron unos años de felicidad diferente a la que habían disfrutado hasta entonces, porque ahora la compartían con el pequeño Pablo. Con Pablito.

Pero esa felicidad solo duró seis años, porque una neumonía se llevó a Marie en el invierno de 1911, a los cuarenta y un años. Ramiro se quedó solo con su hijo. Y a buen seguro que, de no haber sido por él, no habría tardado tanto en seguir a Marie.

LA CIUDAD DEL PERFUME

Grasse, marzo de 1919

1

Como toda Europa, Francia celebraba el final de la Gran Guerra. El país ya no era el mismo. Después de los estragos de la confrontación, las zonas agrícolas se habían debilitado, privadas de una parte importante de su mano de obra. Francia, como los demás países involucrados en el conflicto, se había enfrentado a la muerte en masa que había dejado tras de sí la desoladora cifra de tres millones de viudas y seis millones de huérfanos. Una catástrofe demográfica enorme que había provocado la falta de una generación, la de los hijos nunca nacidos de los jóvenes muertos en los campos de batalla.

Los Alpes Marítimos, departamento al que pertenecía Grasse y que nunca había sido de los más boyantes de Francia, había sufrido durante el periodo de guerra graves perturbaciones en su economía debidas en gran parte a las dificultades de trasporte. La construcción y el turismo, sectores que empezaban a tomar un cierto dinamismo en la región antes del conflicto bélico, vieron su actividad entorpecida a causa de la guerra. Los principales hoteles tuvieron que cerrar sus instalaciones e, incluso en algunos casos, fueron requisados para alojar a los heridos en el campo de batalla.

Apenas terminada la guerra, Francia comenzó a poner en marcha el motor de la recuperación económica; una meta lejana que los habitantes de la región de los Alpes Marítimos contemplaban esperanzados, ya que esta zona no había sufrido la misma devastación que las regiones del norte. En Grasse, además, contaban con un recurso que favorecía sin duda la ansiada recuperación: su industria de cultivos de plantas aromáticas destinadas a la elaboración de perfumes.

Desde hacía mucho tiempo, Grasse era conocida como la «capital mundial de los perfumes», del mismo modo que en tiempos más pretéritos había sido la «capital de las flores», cuando aún no producía perfumes sino la materia prima que servía para su elaboración. Pero mucho antes de eso, en la Edad Media, Grasse era una ciudad especializada en el curtido del cuero, como los porches de las casas de la Place aux Aires, donde antiguamente se teñían las pieles, aún parecían recordar. Durante cientos de años, el pequeño pueblo de la Provenza exportó sus mercancías a Pisa y Génova. Los cueros de Grasse eran famosos y preciados. Solo había un problema, y es que el cuero huele mal y ese pequeño detalle no parecía gustar demasiado a los nobles que eran los habituales consumidores de los guantes que se hacían en Grasse.

Durante el Renacimiento, uno de los curtidores de Grasse, un tal Galimard, tuvo una idea genial: creó unos guantes perfumados y los ofreció a Catalina de Médici, la florentina que acababa de casarse con el delfín de Francia, una joven de gustos muy refinados que quedó encantada con aquella iniciativa. De esa manera se inició el largo reinado de los «guanteros perfumistas». Del mal olor se pasó a la exquisitez aromática y la ciudad que apestaba se convirtió en la ciudad de los perfumes.

A principios del siglo XIX, Grasse mostraba un paisaje industrial sembrado de altas chimeneas que llegaban a eclipsar la silueta de la catedral en la cima de la villa. Fue durante la segunda mitad de ese siglo cuando comenzaron a construirse las grandes fábricas (dieciséis entre 1860 y 1910) que transformaron definitivamente el paisaje de Grasse y fijaron su vocación industrial. Una vocación truncada en parte por el trágico paréntesis de la guerra.

Aquel mes de marzo de 1919, la población de Grasse parecía recuperar la normalidad perdida disfrutando de nuevo de las primeras señales del buen tiempo. Era la primera primavera después de la guerra y todo el pueblo parecía latir lleno de una esperanza que se confundía con los colores perfumados de la lavanda y del romero. Habían enterrado a sus muertos, a los que nunca olvidarían. Pero debían secar sus lágrimas. La vida se imponía. Porque, a la postre, siempre es mejor el perfume del futuro que el del pasado.

2

Hacía casi tres años que Pablo vivía en Grasse. Anne Guerin, Huard de soltera, había respondido con celeridad a la carta que le enviara el padre Bernat, aquella en la que le explicaba la absoluta orfandad en que el muchacho había quedado tras la muerte de su padre. En su respuesta, Anne le comunicaba que aceptaba acoger a su sobrino en su casa. El cura se apresuró a disponerlo todo para que el niño pudiera viajar a Francia enseguida. Era cierto que lo enviaba a un país en guerra y en un momento muy duro. Pero el buen cura no quería retrasar la partida porque sabía que, si esperaban al incierto final de la guerra, Pablo sería recluido en un orfanato y, si esto ocurría, también sería posible que no saliera de él en mucho tiempo y que se frustrara toda esperanza de llevarlo a vivir con su familia.

Por ello, a pesar de la ceñuda y muda, aunque no menos tenaz oposición del niño, el buen cura lo embarcó tan pronto como pudo hacia Marsella y regresó a toda prisa a su parroquia de Horta en donde encendió una vela a cada santo y les rogó fervorosamente que velaran por el pequeño huérfano.

Los santos parecieron mostrar piedad por ese niño que se había quedado solo en el mundo. Y Pablo, a quien ya nadie nunca más llamaría Pablito, llegó a Marsella sano y salvo.

En Marsella lo esperaba Alphonse Guerin, el marido de su tía Anne y, por lo tanto, tío suyo. El hombre sonrió afablemente al ver al pequeño de pie en el muelle. El niño era la viva imagen de la desolación, pero el hombre se le acercó risueño, le cogió el equipaje y le alborotó el pelo mientras le daba a entender por señas que emprenderían de inmediato el viaje hacia Grasse. Lo hizo subir a un coche destartalado y, en silencio, bajo la moteada luz del atardecer, se pusieron en marcha.

Alphonse no habló mucho durante el viaje. No se conocían y ni siquiera hablaban el mismo idioma. Y, a pesar de todo, Pablo se sintió extrañamente cómodo al lado de aquel hombre que lo miraba por el rabillo del ojo y le sonreía de manera franca y una expresión preñada de ternura. Y sin saber por qué se dejó llevar, casi inconscientemente, por un inexplicable sentimiento de afecto.

Cuando por fin llegaron a Grasse y tía y sobrino se vieron por primera vez, ambos se perdieron en un mismo silencio emocionado. Un silencio por encima del cual flotaba, sin duda, el recuerdo de Marie. Intentaron entenderse sin palabras y las sonrisas se confundieron con las lágrimas. Anne lloraba por su hermana. Pablo, por la soledad no deseada que empezaba a derretirse ante aquella acogida tan llena de amor que despertó en su corazón recuerdos que él creía enterrados para siempre. Pequeños relámpagos de vida, escenas pasadas en las que unas manos pequeñas, las suyas, se agarraban a las faldas de una mujer de rostro sonriente. El de su madre.

Pero el regalo más grande que Pablo encontró en Grasse fue Clément. El primo, el amigo, el hermano.

Clément tenía el mismo cuerpo delgado, ligero y ágil de las hermanas Huard, y el rostro anguloso y delgaducho de su padre, su misma nariz prominente y sus ojos saltones; eso sí, los tenía de color verde, muy parecidos a los de Marie. Y aquellos ojos verdes miraban a la gente, y miraban a Pablo, de una manera que llegaba directamente al corazón. Clément siempre tenía una sonrisa colgando de sus labios y no se enfadaba nunca. Parecía inmune a todo aquello que no fuera alegría y ganas de vivir. En eso, sin duda, había salido a Anne, su madre.

Junto a su primo Clément, Pablo aprendió a hablar francés, conoció todos los rincones del pueblo que lo acogía y se integró entre sus gentes, convirtiéndose en uno más de aquellos muchachos que corrían por las calles en pantalón corto y con las rodillas peladas.

Y, también al lado de Clément, comenzó a conocer los secretos de su familia.

3

La huida de Marie acabó de estropear el carácter sombrío de Pauline y, también, su salud. La vida frágil de aquella mujer, que a duras penas había sobrevivido a la pérdida de su marido, se hundió como un castillo de naipes, y fue Anne quien tuvo que pagar las consecuencias.

Pauline se pasaba los días encerrada en casa, a menudo sin levantarse de la cama, incubando aquellas enfermedades que nacían de sus nervios maltrechos mientras su hija Anne se ocupaba de todo: de la tienda, de la casa y de atenderla a ella, a una madre que había convertido la convivencia en un infierno.

El gran consuelo de Anne eran las cartas de Marie. Saber que su hermana estaba bien y que disfrutaba de aquella ciudad maravillosa que era París junto a su enamorado le levantaba el ánimo y hacía asomar a sus labios las sonrisas que tanto escaseaban en su vida.

Las cartas de Marie eran tesoros que no compartía con nadie, y mucho menos con Pauline. Porque su madre no quería ni oír hablar de Marie, ni parecía tener ningún interés en saber qué decían las cartas que Anne recibía regularmente. Para ella, no se cansaba de decirlo, Marie estaba muerta y enterrada. En cambio, para Anne, Marie era la esperanza, porque ella vivía esperando que un día u otro se volvieran a encontrar y su vida cambiara.

Y, mientras, la pequeña de las hermanas Huard vivía de la mejor manera posible el penoso papel que le había tocado en suerte en aquel drama familiar. Sin quejas. Si tenía ganas de llorar, lo hacía en soledad. Si su madre empeoraba o la sometía más que nunca a sus amargas y despóticas exigencias, ella se guardaba mucho de contarlo a Marie. Al contrario, en las cartas que le escribía procuraba parecer animosa y la conminaba a no desistir de su sueño.

Por ese motivo, cuando las cartas de Marie se fueron espaciando hasta desaparecer durante una larga temporada, Anne sufrió mucho. Su rostro, antes tan alegre, se fue oscureciendo cautivo de su estado de ánimo. A menudo caía en la desesperanza. Le parecía que no podría soportar la falta de noticias de su hermana, ni las rarezas cada vez más insufribles de Pauline. Vivía esperando una carta que no llegaba. Recurrió a vecinos que tenían conocidos o familiares en París para indagar qué había podido pasarle a Marie. Pero nadie supo darle noticias.

Su madre leía como en un libro abierto la pena en el rostro de Anne y parecía que gozaba martirizándola.

—¿Qué te pasa, di? ¿También se ha olvidado de ti, tu hermana? Seguramente se ha cansado ya de ti y de tus cartitas. Si tuvieras amor propio, no le escribirías. Harías como yo, que ya la he olvidado por completo.

—¡Déjeme en paz, madre! Seguro que Marie tiene algún motivo importante para no escribir. Ella no me haría sufrir porque sí.

—Pues claro que te dejo; pero considérate avisada. Luego no te quejes. Esa es una víbora. Y tú... Tú una boba que no se da cuenta de nada. ¡Ay, señor! ¿Qué habré hecho yo para merecer esta vida?

Finalmente, la carta largamente esperada llegó. Marie explicaba a su hermana el abandono de Gilles y le decía que había estado enferma. Pero también le narraba con entusiasmo su recuperación y, lo mejor de todo, que estaba nuevamente enamorada. Le anunciaba que pronto se casaría.

Anne respiró de nuevo, feliz, y corrió a esconder aquella carta tan esperada de los ojos resentidos de su madre. Las cartas de Marie eran suyas. Suyas y de nadie más.

4

El tiempo pasaba en una especie de bucle insípido. Pauline se iba marchitando dentro de su caparazón y Anne vivía su vida conformada y vacía en aquella casa que olía a cerrado y a tristeza.

Hasta que un día invernal de 1902 Anne conoció a Alphonse Guerin.

Ella estaba en la confitería, como siempre. Sobre el mostrador de madera, desgastado por los años y el uso, descansaban los tarros de cristal llenos de caramelos, regaliz y confites. Fuera hacía un día frío y gris. Una lluvia leve repicaba contra los cristales del escaparate. Era hora de cerrar y hacía ya un rato que no entraba nadie, pero Anne retrasaba la hora de subir a casa, donde solo la esperaban el mal humor y los caprichos despóticos de su madre. Comenzó a limpiar la tienda con parsimonia.

De repente, sintió el leve tintineo de la campanilla de la puerta y alzó los ojos. La puerta se abrió formando un rectángulo de luz sobre el suelo recién fregado. En el centro, claramente iluminada, se dibujó la figura de un hombre alto y delgado. Era Alphonse. Fue un amor a primera vista. Cuando Anne lo vio de pie en el quicio de la puerta, sintió en su interior un sinfín de emociones completamente desconocidas. A él le pasó algo parecido porque se entretuvo más de la cuenta en hacer su pedido, alargando el tiempo y sin quitar los ojos del dulce rostro de Anne.

Alphonse volvió cada día a la confitería, siempre a la misma hora, cuando en la tienda ya solo quedaba Anne y su deseo de verlo una vez más. Escogió el décimo día desde que se habían conocido para pedirle que salieran juntos.

Ninguno de los dos era ya un niño. Ella tenía veintinueve años. Él había cumplido los treinta y había llegado hacía poco a Grasse, en donde tenía familia, para trabajar en la industria perfumista. A esa edad y con la tranquilidad que le daba tener trabajo, lo más normal habría sido que, después de cortejar a Anne durante un tiempo no muy largo, la hubiera pedido en matrimonio para poder unir así sus respectivas soledades.

Pero nada era normal en la vida de Anne.

—No puedo salir y dejar sola a mi madre —fue su respuesta cuando Alphonse le pidió que salieran juntos.

—¿Por qué no? Eres una mujer adulta. Tu madre ya ha vivido su vida. No te pido que la abandones. La podrías dejar un rato con alguien que tuviera cuidado de ella.

Anne hizo un gesto con la mano, como para dejarlo correr. No se atrevió a mirar a Alphonse a la cara. El corazón le latía desbocado en el pecho. Él, en cambio, sí que la miraba fijamente, con aquellos ojos suyos tan saltones, muy abiertos y atentos a cada uno de sus gestos.

A Anne se le escapó una nota amarga en la voz cuando respondió:

—Tú no lo entiendes. No puedes entenderlo.

—Tienes razón. Nadie puede entender una cosa así; que te encierres en vida, que...

Las mejillas de Anne se encendieron violentamente. Los ojos le centelleaban.

Con ternura, Alphonse le alzó la barbilla con la mano y depositó un beso suave en sus labios.

Por suerte, Alphonse no era un hombre impaciente y supo esperar hasta que Anne estuviera dispuesta a salir del agujero en donde la vida la había encerrado. Llegó el momento en que también ella comprendió que no podía dejar escapar la oportunidad de amar y de ser amada, y lo arregló todo para que su madre se quedara con una vecina un domingo por la tarde. El primero que saldría con Alphonse.

Cuando esa misma noche Anne volvió a casa aún con los besos de Alphonse danzando en sus labios, se encontró con una escena inesperada. Un médico intentaba reanimar a Pauline, que había sufrido un ataque. La mujer temblaba como una hoja y mascullaba incoherencias con los ojos en blanco. Anne, muy asustada, corrió hacia ella mientras la vecina intentaba explicarle qué había sucedido y cómo había intentado localizarla sin éxito.

—¡Mamá! —gritó, apartando a la mujer y acercándose a su madre.

Al verla, Pauline pareció sufrir un nuevo síncope. Le costaba respirar, se ahogaba. El médico echó a todo el mundo de la habitación. Temblando de angustia, Anne se dispuso a salir dejándola en manos del doctor cuando sobre la mesita de noche vio un montoncito de papeles rotos.

¡Eran las cartas de Marie!

Después de aquello, la pareja aprendió a verse en secreto, aprovechando cada minuto que la vida, poco generosa con ellos, les ofrecía. Algunas veces era Anne quien cerraba la tienda a horas intempestivas y salía cuando sabía que su madre, que ya casi no se levantaba de la cama para nada, dormía y no la reclamaría a su lado. En otras ocasiones, era Alphonse quien iba a hacerle discreta compañía a la confitería. Deseaban estar juntos y lo estaban tanto como podían. Y se consolaban pensando que la situación no podía durar mucho.

Fue una suerte que Alphonse tuviera paciencia, porque Pauline vivió tres años más, hasta 1905, cuando aquella mujer que había vivido envuelta en su propia amargura se despidió del mundo tristemente, sin volver a ver jamás a su hija mayor, Marie, que acababa de ser madre, y provocando en Anne, la menor, un gran alivio, ya que veía, por fin, abrirse ante sí el camino de su propia felicidad.

Alphonse y Anne se casaron de inmediato. Anne se apresuró a convertir la triste confitería en un bonito salón de té que en nada recordaba la vieja y apolillada tienda de Pauline y abandonó el piso en donde había vivido encerrada como en una prisión para ir a vivir con su marido a un lugar en donde empezar de nuevo.

Al cabo de un año nació Clément.

Parecía que la vida, por fin, le daba a Anne todo lo que le había negado durante tantos años. Era feliz con su negocio, cada vez más próspero. Y, desde luego, con su pequeña y bonita familia. Solo había algo que enturbiaba esa recién estrenada felicidad: todavía añoraba desesperadamente a su hermana.

TRES AMIGOS

Grasse, marzo de 1921

1

Clément estaba enamorado de Violette, y Violette lo estaba de Pablo. Estaban enamorados con aquella especie de enamoramiento casi infantil que se asemeja a un juego, pero que hace volar mariposas traviesas en el estómago.

Clément y Violette habían compartido sus vidas desde siempre; vecinos de escalera (vivían puerta con puerta), de escuela, de clase... Pasaban juntos todas las horas del día. Se complementaban a la perfección: a Violette le gustaba mandar y a Clément no le importaba obedecer. Ella decidía qué hacían, a dónde iban, de quién eran amigos y de quién no; y él la dejaba mandar sin alterarse, con la bondad que formaba parte de su carácter y lo definía.

Cuando Pablo llegó a Grasse, el dúo pasó a ser un terceto. Pero Pablo introdujo en él una nota nueva y discordante. Él no obedecía a Violette. Él no se dejaba llevar. Esto sorprendió a la niña, que no estaba acostumbrada a que nadie le llevara la contraria. Tenía un genio vivo y sus rabietas inspiraban temor, tanto en su casa, puesto que era hija única y consentida, como entre los amigos y compañeros de clase. La rebeldía de Pablo, su indiferencia ante su carácter tiránico, desconcertó a Violette primero y, enseguida, la estimuló. Pablo era diferente. Era como una torre que conquistar. Y poco a poco se convirtió en un objetivo para Violette; en su reto y en su obsesión.

Y, al cabo de un tiempo, cuando hubieron dejado atrás la infancia, en su amor. Porque Violette se enamoró perdidamente del joven de cabellos castaños, lisos y brillantes que constantemente se balanceaban delante de sus ojos de cuarzo enormemente vivos en los que se escondía, sin embargo, un destello de melancolía.

Se enamoró de su cuerpo delgado, pero fuerte. Un cuerpo lleno de energía y de ganas de vivir. Y se enamoró, también, de sus sonrisas escasas, pero siempre seductoras. Y es que cuando Pablo sonreía dos hoyuelos caprichosos se marcaban en sus mejillas.

Y también se enamoró de su valentía y de la ambición con la que miraba hacia el futuro. Se enamoró de él porque nunca se daba por vencido. Porque era indomable y la hacía sufrir.

Se enamoró de Pablo, sí. Y cuando él se le acercaba, le temblaban las piernas y notaba el crepitar de chispas invisibles en su pecho.

Se enamoró de él con un amor obsesivo que la sumía en la desesperación.

También Clément, una vez hubo traspasado el umbral de la niñez, mudó sus sentimientos hacia Violette. El adolescente en que se había convertido ya no veía a su compañera de juegos como a la amiga, casi la hermana, que siempre había sido. Ahora descubría maravillado a otra Violette. La niña pequeña y ligera como una ardilla se había convertido en una gacela de grandes ojos del color oscuro de las aceitunas; unos ojos de mirada viva que mostraban una mente rápida. Las trenzas alborotadas de las que él tiraba para hacerla rabiar habían mudado en una melena de pelo castaño claro, ondulado y brillante que le llegaba justo por encima de los hombros; la naricilla divertida y respingona de la que él tanto se burlaba antes, ahora le parecía una preciosidad. Y la piel de Violette le hablaba y le pedía caricias. Clément soñaba todas las noches con aquella piel, con aquella nariz, con los cabellos sedosos. Violette despertaba en él un deseo desconocido, maravilloso e inquietante.

Por suerte, Clément contó con la compañía de Pablo en esos primeros momentos de desvelos amorosos que iba desgranando con ojos soñadores y mirada ausente. Y mientras su primo se deshacía en suspiros, Pablo no podía hacer otra cosa que burlarse de lo que a él le parecía una debilidad. Para él, Violette seguía siendo tan solo la compañera de juegos, de paseos y de aventuras por el pueblo. Una amiga que, a veces, sobre todo cuando su mirada se volvía impenetrable y la voz demasiado ansiosa, lo desconcertaba. Y desde que la niñez había dejado de ser el hogar común de aquellos tres amigos, Pablo luchaba contra el desasosiego que los sentimientos ocultos de Violette le provocaban.

2

Las hojas de los árboles frutales se agitaban con la brisa de la tarde. Clément y Violette habían ido a buscar a Pablo a su nuevo trabajo y lo esperaban en la puerta. Clément aún estaba estudiando y la muchacha hacía tan solo dos meses que había empezado a ayudar a Anne en su salón de té.

A Pablo también le hubiera gustado estudiar un poco más, pero pronto cumpliría dieciséis años y se sentía en la obligación de devolver a su familia una parte, aunque fuera ínfima, de todo lo que tan generosamente le habían dado. Quería ayudar en la economía de la casa, aunque, gracias al salón de té de Anne y al trabajo de Alphonse en la fábrica de perfumes Guichard, sus tíos no tenían problemas económicos. A pesar de ello, Pablo pidió a Alphonse que le buscara trabajo en la fábrica.

La Maison Guichard era una de las principales fábricas de perfumes de Grasse. Había sido fundada en 1849 y era un negocio totalmente familiar que pasaba de padres a hijos y que se había hecho un nombre, según contaba el tío Alphonse con un orgullo que hacía pensar que la empresa le pertenecía, cuando en 1891 la reina Victoria, que se encontraba en Grasse de visita, adquirió los nuevos aromas de jazmín y mimosa envasados en elegantes botellas de cristal de Baccarat.

A Pablo le gustaba el mundo de la perfumería. Y le subyugaba La Maison Guichard que había visitado a menudo acompañando a su tío. Y no era de extrañar porque la fábrica, que había estrenado un nuevo edificio en 1900, era una maravilla, con su salón típico provenzal y la colección de muebles de los siglos XVII y XVIII. Pero lo que más había impactado a Pablo fue descubrir que la estructura de la fábrica, su esqueleto, había sido diseñada por Gustave Eiffel. Al chico el nombre de Eiffel le llevaba a la memoria la imagen de su padre, así como aquellas fantásticas historias que él le contaba de su vida en París cuando trabajaba en la gran torre. Y pensaba que aquello no podía ser una casualidad sino una apuesta del destino y que, realmente, su camino se hallaba en La Maison Guichard.

Pero no tuvo suerte. En Guichard no había en aquellos momentos trabajo para un muchacho inexperto que aún no había cumplido los dieciséis años. Pablo se entristeció cuando Alphonse se lo comunicó. Pero el hombre no dejó de buscar y al cabo de unos días llegó a casa con una buena noticia:

—Me he enterado de que necesitan un chico de almacén en el taller de un perfumista artesano.

La familia estaba sentada alrededor de la mesa, cenando. Aprovechaban el momento de la cena para estar juntos y compartir las vivencias de la jornada que terminaba.

Pablo se apartó el flequillo rebelde que le caía encima de los ojos y fijó la mirada un poco decepcionada en su tío.

—¿Un taller artesano? Debe de ser un lugar pequeño, ¿verdad?

—Sí que lo es. Pero trabaja para Rallet. Sin duda es un buen lugar para empezar. Un lugar donde tendrás un contacto más directo con el perfumista. Donde podrás aprender y progresar más fácilmente si te gusta este mundo. Piensa que en la Maison serías uno de tantos, pero con Beaux...

—¿Beaux? —lo interrumpió Pablo, que no había oído hablar nunca de aquel perfumista en Grasse.

—Ernest Beaux. Es un refugiado ruso. Aquí tal vez no sea muy conocido, pero dicen que en Rusia perfumaba a la zarina.

Las cucharas dejaron de rascar los platos como cogidas por sorpresa. Las miradas se clavaron en Pablo. Él sonrió:

—¿Y cuándo empiezo? —preguntó.

3

Ernest Beaux era un perfumista francorruso nacido en Moscú hacía cuarenta años. Allí, con solo diecisiete, se había unido a la compañía Rallet, que dirigía su hermano, con el deseo de aprender a hacer jabones y perfumes. Pasados dieciséis años, Ernest ya ocupaba el puesto de director técnico y formaba parte del consejo de administración de la empresa.

Pero llegó la Primera Guerra Mundial y a él, que tenía el grado de teniente, lo enviaron al norte, a los lugares árticos más remotos del continente. Se pasó dos años rodeado por la tundra helada y por el olor de la nieve y de los líquenes. Durante la revolución se había unido a los aliados y a los aristócratas exiliados y se pasó la guerra interrogando a prisioneros bolcheviques en la tenebrosa prisión de Mudyug, en Arkangelsk, que era una especie de precedente de los campos de concentración modernos. Debido a las condecoraciones ganadas por los servicios prestados a Francia y a Inglaterra y a los rusos blancos, estaba claro que una vez terminada la guerra no podía pensar en regresar a la Rusia comunista. Y no únicamente porque creyera que los comunistas no le perdonarían jamás el hecho de haber suministrado perfumes a la corte real de los zares. Ese era, a buen seguro, el menor de sus pecados.

Beaux se instaló en la Provenza, concretamente en Grasse. Y no lo hizo tan solo influido por sus raíces francesas, ni por la fama de Grasse como ciudad perfumista. El caso era que Rallet pertenecía a una familia francesa de distribuidores de perfumes, propietaria de plantaciones de flores en todo el mundo y de grandes fábricas en Grasse dedicadas al tratamiento de jazmines y rosas. Por ello, Ernest Beaux abrió su taller de perfumista en Grasse, desde donde pensó que le resultaría fácil volver a colaborar con Rallet siempre que se lo pidieran. Los cálidos aromas del sur de Francia le insuflaron una nueva vida y le compensaron por aquellos años fríos y horribles pasados en Mudyug.

Pero el olor del Ártico ya se había apoderado del corazón y de los sentidos de Ernest Beaux. Siempre habría de llevar pegado a la piel el exquisito olor de las algas y del aire frío que le hacían estremecer. Y el deseo de captar esos olores y perpetuarlos en un perfume se instaló con él en Grasse.

4

El porte aristocrático de Ernest Beaux impresionó a Pablo cuando lo vio por vez primera. Ernest era un hombre alto, de rasgos muy marcados: labios carnosos y ojos grises y enormes que le conferían una expresión algo soñadora. El pelo negro se le alborotaba encima del rostro inteligente. Vestía siempre impecablemente, como si en lugar de ir a trabajar a su taller de perfumista, fuera a asistir a una reunión social.

Detrás de aquel físico atractivo se escondía un hombre de modales exquisitos que manifestaba una gran seguridad en sí mismo y una afable cordialidad con los que trabajaban con él, aunque era más bien parco en palabras. Sus largos silencios al principio intranquilizaron a Pablo porque lo hacían sentir inseguro. No acababa nunca de adivinar qué esperaba su jefe de él y lo pasaba mal porque no sabía si estaba, o no, satisfecho con su trabajo. Pero con el tiempo fue comprendiendo que esos silencios nada tenían que ver con él, sino que eran la señal evidente de que la cabeza de Beaux hervía de ideas.

El taller artesano donde Ernest Beaux seguía elaborando sus perfumes para Rallet en nada se parecía a La Maison Guichard donde Pablo había soñado trabajar. Pero el muchacho se olvidó pronto de la Maison y se empezó a enamorar de aquel lugar donde parecía habitar la verdadera esencia de los perfumes. Quizás eso se debiera a que, el primer día en que Pablo entró a trabajar con Beaux, el viento iba cargado con el aroma de los árboles y de sus hojas, que arrastraban promesas de lluvia.

Aunque su cometido allí era el propio de un mozo de almacén y, también, el de chico de los recados, Pablo no perdía ninguna oportunidad de visitar el laboratorio, el alma del taller, donde quedaba boquiabierto ante los cientos de frascos que abarrotaban la mesa de trabajo del maestro perfumista, llenos de líquidos que iban desde el rosa pálido hasta el gris opalino, pasando por el ámbar intenso. Era mucho lo que Pablo aprendía allí a diario. Y se daba cuenta, también a diario, de lo mucho que le quedaba por aprender todavía. Porque cuando Pablo empezó a trabajar con Beaux desconocía, solo por poner un ejemplo, que la grasa absorbía los olores. Palabras como esencia, concentrado o mezcla le decían poca cosa, aunque, poco a poco, fueron llenándose de significado. En el laboratorio, Pablo aprendió a utilizar el quemador Bunsen. Le encantaba contemplar la rigidez de la balanza con la que Beaux pesaba los ingredientes y se quedaba embobado ante aquellos elixires casi mágicos que el maestro mezclaba a conciencia en frascos transparentes siguiendo al pie de la letra las fórmulas que garabateaba en sus libretas llenas de misterios.

Aunque él no se daba cuenta, Beaux seguía con interés cada uno de sus nuevos descubrimientos. Cada pequeño progreso. Y lo observaba satisfecho cuando en lugar de salir a su hora y recuperar su joven libertad, se quedaba un rato más observando el fascinante mundo del laboratorio.

Una de aquellas tardes en las que el muchacho parecía resistirse a marchar, el perfumista lo sorprendió con una pregunta:

—¿Te gusta lo que ves?

La voz rasposa de Ernest Beaux cogió a Pablo desprevenido. Le respondió con un tímido movimiento de cabeza.

—Yo no era mucho mayor que tú cuando empecé, ¿sabes?

El chico se quedó mirando fijamente al perfumista, que se acercó a él envolviéndolo en el aroma de su perfume enigmático y desconcertante que transportaba a Pablo a un sugerente paisaje de bosques y árboles helados.

Los labios de Ernest se curvaron apenas en una sonrisa cargada de melancolía.

—Este trabajo es un arte. Así es como debe trabajar el perfumista: como un artista, porque él imagina sus perfumes de la misma manera que el compositor imagina una melodía.

El rostro de Pablo se oscureció bajo una ligera decepción. Las palabras de Beaux parecían cerrar la puerta a los sueños del muchacho.

—¿Significa eso que un perfumista debe nacer con ese don, al igual que nacen con su don los músicos y los pintores? ¿Es algo que no puede aprenderse?

Ernest masticó una sonrisa.

—En primer lugar, tiene que gustarte. ¡No! ¿Qué digo? Debe fascinarte. Debe ser tu pasión. Y, después, tienes que aprender.

Beaux se dirigió hacia su órgano de perfumista, un mueble en el cual los frascos de las materias primas estaban dispuestos en semicírculo, y cogió una pipeta. A continuación, abrió un pequeño frasco, introdujo en él la pipeta y apretó la pera. Puso una gota de ese líquido en una *mouillette*, una de esas pequeñas tiras de papel grueso donde se empapan los perfumes para olerlos; la sacudió y una esencia caprichosa se esparció por el aire, como un suspiro. Se la acercó a la nariz y, después de aspirar el aroma, la acercó a la nariz de Pablo.

El chico, tímidamente, aspiró aquel olor penetrante. Sin darse cuenta, cerró los ojos.

—¿Qué hueles?

—Cuero... Huele a cuero.

Beaux ensanchó su sonrisa, evidentemente satisfecho.

—El cuero es un perfume animal. Es el perfume de la energía primordial.

Repitió el ritual con otra esencia:

—¿Y ahora?

Pablo sudaba de angustia. No quería quedar como un tonto delante de Beaux. Pero enseguida se calmó. Aquel olor era fácilmente identificable:

—¡Narciso!

Ernest Beaux sonrió más abiertamente aún, con un gesto de aprobación.

—El perfume de la flor del narciso es el perfume del deseo. Plenamente sensual y embriagador.

En silencio, Beaux limpió los utensilios y los ordenó de nuevo. Se quitó la bata que utilizaba en el laboratorio y se puso la americana. Se dio la vuelta empezando a irse mientras Pablo no dejaba de observarlo en silencio.

—No lo olvides nunca, muchacho: para un perfumista, el olfato es como la vista para el resto de comunes mortales.

Estaba a punto de salir, pero aún añadió:

—¡Y tú tienes un buen olfato!

Pablo se quedó solo en el mundo mágico y aún desconocido del laboratorio. Sonreía. Intuía que Ernest Beaux acababa de abrir ante él una puerta que le mostraba el camino de su vida.

5

Cuando por fin salió a la calle, Pablo se encontró con que su primo Clément y Violette lo estaban esperando.

Clément se le acercó y le pasó un brazo por los hombros. Su voz sonaba alegre, como siempre:

—Le he preguntado a Violette si quería ir a pasear conmigo, los dos solos, pero no ha querido ni oír hablar del asunto. Ya ves, me ha obligado a venir hasta aquí a esperarte. Creo que eres su preferido.

Se puso una mano en el corazón en un gesto teatralmente cómico:

—¡No creo que lo pueda resistir!

Ni Pablo ni Violette le rieron la gracia.

—Ya ves, Pablo. Eres mi preferido —dijo Violette con una voz suave y aterciopelada, atravesando el rostro del muchacho con una mirada intensa. Una mirada que inquietó a Pablo.

Comenzaron a caminar los tres juntos sumidos en un silencio que solo el canturreo despreocupado de Clément rompía, mientras dejaban el pueblo atrás. Siguieron un sendero de piedras bajo la sombra fresca de los perales, respirando el aroma de la lavanda. Violette caminaba entre los dos primos, ausente, ignorando la belleza de aquellos campos donde se extendían los cultivos de flores, los viñedos y los olivares. Despacio, el sol se iba poniendo y proyectaba sus rayos ardientes sobre la densa franja de nubes.

Había sido un día lleno de sorpresas. Un día feliz. Pablo caminaba junto a dos personas a las que quería. Y, aun así, no lograba ahuyentar de su interior un leve pero tenaz desasosiego cuando, de soslayo, miraba a Violette y descubría su mirada penetrante clavada en él.

LA MUCHACHA DEL PELO ROJO

Grasse, junio de 1921

1

El primer recuerdo que Pablo tenía de Claudine era el de sus trenzas rojas brillantes como dos lenguas de fuego entre una extensión infinita de lavanda de hojas de plata y espigas lilas.

La lavanda era el símbolo de la Provenza. Su perfume incomparable, sus propiedades extraordinarias, la convertían en un tesoro para la región. Un gran abanico de azules y violetas teñían los campos de Grasse durante el periodo de floración, de junio a septiembre. La cosecha se realizaba a mano; pero como la demanda era tan importante, no era suficiente con los agricultores que se ocupaban normalmente de los campos, y hombres y mujeres jóvenes, e incluso los niños del pueblo, iban a recoger la lavanda que formaba parte, en Grasse, de la economía familiar. Equipados con las *voulames*, que era como llamaban en provenzal a las grandes hoces, los recolectores recorrían los vastos campos lilas, desde la salida del sol hasta la puesta, equipados con grandes sacos en donde iban depositando las plantas cortadas. Un buen cortador podía recolectar hasta cien kilos de lavanda al día.

Clément y Pablo siempre acompañaban a Alphonse en la recolección. Para ellos era una fiesta que compartían con los otros chicos del pueblo. Llenos de energía, se tomaban el trabajo como una competición cuyo ganador era premiado con un fin de fiesta amenizado con música, risas y comida que, como por arte de magia, hacía olvidar el cansancio del duro día de trabajo. A Pablo, el perfume de la lavanda le recordaba, además, a las manos de su madre cuando se acercaban a su cuerpo infantil para frotarlo con una toalla después del baño reconfortante. ¿Era un recuerdo, realmente? ¿O pura nostalgia? No. Pablo sabía que las manos de su madre olían a lavanda.

El rostro dulce de la chica de las trenzas rojas de las que escapaban algunos bucles rebeldes no había formado nunca parte, sin embargo, del grupo de jóvenes que año tras año se encontraban para la cosecha. Si la hubiera visto antes, Pablo no la habría olvidado, de eso estaba seguro. Además, allí se conocían todos. Por ello, su curiosidad iba en aumento y lo distraía del trabajo. Finalmente, no pudo contenerse más y se acercó a la muchacha.

—Hola, soy Pablo.

Ella levantó la cabeza, que protegía del sol con un sombrero de paja, y clavó en Pablo unos grandes ojos verdes, del color de la hiedra. Su mirada tenía una luz divertida.

—Yo me llamo Claudine.

—¿De dónde eres?

—De Grasse.

—No te había visto nunca.

La muchacha dejó de faenar. Le lanzó una sonrisa cálida y algo burlona, mientras arqueaba una ceja.

—Grasse es lo suficientemente grande como para que no nos tropecemos unos con otros por la calle, ¿no? —Pablo notó que se sonrojaba y ella añadió, conciliadora—: Además, he estado bastante tiempo fuera.

—¿Y es la primera vez que vienes a la cosecha?

—Sí.

Se quedaron mirando en silencio. Solo unos segundos. Pablo arrancó unas ramas de lavanda y las clavó en el sombrero de paja de la muchacha. Ella esbozó una sonrisa fugaz, como una neblina. Todo en ella era suave. Su sonrisa, también.

Aquella mañana siguieron segando la lavanda el uno junto al otro bajo un sol de justicia, sin hablar mucho, tan solo intercambiando sonrisas y miradas. Claudine, de vez en cuando, miraba a Pablo de reojo y se entretenía en la esbeltez de su cuello, en su mandíbula angulosa y en aquellos ojos castaños cuyos misterios desconocía. El flequillo le caía al muchacho continuamente sobre los ojos y ella tuvo que reprimir las ganas de apartárselo suavemente con la mano.

Ambos compartieron en silencio la sensación de que aquel era uno de esos días en que empieza algo nuevo.

Por la noche, y a pesar del agotamiento de un día de trabajo en el campo, Pablo tardó en poder conciliar el sueño. No podía sacarse de la cabeza aquellas trenzas rojas y gruesas, ni los ojos rasgados y verdes de Claudine. Ni su cara de nácar, donde se asentaban una naricita y unos labios delicados. Ni cómo se mojaba los labios resecos por el esfuerzo y el calor con la lengua mientras lo miraba de reojo y sonreía.

No. Pablo no podía dormir ni controlar la erección que le crecía entre las piernas. Cuando finalmente pudo conciliar el sueño, soñó con la chica de las trenzas rojas. Ella se le acercaba, le cogía el rostro entre sus manos y le depositaba un beso en los labios. Suave, suave. Él luchaba para no perderse para siempre en el abismo de sus ojos. Volvió a despertarse de madrugada sintiendo la caricia de los dedos de la muchacha en la piel.

Cuando Clément, tan pronto como hubo amanecido, tiró de las sábanas y sacudió a su primo para despertarlo entre bromas y gritos, Pablo, parpadeando bajo la luz del nuevo día que nacía entre promesas de calor, supo dos cosas: que era incapaz de levantarse para ir a trabajar y que estaba enamorado.

2

El salón de té de Anne Guerin era un lugar pequeño, acogedor, decorado con gusto, que en nada recordaba a la antigua confitería donde había sepultado parte de su juventud. Una gran lámpara con lágrimas de cristal iluminaba el local, que únicamente recibía la luz natural del exterior a través de la vidriera del escaparate, donde se exponían todo tipo de dulces colocados en hermosas bandejas o en botes de cristal de todas las formas y tamaños.

Al cruzar la puerta, el cliente encontraba a su izquierda un largo mostrador de madera oscura rebosante de dulces, pasteles y bollería. A la derecha, cuatro mesitas redondas de mármol (no cabían más) acogían a los que se quedaban a degustar las especialidades de la casa: el chocolate *viennois* o el *thé au jasmin*. Por los rincones, muebles de anticuario, vitrinas altas y mesas con un cierto gusto rococó mostraban lo que la tienda anunciaba en el cartel pintado a mano con escritura fantasiosa en la entrada: *chocolats, thés, confiserie, dragées, cadeaux...*

Hacía unos meses que Violette trabajaba con Anne. Hasta ese momento, la mujer no había tenido necesidad de ningún tipo de ayuda. De hecho, no la necesitaba aún. Podía ella sola con su pequeño negocio. Era lo que había hecho toda la vida, lo que conocía y lo que le gustaba. Le gustaba mucho. Pero había decidido dedicarse un poco más de tiempo libre. Tenía cuarenta y ocho años y el cuerpo frágil de una adolescente. Sus espléndidos cabellos negros, que siempre se recogía con gracia, se le empezaban a llenar de hilos de plata. Su rostro, como cuando era joven, parecía iluminado desde dentro con una fuerza secreta y una alegría que no se acababan nunca. Y, sin embargo, Anne sentía que la vida le pasaba por delante demasiado deprisa. El tiempo se le escapaba entre los dedos, como granos de arena que uno quiere retener inútilmente. Cuando miraba a sus chicos, como solía llamar a Clément y a Pablo, se estremecía. Clément era, a los quince años, alto y espigado. Solo conservaba, del niño que había sido, aquella bonita sonrisa. Y los sueños. Clément era un soñador y un romántico.

También Pablo había cambiado mucho desde su llegada a Grasse. ¡El hijo de Marie! Anne había hecho todo cuanto estaba en su mano para que se encontrara a gusto entre ellos, entre su nueva familia, para que no tuviera que vivir con la pena de la ausencia de sus padres pegada al alma, y aunque sabía que nunca podría sustituir del todo esa ausencia, parecía que los resultados habían sido inmejorables. Los ojos de Pablo, tan huérfanos de ilusiones cuando llegó a Grasse, habían aprendido a sonreír. Se estaba convirtiendo en un chico muy atractivo; era un poco más bajo que Clément, pero más fuerte. Los pómulos se le habían pronunciado y se le habían vuelto más arrogantes, más masculinos. A los dieciséis años, a Anne le parecía que la mirada de Pablo era totalmente adulta. Escrutaba el mundo buscando respuestas y, a menudo, sus silencios eran profundos. Cuando lo miraba, le parecía volver a ver a Marie con los ojos de la memoria y se sentía invadida por una añoranza absoluta y desoladora.

Efectivamente, Anne había decidido dedicarse más tiempo a sí misma y también a Alphonse ahora que los chicos ya no la necesitaban tanto. En lo referente al negocio, solo bastaba encontrar a alguien de confianza que la ayudara en las tareas más sencillas: limpiar, despachar y atender las mesas, y que se hiciera cargo del negocio los domingos por la mañana. Cuando la madre de Violette, su vecina de rellano, le comentó que la chica no quería seguir estudiando y que la avisara si se enteraba por las clientas de algún trabajo que pudiera convenir a su hija, Anne vio el cielo abierto. Violette era una muchacha de toda confianza, la conocía desde siempre y era muy amiga de los chicos. Y además era joven y trabajaría con energía. Se lo propuso y Violette aceptó encantada.

3

Era un domingo de mediados de junio y el cielo, de tan azul, deslumbraba. Las calles de Grasse estaban colmadas del perfume y de la luz de aquel cielo sin rastro de nubes, presagio de un verano caluroso.

Los domingos por la mañana había bastante trabajo en el salón. Cuando terminaba la misa matinal, el pequeño local se llenaba de familias que iban a tomar algún refrigerio y de niños en busca de caramelos y otras golosinas. Violette iba del mostrador al escaparate, y del escaparate a servir las mesas de los clientes. Le gustaba ese trabajo. Le gustaba envolver los dulces en delicados paquetes rematados con un lazo, llenar papelinas de caramelos o peladillas y caminar de forma sinuosa y rápida entre las mesas con la bandeja haciendo equilibrios en sus manos.

Los domingos por la mañana, cuando era ella quien llevaba el timón del salón de té, disfrutaba imaginando que era la dueña. Con su vestido estampado con pequeñas flores de colores, el mejor que tenía, y el impoluto delantal blanco con encajes del mismo color, iba de un lado a otro sin parar, orgullosa de tenerlo todo bajo control: las mesas servidas y la tienda limpia y ordenada como a Anne le gustaba.

Acababa de sonar la campanilla anunciando la entrada de más clientes. Un grupo de niñas ruidosas y alegres como cascabeles aparecieron en la tienda. Querían peladillas de las redondas, las de colores que sabían a anís. Con una sonrisa en los labios Violette fue hacia el escaparate. Abrió el largo bote de cristal donde dormían los confites y, cuando se disponía a poner unos cuantos en un cucurucho que ella misma acababa de hacer, miró hacia la calle. Se quedó helada. Parecía una estatua de hielo por fuera, pero de su interior subía un fogonazo de calor que le quemaba en las mejillas.

En la calle, Pablo paseaba junto a una joven pelirroja de sonrisa irresistible que vestía un juvenil y elegante vestido de rayas marineras que le llegaba por debajo de la rodilla, ceñido a la esbelta cintura con una lazada blanca. La chica llevaba el sombrero en las manos como si no quisiera ocultar el sol de sus cabellos. Miraba a Pablo con ojos que sonreían y los de él borboteaban como si estuvieran a punto de entrar en ebullición de un momento a otro. Caminaban entre risas, desprendiendo entusiasmo y picardía por cada poro de la piel.

Violette se quedó muy quieta, de pie ante el escaparate, observando cómo la pareja se alejaba entre sonrisas. Su rostro se había transformado en una superficie granítica. Quizás habría pasado el resto de la mañana de ese modo, olvidada de todo, si las voces escandalosas de las pequeñas clientas no la hubieran devuelto a la realidad.

—¿Y los confites? ¿Por qué tardas tanto?

Violette giró la cabeza lentamente. Miró a las niñas; luego bajó la mirada hacia el cucurucho vacío y lo llenó. De pronto le habían entrado unas ganas horribles de salir de allí. Quería que terminara la mañana, poder cerrar el salón de té y echar a correr detrás de Pablo y de aquella desconocida.

Cuando las niñas se fueron, Violette regresó hacia el escaparate para otear de nuevo la calle. Pablo y la muchacha ya no estaban, pero habían dejado en su corazón la estela de su paso. Se abrazó a sí misma con fuerza, encogiéndose, como si le hubiera caído encima todo el frío del mundo.

Y se juró que se enteraría de quién era aquella chica a quien Pablo miraba como no la había mirado nunca a ella.

4

Al final del paseo de Les Terrasses se alzaba la elegante mansión de los Guichard, muy cerca del Château Isnard.

Les Terrasses era un paseo arbolado situado en la pendiente que desde la cima de la colina descendía hacia los campos rebosantes de flores. Con unas vistas privilegiadas, rodeado de los aromas de las rosas y las mimosas, el paseo acogía las residencias de la gente acomodada de la ciudad.

Aquel domingo al mediodía, Claudine llegó ante la verja de su casa con las mejillas encendidas y los ojos todavía llenos de la plateada luz de los setos de lavanda que se erguían a ambos lados de la carretera serpenteando sin que se pudiera vislumbrar el final.

Era el segundo domingo que salía a pasear con Pablo. Le gustaba Pablo. Tenía ya dieciséis años y había pasado más de siete como interna en un colegio de monjas parisino. Un lugar elegante donde le habían enseñado lo que una señorita debía saber, pero que no dejaba de ser una prisión de la que, a medida que pasaba el tiempo y se hacía mayor, solo quería escapar. Aquel era su primer verano de completa libertad. Sus padres le habían advertido que lo aprovechara para pensar qué le gustaría hacer después. Le habían hablado de un viaje por Europa que cerraría su etapa de formación: las bellezas clásicas de Italia y Grecia podrían ser el objetivo de aquel viaje.

Pero Claudine no quería pensar en el después: el ahora le encantaba. Se sentía libre. Hacía cosas que no había hecho nunca, como ir a los campos para la recogida de la lavanda. O recorrer los laboratorios de la gran casa de perfumes de su familia y meter la nariz en todas partes. Y, sobre todo, salía con un chico por primera vez en su vida. Y no solamente estaba entusiasmada porque salir con un chico era divertido, extraño y emocionante, sino que cada vez estaba más convencida de que aquel chico le gustaba. Y mucho.

Realmente, después de haber pasado la mañana con Pablo recorriendo caminos aledaños al pueblo y hablando de todo un poco, a Claudine le parecía que tocaba el cielo con la punta de los dedos de tan eufórica como estaba. Era como si flotara en aquella nueva experiencia, sin atreverse todavía a ponerle nombre a la multitud de sentimientos desconocidos y sorprendentes que la invadían. Estaba desconcertada, ilusionada, atribulada... Si aquello era un sueño, ella no quería despertar.

A causa del calor, la mansión de los Guichard tenía las persianas bajadas y un cierto aire de ausencia. Claudine subió a la carrera la gran escalera de mármol del vestíbulo que conducía a las habitaciones sin cruzarse con nadie de la familia ni del servicio. Tanto mejor, porque quería cambiarse y refrescarse antes de la comida. Si su madre la veía tan acalorada, le haría todo tipo de preguntas que ella no tenía ganas de responder. Y no porque pensara que hacía nada malo aceptando la compañía de Pablo. No era eso. Simplemente pensaba que todo lo que le ocurría era únicamente suyo y de momento no le apetecía compartirlo con nadie. ¡Demasiado que había tenido que compartir el día a día, incluso los pensamientos, en el internado! Ahora su vida le pertenecía, ¡y era embriagadora!

Se encerró en su cuarto. El airecillo veraniego, cálido y perfumado de hierba, hinchaba las cortinas. Se echó sobre la cama dejando que el alud de sensaciones que la invadía la envolviera por entero y se dispuso a disfrutar del tímido cosquilleo de las emociones que nacían en su interior.

5

Violette tenía aquella imagen impresa a fuego en el cerebro. Lo que había visto le había provocado una ola de miedo imposible de contener. Y de rabia. De celos.

A ratos, se maldecía por haber alimentado esperanzas ingenuas respecto a Pablo. Pero, poco después, como ave fénix, resurgía de las cenizas de su derrota para, serena, planear qué pasos debía seguir para solucionar esa situación. Porque si de algo estaba segura Violette era de que su amor por Pablo no estaba hecho de ilusiones adolescentes. Lo amaba con corazón de mujer. De la mujer que latía en aquel cuerpo de quince años que florecía salvaje como los matorrales de menta silvestre que adornaban los márgenes del pueblo. Y no pensaba renunciar a ese amor. Pablo sería suyo, a toda costa. Se había hecho a sí misma aquella promesa y la cumpliría.

Así que lloró en soledad hasta quedarse sin lágrimas y sin voz. Pero cuando vio que ya no le quedaban más fuerzas para seguir llorando, se puso manos a la obra. Tenía que saber quién era la pelirroja. Tenía que apartarla como fuera del camino de Pablo.

Aquel lunes volvió al trabajo como si su infierno particular fuera cosa olvidada y superada. Su rostro parecía una máscara impasible que no dejaba traslucir ninguna emoción.

Trabajó junto a Anne, como si nada ocurriera. Se empleó a fondo para no distraerse, para hacer bien su trabajo. Y cuando decidió que había llegado el momento, dirigió una mirada escrutadora a Anne y le dijo:

—El domingo vino a comprar una chica muy guapa. Me sorprendió porque no había venido nunca antes. Pero me pareció que la conocía de algo. Su rostro me era familiar... —Se mordió el labio, pensativa—. No pude dejar de pensar en ella durante todo el día. Igual que cuando tienes el nombre de alguien en la punta de la lengua y no te sale.

Anne la miraba divertida.

—¿Y no le preguntaste cómo se llamaba?

Violette movió la cabeza de un lado para otro y parpadeó un poco escandalizada.

—¡Oh, no! Lo considero de mal gusto... Una clienta... Se podría molestar.

—Bueno, pues di, ¿cómo era? ¿Tenía algún rasgo especial?

La joven se golpeaba el labio, pensativa.

—Muy bonita. De mi edad más o menos. Muy bien vestida. ¡Ah!, y con un espectacular pelo rojo.

Anne volvió al trabajo que había dejado para escuchar a Violette.

—Me estás describiendo a la joven Guichard.

Violette se volvió hacia Anne con los ojos muy abiertos; la máscara de indiferencia le había caído del rostro haciéndose añicos.

—¿Guichard? ¿De los perfumes?

—Sí, la nieta del viejo perfumista. Seguro que ya la habías visto antes porque es de Grasse, claro. Pero se ha pasado muchos años interna en un colegio. En París, creo. Es por eso que no suele frecuentar el salón.

Dentro de la cabeza de Violette las ideas se abrían paso a empujones. ¿Qué debía hacer? ¿Qué era lo más adecuado? No había esperado que la desconocida fuera la heredera de los Guichard. Eso cambiaba las cosas. Las ponía más difíciles. ¿O tal vez más fáciles? ¡Pobre Pablo! Seguro que no sabía con quién estaba saliendo. Ni que era el último capricho de una niña rica.

Enseguida tomó una decisión. Pablo debía saber el peligro que corría. Si le decía que se estaba enzarzando en una relación imposible, si impedía que aquella chica rica jugara con él y con sus sentimientos, él se daría cuenta de cómo se preocupaba por él. Le estaría eternamente agradecido.

Tenía que hablar con él.

Se dispuso a hacerlo unos días después, cuando ya había preparado y ensayado a fondo todo lo que le tenía que decir y cómo se lo tenía que decir.

Decidida, Violette se dirigió hacia el taller de Ernest Beaux. Cuando ya llevaba un buen rato esperando que Pablo saliera del trabajo se dio cuenta de que estaba hecha un manojo de nervios. Pero, al ver al chico, una sonrisa se le dibujó en los labios quemando todos sus miedos. Y sus dudas.

Pablo la vio y también sonrió. Ella se le acercó. ¡Cómo hubiera deseado en aquel momento trenzar sus dedos con los del muchacho! Pero él, con las manos en los bolsillos del pantalón, la miraba curioso.

—¿Habíamos quedado?

—No. ¿Te molesto?

—Claro que no.

—¿Quieres que demos un paseo?

—Bueno...

—Tengo que hablar contigo.

Echaron a andar y las palabras comenzaron a salir despacio y ordenadas de la boca de Violette. La muchacha hablaba pausadamente, arrastrando los pensamientos hasta los labios. Él la escuchaba sin pestañear.

Cuando Violette terminó de hablar, Pablo la agarró por el brazo. Notaba cómo en su interior nacía un fuerte arrebato de cólera que le dejó un sabor amargo en la boca; tuvo la certeza de que se acababa de resquebrajar la ligera membrana que lo mantenía a una distancia prudencial de Violette.

—Nunca, escúchame bien, Violette, nunca más te atrevas a meter la nariz en mi vida.

Y dicho esto, Pablo le dio la espalda y comenzó a bajar la empinada calle con firmes zancadas.

La muchacha se quedó quieta. Lo vio alejarse. Notaba las manos sudorosas y la espalda tan fría como las piedras en invierno. Masticó las palabras que Pablo le acababa de arrojar a la cara con rencor. Unas palabras que se le habían clavado directamente en el corazón.

Los últimos rayos de sol la hicieron parpadear.

No lloró.

Sonrió, a pesar de todo.

Allí no acababa nada.

Allí empezaba todo.

COCO

Grasse, julio de 1921

1

Pablo y Claudine se veían con más frecuencia, casi a diario. Pero lo hacían a escondidas. Las advertencias de Violette respecto a la posición social de Claudine habían hecho recapacitar a Pablo, que llegó a la conclusión de que debían ser cautos. Creyó necesario, además, hablar con la muchacha del asunto; la puso al corriente de sus temores, advirtiéndola de las murmuraciones que su relación podía despertar y le pidió que fueran prudentes. En ningún caso se esperaba la respuesta airada y ofendida de la joven Guichard:

—¿Y qué, si murmuran? ¿Es que acaso hacemos algo malo?

—Nada —respondió Pablo.

—Pues si nos escondemos daremos a entender que sí, que estamos haciendo algo malo de lo que hasta nosotros mismos nos avergonzamos —replicó Claudine, ofendida por la prevención del muchacho—. No tengo ninguna intención de esconderme, ¿lo oyes? Claro que si tú te avergüenzas de salir conmigo...

Los ojos de Pablo se llenaron de tristeza y de preocupación. Era un joven maduro para la edad que tenía. Anne no se equivocaba cuando veía esa madurez tan precoz en su mirada.

—Tú y yo no pertenecemos al mismo mundo, Claudine —intentó hacerla razonar él.

—¡Oh! ¿Acaso hay mundos diferentes?

Claudine lo había tenido todo en la vida. Lo tenía todo. Y, además, el amor acababa de llamar a su puerta con una fuerza inusitada. No pensaba en nada más que en el presente, incapaz de intuir lo que podía venir, lo que la vida era capaz de arrebatarle.

—Pero ¿qué es lo que quieres? ¿Que tus padres se enteren de que sales con un mozo de almacén y te encierren en casa?

Claudine se quedó mirando a Pablo con los ojos muy abiertos. Una nota de inquietud vibró en su voz al responder.

—No. Mis padres no son de esa clase de gente —dijo, y le pareció que las ideas se le enredaban un poco en la cabeza. Dudó—: No creo que hicieran eso.

—Mejor que no nos expongamos.

—¿Me estás diciendo que no podremos amarnos nunca a la luz del día? —preguntó ella con la voz más dulce, la mirada anhelante, mientras apartaba un mechón de pelo de la frente de Pablo y le acariciaba el rostro.

—Nunca es una palabra demasiado larga. Somos jóvenes. Lucharemos. Pero no quiero dejar de verte por culpa de las murmuraciones de aquellos que no están dispuestos a entender que nos queremos.

Pablo bajó la mirada al suelo mientras pensaba que tal vez ella tenía razón y era él quien se equivocaba. Le hubiera gustado ser más lanzado, menos reflexivo, pero tenía demasiado miedo a perder a Claudine ahora que la había encontrado. Volvió a levantar los ojos hacia ella con ansiedad, buscando su conformidad.

La muchacha le sonreía con los ojos tristes. Pero pronto, todo el amor que sentía por él y que crecía día a día en su corazón volvió a aletear en sus pestañas.

—Te quiero, Pablo.

—Te quiero, Claudine.

2

Pablo se despidió de Claudine y se dispuso a ir hacia el trabajo. Robaba las horas de donde podía para poder ver a su amada. Ese día se había quedado sin almorzar para poder estar media hora escasa con ella.

Tal vez fuera por eso, porque se sentía hambriento, o quizás porque despedirse de Claudine le entristecía cada vez más o, simplemente, porque notaba el aire cálido de aquel mediodía de finales de julio mordiéndole la piel, el caso es que volver al laboratorio se le hacía una montaña. Pero esa desgana pareció evaporarse en una nube de curiosidad en cuanto llegó frente al taller de Beaux. Su jefe estaba en la puerta y parecía despedirse de una pareja muy peculiar que enseguida atrajo la atención de Pablo y le hizo olvidar la maraña de ideas y sensaciones que le rondaba por la cabeza.

El hombre era alto y delgado, con el pelo rubio engominado y la mirada muy clara. Vestía un elegante traje de rayas anchas, americana corta y hombros estrechos; y el pantalón, como la moda imponía, dejaba ver los calcetines a rombos. A pesar del calor, lucía un pañuelo de seda en el cuello y sostenía en la mano un canotier. Pablo pensó que tenía un aire ciertamente aristocrático.

La mujer que lo acompañaba era menuda y delgada, vista de espalda podía pasar por una adolescente. Pero su rostro mostraba a las claras que era una mujer madura, mayor que su acompañante. Tenía los ojos negrísimos y muy vivos, burlones e inteligentes, y su pelo era también muy negro, abundante y cortado a la moda *garçon*. La boca era ancha y descarada. Tal y como iba vestida era fácil deducir que sus gustos eran atrevidos, y que poseía una fortísima personalidad. Pablo no podía dejar de mirarla, sorprendido. Y es que no había visto nunca a ninguna otra mujer vestida con aquella especie de dos piezas de chaqueta y falda escandalosamente corta y estampada con motivos geométricos de un tejido de punto que parecía resbalarle por el cuerpo negándose a mostrar sus formas femeninas. Solamente se adornaba con un collar de perlas de vueltas y no llevaba sombrero.

Pablo se quedó cerca de la puerta observando sin disimulo y esperando a que Beaux acabara de despedirse. Cuando lo hubo hecho, el chico entró en el taller siguiendo al perfumista sin dejar de girar la cabeza hacia la pareja que se alejaba.

—¿Quiénes son? —preguntó sin reprimir su curiosidad.

Beaux sonrió sutilmente.

—Él es un viejo amigo, un exiliado ruso, como yo. —La sonrisa se ensanchó en sus labios y se volvió un poco más irónica—. Bueno, no sé si es muy correcto afirmar que Dimitri Pavlovich es un exiliado ruso como yo. De hecho, es el sobrino del zar.

Ernest Beaux se quitó la elegante y fina americana veraniega y cogió la bata blanca de la percha. Era un gesto cotidiano y repetitivo que señalaba mejor que cualquier reloj el inicio de una nueva sesión de trabajo. Pablo se había quedado mudo. No daba crédito a lo que acababa de oír.

—¿Del zar...?

—En cuanto a la mujer, bueno... Seguro que has oído hablar de ella. Es la diseñadora de moda más innovadora de París. Su fama la precede. —Miró al chico de reojo. Pablo tenía cara de estar en la inopia—. Es Coco Chanel.

LA NUIT PERSANE

Paris, junio de 1911

1

«Et ce sera le Mille e deuxième Nuit
Et cette nuit-là il n'y aura pas de nuages dans
Le ciel et rien de ce qui existe n'existera
Il y aura des clartés & des parfums & des
Flûtes et de timbales & des tambours des
Soupirs de femmes & le chant de l'oiseau...».

«LA MILLE & DEUXIÈME NUIT CHEZ PAUL POIRET
La fête aura lieu le samedi 24 juin 1911.
Elle serait remise en cas de mauvais temps.
Un costume emprunté aux contes orientaux est absolument de
[rigueur».

Era una dulce noche de verano. La noche del 24 de junio de 1911.
Una noche que quedaría en el recuerdo de muchos.
    El automóvil dejó a Boy Capel y a Gabrielle Chanel ante el 107
de la Rue de Faubourg Saint-Honoré, justo enfrente de la lujosa re-
sidencia de Paul Poiret, el modisto de moda que todo París adoraba.
Todo París menos Gabrielle Chanel, a quien todo el mundo conocía
como Coco. Porque aquella joven de veintiocho años, tímida e inse-

gura, a veces orgullosa y atrevida casi siempre, de natural ardiente y rebelde en sus gustos, despreciaba sin rubor la moda que Poiret imponía a las parisinas. Le agradecía, eso sí, que hubiera liberado a las mujeres de la esclavitud de los corsés, pero renegaba de sus fantasías delirantes, de aquellas orgías de plumas y colores, del aire oriental de sus creaciones inspiradas en los ballets rusos de Diáguilev.

De hecho, ella era el anverso de la medalla en cuanto a moda se refería. En su tienda del entresuelo del número 31 de la Rue Cambon, que había podido alquilar gracias al dinero de Boy Capel, su amante inglés, Coco empezaba a mostrar un estilo que era, ni más ni menos, el que ella lucía: camisas de punto que recordaban las que usaba Boy, que era jugador de polo, jerséis, chaquetas *blazer* y sombreros rígidos y adornados de una manera inquietantemente sencilla que ella misma diseñaba.

Claro que aquella noche del 24 de junio de 1911, Coco no iba vestida con uno de sus trajes severos y algo masculinos ante el cual el gran Poiret habría fruncido, sin lugar a dudas, sus pobladas cejas. Aquella noche, tanto ella como su pareja iban ataviados como si acabaran de escapar de uno de los cuentos de Sheherazade.

—¡Me siento ridícula! —gruñó Coco, malhumorada.

Los magníficos ojos verdes de Boy se clavaron en ella, amorosos y burlones a la vez. Además de unos ojos espectaculares, Boy contaba con otras armas para enamorar a las mujeres que solían caer rendidas ante sus encantos sin demasiadas dificultades: era elegante, sofisticado y sabía sonreír de una manera casi magnética. Sin duda, Arthur Capel era todo un seductor.

Abrazó a Coco de una manera paternal. Él era tan alto y ella tan menuda, que cuando la abrazaba desaparecía entre sus brazos. ¡Cómo disfrutaba Coco de aquellos abrazos! Le encantaba dejarse mecer, mientras cerraba los ojos y aspiraba el olor de su amante. Olor a cuero y a bosque. Olor a jabón de limpiar pieles.

—Querida —le susurró Boy al oído—. Te conviene asistir a estas fiestas.

—¿Para qué? ¿Para dejarme ver? ¿Para que las señoronas disfrazadas con los trajes de Poiret puedan ver de cerca a la amante de Boy Capel? ¿Para que murmuren, charlen, husmeen y se queden a gusto? ¿Para que puedan decir que soy muy poquita cosa para un hombre tan apuesto...?

Boy se separó de ella y soltó una carcajada sonora.

—De acuerdo, para ya... —dijo divertido, zanjando la discusión y depositándole un beso suave en la punta de la nariz; de aquella nariz respingona que él adoraba. Coco lo observaba con la mirada viva y transparente que es propia de las mentes rápidas—. Principalmente —siguió explicándose Boy—, para darte a conocer entre tu posible clientela. Para empezar a hacerte un lugar en este mundillo que, ahora, es el tuyo.

Coco se arregló el turbante que ella misma había confeccionado y adornado con una gran y vistosa pluma de avestruz, cuya verticalidad había echado a perder el abrazo de Boy.

—¡Bah! No creo que las clientas de Poiret puedan llegar a ser nunca clientas mías.

Él la tomó suavemente del brazo y, haciéndola avanzar hacia la escalera que conducía a la puerta de entrada de la mansión, añadió, con la seguridad propia de un hombre de negocios:

—Eso nunca se sabe. Además, entre los trescientos invitados a esta fiesta no todos son... ¿Cómo has dicho, querida? —preguntó Boy, que, aunque hablaba un francés impecable, a menudo tenía dificultades para recordar algunas de las palabras coloquiales con las que Coco adornaba sus conversaciones.

—¡Señoronas! —repitió Coco tan despectivamente como la primera vez.

—¡Eso es! Señoronas —se burló Boy, y añadió—: La fiesta también estará concurrida por muchos artistas. Artistas de todas las disciplinas, algunos de los cuales ya te conocen y a quienes les gusta lo que tú haces.

Coco guardó silencio. De hecho, disfrutaba con la compañía de los artistas. Al menos, ellos no la juzgaban en su condición de amante de Boy. Se había dado cuenta de que entre los pintores, escritores y gente de teatro que su amante le había ido presentando a lo largo del año que hacía que compartían sus vidas no necesitaba fingir ni tener los sentidos en alerta. No se sentía cohibida. Eran hombres y mujeres que vivían de y por el arte y que no se dejaban llevar por las maneras rígidas y asfixiantes de la alta sociedad que poblaba París: lores ingleses, duques rusos y grandes damas francesas que fascinaban y atemorizaban a Coco. Sobre todo, la atemorizaban. Ella prefería los gustos atrevidos de los artistas. Gustos atrevidos como los suyos. O puede que no. Quizás los gustos de Coco no eran todavía los gustos de nadie que no fuera Coco.

2

La pareja franqueó la puerta de entrada y penetró en un oasis de oscuridad al que sus ojos tardaron un poco en acostumbrarse. Las ventanas, la casa entera, estaban cubiertas con grandes cortinajes y tapices. El mundo con sus ruidos, su luz y, sobre todo, con su empalagosa cotidianidad quedaba fuera.

Un escuadrón de criados, vestidos como tocaba para la ocasión, se encargaba de recibir a los invitados.

La pareja se unió a un pequeño grupo. Todos lucían sus disfraces tal y como la invitación exigía. Todos ellos fueron conducidos a un salón en donde los recibió un adonis de piel oscura que cubría solo una pequeña parte de su cuerpo, la indispensable para no ofender el pudor de algún invitado más melindroso, con una breve tela de seda de un color vivo y vistoso que armonizaba a la perfección con el ébano de su piel.

Armado con una antorcha, el fascinante personaje condujo al grupo por un pasillo que desembocaba en el gran jardín de la mansión, que, como el resto de la casa, permanecía envuelto en una atmósfera oscura y misteriosa. Un gran tapiz recubría las losas de la escalinata, así como la arena de los caminos que lo cruzaban, de tal modo que los pasos de los que por allí deambulaban sonaban amortiguados y las conversaciones se diluían en un susurro más propio de una iglesia que de una gran fiesta. El silencio y la quietud formaban parte del ambiente y reinaban en ese paraíso artificial iluminado por luces escondidas entre el follaje, que le conferían un color especial y enigmático, creando la ilusión de un bosque frondoso animado únicamente por el parloteo de las cotorras.

Boy se detenía a cada paso admirando los prodigios que la noche les brindaba. Hasta que, de repente, la pareja descubrió al gran sultán sentado al fondo del jardín. Era el mismísimo Poiret, con su larga y blanca barba, un látigo de marfil en las manos y rodeado de lascivas concubinas.

Observaron, divertido Boy, enfurruñada Coco, cómo los invitados iban acercándose al Gran Sultán para saludarlo a la manera islámica, como las reglas de la mascarada pedían. También ellos se acercaron para presentarle sus respetos, aunque quien habló con el modisto fue Boy. Coco solo consiguió clavar la mirada sobre aquel sultán de opereta y escrutarlo con frialdad. La puesta en escena, aunque tenía que reconocer que era original y sorprendente, resultaba excesiva para Coco. Ella adoraba la sencillez, que era de donde extraía toda su elegancia.

Boy trató de explicar a Coco que Poiret se había inspirado para ambientar su gran fiesta en la leyenda de *Las mil y una noches* que tan de moda estaba en París desde que un año antes se celebrara la *première* de Sheherazade en la Ópera. Pero Coco no acababa de disfrutar del ambiente que, más que divertirla, la inquietaba. El humor se le volvía agrio. Boy, intuyendo la inquietud de su enamorada y conociendo sus estallidos de mal humor, no se separó de ella ni un instante. Ella se lo agradeció. Lo miró a los ojos. Le gustó lo que veía. El amor la había convertido en otra Gabrielle; en una Gabrielle alada y más libre.

Una vez que los trescientos invitados se hubieron reunido en el jardín, se dio paso al festín y a los espectáculos que nada tuvieron que envidiar a los prolegómenos. La fiesta se convirtió en una confluencia de sensaciones. Boy y Coco caminaban erráticos, cogidos del brazo, entre copas chispeantes.

Cuando ya la noche empezaba a despedirse sin hacer preguntas y una nueva luz llena de polvo y lentejuelas cubría aquel decorado de cuento, estalló en medio del follaje un ramillete de fuego que se elevó hacia el cielo como si quisiera conquistarlo, deshaciéndose, antes de llegar a él, en rojizas flores de cristal.

Con el estallido de los fuegos artificiales aún en los ojos, Coco manifestó a Boy su deseo de irse. Como todas las damas, también ella fue obsequiada con un presente muy especial al abandonar la fiesta. Con un frasco de perfume. Era un perfume creado por Poiret, el primer perfume insignia de su casa de modas y uno de los primeros perfumes creados por un modisto. El nombre era muy significativo y explicaba muchas cosas: Nuit Persane.

3

Coco y Boy vivían en el apartamento que él poseía en la Avenue Gabriel, una calle discreta llena de árboles que corría paralela a los Campos Elíseos. Ella había transformado el apartamento de arriba abajo: había cubierto los suelos con alfombras de lana natural que le recordaban el color del barro. También los muebles eran de colores naturales. La sensación de intimidad se acentuaba gracias a las mamparas chinas lacadas Coromandel que Coco movía constantemente creando nuevos espacios, adornados siempre con grandes jarrones llenos de flores blancas. De esta manera, el pequeño y elegante apartamento de aquel hombre soltero se convirtió en el espacio personal de una pareja de amantes.

La madrugada ya acechaba los cielos brumosos de París cuando Coco se puso el pijama masculino con el que dormía siempre. Se lavó los dientes y se cepilló la larga melena azabache que contrastaba con su piel tan blanca. La iba peinando hacia atrás y a medida que lo hacía sus cabellos se volvían más y más brillantes. La puerta de la sala de baño estaba abierta y podía ver a Boy completamente desvelado leyendo tumbado en la cama. Cuando ya casi estaba lista para acostarse, su mirada chocó con la botella de Nuit Persane de Poiret. Era negra y tenía forma de perla, o quizás de lágrima. Entre la negrura del vidrio destacaba el oro de algunas hojas que parecían caídas de un árbol imaginario. El tapón, dorado como las hojas, reproducía la silueta de un alminar.

Coco la destapó y aspiró el perfume. Tenía un olfato finísimo que a menudo le causaba problemas, ya que detectaba enseguida los olores corporales de la gente que la rodeaba y eso la molestaba mucho. Aún con el frasco en la mano, dijo en un susurro:

—Azafrán... Sí, azafrán...

—¿Cómo dices, querida? —preguntó Boy, incorporándose un poco para verla mejor.

—El primer olor que me ha venido a la nariz es el del azafrán. Un olor picante y... amarillo. Sí, un olor amarillo.

Boy cerró el libro que leía y una sonrisa le aleteó en los labios. A menudo, no sabía cómo tomarse las excentricidades de Coco. Suerte tenía de su flema inglesa.

Coco se sentó en la cama, al lado de Boy.

—Y rosas. También huele a rosas. Y a madera.

—¿Cómo va a oler a madera un perfume?

—¡Pues claro que huele a madera! Huele como tus sillas de montar.

Y diciendo esto, acercó el frasco a la nariz del hombre. Él olió el perfume brevemente.

—Demasiado intenso, ¿no?

Coco afirmó con la cabeza:

—Demasiado. Es un perfume que no usaría. Está pensado para una clase de mujeres, solamente.

Pareció que Boy empezaba a interesarse en el tema. Sus ojos verdes recuperaron un intenso brillo. Se acomodó en el lecho al lado de Coco:

—¿A qué clase de mujeres te refieres?

Ella no respondió. No le apetecía revelarle a Boy que aquel perfume despertaba en su piel el escozor de recuerdos que aún le dolían: el del olor sensual de las amantes de Étienne Balsan, su primer protector. Era el olor de mantenida, de grande horizontal, de *croqueuse* de diamantes, de *demi-mondaine*... Era el olor de *Royallieu*, la lujosa finca de Balsan, en donde ella buscó refugio huyendo de su destino de muchacha abandonada; en donde acabó convertida en la mantenida de un hombre rico que nunca le hizo demasiado caso y que la compartió con una verdadera corte de amantes. El lugar de donde huyó para seguir a Boy hasta París.

Se tragó los recuerdos. No quería seguir masticando el pasado. Por eso cambió de tema.

—¿Sabes? No sé por qué un modisto tiene que complicarse la vida haciendo perfumes. ¿No lo encuentras del todo innecesario?

Boy dejó emerger al inteligente hombre de negocios que era:

—¡Por supuesto que no! Poiret está expandiendo su negocio. Crea nuevos caminos. Sus vestidos son artículos de lujo y su perfume también lo será. Se complementarán. Estoy seguro de que va a tener mucho éxito con su perfume.

Coco no parecía dispuesta a escuchar los argumentos de su amante. Su tono se iba agriando a medida que las palabras acudían a su boca. Empezaba a asomar la mujer dura que se escondía bajo la Coco insegura.

—Bueno, ya tenemos un gran perfumista en París. François Coty es el mejor. Su Origan es insuperable. Nunca lo cambiaría por algo como... ¡Esto! —dijo Coco mirando con desprecio el frasco negro de Poiret que aún sostenía abierto en las manos.

Boy se volvió a echar en la cama. La voz le salió pastosa de sueño cuando dijo:

—Quizás algún día tú también crearás y venderás tus propios perfumes.

—No me hace ninguna falta, querido. Me va muy bien, ¿sabes? En poco tiempo he conseguido una buena clientela. Gano más dinero del que nunca había soñado...

Boy ni se inmutó cuando pronunció las palabras que fueron a clavarse como flechas directamente a los oídos y al corazón de Coco:

—Tú no sabes absolutamente nada de negocios. Si el banco te permite descubiertos en la cuenta de la tienda es porque yo he puesto unos valores como aval. ¿Sabes? Aún te queda mucho que aprender en el mundo de los negocios, querida. No deberías ser tan orgullosa.

La tensión crepitó en el aire. De golpe, Coco se levantó de la cama y la botella de Nuit Persane le cayó de las manos. Su contenido se fue esparciendo por la alfombra clara del dormitorio como un río intensamente perfumado mientras que un silencio maligno parecía extenderse a su lado.

—¡Eres muy cruel! —replicó Coco, tensa, mientras la ira le supuraba por las comisuras de los labios y las lágrimas le quemaban en la garganta.

Boy había saltado de la cama y corría a abrir la ventana. Los efluvios de las noches persas empezaban a hacer irrespirable el aire de la habitación.

—¿Crees que Coty ha inventado el perfume? ¿Que le pertenece? ¿Que tiene la exclusiva? Deberías leer más, querida.

—¡Ya leo! —dijo Coco con la voz ahogada de tanto apretar los labios para tragarse su frustración.

—No me refiero a las novelitas de amor que devoras tumbada en la cama. Deberías saber quién es Catalina de Médici para atreverte a hablar de perfumes. —Boy, en dos zancadas, se plantó en la puerta de la habitación—. ¡Esto es irrespirable! —dijo antes de salir y dejar a Coco con la sola compañía de la rabia que se iba convirtiendo en un hilo gélido. Estaba quieta en medio de la habitación y tenía los ojos húmedos, inundados de perplejidad.

Gritando para que Boy no se perdiera ni una palabra, dijo:

—¿Por qué me hablas así? Algún día, ¿sabes?, te lo devolveré todo. ¡Todo! No te deberé nada. Seré libre y no dependeré de nadie. De ningún hombre. Y, dime, ¿quién se supone que es esa Catalina de... de lo que sea y qué pinta en todo esto?

EL RETO DE COCO

Grasse, julio de 1921

1

—¿Y qué es lo que querían? ¿Por qué han venido a Grasse? —siguió preguntando Pablo mientras perseguía a Ernest hacia el laboratorio como un perrito faldero.

—Dimitri ha venido a presentarme a Coco. Ella quiere que cree un perfume.

—¿Un perfume especial? ¿Quiere decir personalizado? ¿Solo para ella? —preguntó el chico, que había oído hablar de cómo ciertas damas ricas encargaban perfumes a medida. Un capricho caro y excéntrico que estaba al alcance de pocos bolsillos.

—No exactamente. Coco quiere un perfume para vender junto a su línea de moda. Un perfume que se convierta en un emblema de la casa Chanel.

Ernest Beaux se dirigió hacia su mesa de trabajo. Sin embargo, parecía distraído, como si tuviera la atención puesta en algo que no decía pero que le preocupaba. Pablo temió que cayera en uno de sus profundos silencios, ya que esto le impediría enterarse de las intenciones de aquella tal Coco Chanel.

—Lo hará, ¿verdad?

—No sé si soy capaz.

El chico se acercó un poco más a su jefe. La queja le salió espontánea y directa:

—¡No hay ningún perfume, por especial que sea, que usted no pueda hacer!

Ernest Beaux lo miró con una sonrisa paternal colgada de los labios. Pero enseguida recuperó el aire circunspecto que le rondaba desde hacía un rato.

—Coco Chanel no es una cliente cualquiera, Pablo. Ni quiere un perfume cualquiera. Sabe muy bien lo que desea. Hace años que da vueltas a su perfume. Y, créeme, tiene un olfato excelente.

Hizo una pausa mientras parecía buscar algún objeto remotamente escondido en la mesa de trabajo. Bajó la voz como hacemos cuando revelamos un secreto:

—¿Sabes qué me ha dicho?

Los ojos de Pablo lo observaban expectantes.

—Me ha dicho que su perfume debe oler a mujer. Ni a mujer fácil ni a sumisa esposa. Ni a joven ni a vieja. Ni a extravagancia ni a discreción. Únicamente debe oler a mujer. Debe ser el perfume de la feminidad.

Siguió un silencio, solo roto por el tintineo de los frascos que Beaux manipulaba.

Pablo no había entendido ni jota de lo que acababa de decirle el perfumista. ¿El perfume de la feminidad? Realmente, esa Coco Chanel era tan extravagante y rara como sus vestidos. Pero al fin y al cabo toda esa retórica no le interesaba mucho. Lo que él quería saber era si Beaux aceptaría el encargo. Porque si lo aceptaba, de sus manos nacería un nuevo perfume y él sería testigo del proceso. Pablo se dio cuenta de que deseaba con toda el alma que eso sucediera.

—¿Y lo hará? —insistió.

—No lo sé. Debo pensarlo, Pablo. Volverán a finales de semana y les daré una respuesta.

El joven se rindió y afirmó con la cabeza. Beaux se había concentrado en su trabajo y eso quería decir que él debía ir, también, a ocuparse de sus cosas.

Se dirigió hacia el pequeño almacén con la esperanza de que Beaux diera un sí a Coco Chanel.

2

El joven Pablo, en el tiempo que llevaba trabajando con Ernest Beaux, había aprendido bastantes cosas sobre el arte de la perfumería. La simple observación lo había hecho llegar a la conclusión de que el fundamento de las fragancias refinadas comienza en el arte de mezclar aromas. Beaux se refería a esos olores como familias.

—Las distintas familias son grupos de olores que se combinan naturalmente y, al hacerlo, se transforman mutuamente.

—¿Y cuántas familias hay? —preguntaba Pablo, deseoso de aprender.

—Hoy por hoy conocemos cinco: oriental, *fougère*, cuero, *chipre* y floral.

Ernest Beaux era feliz en su papel de maestro y transmitía con agrado su sabiduría a Pablo, tal vez porque el chico le recordaba mucho sus inicios en su Rusia natal, cuando él tenía su edad y todo estaba por descubrir.

—¿Conoces Jicky?

Pablo negó con la cabeza.

—Jicky es el perfume oriental definitivo. Aimé Guerlain lo creó en 1889. Es, a estas alturas, un clásico. Aunque los perfumes orientales provienen de tradiciones antiguas. Se dice que cuando

Cleopatra se embarcó para reunirse con Marco Antonio se perfumó con sándalo y aromatizó el aire quemando canela, mirra y olíbano.

El chico escuchaba boquiabierto.

Ernest se dirigió a los estantes del laboratorio y cogió un frasco de perfume que se asemejaba a cualquier envase de medicamento del siglo XIX y cuyo tapón se parecía a los de las botellas de champán. Lo abrió y depositó una gota del perfume que contenía sobre una *mouillete*.

—Huele.

Pablo cerró los ojos e inspiró llenándose los pulmones.

Ernest lo miraba expectante.

—¡Limón! —casi gritó Pablo convencido de que no se equivocaba ante aquel aroma tan limpio.

—Y mandarina; sí, señor. Pero esta solo es la nota de salida.

—¿La nota de salida? —preguntó, desalentado ante su ignorancia.

—El perfume es como una narración. Sí, una narración olfativa que pasa por tres etapas. Se parecen un poco a las etapas de la vida. El primer olor que percibimos al oler un perfume nos lo proporcionan las notas de salida. Es la niñez del perfume. Su parte más volátil.

Pablo seguía con la nariz pegada a la *mouillete* y la atención puesta en las palabras del maestro perfumista.

—En este caso, las notas de salida son las de limón y mandarina —se atrevió a decir.

—¡Exacto! Y si sigues oliendo percibirás también notas de bergamota y lavanda. Todas ellas son notas de salida muy frescas.

Ernest Beaux cogió una nueva *mouillete* y se la acercó a la nariz después de depositar otra gota de Jicky en ella.

—¿Lo notas? Es un comienzo muy cítrico. Casi efervescente. Como la niñez.

—Sí. Es un olor que enamora.

—Sigue oliendo. ¿Cambia algo?

Pablo obedeció. Y, entonces, como por arte de magia, notó como si un estallido de flores le invadiese la nariz:

—¡Flores!

—Pero ¿qué flores?

—Bueno, parece un olor frío —respondió el muchacho, tan concentrado que una red de finas arruguitas se le dibujaba alrededor de los ojos.

Ernest dijo:

—Es el olor del lirio. Metálico y frío. Y la del vetiver. El perfume gana en clase en esta nueva etapa. Son las notas de corazón. El tema del perfume.

Dejó la *mouillette* sobre la mesa y cerró con cuidado el frasco, encerrando en él, de nuevo, su aroma seductor.

—Si siguieras oliendo o te pusieras el perfume sobre la piel podrías percibir las notas de fondo. Son las notas más perdurables, las que quedan una vez se han evaporado las otras. Son las que el perfume desprende antes de desaparecer. En el caso de Jicky, las notas de fondo son extremadamente ricas y elaboradas. Además, posee un ingrediente sumamente adictivo, el pachulí.

—¿Pachulí? —exclamó Pablo boquiabierto.

—Sí, esencia de pachulí, un líquido aceitoso de color amarillento que se extrae de las hojas de la planta arbustiva del mismo nombre y que pueden llegar a ser tan adictivas como el hachís. Cuando se seca en la piel su olor a madera con alcanfor y azafrán deja un rastro seductor. Cuando Guerlain lo mezcló con el aroma de vainilla provocó un incendio en la imaginación. ¡Una *mélange* realmente fascinante!

Ernest hizo una pausa. Le encantaba provocar la curiosidad del chico.

—Fíjate bien: también se percibe el olor de las orquídeas, de la vainilla y, sobre todo...

—¿Sobre todo...? —se impacientó Pablo.

—... el de las sustancias sintéticas.

—¿Sintéticas? ¿Qué quiere decir con sustancias sintéticas?

—Quiero decir que la perfumería ha evolucionado mucho desde las últimas décadas del siglo XIX hasta hoy en día. Durante milenios, el arte de la perfumería ha descansado en un centenar de sustancias naturales, pero ahora, cuando apenas estamos entrando en la segunda década del siglo XX, la ciencia nos permite generar nuevos olores y aromas. Y esto solo es el principio. Ahora somos ya capaces de crear nuevas fragancias frescas como la de los helechos.

Al chico se le escapó una sonora carcajada.

—Los helechos no huelen a nada.

Beaux le reprendió con la mirada.

—Desde luego que sí. Y gracias a sustancias creadas en el laboratorio somos capaces de reproducir y de crear una nueva familia aromática: *fougère*, la evocación del olor fresco y verde del bosque.

Pablo dudó unos instantes antes de formular la pregunta que le quemaba en los labios. La curiosidad ganó la batalla. Habló en voz baja y con el rostro enrojecido de pudor:

—Su olor —dijo sin atreverse a mirar al maestro a los ojos—, quiero decir, el perfume que usted usa, pertenece a esta familia, ¿no es así?

Beaux sonrió satisfecho, orgulloso de aquel joven a quien ya consideraba su discípulo. No le respondió. En vez de eso, se acercó a los estantes y cogió una botellita con una etiqueta escrita a mano.

—Air Pur —dijo mostrando la botella a Pablo—. Es una creación mía. Mi perfume personal. Las notas de salida mezclan los olores cítricos con un buqué aromático de hierbas mediterráneas como la lavanda y el aceite de camomila. Después, siguen las notas de corazón con acordes florales y picantes gracias al aroma de algunas especias. Y el punto final lo pone una armonía de olores de tierra, ámbar y musgo.

Puso a Pablo una gota del perfume en el dorso de la mano.

—Ese sería el resumen aproximado de lo que es Air Pur.

—Es un olor verde.

—Lo es. Como también es el resumen de mis dos vidas: los bosques de mi Rusia natal y la fresca luz del Mediterráneo.

Sonriendo satisfecho, y quizás con un punto de melancolía en esa sonrisa, Ernest Beaux alargó el frasco de perfume al joven. Pablo lo tomó tímidamente.

—¿Para mí?

—Si lo deseas.

Pablo miró al maestro a los ojos mientras murmuraba un «gracias» emocionado. Ernest Beaux, poco dado a exteriorizar sus sentimientos, tosió levemente y retomó el tema que habían dejado interrumpido.

—Querido joven, los perfumistas modernos ya no soñamos solamente con imitar la naturaleza. Métete esto en la cabeza. Queremos transformarla.

—¿Cómo? ¿Cómo se puede transformar la naturaleza?

—A partir de la ciencia de la creación de olores y de un aliado nuevo y maravilloso: los aldehídos. —Y añadió—: El futuro de la perfumería se encuentra en la química; en la síntesis.

3

El reto de Chanel no dejaba de dar vueltas por la cabeza de Beaux. Pablo no se separaba de él, desatendiendo a veces sus tareas. Intuía que la unión entre la genialidad de Coco Chanel y los conocimientos de Ernest Beaux en el arte de la perfumería debían derivar, si se llegaban a unir, en la creación de un perfume único. Y él se sentía privilegiado por asistir a ese nacimiento e, incluso, de ayudar a su creador, que aquellos días lo llamaba más a menudo a su lado y parecía disfrutar enseñándole los secretos de su trabajo:

—No todas las mujeres llevan el mismo perfume —le decía, intentando que el joven entendiera los deseos de Coco—. En Francia o en Rusia, en todas partes, hay mucha diferencia entre cómo se perfuma una *demi-mondaine* y cómo lo hace una señorita.

—¿Y cuál es esa diferencia? —preguntaba un Pablo ávido por aprender.

—Recuerda lo que te digo siempre, muchacho. Los olores van directos a los sentidos; son emociones puras. Hay algunos aromas, como el del jazmín y el almizcle o incluso el del nardo, que hacen que el olor de una mujer sea claramente sexual. Solo una cortesana o quizás una artista se atreverían a llevarlos.

—¿Y cómo se perfuma una joven respetable?

—Evidentemente, con un perfume floral y delicado.

Pablo sonrió y la suave fragancia de rosas y violetas que desprendía el pelo de Claudine le vino a la nariz y aceleró los latidos de su corazón.

—Coco —le continuaba explicando el maestro— parece querer romper estos clichés. Oyéndola hablar he llegado a la conclusión de que odia profundamente los olores potentes del almizcle y el nardo. Los llama olores sucios. Y tampoco quiere disfrazar a las mujeres con los tímidos aromas de tocador de las violetas.

Pablo abrió desmesuradamente los ojos. Las cosas eran como eran. Había distintos aromas que nos hablaban con voces distintas. ¿Qué quería, pues, Coco?

—Lo que ella quiere es un perfume limpio y sensual —afirmó Beaux como si le hubiera leído el pensamiento.

—No puedo entenderlo. No me lo imagino.

El maestro perfumista sonrió.

—Bueno, comprenderás ahora mis propias dudas, ¿verdad? Lo que quiere Coco Chanel es un perfume que no solo rompa las barreras del mundo de la perfumería, sino que cambie nuestra mentalidad. El perfume que ella imagina, el que yo debería crear, Pablo, debe poder servir para cualquier mujer. Eso sí, para cualquier mujer sensual y elegante.

Pablo se echó para atrás el flequillo que le tapaba los ojos como una cortina. No acababa de entender lo que Ernest Beaux le explicaba. No se imaginaba ese nuevo perfume. Quizás era todavía demasiado joven para entenderlo, pero no tan joven ni tan ingenuo como para no intuir que en ese laboratorio se podía gestar, si Beaux aceptaba el encargo de Chanel, algo importante y nuevo. Impactante.

Y es que Ernest Beaux y Coco Chanel se habían reunido en algunas ocasiones desde aquella primera en que Dimitri los había presentado. Beaux había escuchado atentamente la idea, el concepto que Chanel tenía del perfume que deseaba. Ambos compartían un entusiasmo similar hacia los nuevos avances científicos en el mundo de los olores. Ella encontraba fascinante la idea de que la nueva perfumería fuera capaz de experimentar y mezclar notas florales. Beaux sabía que, utilizando los nuevos y revolucionarios alcoholes, los aldehídos podían conseguir creaciones muy originales, casi abstractas.

En eso, pronto se pusieron de acuerdo:

—Me gusta el perfume de las rosas —le había dicho Coco a Beaux—, pero una mujer no debe oler a rosas. Mi perfume debe ser artificial. Debe ser una composición que alguien deberá haber creado. Debe oler a mujer, no a flor.

Para dejarle claro a Ernest que lo que quería se sustentaba en una base sólida que provenía de todo el tiempo que había invertido estudiando el sector de la perfumería y de su finísimo olfato, Coco se pasó días explorando ideas en el laboratorio junto a él. Beaux fue notando que, en el fondo, ambos hablaban el mismo lenguaje y que la modista sabía muy bien lo que llevaba entre manos. Y, evidentemente, lo que quería.

Coco terminó por conquistar a Ernest Beaux; lo convenció de que su alianza llegaría necesariamente a buen puerto. Y él, finalmente, aceptó el reto y empezó a experimentar con el nuevo perfume que debía crear para Chanel. Puesto que ella le había pedido un perfume basado en la familia floral, el perfumista empezó a trabajar a partir del corazón de la rosa de mayo y del jazmín de Rallet nº 1. Las mejores especies de *Jasminum grandiflorum* se cultivaban precisamente en Grasse. El objetivo era, sin embargo, encontrar una fórmula más audaz. Con este propósito, añadió a la antigua fórmula notas de salida de raíz de lirio y de ylang-ylang, para terminar con notas de fondo en las que predominaban el sándalo y el vetiver, con lo cual consiguió contrastar los almizcles naturales con notas de vanguardia. Buscó la manera de equilibrar las ricas esencias naturales con productos sintéticos como las nuevas moléculas, los aldehídos, y añadió a la mezcla Rose EB, su propia invención del olor de la rosa y las notas mixtas de un campo de jazmines.

El resultado fue un perfume embriagador de rosa y jazmín; un nuevo perfume que era heredero del pasado y que transportaba en sus aromas la exquisita frescura del Ártico.

CHANEL Nº 5

Grasse, septiembre de 1921

1

El otoño se adivinaba en los árboles que perdían las hojas y en los campos de lavanda que se habían convertido en montículos de arbustos secos.

Ernest Beaux citó a Coco Chanel en su laboratorio. Con la ayuda de un Pablo entusiasmado en formar parte de aquella aventura, había preparado diez pequeños frascos de vidrio etiquetados del uno al cinco y del veinte al veinticuatro porque eran olores de series diferentes, como pruebas complementarias de una nueva fragancia.

Coco no se hizo de rogar y una tarde de septiembre regresó a Grasse desde París. Su llegada convirtió la euforia en que habían trabajado hasta ese momento en el laboratorio en un mar de incertidumbres. Una incertidumbre que llenó a Pablo de un desasosiego y de una emoción que le fluían por las venas. Estaba tan nervioso que parecía que aquellos frascos fueran cosa de su absoluta responsabilidad. Si Ernest Beaux también lo estaba, no lo exteriorizó en ningún momento.

Coco empezó a oler el contenido de cada frasco. Introducía una *mouillette* en el cilindro graduado y la olía y la volvía a oler, con parsimonia, concediéndose tiempo para la reflexión. Los relojes seguían marcando su tictac imparable, pero a Pablo le pareció que habían enmudecido y que el tiempo se había detenido. Con ojos desorbitados, mordiéndose las uñas, escuchaba el sonido de las lentas inspiraciones y espiraciones de la modista, cuyo rostro parecía una máscara de piedra. Quien conocía a Coco sabía que tenía un don especial para ocultar sus emociones.

La larga incertidumbre se desvaneció cuando Coco, finalmente, sonrió. Sí, sonrió y dijo señalando uno de los frascos:

—El número cinco —siguió un silencio emocionado—. Es exactamente lo que quería —se reafirmó Coco Chanel—. Un perfume de mujer que huele a mujer.

La rosa, el jazmín, el ylang-ylang y el sándalo habían obrado el milagro del nuevo perfume que nacía. Pero, sin lugar a dudas, el gran secreto del nuevo perfume de Chanel estaba en los aldehídos y en lo que Ernest Beaux había sabido hacer con ellos.

Aunque las tres personas que compartían en aquel momento la estrechez del pequeño laboratorio no fueron plenamente conscientes de ello, allí y en aquel momento acababa de nacer el nuevo olor de todo un siglo.

2

Pablo salió eufórico del taller de perfumería. El aire murmuraba promesas de tormenta, pero eso no podía amargarle los dos grandes motivos que tenía para sentirse tan feliz: había sido testigo del nacimiento de un nuevo perfume que sería conocido como Chanel número 5, según les había confesado una entusiasmada Coco, e iba a encontrarse con Claudine en el camino de los olivos después de algunos días sin verse.

Había estado preocupado porque parecía que su enamorada, últimamente, le daba largas. Siempre salía algún imprevisto que echaba por tierra su deleite de verla, de volver a besar sus labios, de decirle cómo la quería y cómo la querría siempre.

Pero ahora Pablo corría, volaba por las calles de Grasse dejando atrás las preocupaciones y llevando con él aquel tesoro escondido. No le había parecido que fuera nada malo poner un poco del perfume elegido por Coco Chanel en un frasco que cerró con cuidado y que, también con cuidado, escondió entre su ropa. Deseaba enseñárselo a Claudine. Ella, como casi todo el mundo en Grasse, había sido testigo de la visita de Coco Chanel y la había vivido con una curiosidad nada disimulada. Todo el mundo en Grasse se preguntaba qué tramaba la gran Chanel con aquel ruso. Y Claudine se había mostrado más que feliz de poder saciar su curiosidad con la información privilegiada y de primera mano que Pablo le proporcionaba.

—¿Cómo es? —le preguntaba una entusiasmada Claudine aquellos días de julio en que Coco acababa de aterrizar en Grasse—. ¿Y dices que fuma? Viste los modelos que diseña, ¿verdad? ¿Es elegante?

Pablo sonreía satisfecho de formar parte, aunque fuera indirectamente, del interés de la chica e intentaba fijarse más en Coco, en cómo vestía, en cómo hablaba, en cómo se comportaba, para poder informar después fielmente a la curiosa jovencita:

—Bueno, viste vestidos de punto y le quedan bien porque está muy delgada; parece un alambre.

—¡Oh, sí! He oído decir que en París todas las chicas quieren ser delgadas como Coco Chanel. Y broncearse... Dime, ¿está Coco muy bronceada?

—Sí, mucho; casi como las mujeres que trabajan en el campo.

Claudine estalló en una fresca carcajada:

—Si te digo la verdad, no creo que haya adquirido su bronceado trabajando en el campo.

—No. Ya lo sé. Oí cómo decía que ella y Dimitri habían pasado todo el verano en Moulleau. Fíjate, dos meses juntos, al lado del Atlántico disfrutando del sol y del mar.

La voz de Pablo se tiñó de envidia; la de Claudine, de sorpresa.

—Entonces, ella y ese ruso que la acompaña son...

—¡Amantes!

La muchacha, que había crecido arropada por una familia de sólidos principios religiosos y que había recibido una educación acorde con esos principios, se sonrojó un poco. La palabra «amantes» se le enroscó dentro y le provocó una risita nerviosa. Se miraron a los ojos, convertidos en pura ternura. Quizás pensaron que un día ellos también serían amantes. O marido y mujer si todo iba como tenía que ir. Quizás no pensaron en nada, no tuvieron tiempo, porque a la mirada siguió un beso apasionado.

Y, ahora, Pablo corría al encuentro de su enamorada con el frasco de perfume escondido entre sus ropas, soñando en volver a verla y en cómo la sorprendería cuando le diera a oler ese perfume que Beaux había creado para Coco Chanel.

3

La vio a lo lejos. Su silueta se recortaba en medio del camino como una aparición; como un sueño leve y fugaz. El aire pesado transportaba el olor de la lluvia que no tardaría en llegar. La joven caminaba cabizbaja, arrebujada en su fina chaqueta, con los brazos cruzados sobre el pecho. Pablo corrió hacia ella haciendo crujir con los pies las hojas secas que alfombraban el camino. Resonaba en sus oídos el fuerte eco de los latidos de su corazón y, al llegar junto a Claudine, la abrazó y se dejó llevar por su presencia cálida. Ella sintió como si el abrazo le escociera. Alzó hacia él sus ojos brillantes de lágrimas que parecían danzar tímidas e indecisas.

—¿Qué sucede?

—Tú tenías razón. He sido una ingenua.

El corazón de Pablo latió con violencia, como si un martillazo acabara de abrir una grieta en sus ilusiones.

—Mis padres se han enterado. De esto... De que salimos.

Sin ser consciente de ello, sus cuerpos se separaron un poco.

—Me prohíben que te vea. Tenías razón. Este mundo... La gente...

Claudine no pudo luchar más contra la emoción y el desconsuelo que la ahogaban. Lo que sentía en ese momento le ardía en la garganta; le escocía en los ojos. Se puso a llorar hasta que notó un suave contacto en la mejilla y, después, la cálida y húmeda sensación de un beso en sus labios.

Cogidos de la mano, Pablo y Claudine echaron a andar sin decirse nada. A esas horas de la tarde, en el camino flotaba una calma casi fantasmagórica. La luz era extraña, oscura como sus ánimos. Un trueno lejano rompió el silencio.

—Entonces ¿no nos podremos ver tan a menudo? —preguntó Pablo, invadido por un repentino sentimiento de desolación, como si la vida estuviera pasando de largo por su lado. Claudine tenía los ojos clavados en el suelo, invadidos de crepúsculo.

—Me mandan a París. A estudiar.

—¿Cuándo?

—Me voy mañana. No sabía qué hacer para venir a decírtelo. Me he escapado.

La chica sollozó. Tenía el rostro desdibujado debido a las lágrimas.

—Créeme. No sabía qué hacer.

Otro trueno hizo estremecer el aire. La oscuridad se volvió más densa y dejó caer una quietud melancólica.

Se abrazaron. Pablo deshizo el abrazo y se quedó mirando a Claudine fijamente, como si quisiera memorizar sus rasgos. Después buscó el frasco que guardaba en el bolsillo de la chaqueta. Con mucho cuidado hizo rodar el tapón y lo abrió. Su gesto era triste, y, sin embargo, una sonrisa le iluminaba el rostro. Derramó una gota del perfume de Coco sobre su dedo y lo deslizó por el cuello de la muchacha. Repitió la operación, bajando lentamente el dedo hasta el pecho de Claudine, que sintió un aleteo de mariposas en la piel. El aroma del sublime perfume le hizo cerrar los ojos de placer.

—Cuando aspire este perfume será como si oliera tu cuello delicado. Tu presencia. Tú vivirás junto a mí en este aroma. Y será tu aroma lo que recuerde cada noche y cada día hasta que nos volvamos a encontrar.

—Pronto.

—Muy pronto.

La brisa se había convertido en viento. Las copas de los árboles temblaban bajo su fuerza. Se volvieron a abrazar, buscando refugio el uno en la otra.

Cayeron unas gotas delicadas y escasas, primero. Pero enseguida la lluvia se hizo persistente y comenzó a garabatear su mensaje húmedo entre los árboles. Pablo y Claudine no se movieron. Quietos en medio del camino, abrazados y empapados, dejaron que la lluvia pusiera música a su pena.

UNA NOCHE EN NIZA

Grasse, mayo de 1924

1

Habían pasado muchas cosas en la vida de Pablo durante los tres años transcurridos desde que Coco Chanel visitara Grasse y Ernest Beaux creara Chanel n° 5 en su pequeño taller.

En primer lugar, había dejado de ser un mozo de almacén para convertirse en el fiel discípulo de Ernest Beaux y, de ahí, paso a paso, en su ayudante de confianza. El perfumista había sabido ver en su joven empleado aquellos dones naturales que, una vez pulidos, podían convertir a Pablo en un verdadero *hombre-nariz*. No solo mostraba una sensibilidad extraordinaria hacia los olores y sabía reconocerlos y memorizaba cada vez un número más elevado de ellos, sino que era hábil en la combinación de aromas cuando, creyéndose solo en el laboratorio, realizaba sus primeros y tímidos experimentos. Beaux apreciaba en gran manera las ganas de aprender, la dedicación y los avances rápidos y entusiastas del joven.

—¿Y el muguete? —lo ponía a prueba el maestro.

—Es la flor en forma de campanilla, fresca, con un olor suave.

—¿Qué representaría en un perfume?

—El romanticismo.

Beaux, de espaldas a Pablo, sonreía satisfecho e intensificaba el examen.

—Bueno, ¿y qué me dices de la magnolia?

El chico seguía lavando pipetas y respondía sin dudar.

—Tiene una mezcla de notas afrutadas y eufóricas. La usaría para obtener un perfume elegante, pero también fantasioso.

—Pero recuerda que...

—... las madres de la perfumería son las rosas y los jazmines —lo interrumpía Pablo, que tenía esa lección muy bien aprendida.

—La rosa es un beso de terciopelo; es la ternura. Es la magia de cualquier perfume.

—Y el jazmín —remataba Pablo— la sensualidad, la esencia de la atracción y de la feminidad.

Llegados a ese punto, maestro y alumno dejaban lo que estuviesen haciendo, se miraban y sonreían. Ambos satisfechos. Ambos en plena armonía, como una *mélange* exitosa.

Llegó un momento en que a Beaux le pareció ver en Pablo al heredero que no tenía y quiso completar y redondear su formación.

—Te he enseñado todo lo que te podía enseñar aquí, Pablo. Pero la formación de un buen perfumista va más allá.

El chico se quedó mirando al maestro con curiosidad y, también, un poco asustado.

—Pero yo... Aquí me encuentro como en casa. No me imagino...

—La comodidad y la falta de riesgo nos impiden progresar. Recuerda lo que te dije ya hace tiempo. Un buen perfumista nace, pero también se hace. Tienes que estudiar, tienes que trabajar con los mejores, en unos laboratorios que te ofrezcan todos los avances que aquí no puedes encontrar.

El joven protestó:

—¡No hay nadie mejor que el creador de Chanel nº 5!

Beaux soltó una carcajada poco contenida, cosa que se permitía pocas veces, antes de seguir exponiendo sus razones:

—Ya sabes que hace algo más de un mes estuve en París. Pues bien, allí visité a un buen amigo. Es una persona que como sabes admiro muchísimo: Jacques Guerlain.

El color pareció huir del rostro de Pablo; tal fue su sorpresa. No en vano, la familia Guerlain era un mito en la historia de la perfumería.

—Jacques es un digno heredero de la estirpe de perfumistas de la que proviene. Su abuelo ya perfumaba a la realeza con El Agua de Colonia Imperial. Su tío Aimé...

—¡El creador de Jicky!

—¡Exacto! Aimé Guerlain creó una auténtica obra de arte. Jicky es el primer perfume moderno de la historia. Un perfume que abandona lo figurativo para adoptar lo abstracto. Ya te lo he contado muchas veces. Y ahora, su sobrino Jacques, a quien me enorgullece poder llamar amigo, ha dado un paso más en ese viaje a la excelencia de la perfumería.

Ernest hizo una pausa. Ambos, maestro y discípulo, se hallaban en el laboratorio rodeados de todo lo que formaba parte de su cotidianidad, de los utensilios que los convertían en artesanos y artistas. Ambos unidos por una misma pasión.

—Jacques ha tenido la generosidad de mostrarme su última creación. La presentará en la Exposición de Artes Decorativas de París. Se llama Shalimar.

Pablo escuchaba al maestro en silencio, con la mirada ávida de aquellos secretos tan preciados.

—¿Sabes? A veces un gran perfume nace de la manera más inesperada. Una idea, un presentimiento... La grandeza se esconde en las cosas más pequeñas. Jacques me contó que el punto de partida de Shalimar se debió a un experimento cuando probó por curiosidad a mezclar unas gotitas de vainilla sintética en una botella de Jicky. El resultado fue inesperado. Excelente.

Pablo se mostró escéptico. No creía que aquel fuera ningún gran descubrimiento.

—Cualquier aprendiz hubiera podido hacer lo mismo; incluso sin haber pisado antes un laboratorio. ¡Puro azar!

Ernest clavó en el muchacho una mirada profunda y fría. Tan fría como las lejanas estepas que habían sido su hogar.

—Te aseguro, querido Pablo, que si yo hubiera intentado hacer lo mismo con la misma cantidad de vainilla, únicamente habría obtenido una crema inglesa. En cambio, Jacques ha creado Shalimar. Y, créeme, ese perfume dará que hablar.

Se hizo un silencio denso cuando ambos se sumergieron en sus propios pensamientos. Ernest rememoraba el olor sublime del nuevo perfume de Guerlain. Pablo pensaba qué convertía a un perfumista en un artista, en un genio, y se preguntaba si él, algún día, llegaría a poseer ese don.

Ernest Beaux rompió esos momentos de reflexión con su voz modulada y tranquila. Volvía a ser el Beaux comedido de siempre.

—Bueno, vayamos a lo que nos interesa. Le he hablado a Jacques de ti. Le he contado que estás en el mejor momento para iniciar un aprendizaje en una gran casa, en unos laboratorios que te puedan mostrar lo que yo ya no te puedo enseñar. Guerlain sería un lugar más que adecuado para ello.

Pablo se había olvidado de respirar.

—Te esperan a finales de verano.

2

Anne no salía de su asombro. Sus muchachos levantaban el vuelo y abandonaban el nido. Clément estaba a punto de irse a trabajar a Niza y Pablo marcharía a París a finales de agosto.

La decisión de Clément de dejar Grasse la había provocado el rechazo de Violette. La muchacha, de manera dura y fría, había echado por tierra las ilusiones que Clément había depositado en ella. Y es que Clément no entraba en los planes amorosos de Violette, ni había entrado nunca. Solo era una amistad de infancia y, por suerte, la infancia quedaba atrás. Y si ella toleraba su insistencia ingenua y algo infantil era, solamente, para poder estar cerca del objeto de su deseo. De Pablo. Pero cuando Clément dio un paso más y le pidió formalizar su relación, Violette lo rechazó sin tapujos, le dio la espalda y no dejó en su corazón ni un pequeño rincón donde guardar las migajas de aquella amistad de tantos años.

Y mientras dejaba bien claro a Clément que ni lo amaba ni lo amaría jamás, Violette se despidió de Anne y de su salón de té para ir a trabajar como dependienta en la perfumería que los Guichard tenían abierta muy cerca de su fábrica de perfumes. Lo hizo de la misma manera brusca en que había despachado a Clément. No se molestó en dar explicaciones y, además, se fue de un día para otro sin dar tiempo a Anne a encontrar una sustituta. El gesto altivo con que le anunció que dejaba su puesto era la constatación de que elegía la opción más clara entre las dos posibles: o el delantal y los cucuruchos de peladillas del salón de té, o los zapatos de tacón y el carmín en los labios de las dependientas de la perfumería. La elección era clara y diáfana según parecía anunciar la sonrisa de Violette al despedirse. Y su mirada de hielo añadía que en los asuntos de trabajo no hay lugar para ningún otro tipo de consideraciones que no sean las derivadas del propio interés: ni para el agradecimiento, ni para la fidelidad, ni siquiera para la amistad.

Anne, siempre conciliadora, intentaba justificar a Violette:

—Quizás se ha marchado para no hacer más daño a Clément con su presencia —decía, intentando ocultar el disgusto que le había provocado Violette rechazando a su hijo de malos modos y dejándola a ella plantada después—. Quizás sea lo mejor. Así Clément podrá olvidarla más fácilmente.

Y, después de estas consideraciones, miraba a su marido y a su sobrino buscando una aprobación que necesitaba pero que no llegaba.

Violette se fue. Y, muy poco después, marchó Clément.

El primo de Pablo no quería seguir estudiando y Grasse, ahora, se le caía encima. Por eso aprovechó la primera oportunidad que se le presentó para ir a trabajar a Niza como botones de uno de sus más reputados hoteles: el Massena.

—Pero hijo, si aquí en Grasse puedes encontrar trabajo. ¿Por qué esas prisas para ir a trabajar a Niza?

Los ojos de Clément ya no brillaban como antes, sino que reflejaban los destrozos que Violette había infligido a su corazón. Se acercaba a su madre, la abrazaba e, intentando sonreír, le decía:

—¡Por Dios, mamá! Si Niza está aquí al lado. No se librará usted de mí tan fácilmente. Me verá más de lo que cree.

Y dicho esto volvía a caer en un silencio triste y concentrado de donde no lo sacaban ni las bromas con las que su padre y su primo intentaban levantarle el ánimo.

—Bueno, quizás sí que en Niza estará mejor este hijo mío. Trabajar le hará bien. Y el del hotel es un buen trabajo. Poco a poco irá olvidando a Violette.

Y Anne miraba a Alphonse y después a Pablo, y con ojos húmedos les preguntaba:

—¿No es cierto?

3

El corazón de Pablo también pasaba por malos momentos.

Cuando Claudine se fue, aquella última tarde de lluvia perfumada de Chanel n° 5, la muchacha le hizo una promesa:

—Te escribiré y te diré dónde puedes enviarme las cartas. Estaremos en contacto, mi amor.

Pero las promesas de Claudine parecían haber volado tras aquel fuerte viento cargado de lluvia de la tarde de la despedida. Pablo no había sabido absolutamente nada de ella durante esos tres años. Sus ilusiones habían quedado colgadas en una interminable espera. Pero sus pensamientos estaban siempre puestos en Claudine.

Claro que eso no era obstáculo para que un joven como él, de rostro ovalado, de ojos grandes y boca masculina y carnosa; un joven bello y fuerte que notaba clavarse en su piel las miradas de todas las muchachas no se sintiera, a menudo, demasiado solo. Y aún más desde que había perdido a su compañero de salidas; al amigo, al primo, al hermano. Pablo añoraba a Clément desesperadamente. Y Clément, aunque se había adaptado muy bien al trabajo y parecía estar más tranquilo desde que había marchado a Niza, también echaba de menos a Pablo. Por ello, el primer domingo de mayo de 1924, los dos primos se citaron en Niza dispuestos a divertirse más que nunca. Eran las fiestas de primavera, *lu Festin de Nisa*.

Los dos jóvenes se citaron frente al hotel Massena en la plaza que llevaba el mismo nombre, una vez que Clément hubo terminado su turno de trabajo. Junto con otros trabajadores del hotel se dirigieron hacia los arenales romanos donde la gente se divertía.

Una vez allí, Clément y Pablo no dejaron nada por probar. Se encontraban como en la gloria después de semanas sin verse. Durante unas horas pareció que sus corazones rotos se recomponían gracias a los sabores intensos y mediterráneos de aquellos manjares y gracias también al abundante vino, rojo y afrutado, con que los acompañaron.

Cuando llegó el atardecer y con él un airecillo fresco más de otoño que de primavera, y la música comenzó a llenar todos los rincones, Pablo perdió de vista a Clément. La verdad era que los dos iban bien cargados. Le había parecido verlo pegado a unas faldas, aunque no estaba del todo seguro de que se tratara de su primo.

Con una botella en la mano en la que todavía quedaba un poco de buen vino, buscó un rincón discreto donde no tropezar con nadie. La música era solo un murmullo de fondo. Acababa de tomar posesión de aquel ínfimo pedazo de tierra cuando una voz femenina rompió la soledad buscada:

—¿Pablo?

Oscurecía. Pablo se llevó una mano a los ojos como si lo que le impidiera ver a la recién llegada fuera el brillo del sol y no la primera penumbra del atardecer.

—¿Violette? —preguntó, reconociéndola por fin.

Violette se sentó en el suelo, a su lado. Tomó la botella de sus manos y bebió un buen trago. Se secó las gotitas rojas que le caían por la comisura de los labios y sonrió. Después dijo:

—He venido con unas amigas. Pero nos hemos separado un momento y nos hemos perdido. No las encuentro por ninguna parte.

Los labios de Violette brillaron en la penumbra, rojos, llenos de deseo. La mirada de Pablo, nublada por el vino, se posó en aquellos labios.

—Yo también ando perdido. He venido con...

Pablo guardó silencio. A pesar del vino que llevaba en el cuerpo, aún tenía la cabeza suficientemente clara para darse cuenta de que era mejor no hablar de Clément. La idea de que su primo apareciera por allí en aquel momento le cruzó por la cabeza. No sabía cómo podía reaccionar si se encontraba cara a cara con Violette. Su primo se recomponía despacio de las heridas del amor.

Tomó la botella de las manos de Violette y bebió un último trago, con la cabeza en alto y los ojos entrecerrados. La muchacha lo miraba con las pupilas encendidas como dos llamas reflejándose en el cristal de la botella. Cuando Pablo hubo terminado de beber volvió los ojos hacia Violette. Por vez primera, la veía como la mujer que era. Bella. Deseable.

Violette dejó que el chal de lana le resbalase por los hombros y se apretó contra el cuerpo de Pablo. Un rictus animal, un ansia contagiosa se le dibujó en la boca de manera fugaz antes de responder al beso intenso de Pablo, que se abalanzaba sobre ella, ávido de su piel perfumada de canela.

Aquella noche, en Niza, entre la suave brisa que mecía las ramas de los árboles y transportaba aromas de campo, de flores y de frutas, Pablo y Violette se revelaron todos los secretos de cada curva, de cada pliegue de su piel y se entregaron el uno al otro con la furia de los animales en celo.

Cuando sus cuerpos se separaron, ella dedicó a Pablo una mirada que le traspasó la piel. Él, sin embargo, intentó esconderle la incertidumbre de sus ojos. Sentía que con lo que acababa de hacer traicionaba a Clément. Que traicionaba a Claudine. O quizás, no. Quizás no era eso lo más importante. Lo que realmente importaba era que acababa de traicionarse a sí mismo.

Pensó en su próximo traslado a París y se hizo dos promesas: la primera, que buscaría y encontraría a Claudine. La segunda, que olvidaría a Violette para siempre.

31, RUE CAMBON

París, agosto de 1924

1

Lo primero que hizo Pablo al llegar a París fue subir a la torre Eiffel. El cielo brillaba bajo un azul eléctrico y él pudo contemplar la ciudad exultante de color y llena de vida desde el mirador más alto de la torre, pintada en tonos bronce para potenciar su aspecto grácil y elegante. La vista se ensanchaba y parecía querer abarcar toda la ciudad: el maravilloso parque de Chantilly al norte; el bosque de Fontainebleau al sur; al oeste, Versalles y, aún más allá, las torres de la catedral de Chartres.

París.

París, la ciudad bruja.

Mágica.

El París de Ramiro. El hombre que había ayudado a levantar aquella torre. Su padre.

Las emociones se le enroscaron en el estómago y los recuerdos, firmes y potentes, regresaron a su mente, rescatados de aquel lugar secreto del alma en donde habían quedado dormidos. Le pareció que volvía a notar, clavados sobre el niño que había sido, los ojos inquietos y algo errantes de aquel hombre fuerte. Se estremeció de nuevo sintiendo el contacto de su mano callosa sobre el rostro, intentando suplir las caricias de la madre ausente. Y pudo escuchar de nuevo su voz, que se volvía ronca y profunda cuando le narraba los recuerdos de París y de su torre.

—A veces, en pleno invierno, el viento se volvía frío y pasaba gimiendo entre las vigas. Cuando terminábamos nuestro turno y descendíamos al nivel del suelo, todos estábamos congelados. Teníamos los músculos de la cara tan agarrotados que ni hablar podíamos.

A Pablo le hubiera gustado saber más cosas de su madre para poder imaginarla recorriendo las calles de París de la mano de su padre. Pero no sabía casi nada de ella. No sabía dónde había vivido, ni a qué se había dedicado cuando vivía en París, ni dónde había conocido a Ramiro. Se daba cuenta, mientras recorría calles que seguramente también ella había recorrido, que su padre no le había hablado de la vida de Marie Huard en París. Él siempre le hablaba de la mujer que había vivido feliz en Barcelona. Y su tía Anne le explicaba con mirada añorada y voz entrecortada de emoción cómo era la jovencita Marie de Grasse. Pero de la Marie que había vivido en París, donde había ido a parar huyendo de una madre despótica y siguiendo a un joven enamorado, como Anne le había explicado, de esa no sabía nada.

Y, sin embargo, Pablo se sentía ahora más cercano que nunca a su madre, a esa mujer que casi no tuvo tiempo de conocer, cuya memoria había jurado que preservaría para siempre. Porque ahora recorría los mismos escenarios que ella había recorrido. Los escenarios de un París veraniego de cielo claro que la luz limpia del sol hacía brillar.

2

Solo fueron necesarios unos pocos meses para que el perfume de Coco Chanel se convirtiera en la gran sensación en los círculos elegantes de París.

París era, en aquellos bulliciosos años veinte, una mezcla alegre de gente de la alta sociedad y de artistas de vanguardia. Todo cambiaba. Lo más moderno era el jazz, Hollywood y los automóviles. Y, por supuesto, la incansable búsqueda de la libertad.

Coco Chanel no había necesitado ninguna gran campaña de mercado para dar a conocer su perfume; tan solo necesitó una pizca de exhibicionismo personal. Aprovechó una cena en un selecto restaurante de Cannes para rociar el aire alrededor de su mesa con Chanel n° 5. Deseaba saber la reacción de la gente que pasaba por su lado y si estarían de acuerdo con ella en que aquel era un aroma fabuloso. El resultado le confirmó todas sus intuiciones. Al pasar por allí, la gente se paraba y le preguntaba:

—¿Qué perfume es ese?

Aquella noche, en Cannes, el perfume de Coco inició su carrera hacia la posteridad y ella supo que no se había equivocado. Pidió a Beaux que le preparara otras cien botellitas y las obsequió a sus mejores clientas como regalo de Navidad. Evidentemente, todas esas mujeres fueron corriendo a la tienda y le pidieron más Chanel nº 5 y entonces ella puso cara de circunstancias y les dijo que no había pensado nunca, ni de lejos, en la idea de comercializarlo.

—¿De verdad lo encuentran fascinante? —les preguntaba—. ¿Creen que debería conseguir más?

Y a medida que convertía su perfume en un objeto de deseo, pedía a Ernest que aumentara la producción. Hasta que los anaqueles de la *boutique* de la Rue Cambon se llenaron de botellas de Chanel nº 5 que, evidentemente, se vendieron en un abrir y cerrar de ojos.

Hasta el año 1924, el perfume únicamente se podía adquirir en las tiendas Chanel de París, Cannes y Deauville, donde brillaba con luz propia dentro de su frasco innovador. Porque por primera vez, un perfume se presentaba en un frasco de laboratorio con el tapón tallado en forma de diamante que evocaba la geometría de la Place Vendôme. Puro, austero y depurado, contrastaba violentamente con los artificiosos frascos de las décadas anteriores. Como el de Nuit Persane de Poiret.

Tal vez, solo tal vez, Gabrielle Chanel se estaba asegurando la atemporalidad.

La fama que adquirió rápidamente Chanel nº 5 provocó que su fabricación se convirtiera en un imposible para Beaux. Al fin y al cabo, él solamente tenía un pequeño taller de perfumista en Grasse y tampoco podía contar con Rallet, que era una casa relativamente pequeña que ya tenía una línea propia de perfumes en el mercado.

Gabrielle Chanel, que no sabía qué era poner límites a su ambición, pronto se dio cuenta de que había llegado el momento de dar un nuevo paso. Y ese nuevo paso consistió en convencer a Théophile Bader, el propietario de las Galerías Lafayette, para que vendiera su fragancia en los almacenes. Bader era un gran empresario que veía venir un éxito de lejos. Enseguida supo que aquel perfume les haría ricos. Pero puso condiciones: si tenía que comercializar Chanel nº 5 en las Galerías Lafayette necesitarían perfume en cantidad suficiente como para satisfacer la demanda que preveía. Gabrielle comprendió que la producción tenía que dejar de ser artesana y que necesitaba un socio capaz de gestionar la fabricación y la distribución del perfume a gran escala. Y tomó una decisión. Tras conocer a los hermanos Wertheimer, propietarios de una de las compañías de fabricación y distribución de perfumes más grandes del mundo, se asoció con ellos y les cedió la creación y distribución de los Parfums Chanel. Ella se quedaba solo con el diez por ciento de los beneficios. A cambio, preservaba de cualquier injerencia su línea de moda.

Era el año 1924, y a partir de ese momento Chanel n° 5 emprendía el vuelo y abandonaba el pequeño nido de Grasse en donde había visto la luz.

3

Quizás fue la melancolía de aquellos días en Grasse cuando Chanel n° 5 era solo un proyecto que nacía entre el aroma de las rosas y el jazmín; o seguramente fue el recuerdo punzante de su aroma en la piel de Claudine lo que llevó a Pablo al 31 de la Rue Cambon aquel agosto de 1924, recién llegado a París.

Quizás se habría conformado con contemplar los toldos blancos de la *boutique* donde destacaba en letras negras el nombre de Chanel, sin atreverse a entrar en aquel templo de la moda y el lujo si, en el fondo de su corazón, no hubiera sabido que Gabrielle Chanel era el único eslabón que lo unía a Claudine en aquella ciudad tan alegre a veces, y tan melancólica casi siempre.

Quizás hubiera permanecido allí, de pie, con la memoria llena del perfume embriagador que le acercaba a Claudine, si aquel Rolls negro no se hubiera detenido en ese preciso momento ante la tienda, hubiera descendido de él Gabrielle Chanel, se lo hubiera quedado mirando y le hubiera preguntado:

—¿No es usted el joven ayudante del señor Beaux?

Pablo enrojeció como un niño cogido en falta y Coco sonrió satisfecha. Ella no olvidaba nunca una cara.

Iba ataviada con un holgado vestido negro con cintura muy baja y falda plisada. En el escote destacaba el blanco de un collar de grandes perlas de dos vueltas. Llevaba sombrero y zapatos negros de tiras cruzadas y un cigarrillo en las manos, y contemplaba a Pablo con aquel gesto tan hierático, tan impenetrable y tan propio de ella.

Él se acercó unos pasos. La tenía muy cerca y no pudo evitar perderse en la luz intensa de aquella mirada que dejaban escapar los pequeños ojos de Coco. A pesar de que era menuda y de que, en general, sus rasgos tendían a una cierta vulgaridad, a Pablo, en aquel momento, Coco Chanel le pareció un ser sublime.

—Sí, soy yo —le respondió él con una sonrisa tímida colgada de los labios.

—Entremos y me cuenta qué ha venido a hacer a París —le dijo ella, empezando a andar hacia la *boutique* sin esperar respuesta.

Entraron juntos, pero enseguida pareció como si Coco se olvidara de Pablo, ocupada como estaba en repartir órdenes a sus empleados con una voz que, de pronto, se había vuelto más imperiosa y una mirada que se oscurecía por momentos. Él, de pie en medio de la tienda, lo escrutaba todo con los ojos abiertos de par en par. Y es que para quien no había entrado nunca en el 31 de la Rue Cambon, la primera impresión era absolutamente demoledora. Coco Chanel había cubierto las paredes de su *boutique* con espejos, de manera que los modelos expuestos y la gente que circulaba por allí se multiplicaban hasta el infinito.

Y ahí estaba Pablo, mirándolo todo como embobado, cuando oyó la voz de Gabrielle a sus espaldas:

—¿Le gustan? Los espejos, quiero decir.

Coco abrazó el espacio entero con los brazos abiertos.

—Es una manera fácil de conseguir que mis diseños se reflejen de aquí a la eternidad.

Rio. Ni cuando reía paraban quietos aquellos ojillos, dos agujas negras que se movían como dardos.

Le hizo una seña con la mano para que la siguiera. Pablo subió tras ella por una gran y elegante escalera.

—¿Lo ve? Este es mi escondite —le dijo cuando la escalera giró bruscamente al llegar a los últimos escalones.

Pablo la miró sin entender.

—¡Siéntese! —le ordenó. Y ambos se sentaron en un escalón—. Fíjese, desde aquí podemos ver la planta baja, pero los de ahí abajo no nos pueden ver a nosotros.

—Sí, es cierto.

—Pues aquí me encontrará si me busca durante un desfile. Desde aquí superviso mis colecciones, vigilo que todo vaya como tiene que ir.

—¿Y no es mejor que el diseñador esté abajo con las maniquíes y el público?

Coco se levantó ligera. Una carcajada le floreció en los labios mientras abría su bolsa de mano y sacaba otro cigarrillo de una elegante pitillera. Pablo se apresuró a encendérselo.

—Jamás, muchacho. No me gusta la gente y ya hace mucho que decidí que no tendría tratos con la clientela. Las clientas me provocan urticaria.

Rodeada por la nube gris del humo del cigarrillo que parecía abrazarla y esconderla de la gente que tan poco le gustaba, Coco entró en su santuario, el *atelier*. Era allí donde, sobre el cuerpo de las maniquíes, hacía y deshacía sus modelos y creaba su moda.

Se dirigió a una joven ayudante:

—Empezaremos con el vestido de noche. Que alguien acompañe a este joven a visitar los talleres.

La atención de la diseñadora se centró en el traje que una joven modelo llevaba puesto y que aún no estaba terminado. Coco se puso a trabajar en él, olvidándose por completo de la presencia de Pablo.

Una mujer de mediana edad se acercó al joven esbozando una fugaz y amable sonrisa:

—Sígame, si tiene la bondad.

Junto a la encargada de la boutique, Pablo visitó los dos pisos superiores donde trabajaban las *premières* de los talleres y las modistas, totalmente entregadas a dar vida a los bocetos destinados a convertirse en la moda más rabiosamente moderna de todo París.

Pablo no dejaba de sorprenderse ante aquel mundo desconocido que fluía y latía bajo la rígida batuta de Gabrielle Chanel.

Cuando volvió al *atelier*, Coco todavía retocaba el mismo vestido, con un cigarrillo colgando de los labios, unas tijeras prendidas del collar y las manos llenas de agujas. Se quedó observándola embobado. A los pocos minutos, la mujer indicó a la maniquí que habían acabado y pidió que les sirvieran un té. Ambos se sentaron en unas elegantes butacas blancas en aquel secreto y maravilloso *atelier*.

—¿Qué le ha parecido todo esto, señor...?

—Pablo. Me llamo Pablo Soto.

—¡Oh, sí! Recuerdo que Beaux me dijo que era usted español.

—Pues es... ¡Una maravilla! No me hubiera imaginado que... Tanta gente trabajando, y todo tan... ¡Tan espectacular!

A Pablo le pareció que las palabras se le enredaban en la boca y que ni una sola servía para expresar lo que le hubiera gustado decir. Enrojeció y se concentró en el té que Gabrielle le acababa de servir.

—¿Y qué hace usted en París, si no es un secreto? ¿Está de visita o ha venido por algún otro motivo?

Pablo le contó lo que le había llevado a la ciudad de la luz.

—¡Guerlain! —exclamó Gabrielle—. Una gran oportunidad sin duda. Está claro que Beaux le tiene aprecio. No lo defraude, créame.

Las palabras de Gabrielle Chanel parecieron resbalar sobre Pablo. No escuchaba a Coco porque toda su atención estaba prisionera de un frasco de Chanel nº 5 que brillaba encima de una mesita blanca. Sagaz y calibradora, Coco vislumbró que algo inquietante se removía dentro de Pablo.

—¿Hay algo más?

—¿Perdone? —preguntó él, volviendo de su ensoñación y clavando de nuevo la mirada en Coco.

—¿Por qué otro motivo ha venido usted a París, Pablo?

Él escuchó la pregunta sin parpadear, con la sensación un poco molesta de que aquella mujer podía leerle el alma. Se echó mecánicamente el flequillo hacia atrás y titubeó antes de conseguir balbucir:

—Bueno... Sabe... Hay una chica.

—¡Ah, el amor!

Pablo había levantado la cabeza y le sostenía la mirada. ¡La mirada de Coco! Tan intensa; tan frenética.

—Y dígame, ¿qué tiene que ver su historia de amor con mi perfume? No ha quitado usted los ojos del frasco de Chanel nº 5.

Pablo bajó la cabeza y dejó vagar la mirada por el suelo.

Y no pudo detener las palabras.

Ni reprimir los sentimientos.

Y dejó escapar los recuerdos.

Habló y habló ante aquella mujer que lo escuchaba con el gesto más relajado que nunca. Le habló de la chica alta y esbelta, de cabellos rojos y ojos dulces; de sonrisa secreta. De cómo recogía la lavanda con manos inteligentes, tiernas y hábiles, aunque no lo había hecho nunca antes. De cómo cuando hablaba el ingenio le brillaba en los ojos. De cómo sentía vibrar el deseo en su interior cuando la miraba. De cómo le flaqueaban las piernas cuando la veía llegar. De cómo había sentido el amor crecer en su interior y cuán feliz había sido sintiéndose amado. Y cómo lo había perdido todo enseguida, sin que la vida le diera tiempo a saborearlo. ¡Como si la felicidad fuese pecado! Y, finalmente, le contó como aquel amor se había convertido en polvo que guardaba en el corazón como los restos de un tesoro roto junto al olor del perfume que, irremediablemente, le evocaba la presencia de Claudine. Y que había venido a París, entre otras cosas, para impedir que aquel recuerdo tan perfumado se convirtiera en un recuerdo borroso.

Pablo calló. No sabía cuánto tiempo llevaba hablando ni qué había dicho exactamente. No se atrevía a alzar la mirada hacia Coco. Estaba avergonzado y confundido; y, además, las lágrimas le aguijoneaban los ojos. Los dejó vagando por el suelo, ocultando sus emociones.

Coco Chanel suspiró y con aquel suspiro sus propios recuerdos parecieron tomar consistencia:

—El amor hace perder la cordura a las personas sensibles.

Se levantó, caminó hasta la mesita y abrió el frasco de perfume. La fragancia llegó hasta Pablo; y con la fragancia, la evocación de la amada. Notó una punzada en el pecho y el recuerdo se hizo tan intenso que le pareció que llegaría a tocarlo.

—¿Y dice usted, Pablo, que esa chica es una Guichard y que su familia la envió a París hace tres años?

Pablo afirmó con la cabeza, como si ya no tuviera fuerzas para pronunciar ni una palabra más.

Coco Chanel se le acercó. Con la punta de sus hábiles dedos le levantó la barbilla.

—Vuelva a verme dentro de una semana. Aquí mismo y a la misma hora. ¿Lo hará?

Pablo afirmó en silencio. Aunque no pudo entender a qué venía aquello.

4

Justo al cabo de una semana, Pablo Soto volvió a franquear la puerta del 31 de la Rue Cambon, el reino extraordinario de Coco Chanel. Los espejos le recibieron con guiños que reflejaban su desencanto. No sabía a qué jugaba *mademoiselle* Chanel, ni sabía para qué lo había citado. Y, además, se sentía como un tonto por haberle abierto el secreto baúl de sus sentimientos. Y, sin embargo, una fuerza extraña lo había arrastrado hasta allí a la hora exacta, tal y como ella le había pedido (¿o, tal vez, ordenado?).

Tan pronto hubo traspasado el umbral de la puerta, la misma mujer elegante que hacía una semana le había mostrado los secretos de la *boutique* salió a su encuentro y lo acompañó de nuevo hasta el *atelier* de Coco.

A diferencia de la primera vez, ahora el santuario blanco estaba vacío y silencioso.

—Siéntese. Enseguida le atendemos —le dijo, e inmediatamente abandonó el *atelier* dejando las preguntas atascadas en los labios de Pablo.

Sentado, haciendo girar nerviosamente el sombrero entre sus manos, Pablo esperó intranquilo a que se desvelara aquel misterio.

La cortina de color beis de uno de los probadores se movió levemente. Él se levantó de golpe. Si había alguna clienta que se probaba allí dentro no quería importunarla con su presencia. Además, ¿qué hacía él allí sentado como un pasmarote? Se dirigió hacia la escalera dispuesto a marcharse. Y, entonces, una voz lo detuvo.

—¡Pablo!

Un temblor inesperado y violento lo sacudió de arriba abajo. Se dio la vuelta, lentamente. Unos ojos verdes como la hiedra lo miraban, dulces e intensos. Eran los ojos de una muchacha preciosa que recogía su larga cabellera roja en un moño elegante.

UNA SEMANA EN PARÍS

París, agosto de 1924

1

Él la vio y la respiración se le agitó tanto que por un momento creyó que se ahogaría.

Ella se cubrió la cara con las manos intentando contener la emoción.

De pie, sin atreverse aún a moverse, se reconocieron, se besaron con la mirada, se comprendieron como solo dos personas que se aman como ellos se amaban podían hacerlo.

Corrieron el uno hacia el otro y se fundieron en un beso que llevaba tres años esperando a ser besado.

El aire estaba impregnado del aroma floral y sensual de Chanel n° 5.

Pablo y Claudine volvían a estar juntos.

2

No salieron del pequeño estudio de la Rue Birague durante dos días.

Dos días en los que sus cuerpos se confundieron del mismo modo que en las colinas de Grasse se confunden los olores del romero y del tomillo.

Durante esos dos días, la vida que llenaba las calles de París, la ciudad entera, pareció que se difuminaba y que quedaba reducida a un ligero telón de fondo. Y ellos, alejados de todo, de todos, consumieron las horas contándose lo que solo podía ser contado con el cuerpo: con los muslos entrelazados, con dedos recorriendo la piel, con besos suaves como aire acariciando la nuca... Un lenguaje eterno hecho de suspiros y caricias, de confidencias dichas a media voz y de promesas hechas con ojos ardientes. De la esperanza aún no rota de vivir un destino común. Mil vidas en una.

Y después, saciados de tanto amor, de tanto placer compartido, se dormían enredados el uno en brazos del otro y en sus sueños seguían tejiendo todavía los caminos de esa nueva vida que tenían que vivir juntos. Y cuando uno de los dos despertaba, se apresuraba a despertar al otro porque el tiempo era demasiado escaso y huidizo como para perderlo durmiendo. Y juntos celebraban cada nuevo descubrimiento con besos más apasionados todavía y caricias de seda.

3

La Rue Birague se encontraba en Le Marais, un distrito de calles empedradas y edificios destartalados situado en el margen derecho del Sena. Un porche permitía acceder directamente a la Place des Vosges. Era, sin embargo, un barrio céntrico y con mucha vida al cual Pablo quizás no habría tenido acceso si no hubiera sido por la generosidad de Jacques Guerlain, que, sin pedirle nada a cambio, le cedió el pequeñísimo estudio para que se alojara en París.

Pablo aún disponía de unos días antes de incorporarse al trabajo en el laboratorio. No empezaba hasta la primera semana de septiembre y había aprovechado el mes de agosto para instalarse y conocer un poco la ciudad que lo acogía. Ahora que tenía a Claudine a su lado, aquellos días de libertad le parecieron un sueño hecho realidad.

Cuando sus almas se saciaron de respirar tanto amor y sus estómagos empezaron a protestar, Pablo y Claudine salieron a la calle cogidos de la mano una tarde de finales de agosto en que el cielo de París parecía de metal, de tan azul y de tan limpio. Se habían acabado las pocas provisiones que Pablo guardaba en el apartamento. El hambre los empujó hasta la Place de la Bastille, donde se sentaron en un pequeño café con paredes forradas de madera clara y una vidriera desde donde se veía la calle. Comieron sin dejar de mirarse a los ojos. Una vez hubieron terminado, sus dedos se acercaron a través de la mesa, lentamente, hasta tocarse, en un instante lleno de ternura. Pablo se llevó una mano de Claudine a la nariz e inspiró con placer el añorado aroma que desprendía su piel.

—No te imaginas lo difícil que ha sido vivir sin saber nada de ti —le dijo Pablo, iniciando la hora de las confidencias—. Cuánto deseaba volver a mirarme en tus ojos; de enredarme en tus trenzas rojas.

Claudine soltó una musical y sonora carcajada y retiró la mano antes de decir:

—Ya no llevo trenzas. Ya no soy una niña.

Su sonrisa era tan limpia y luminosa como antes.

—¿Por qué no me escribiste nunca? —le preguntó Pablo, con el reproche escrito en los ojos.

La mirada de la muchacha tembló:

—¡Lo hice! ¡Te juro que lo hice! Y te mandé las cartas que te dirigía escondidas dentro de las que enviaba a mi prima Sophie. Tal y como habíamos quedado. Escribí más de lo que la prudencia aconsejaba. Y me desesperaba al ver que no me respondías.

Claudine miraba a Pablo sin comprender. Él se levantó, pagó y ambos salieron a la calle. Se pusieron a caminar, el brazo de ella aferrado con fuerza a la cintura de él. El brazo de él alrededor de los hombros de ella. Sin darse cuenta dirigieron sus pasos hacia l'Île de Saint Louis.

—Nunca las recibí.

—Y yo pensé que me habías olvidado, que no querías saber nada de mí.

—¿Cómo podía escribirte? No sabía dónde hacerlo. Nunca tuve una dirección donde encontrarte.

Se lamentó Pablo y, para deshacer el nudo que lo ahogaba con los tristes recuerdos de su soledad, se inclinó hacia la muchacha y la besó con el entusiasmo de un colegial. Claudine volvió a sentir en ese beso la misma descarga eléctrica que había experimentado la primera vez que él la besó, allá en Grasse; idéntica a la que la había sacudido en la Rue Cambon hacía solo tres días, cuando se reencontraron. Tuvo la seguridad de que las sensaciones que Pablo despertaba en ella eran inmunes al paso del tiempo. Levantó la cabeza para mirarlo a los ojos. Brillaban con un intenso fulgor.

Habían llegado al Pont de Saint Louis y se detuvieron a contemplar el agua. Algunos parisinos afirmaban que esta isleta y no la que está justo detrás, L'île de la Cité, es el verdadero corazón de París. Frente a ella, la silueta gris de Notre Dame anclada en el río los miraba de forma tranquilizadora como si con su presencia inmutable les asegurara la permanencia de todas las cosas.

Pablo y Claudine observaban embelesados las aguas del gran río en el que se reflejaban unas cuantas nubes pequeñas y blancas. Eran manchas trémulas sobre las aguas oscuras: un pequeño cuadro en movimiento. Tan mágico... Tan delicado.

Pablo se había apoyado en la barandilla del puente y miraba la grandeza de la catedral. Ella, en cambio, miraba hacia el otro lado, al Grand Palais, en el techo de cristal del cual comenzaba a reflejarse el sol poniente. La luz del día disminuía y una tenue neblina envolvía la ciudad. La voz de la muchacha rompió aquel maravilloso momento de contemplación:

—¿Sabes? Caí en una profunda depresión. Solamente tenía ganas de llorar. Mis tíos, con quienes vivía, me propusieron volver a Grasse. Pero no podía. No, si tú estabas allí y no me querías ver.

La voz se disfrazó de amargo susurro:

—No si ya no me amabas.

Pablo dejó escapar un suspiro leve que el rumor del agua se llevó.

—Entonces mis padres me enviaron a América. He vivido en Nueva York un año.

Él la contempló con la sorpresa que le producía saber que Claudine había estado tan lejos de él; más de lo que sospechaba.

—¿Y ahora vives en París?

La joven tardó un poco en responder. Las campanas de Notre Dame habían comenzado a repicar y ella se había quedado como encantada, escuchándolas. O, tal vez, solo seguía el oscuro rumbo de sus pensamientos. Finalmente, negó con la cabeza y dijo:

—No. Vivo en Bruselas.

—¡Bruselas! —exclamó Pablo entre admirado y desalentado por la realidad que iba descubriendo; la de la nueva vida de Claudine, tan ajena a la suya. Se le formó un grumo de miedo en el estómago.

Ella leyó el temor en sus ojos; le cogió la mano y lo arrastró dulcemente, alejándolo del puente y del hechizo de las aguas. Ambos fueron conscientes de que no era hora de hablar del futuro. Porque el futuro parecía envuelto entre tules opacos que no querían ser descubiertos todavía.

4

Futuro.

Estar asustados nos vuelve vulnerables. Y Pablo estaba muy asustado.

Habían vuelto al pequeño apartamento de la Rue de Birague. A Pablo aún le quedaban dos días libres antes de incorporarse al laboratorio de Guerlain. Pero el presente que habían vivido con intensidad desde que se habían reencontrado mudaba de piel a pasos agigantados y se convertía en futuro.

Futuro.

¿Habría un futuro?

¿Un futuro para ellos dos?

¿Juntos?

Estaban sentados el uno al lado del otro en medio de la penumbra, con una copa de vino tinto y perfumado en las manos. Claudine clavó la mirada verde en los labios de Pablo, húmedos de vino. Pasó su dedo por ellos, con suavidad.

—Son casi como los recordaba, pero no exactamente...

Él alzó una ceja:

—¿El qué? ¿A qué te refieres?

—A tus labios. ¿Sabes?, ahora parecen más de hombre que de niño.

Suspiró mientras hundía la cabeza en el pecho de Pablo.

—Y tu olor... Ha cambiado. Es un aroma... ¡Hueles a bosque!

Él se echó a reír y cogió un mechón de pelo de Claudine con la mano para dejarlo resbalar después, lentamente, entre sus dedos.

—Dentro de dos días empiezo a trabajar en el laboratorio de Guerlain, ya te lo he explicado.

Le tomó la copa de las manos y la dejó sobre la mesa junto a la suya. Buscó su mano y trenzó sus dedos con los de ella.

Ella sonrió feliz.

—Es una gran oportunidad, amor mío... —dijo mientras le ponía un mechón de pelo detrás de la oreja.

Él no la dejó terminar:

—¿Te quedarás en París conmigo?

La pregunta se le había escapado de los labios antes de que hubiera tenido tiempo de pensarla; el corazón le palpitó de una manera peligrosamente inesperada.

Claudine había bajado la cabeza. No lo miraba. Quizás no quería que él viera sus ojos llenos de aquella sensación fugaz y dolorosa.

Pablo le besó el cuello y, poco a poco, fue bajando hacia el pecho, que latía acelerado. Ella se dejó hacer. Los ojos cerrados, como la boca, conteniendo las palabras que no quería decir.

—No es tan fácil.

—¿Por qué? ¿Qué hay en Bruselas que te retenga? ¿Qué hay ahí que no puedas dejar?

Claudine alzó la mirada. Parecía triste, perdida. Suspiró y estiró el cuerpo, mientras se mordía el labio inferior con fuerza y desviaba la mirada.

—Bueno... Yo... Mi propósito es quedarme allí.

—Pero eso era antes, ¿verdad? Porque querías alejarte de mí... Pero ahora nos hemos encontrado. Ahora...

—No es tan fácil.

Repitió ella, con tristeza, luchando con unas súbitas ganas de llorar. Y lo acarició con la mirada mientras le rozaba los labios con los dedos. Y fue como si éstos tocaran una llama. La señal que necesitaban para liberar el deseo desbocado que les quemaba por dentro. Pablo la abrazó con desesperación y ambos rodaron sobre la suavidad de la cama que los acogía. Ella sintió el calor de sus caricias en el cuello y se estremeció. Cerró los ojos para recibir los besos desesperados. Por un momento se volvió lúcida y pensó que tenía que parar aquello. Que no podía ser. Pero él ya deslizaba un dedo por su pecho y el calor del roce deshizo cualquier rastro de sensatez.

—Dime que no nos volveremos a separar. ¡Dímelo!

Claudine lo miró como si se hundiera en sus pupilas y le juró que sería suya para siempre gimiendo bajo su cuerpo, mientras arañaba su espalda, desesperada de pasión.

5

Pablo aún dormía. Dormía un sueño rebosante de armonía, de amor. Un sueño tranquilo. Claudine se levantó de la cama sin hacer ruido para no interrumpir ese sueño feliz. Dentro de la habitación hacía un calor pegajoso y ella abrió la ventana y se asomó al exterior intentando con deleite respirar un poco de aire fresco. Se acercaba el amanecer y la neblina trepaba por las azoteas de las casas.

El tiempo, en París, había cambiado. Un viento desagradable barría la ciudad y caían pequeñas gotas de lluvia. La frescura inesperada de la madrugada reavivó a Claudine. Se giró para contemplar a Pablo. La luz tenue que se filtraba por la ventana proyectaba sobre su desnudez una sombra amarillenta.

—Te quiero tanto... —susurró.

Con movimientos suaves, acercó el rostro al cuerpo del amado y aspiró su olor. ¡Sí! Olía a bosque. A ámbar y a madera. A musgo verde y frío. Supo entonces que jamás olvidaría el olor de Pablo.

Después volvió a cerrar la ventana y con cuidado infinito empezó a vestirse. No tenía nada suyo en aquel apartamento. Únicamente había sido una invitada. En el apartamento y también en la vida de Pablo. Qué triste que era todo, pensó. ¡Qué extraño! ¿Por qué se habían vuelto a encontrar? Cuando recibió el mensaje de aquella bailarina rusa amiga de *mademoiselle* Chanel en el que la citaba a la Rue

Cambon para encontrarse con Pablo enloqueció. Se apresuró a inventar la excusa perfecta para viajar a París y acudir a la cita. Lo dejó todo. No pensó en otra cosa que no fuera volver a ver a Pablo. Pablo.

Después de todo, pensó, aún la buscaba. Tal vez incluso la amaba. Y en París, los dos juntos, había tenido la prueba de que el amor entre ellos dos era real y tangible. Pablo era el hombre de su vida. Sí. Pero no podía ser nada más que eso.

Mientras terminaba de vestirse, el rostro de Claudine se iba convirtiendo en una máscara de frustración y rabia. Sintió que el pánico se escondía en los rincones más recónditos de su mente; de su corazón. Clavó los ojos en la figura durmiente de Pablo. Si al menos lo pudiera besar. Una última vez.

Decirle adiós.

Explicarle...

Contuvo a flor de labios todas las palabras que querían ser dichas. Cogió el bolso y sacó el frasco de Chanel que siempre llevaba consigo. No podía despertar a Pablo. No se podía despedir de él. Pero sí podía dejarle el perfume. El aroma de ambos. Destapó la botella y la dejó sobre la mesita de noche. El olor a jazmín y rosas comenzó a liberarse en el aire impregnándolo de la pasión vivida; de los momentos que ya empezaban a convertirse en recuerdos.

—Adiós, amor mío.

Se dirigió hacia la puerta y giró lenta y silenciosamente la cerradura. Una rayita de luz mortecina entró en el apartamento como un gatito que hubiera estado esperando su oportunidad para colarse. Salió y cerró la puerta tras de sí. Los ojos le brillaban de lágrimas no lloradas y de determinación. Sintió un intenso escalofrío que le bajaba por la espalda mientras bajaba las escaleras hasta la calle. No podía creer, todavía no, que aquellos días de amor quedasen convertidos en recuerdos difuminados por el tiempo.

París se despejaba y bostezaba salpicada por una lluvia tímida que refrescaba el verano. En las aceras, los transeúntes se sacudían el sueño de la mañana. La calle olía a asfalto y a atmósfera limpia. Flotaba también en el aire un leve olor a humedad que se desprendía del Sena en las mañanas brumosas.

Claudine dirigió sus pasos hacia la Place des Vosgues. Tenía la sensación de que su cuerpo estaba lleno de plomo y que pesaba una tonelada. Pensó que la vida continuaría. Que siempre continuaba. Algunas cosas son irrecuperables, se dijo, por eso su recuerdo es el más inestimable tesoro.

Y se dispuso a guardar ese recuerdo en los pliegues más recónditos de su alma.

6

Pablo tuvo que hacer un esfuerzo sobrehumano para abandonar la soledad del pequeño estudio e incorporarse al trabajo en los laboratorios Guerlain. La fuga de Claudine lo había dejado postrado en la cama, navegando entre la melancolía y la más profunda tristeza, con la única compañía de un frasco de Chanel n° 5 y del silencio estremecedor solo roto por el recuerdo de las risas y los gemidos de placer que parecían haber quedado pegados a las paredes.

No salió a buscarla. Sabía que era inútil. Ella debía de haber regresado a Bruselas. Lo había decidido así y no quería ser encontrada. El secretismo con el que se había ido, sin siquiera dejarle el consuelo de la despedida, del último beso, así se lo confirmaba. Y él decidió respetar su decisión, resignado, abandonando la lucha antes de empezarla, convencido de que Claudine había elegido una vida en la que él no tenía cabida.

Dolorosamente se daba cuenta de que los días vividos a su lado serían los más nítidos y brillantes de su vida. Días de largos besos dados a escondidas en cualquier rincón en penumbra. Días de ojos brillantes con destellos de ilusión.

Dolorosamente, también notaba el desencanto de la separación clavado en el alma. La amargura lo quemaba por dentro y lo ahogaba como si tuviera un lazo invisible apretándole el cuello. Lo ahogaba, asimismo, el recuerdo de unas palabras:

«Será tu aroma lo que recuerde cada noche y cada día hasta que nos volvamos a encontrar».

Pasó aquellos dos días, tal vez los más terribles de su vida, tumbado en la cama, insomne. Alternaba el deseo con la rabia. Acariciaba aquellos momentos vividos que ya solo eran recuerdos con la certeza de que su futuro se acababa de agrietar, mientras fuera la lluvia de los últimos días se convertía en un goteo que repicaba contra la ventana cerrada.

El verano moría en París.

EL AROMA DEL TIEMPO

París, septiembre de 1924

1

Era su primer día de trabajo en Guerlain. Pablo se levantó de la cama pensando en Ernest Beaux. El maestro, el amigo. El mentor. No podía decepcionarle después de cómo lo había tratado y ayudado. Por él, solo por él, intentó recomponer su rostro marcado por el sufrimiento y la vigilia. Se lavó, se afeitó, se puso su mejor ropa y se dirigió al 68 de Champs-Élysées. Cuando llegó, la sorpresa hizo que olvidara por unas horas el dolor que le atenazaba el corazón.

Jacques Guerlain en persona, miembro de una gloriosa y larga saga de perfumistas profesionales, con sus pequeños y vivos ojos que brillaban detrás de las gafas redondas, barba y bigote que empezaban a blanquear, rostro bondadoso y voz serena y tranquila, lo recibió y le enseñó con orgullo la casa, sin dejar al mismo tiempo de referirse a Ernest Beaux como «mi buen amigo».

—La tienda data de 1914 —le explicaba el perfumista con una sonrisa colgando de los labios—. Abrió sus puertas poco antes de que el cielo de París, el de Francia y el de medio mundo se oscureciera durante cuatro años.

Suspiró. Era evidente que todavía llevaba el recuerdo de la Gran Guerra pegado al corazón.

—Yo acababa de sacar al mercado L'Heure Bleu. ¿La conoce?

—Sí, señor. Ernest Beaux me dio a conocer todas sus creaciones.

Guerlain sonrió complacido.

—Mi buen amigo Beaux...

Puso una mano sobre el hombro del chico y, cambiando la expresión sonriente por otra más reflexiva, le preguntó:

—¿Y cómo la definiría usted?

—¿L'Heure Bleu? Sin duda es un perfume romántico y penetrante. ¿Cómo lo diría? —Pablo clavó los ojos en el suelo y enseguida los volvió a elevar hacia el rostro expectante del hombre. Parecía haber encontrado las palabras que andaba buscando—. ¡Tiene una ternura infinita!

Guerlain le sostuvo la mirada unos segundos. Los ojos le sonreían; los labios, también.

—Beaux nunca se equivoca. Usted me gusta, joven. Compuse L'Heure Bleu como un tributo personal a los impresionistas. Soy un gran admirador de Degas, Monet, Caillebotte... Ya ve, convertí la admiración en inspiración.

Siguieron con la visita. Los laboratorios de Jacques Guerlain dejaron a Pablo boquiabierto, tanto por sus dimensiones como por la cantidad de gente que trabajaba allí. Pero, sobre todo, por su modernidad.

—Francia ha cambiado mucho después de la Gran Guerra, ¿no le parece, joven?

Le preguntó Guerlain mientras paseaban con el tintineo de los frascos como música de fondo. Pablo, con los ojos clavados en las buretas, los cristalizadores, los crisoles, las pipetas y las placas filtrantes, afirmó distraídamente con la cabeza.

—Creo que después de la guerra las barreras han caído, ¿no le parece? Ahora vivimos en un mundo lleno de posibilidades y lleno también de incertidumbres. La gente quiere olvidar el pasado y, por ello, hoy en día se vive locamente. París ha cambiado, por supuesto que lo ha hecho. La electricidad ha iluminado las avenidas, los automóviles han conquistado las calles... Y las mujeres...

Guerlain se detuvo y Pablo se quedó quieto a su lado.

—Las mujeres, amigo mío, ahora solo se visten de largo cuando van a la ópera. ¿No cree usted que Coco Chanel las ha cambiado de arriba abajo?

Pablo iba a responder, pero las palabras murieron en sus labios. El nombre de Coco Chanel le acababa de llevar a la mente el rostro de Claudine con una fuerza devastadora. Hizo un gran esfuerzo para concentrarse en lo que le decía Guerlain.

—Hemos descubierto la publicidad, el deporte... ¡la aviación! La vida es ahora apasionante y las mujeres brillan más que sus trajes de lentejuelas.

Atravesaron el gran laboratorio y entraron en otro más pequeño presidido por un órgano de perfumes, el más grande que Pablo había visto jamás. Era prodigioso: construido con madera de álamo, medía unos dos metros y medio de largo y uno y medio de alto. Tenía tres registros de hileras de probetas con diferentes esencias, unas trescientas en total. Pablo sintió que la idea de sentarse a trabajar en un órgano de perfumes como ese le hacía cosquillas en el corazón.

Las paredes de aquel laboratorio rebosaban de frascos. Los reflejos de los líquidos que había en su interior danzaban por el techo. Pablo tuvo la sensación de que podía percibir con fuerza sus esencias. Encima de una gran mesa de madera oscura, había pequeños recipientes diseminados con un cierto desorden calculado, al lado de algunas libretas con cientos de fórmulas y de un sinfín de tarros que contenían un poco de todo.

—Este es mi refugio. Yo trabajo aquí. Esta silla que ve es la misma en la que se han sentado a trabajar mi abuelo, mi padre y mis tíos. Todos los perfumistas de la familia —dijo Jacques Guerlain abarcando el espacio con los brazos— se han sentado desde hace más de doscientos años ante este magnífico órgano para elaborar sus esencias. Esto me da continuidad. Me reconforta saber que desde hace siglos los perfumistas practican su oficio en laboratorios como este. Cuando me encierro aquí, entre mis olores y mis fórmulas, créame, joven, ya no necesito nada más.

Los ojos de Pablo se quedaron prisioneros de una colección de botellas que se exponían en una vitrina. Parecían antiguas y eran preciosas. Jacques Guerlain siguió la dirección de sus ojos y sonrió:

—Veo que le llama la atención mi pequeña colección de botellas de perfume de los siglos XVIII y XIX.

El perfumista se dirigió a la vitrina, la abrió y sacó una botella de perfume que mostró a Pablo. Era de cristal tallado, con la etiqueta pintada a mano. La abrió. Sus esencias se habían evaporado con el paso del tiempo y habían dejado residuos en el fondo. Aun así, Pablo aún pudo detectar la sombra poderosa y embriagadora del aroma de unas flores de frescura metálica.

—¿Sabe, joven? En aquella época los perfumistas encargaban los frascos de perfume a los vidrieros. El cliente elegía la botella que le gustaba y la hacía llenar con su perfume preferido. De ahí esta colección.

El perfumista guardó la botella en la vitrina como quien guarda un tesoro.

—Un frasco es el complemento fundamental para un perfume, ¿no le parece? Nos ayuda a entender el lenguaje del perfume, porque antes de que su esencia llegue al olfato, créame, el perfume debe entrar por los ojos.

Se dirigió al órgano y sin titubear cogió un frasco. Vaporizó algo del líquido que contenía en una *mouillette* y la ofreció a Pablo, mientras anunciaba.

—Mi última creación.

—¿Shalimar? —exclamó Pablo sin poder ocultar la emoción.

—¡Shalimar! ¿Lo conoce, joven?

—Ernest Beaux me habló de él. Estaba entusiasmado. Me explicó cómo lo creó a partir de Jicky y de nuevas moléculas dulces...

—... y de bergamota, lirio y, sobre todo, vainilla. Quise darle un aire oriental; un acento de maderas y ámbar. Su sensualidad es un homenaje al emperador Sha Jahan, que hace cuatro siglos cayó rendido de amor a los pies de la princesa Mumtaz Mahal. Por eso mandó construir los jardines de Shalimar en su honor y le dedicó el Taj Mahal.

Pablo agitó la *mouillette*, se la acercó a la nariz y aspiró profundamente con los ojos cerrados. Tuvo que morderse el labio para reprimir el grito que le subía por la garganta. Un grito de admiración pura.

¡Shalimar era emoción líquida!

En esos segundos en que Shalimar y su magia se apoderaron de sus sentidos, Pablo supo con toda certeza que quizás no tendría nunca a Claudine con él, pero que llenaría el vacío de su vida huérfana de amor con la creación de perfumes. Sí, algún día, él también sería capaz de convertir la sensualidad en un olor. Un olor como el de Chanel nº 5 o como el de Shalimar.

Habían terminado la visita a los laboratorios. Jacques Guerlain le presentó a su hombre de confianza para que le fuera instruyendo en sus nuevas obligaciones.

—Querido joven, de momento tiene usted mucho trabajo por delante. Un día, sin embargo, me gustaría llevarlo a visitar nuestra fábrica en Bécon-les-Bruyères. Y si me necesita, solo tiene que subir hasta la cuarta planta de este edificio.

Pablo arqueó las cejas en una pregunta muda:

—Allí se encuentra mi vivienda familiar. Estaré muy complacido de mostrarle mi colección de pintura impresionista.

Pareció que Jacques Guerlain se iba, pero se detuvo en la puerta del laboratorio y se volvió hacia Pablo. Le dirigió unas palabras de despedida que volaron hacia el joven aprendiz como las notas delicadas del jazmín.

—Y recuerde, joven, como decía mi abuelo, el gran Pierre-François Guerlain, fundador de esta casa: «Haced buenos productos. No cedáis nunca en cuanto a la calidad. Por lo demás, tened ideas sencillas y aplicadlas escrupulosamente». Buenos días.

2

Las horas pasaban raudas en el laboratorio, llenas de los nuevos descubrimientos que Pablo iba haciendo día a día. Trabajaba mucho y aprendía aún más. Salía de Guerlain cansado y satisfecho, con la impresión de que progresaba en el arte de la perfumería, así como en el de no pensar. Pero tan pronto como pisaba la calle, el peso de su soledad le caía encima como una losa y, entonces, se dejaba arrastrar por una tristeza profunda que se clavaba en su alma como un cristal.

La vida le dolía y, sintiéndose incapaz de ir a encerrarse entre las cuatro paredes que habían sido testigos mudos de aquella semana de amor con Claudine, Pablo recorría las calles de París. El ritmo apresurado de sus propias pisadas le ayudaba a silenciar el griterío de sus pensamientos. Paseaba hasta que su estómago vacío protestaba. Entonces entraba en algún café para llenarlo un poco. Llegaba al apartamento cuando las noches de aquel septiembre que volvía a ser cálido abrazaban la ciudad invitándola al sueño.

A él, sin embargo, el sueño lo esquivaba. Algunas veces conseguía dormirse de madrugada, rendido por el cansancio del cuerpo y del alma. Otras, pasaba las noches en blanco y el abatimiento lo aplastaba como una barra de plomo. Los recuerdos poblaban sus noches y lo mantenían despierto e intranquilo. Entonces, salía del apartamento empujado por la desesperación y caminaba como un autómata hasta el Pont de San Louis, tan lleno de recuerdos, para ver la luna reflejándose feliz y tranquila en el Sena.

En alguna de aquellas solitarias tardes, sin darse cuenta, los pies lo habían llevado hasta la Rue Cambon. Pasaba frente a la *boutique* de Chanel con los ojos pegados al suelo, preguntándose siempre cómo había ido a parar allí y maldiciendo aquel afán suyo por echar sal a las heridas. Se alejaba con pasos rápidos, mientras su insolidario cerebro le reproducía la película de la mujer menuda que bajaba del Rolls negro como si fuera un hada bajando de la carroza y le concedía un deseo. El más extraordinario de todos los deseos.

Hasta que un día, sin saber cómo, Pablo se encontró dentro de la *boutique*. Y cuando fue consciente de que realmente había traspasado aquella puerta prohibida se dispuso a retroceder y a salir de allí a toda prisa. Pero una dependienta joven y bonita lo detuvo antes de que pudiera escapar:

—¿En qué puedo ayudarle, señor?

—No... Yo...

Una voz conocida se unió a sus titubeos. Era la de la encargada:

—¡Oh, señor! ¿Viene usted a ver a *mademoiselle?* Seguro que estará encantada de recibirlo.

Y dirigiéndose a la dependienta, añadió:

—Puedes retirarte, Josephine. Yo acompañaré al señor.

Unos minutos después, Pablo estaba sentado en uno de los sofás blancos del *atelier* de Gabrielle Chanel. Ella, vestida de negro de pies a cabeza, le servía un té. La escena era recurrente y terriblemente dolorosa para Pablo, que interiormente maldecía el deseo inconsciente que lo había llevado hasta allí.

—Pablo, Pablo... —comenzó a hablar Coco rompiendo el silencio que se había interpuesto entre ellos desde hacía unos minutos—. Le esperaba.

—Ah, ¿sí? —respondió él sin levantar los ojos inmensamente tristes de la humeante taza de té.

—No puedo creer que no le interese saber por qué.

Él alzó los ojos y los clavó en Coco. Luego, aquellos ojos sin vida ni ilusiones resbalaron por el *atelier*. Cada rincón le despertaba un recuerdo más doloroso que el anterior.

—Le contaré una historia —dijo Coco.

Cogió su taza de té y tomó un pequeño sorbo, de pajarillo. Luego se enderezó en el asiento y se quedó observando cómo el humo de la taza ascendía por el aire dibujando espirales blancas. Entrecerró los ojos y empezó a hablar.

—Había una vez una muchacha provinciana, ingenua e ignorante que quería ganarse la vida por sí misma.

Pablo levantó los ojos de la taza y mudó la indiferencia de su mirada por una cierta curiosidad.

—Una muchacha que no quería ser una mantenida toda la vida, ¿sabe? Lo que quería era diseñar sombreros. Ella creía que eso se le daba de maravilla; que era toda una experta y que los sombreros de paja que ella misma confeccionaba en su casa con cuatro trapos eran mucho más interesantes y, sobre todo, más modernos que los que llevaban las señoras elegantes por la calle.

—Me está hablando de usted, ¿verdad?

La voz de Coco se volvió más firme e imperiosa:

—No me interrumpa, Pablo, o no terminaremos nunca y todavía me queda mucho trabajo que hacer.

La boca se le había crispado y Pablo sintió la garganta seca. Se acercó de nuevo la taza a los labios, avergonzado como un colegial cogido en falta.

—Como le decía... ¿Por dónde iba...? ¡Ah, sí! La muchacha era decidida y brillante, pero no sabía nada del mundo. Y entonces se enamoró.

Había aparecido una sombra en su voz. Esperó unos segundos, el tiempo necesario para que esa sombra se volatilizara.

—¡Pobre estúpida! Solo le faltaba eso... Enamorarse de verdad. Pero pareció que él la correspondía. ¡Era un hombre tan bello! ¡Tan alto y musculoso! Tenía unos ojos tan verdes y unas ganas tan irreprimibles de vivir que la ingenua muchacha se escapó con él a París, abandonando a su primer protector, que era un buen hombre pero que no la había amado nunca.

Hizo una pausa que aprovechó para encender un cigarrillo. Dio una larga calada y se volvió a echar hacia atrás, esparciendo una nube de humo en el aire.

—Gracias a su enamorado, que aparte de todo lo que ya le he dicho, también era rico, la chica abrió su primera tienda de confección de sombreros en París. Fíjese si era ingenua que creyó que el negocio lo llevaba ella. Pero era mentira. Él se lo tiró en cara a la primera ocasión que se le brindó. La tienda la pagaba él. Él cubría los descubiertos con los bancos y le avalaba los créditos. En una palabra, la mantenía. Volvía a ser una mantenida, ¡ya ve! Y la chica, que cada vez era menos ingenua, se juró a sí misma que un día no muy lejano se lo devolvería todo y sería libre.

—¿Y lo consiguió? —preguntó Pablo enganchado como un niño a la historia.

—Pues sí. Lo consiguió. Y se hizo rica. Y dejó de hacer sombreros. Ahora confeccionaba vestidos y los vendía muy bien. Abrió una *boutique* en Dauville y otra en París. Le devolvió el dinero a su amante. Ya no le debía nada a nadie. Y ella se sintió libre.

Gabrielle soltó una carcajada envuelta en una nube de humo. Estaba totalmente perdida entre sus recuerdos.

—Era feliz. Ella y su enamorado rico y bello se amaban. Se podrían haber casado. Pero los hombres como él no se casan con chicas como ella. Chicas sin apellidos poderosos; chicas con un pasado... Brumoso. Chicas que se sienten orgullosas de no deber nada a nadie. Él la traicionó.

—¿Por qué dice que la traicionó?

—Porque lo hizo. Se buscó una heredera rica que lo hiciera aún más rico. Se casó con ella.

—Y ella lo perdió para siempre.

—¡Usted sí que es ingenuo, querido Pablo! En la vida nada termina cuando nosotros decidimos; ni siquiera cuando esperamos que termine. No, ella no lo perdió. No del todo, todavía.

—No lo entiendo.

—Porque es usted un impaciente.

Coco aplastó el cigarrillo en el cenicero. Entrecerró los ojos. Suspiró. Volvió a abrirlos. Lo miró. Sonrió tristemente.

A Pablo le pareció que en el rato que llevaba hablando Gabrielle Chanel había empequeñecido aún más.

—No terminaron con su relación. Él hizo creer a la chica, destrozada por dentro, que podían seguir juntos.

—¿Y ella aceptó?

—¡No me interrumpa!

—Perdone...

—Aceptó. Era mejor tenerlo así que no tenerlo. Incluso pasaron juntos unos días durante las fiestas de Navidad de 1919. Él le anunció que su mujer rica esperaba un bebé. Ella fingió que no le importaba. Puede que la mujer de su amante esperara un niño, pero él la amaba a ella. Únicamente a ella. Se amaban como antes. Bueno, como antes... Tal vez no.

Gabrielle Chanel bajó la cabeza. Tenía las manos perdidas entre sus cortos cabellos. La voz se le volvió un susurro.

—Y aquel 22 de diciembre de 1919, Boy Capel cogió su flamante descapotable nuevo y abandonó París. Se fue de mi casa aquella mañana porque tenía que pasar la Navidad con su mujer embarazada. Me abandonó otra vez. Para siempre. Porque esa noche tuvo un accidente. El coche se quemó. Él murió. Me volvió a traicionar. La historia, ahora sí, había terminado.

—El destino fue funesto y despiadado —murmuró Pablo.

—No me haga reír. El destino no existe. Somos nosotros, cada uno de nosotros, los que andamos de un lado para otro tirando de los hilos de nuestras vidas. Los vamos desenredando despacio para así ir encontrando el camino.

Coco clavó sus ojos anegados en recuerdos en Pablo.

—Y ahora, Pablo, le toca a usted. También a usted lo han traicionado. Claudine Guichard ha vuelto a Bruselas para casarse con su prometido. Un diplomático atractivo y bastante mayor que ella que conoció en Nueva York.

Silencio.

—Punto final. Créame. Las expectativas solo generan desilusiones.

Pablo sintió un escalofrío que le nacía de lo más profundo del alma y que le erizó el pelo de la nuca. Si le quedaba alguna esperanza de recuperar a Claudine, por remota que fuera, acababa de romperse en mil pedazos. Todo se desintegraba como un puñado de arena que se escurre entre los dedos abiertos.

—Es usted cruel, *mademoiselle* Chanel.

—No, querido. La vida es cruel. Y créame, nadie muere de amor. Usted tampoco lo hará, aunque ahora quiera hacerlo.

Pablo apretó los labios e intentó tragarse toda la frustración que sentía. Se había quedado sin palabras. Solo le quedaba la mitad del corazón. La rabia le apretaba la garganta y le dejaba un sabor a hiel en la boca. Aun así, luchaba por no mostrar sus sentimientos a Coco. Para no dejarse ahogar por aquella gigantesca ola de autocompasión que lo asediaba.

El silencio se alargó de una manera incómoda. Pablo parecía sumergido en sus pensamientos. Tenía la mirada ausente, el rostro cubierto de cenizas. Gabrielle, que conocía demasiado bien la condición efímera de la felicidad, respetó ese silencio lleno de dolor. Hasta que se levantó y dijo:

—Quizás no podamos ser felices para siempre, Pablo. Pero, aun así, nuestra vida puede ser una vida fructífera en todos los sentidos.

Coco desapareció por una puerta. Pablo ni se dio cuenta.

Cuando la mujer volvió llevaba una carpeta en la mano.

—Le quiero regalar esto. No crea que es una especie de premio de consolación. Es que a mí no me hace ya ninguna falta, ¿sabe?

Pablo se levantó de la silla como un autómata. Tomó la carpeta que Coco le ofrecía. Como ella no decía nada, la abrió maquinalmente. Dentro había lo que le parecieron unos papeles viejos.

—¿Qué...?

—¡Oh! Quizás no es nada... Pero ya le he dicho que ya no lo necesito.

—Parecen fórmulas.

Coco se rio y dejó escapar una palabrota. Señaló los papeles con un dedo delgado e inquieto:

—Bueno, por lo menos pagué como si lo fueran. Misia y yo pagamos seis mil francos por estos papeles viejos y apolillados.

Pablo cada vez estaba más confundido:

—¿Misia?

—Sabe a quién me refiero, ¿verdad? Misia Sert, mi mejor amiga. Únicamente ella es capaz de hacer estos hallazgos: la fórmula de un perfume perdido en un viejo castillo del valle del Loire que iba a ser restaurado.

La voz le volvió a sonar viva y divertida. El discurso se aceleró. Volvía a ser una narradora de historias que buscaba fascinar a sus oyentes:

—Misia es de las que siempre van un paso por delante. Ella sabía que yo quería lanzar mi propio perfume. Habíamos fantaseado ambas con el nombre que le pondríamos; nos divertíamos pensando cómo sería el frasco... Lo teníamos todo menos el perfume, ¡por supuesto! Y entonces va y aparece con la historia que ha encontrado la fórmula del perfume milagroso de María de Médici.

Soltó una sonora carcajada.

—¡Oh, Dios mío! ¿Qué le parece? ¡De María de Médici nada menos! Ya sabe, según la leyenda, María de Médici, prima de Catalina, a los sesenta años estaba gorda como un tonel, pero su cutis seguía siendo el de una adolescente. Todo el mundo en la corte francesa susurraba que tenía un secreto. Un perfume secreto...

—¿Un perfume...?

Coco no le dejó meter baza. Revivía la historia de la fórmula como si sucediera en ese momento:

—¿Por qué no? Fíjese, la historia de los perfumes en Francia había comenzado precisamente con Catalina de Médici y su perfumista René el Florentino. Ellos nos trajeron los perfumes desde Florencia. Perfumaron los guantes de cuero de Francia. He leído que María de Médici tenía más de trescientos pares de guantes perfumados. Era obsesiva con los olores; con los perfumes... En fin, no le quiero aburrir. Es una historia que me apasiona. Siempre la estaría contando. Pero usted, Pablo, tiene prisa y yo mucho trabajo. Llévese estos papeles viejos y descubra qué esconde esta fórmula milagrosa. A mí ya no me importa. Dejó de importarme un 22 de diciembre de 1919. Todo forma parte de una historia vieja. Demasiado vieja.

3

Pablo salió de nuevo a la Rue Cambon con la traición de Claudine clavada en el corazón y aquellas fórmulas dentro de una carpeta que llevaba bajo el brazo. Coco Chanel le había contado su triste historia y le había hecho un regalo. Le pareció que su historia de amor tenía muchos puntos en común con la de la diseñadora. Los dos habían perdido al amor de su vida. De maneras diferentes, tal vez. O no tanto. Tras perder a Boy, Coco Chanel había seguido con su idea de crear un perfume, aunque había elegido un nuevo camino para conseguirlo. Un camino que la alejaba del recuerdo de Boy Capel. Porque el 22 de diciembre de 1919 una oscura línea había partido su vida en dos.

Pablo sabía, ahora, que Claudine se casaba con otro. De repente, su corazón se sentía muy viejo. No salía de su asombro y no sabía qué podía hacer contra aquel suplicio que lo consumía por dentro. Los celos lo asaltaban sin piedad. Sin duda era tiempo de olvidar, por mucho que le escociera la traición.

Pablo comprendió que aquel regalo que le hacía Coco era muy valioso. Mucho más de lo que ella le había dado a entender con su pretendida desgana. Le estaba mostrando un camino. La huida de su soledad.

«Nadie muere de amor, y usted, Pablo, tampoco... Nuestra vida puede ser una vida fructífera en todos los sentidos».

Coco lo empujaba a olvidar y a convertirse en quien quería ser pasando por encima de su dolor.

¿Lo conseguiría, algún día?

Quizás aquella vieja fórmula le ayudara a olvidar el dolor tan lacerante que se le clavaba en el pecho. ¿No le había dicho Gabrielle que era milagrosa?

Miró la carpeta que llevaba en las manos. Por algo que no acababa de entender tuvo la seguridad de que allí dentro se escondía un gran tesoro.

Un perfume cuyo aroma se perdía en el tiempo.

LOS RECUERDOS DE VIOLETTE

París, octubre de 1934

1

Violette abrió los cortinajes del balcón y ante sus ojos se desplegó una maravillosa vista del Sena. La luz de la tarde inundó el salón con una tonalidad pálida y acogedora.

Hacía ya seis años que, gracias al éxito comercial de L'Acqua della Regina que los había hecho ricos, Pablo y ella se habían trasladado a aquel maravilloso dúplex en l'Île Saint Louis que se asomaba directamente al río y que ocupaba un precioso edificio de mediados del siglo XVII. Pablo no pareció muy satisfecho ante la idea de trasladarse a vivir a esa zona. Pero ella supo sacarle aquellas manías de la cabeza. Jamás encontrarían otra oportunidad como aquella y menos a ese precio. Claro que la vivienda necesitaba reformas, pero en cuanto Violette entró en ella por primera vez, supo intuir las posibilidades de aquel enorme piso de ciento setenta y seis metros cuadrados, techos de cuatro metros y suelos de parqué de Versalles al que se accedía a través de una exclusiva rotonda.

Violette no había imaginado jamás que acabaría viviendo en un sitio tan elegante ubicado en una de las mejores zonas de París. Cuando ella y Pablo se casaron, ocho años atrás, no tuvieron más remedio que conformarse con un piso pequeño y sencillo en el XII distrito, en Bercy, un barrio cerca de la Bastille ocupado por las clases medias y trabajadoras.

A pesar de todo, tenía que admitir que había sido feliz allí. Por lo menos al principio, cuando todavía todo era posible. Cuando creía haber conseguido que Pablo fuese suyo y tan solo suyo.

2

El otoño empezaba a disfrazarse de invierno. Aun así, el día había sido espléndido. Si París en primavera era una ciudad romántica, en otoño era igualmente encantadora. De pie delante de los ventanales, Violette clavaba la mirada en el cielo que la tarde oscurecía. Habían aparecido unas nubecillas blancas. Parecía que se persiguieran unas a otras.

Se había arreglado con tiempo y cuidado porque esa noche salía a cenar con Pablo. Después de cenar irían a uno de los mejores cabarés de la ciudad. Estaba radiante con el vestido de noche violeta de *shantung* con escote palabra de honor de brocado. Le resaltaba extraordinariamente el cabello que se había teñido de rubio platino como Jean Harlow imponía desde las pantallas de los cines. Como ella, se lo peinaba en suaves ondas que le enmarcaban el óvalo del rostro. Se había perfumado con la última creación de Pablo, Indien, un perfume exótico con aromas de sándalo y especias.

Evidentemente, poco quedaba ya en Violette de la muchacha provinciana que había sido; de la jovencita de Grasse enamorada perdidamente del primo español de su mejor amigo. Al menos, por fuera. Porque por dentro, ella seguía amando a Pablo de la misma manera obsesiva. De aquella manera que la había llevado a limpiar todos los obstáculos del camino para lograr sus objetivos.

Se retiró del balcón y fue a sentarse en el sofá isabelino de caoba clara tapizado de verde, una joya de anticuario. Al lado, en una mesa baja había dejado los guantes largos y el pequeño bolso de mano a conjunto, en tonos plateados. La capa con el cuello de piel reposaba en el sofá. Todo estaba a punto.

Y Pablo se retrasaba.

Intentó calmar sus nervios cerrando los ojos un momento; los volvió a abrir al oír los pasos acelerados de Bernadette, la doncella.

—Señora, ¿desea algo?

—No. Avísame en cuanto llegue el señor. No quiero hacerle esperar.

—Sí, señora.

Volvió a quedarse sola, a merced de las sombras que se iban alargando dentro del salón. A merced, también, de sus recuerdos.

3

Había sido fácil poner sobre aviso a la familia de Claudine Guichard. De hecho, tan pronto como Pablo le había advertido que dejara de meter la nariz en su vida, ella había sabido cuál era el siguiente paso a dar. Y no vaciló.

Por el salón de té de Anne pasaba mucha gente. Para las señoras acomodadas, aquel saloncito era uno de los lugares más agradables de la ciudad; un lugar ideal para ir a merendar y charlar un rato con las amigas. También la señora Guichard, la elegante madre de Claudine, iba a menudo por allí. Primero Violette se limitó a servirle con gentileza. Memorizó sus gustos hasta conseguir adelantarse casi siempre a sus deseos. Eso sí, con delicadeza, sin llamar la atención porque lo que quería era que se fijara en ella, que la conociera y que se diera cuenta de que era una chica amable y eficiente.

Después, solo fue cuestión de encontrar el momento. Y el momento llegó. Era un domingo por la mañana y estaba sola en el salón. La señora Guichard entró y le dedicó una sonrisa resplandeciente. Venía a comprar unos dulces. También iba sola. La ocasión no podía ser más idónea. Violette le dijo, mientras le servía detrás del mostrador:

—He conocido a su hija, señora. Tengo que decir que es igualita a usted. ¡Y tan simpática!

La señora Guichard ni alzó los ojos. Tenía la cabeza en otras cosas, por lo visto.

—Supongo que vendría con sus amigas, ¿no es así? —respondió distraída.

—¡Oh, no! Con las amigas no. Es que como ahora sale con Pablo, el sobrino de la señora Guerin, la dueña...

Tuvo que reprimir las ganas de reír cuando la señora alzó tan violentamente la cabeza que el sombrero se le tambaleó y a punto estuvo de caerle al suelo. Lo sujetó con una mano mientras el rostro le cambiaba de color.

—¿Qué estás diciendo? Me parece que estás mal informada.

La voz de la madre de Claudine se había vuelto seca, de esparto. Violette abrió unos ojos de palmo y, dejando en el mostrador el paquete que ataba con cuidado, se llevó las manos a la boca:

—¡Oh...! Yo quizás... No me haga caso, señora.

Pero la señora le hizo caso. Mucho caso. Y la citó unos días después para hablar de ese asunto sin prisas y sin testigos. ¡Pobre Violette! Tanta presión provocó que cantara como un pajarito todo cuanto sabía. Y pasó lo que tenía que pasar. Los Guichard en pleno celebraron una reunión familiar para tratar ese tema tan espinoso. Llegaron a la conclusión de que la joven Claudine ya se había divertido bastante aquel verano, y que había llegado el momento de enviarla a París y buscarle allí alguna distracción menos peligrosa que la que la entretenía en aquellos momentos en Grasse.

Violette había hecho un trabajo impecable y tuvo su recompensa. La señora Guichard le estaba tan agradecida, la encontraba una chica tan sensata, que le propuso que fuera a trabajar a la perfumería. Estaba segura de convertirla en una buena dependienta.

4

Sentada en el sillón, Violette entornó los ojos. No se arrepentía de nada. Nunca le había pasado por la cabeza que lo que había hecho estuviera mal. No podía estarlo porque lo había hecho por amor. Por el amor de Pablo.

Tras el gran ventanal, el sol comenzaba a pintar el cielo con tonos lavanda. Violette se levantó. Los tacones de sus elegantes zapatos resonaron sobre el parqué con un tictac un poco perezoso. Miró el reloj que había encima de la chimenea.

Pablo no llegaba.

Ya deberían haber salido. Había reservado mesa en La Coupole a las ocho.

La puesta de sol alargaba las sombras del salón y apagaba con timidez sus colores. El ambiente se atenuaba segundo a segundo. Y los recuerdos se volvían tercos.

Nerviosa, caminó con pasos más decididos hacia el mueble que escondía un pequeño pero surtido bar en su interior y se sirvió un vaso largo de ginebra. El alcohol hacía tiempo que se había convertido en su inseparable compañero de viaje. Le hacía ver la vida un poco más amable.

Volvió a sentarse. Dio un trago generoso mientras contemplaba cómo, afuera, la penumbra iba engullendo la luz última del cielo de París.

5

Todo, todo lo que había hecho, lo que hacía, lo hacía por él. Por Pablo. Él había sido desde el primer momento en que lo vio, cuando eran unos niños, y hasta ahora, el centro y motor de su vida. Lo amaba. Su amor no había disminuido con los años; al contrario, parecía agrandarse a medida que el tiempo pasaba, a medida que se hacían mayores. Siempre había odiado los sentimientos superficiales. Ella amaba a Pablo de una manera absoluta, con todo el corazón, con el alma y con cada parte de su cuerpo. Y en Grasse hizo lo que tenía que hacer para que él se diera cuenta de que debía olvidar a la muchacha rica que lo había engatusado; porque el amor de su vida era ella.

Y los acontecimientos se pusieron de su lado. En la perfumería conoció a Sophie, la sobrina de los Guichard y prima de Claudine. Se llevaron bien enseguida. Sophie era una chica simpática y risueña que la ayudó a adaptarse a su nueva tarea en aquellos primeros días, cuando ella no sabía ni por dónde empezar.

Una mañana, cuando hacía poco que Claudine se había ido a París, Violette observó que Sophie estaba un poco extraña. Corrió a preguntarle qué le pasaba:

—¿Qué tienes? ¿Te ocurre algo?

Sophie no la dejó terminar. Por toda respuesta, la chica cogió a Violette delicadamente por el codo con las puntas de los dedos y la arrastró al rincón más discreto de la tienda, que a esas horas de la mañana estaba poco concurrida todavía.

—Violette, tú conoces bien a los chicos Guerin, ¿verdad?

Violette abrió mucho los ojos y prestó atención. El corazón le avisó con un saltito de que allí se escondía algo que le interesaba, y mucho.

—Sí, claro. Somos amigos desde pequeños. Ya sabes que, además, yo trabajaba con Anne Guerin.

—Bien, bien...

Parecía que a Sophie le costaba sincerarse. Sus ojos inquietos escrutaban los rincones.

—Oye —la animó Violette—, me puedes decir lo que sea que te preocupe. Ya sabes que yo no soy de las que van cotilleando por ahí.

Sophie suspiró, aliviada en parte; en parte, resignada. Y le explicó su problema. El caso era que Claudine había ideado un plan para hacerle llegar las cartas a Pablo sin levantar sospechas. Este consistía en que ella enviaría una carta a nombre de Sophie y dentro del sobre escondería otra carta para Pablo. Violette sonrió mientras pensaba que aquella muchacha rica debía de haber leído muchas novelas de amor.

—Claro, ya lo entiendo. A ti, esto te incomoda —le dijo, mirándola fija y compasivamente a los ojos.

—¡No sabes hasta qué punto! —respondió Sophie, suspirando enojada—. El caso es que le he prometido a mi prima que le haría llegar sus cartas a ese tal Pablo; pero me voy a morir de vergüenza si tengo que ir al salón de té o debo esperarlo a la salida del trabajo o, aún peor, si tengo que quedar con él en plena calle para darle las cartas.

Arrastró penosamente las sílabas cuando dijo:

—¡No sé qué hacer!

Violette se tragó la sonrisa de triunfo que le nacía en los labios. Se acercó un poco más a Sophie y le rodeó los hombros con gesto protector:

—Entiendo que te sientas incómoda —le dijo, y añadió rápidamente, sin darle apenas tiempo a pensar—: Para mí no será ningún problema hacer llegar las cartas a Pablo. Somos muy amigos. ¿Qué me cuesta hacerle este favor?

Su compañera no encontró palabras para agradecerle el gesto. Le acababa de quitar un buen peso de encima.

—¡Ay, querida! No sabes el favor que me haces. Imagínate si mi tía se entera de que soy el correo de los enamorados. ¡Ay! No, no... No quiero ni pensarlo. Seguro que quien saldría perdiendo en todo este asunto sería yo.

Violette ya no la escuchaba. Se sentía eufórica. Si el destino le ponía delante aquella oportunidad por algo sería, ¿verdad? Ella no creía, no había creído nunca en las casualidades.

6

Las primeras estrellas se columpiaban en la oscuridad del cielo.

Y Pablo no llegaba.

Violette soltó una carcajada con sabor a alcohol a la vez que una bocanada de odio le subía por la garganta. Quería ordenar sus ideas, pero las ideas se le enredaban como si fueran madejas de lana. Se quedó con los ojos cerrados, pensando, mientras encendía un cigarrillo y contemplaba cómo el humo se elevaba hacia el techo dibujando espirales. La llama del cigarrillo se reflejaba en sus ojos.

—¡Eran unas cartas tan bonitas! ¡Pobre chica! Qué pena que no las pudieras responder, querido Pablo —dijo a media voz, hablando consigo misma. El alcohol siempre le desataba la lengua.

Apagó el cigarrillo en el cenicero y cerró los ojos. Le pareció que se le clavaban agujas en los párpados. La cabeza no cesaba de darle vueltas y sentía un zumbido molesto en los oídos. Se sirvió la segunda copa y volvió a sentarse. El recuerdo de aquella noche mágica en Niza le llegó acompañado del olor a mar, a flores y a primavera, arrancándole una sonrisa. Ella y Pablo se habían encontrado casualmente y terminaron haciendo el amor con furia animal. Todavía podía sentir sus labios ardientes besándole el pelo y su piel quemando bajo sus manos. Oía su voz ronca de deseo, muy cerca de su oído, como un susurro en la noche. Entonces había pensado que

Pablo ya había olvidado a Claudine. La distancia es mala compañera de los amores jóvenes, ya se sabe. Y los hombres son volubles e inconstantes. Aquella noche, Pablo la había amado a ella. Había sido suyo. Y ella se había entregado por completo a él, como nunca más volvería a entregarse a nadie.

Un temblor de tristeza le recorrió la espalda. Sentía tanta pena que no pudo contener las lágrimas. ¿Dónde habían ido a parar aquellos besos? ¿Las caricias? ¿El deseo de aquella noche que ella le había leído en los ojos?

Se quedó mirando el vaso vacío con ojos cansados. Más allá de la ventana, el cielo desplegaba una sinfonía de colores violentos. Los recuerdos adquirían una fuerza inusitada.

Aquella noche de amor no se volvió a repetir. Pablo la rehuía. Ella pensó que tenía miedo. Estaba segura de que tenía miedo. Miedo a atarse, a perder su libertad. ¡Eran tan jóvenes! Aquello era lo que pasaba con los chicos a esa edad; temían que el amor les cortara las alas. Pero ella sabía esperar. Y esperó pacientemente hasta que se enteró de que Pablo se había ido a París. Ni siquiera se había despedido de ella. Le pareció que el suelo se hundía bajo sus pies.

Se secó las lágrimas y fue en busca de Clément. Era el camino más fácil, el que la podía llevar directamente hasta Pablo. No tuvo en cuenta los sentimientos del muchacho, el daño que le había hecho y el que le podía volver a hacer con su visita. Porque ella solo pensaba en Pablo. Quería saber dónde estaba. Dónde podía encontrarlo. Ni se le ocurrió disimular sus emociones ante Clément. Él se sorprendió dolorosamente. ¿Cómo podía ser que nunca hubiese sospechado los sentimientos de Violette hacia su primo? ¿Cómo había podido estar tan ciego? Y Pablo, ¿por qué Pablo nunca se había sincerado con él?

La certeza de que Pablo y Violette se amaban fue a clavarse directamente en el corazón de Clément. Aún no había podido pasar página. Había intentado olvidarla, mirar a otras chicas y seguir con su vida. Pero no lo conseguía. Y el dolor apagaba la alegría con la que había vivido hasta entonces. Clément se estaba convirtiendo en un muchacho triste, de mirada melancólica. Y, además, ahora Violette acudía a él, se confesaba perdidamente enamorada de Pablo y le pedía que le facilitara el camino para correr a sus brazos. Su corazón recibía una nueva estocada. Pero, aunque Violette le había hecho, y le hacía aún, mucho daño, él no quería verla sufrir. Los ojos llenos de lágrimas de la muchacha lo conmovieron. Siempre había hecho lo que ella había querido. Y esta vez no fue distinto. Violette ganó esa batalla, como las había ganado todas.

Clément acabó dándole las señas de Pablo en París.

Y una vez tuvo lo que había ido a buscar, Violette no esperó más. Se despidió del trabajo, hizo la maleta y se fue a París. No se paró a pensar que, además de hacer añicos el corazón de Clément, quizás también acababa de romper la confianza y el amor fraternal que había unido siempre a los dos muchachos.

Al llegar a París, Violette encontró a Pablo convertido en una sombra de sí mismo. Estaba delgado y unas bolsas moradas le sombreaban la mirada. Aquella mirada que la hacía temblar cada vez que se clavaba en ella.

Pablo se pasaba el día en el trabajo. Cuando salía se encerraba en el pequeño apartamento del Marais donde vivía en medio de un absoluto desorden. En los armarios no había comida. Pero él parecía que no necesitaba alimentarse. Se pasaba las horas que el trabajo le dejaba libres descifrando la fórmula de un perfume escrita en unos papeles amarillentos.

Violette se instaló en el apartamento. Se volcó en cuidar de Pablo. Limpiaba, compraba, cocinaba. Lo esperaba cada tarde con flores frescas alegrando los rincones. Él no la tocaba. Casi ni la veía. Pero tampoco la echó de su lado. Y, poco a poco, se fue acostumbrando a su presencia. Y terminó por abrirle el corazón; le habló de Claudine, del amor y de la fuga. De la soledad. De la desesperación.

Violette lo escuchaba y lo consolaba. Y cuando se quedaba sola, estallaba en un llanto que intentaba ahogar en la almohada como si esta fuera la mordaza de su pena. No permitió, sin embargo, que el dolor le enturbiara el pensamiento. Así que se lo tragó todo: el dolor y la rabia, los celos y la frustración.

Y esperó.

Compañera, amiga, confidente.

Aguantó el llanto y las bajadas al infierno de Pablo. Y cuando él se quiso dar cuenta, Violette ya formaba parte de su vida.

7

Las luces del salón se encendieron de golpe rompiendo la penumbra e hiriendo los ojos de Violette con su latigazo. Bernadette había vuelto a entrar y miraba a su señora con gesto compungido. Ella tomó conciencia de que navegaba perdida entre recuerdos empapados de ginebra, tumbada en el sofá, con el pelo alborotado y el vestido arrugado. Alzó la mirada hacia la chica y la miró con ojos turbios. Le pareció masticar el aire cuando le preguntó:

—¿Qué? ¿Ya ha llamado el señor? ¿No puede venir, tal vez? ¿Le ha salido un compromiso?

La muchacha bajó la mirada hasta el suelo y afirmó con la cabeza.

Violette arrojó el vaso vacío contra la pared. Un grito rompió el silencio como si fuera una sábana vieja:

—¡Vete! ¡Déjame sola!

La chica salió corriendo y cerró la puerta del salón tras de sí.

Violette se echó en el sofá hecha un ovillo y lloró hasta que todo a su alrededor fue llanto.

La luz de la luna se colaba por las grandes cristaleras del salón y dibujaba figuras de plata en el suelo.

HUIDAS

París, 1940
La Provenza, 1942

1

Pablo, de pie ante la ventana, observaba cómo las pequeñas gotas de lluvia se esforzaban en golpear los cristales. Parfums Royal, la empresa de perfumes de la que era copropietario, estaba situada en la Rue Laffitte, una calle corta y estrecha que desembocaba en La Madeleine y que, a pesar de su apariencia humilde, había albergado las mejores galerías de arte de todo París antes de la ocupación. Todavía quedaba alguna.

Su socio, André Goutal, lo observaba en silencio. Pablo se giró hacia él y también lo miró. Se apercibió de que quedaba poco de aquel André con quien se había asociado años atrás en el hombre pálido y encorvado que tenía delante. Su mirada triste y apagada parecía esconder una súplica cuando le dijo:

—¿Qué has decidido?

Pablo se pasó la mano por los ojos enrojecidos. Unos ojos en los que se podía leer la derrota, el fin de sus proyectos. Antes de que pudiera responder, Goutal empezó a desgranar sus razonamientos:

—Sabes perfectamente que pronto nadie tendrá medios para comprar perfumes. Y mientras dure la guerra...

Pablo dejó escapar un pesado suspiro; parecía como si hubiera estado conteniendo la respiración durante horas. La mirada se le oscurecía por momentos. André se le acercó un poco más. La voz se le tornó más apremiante:

—París entero está bajo el yugo alemán. Los alemanes llenan nuestros teatros, los cabarés y restaurantes; se pasean por los parques y visitan los museos. Han tomado el control de muchas empresas. Quizás esta sea la única solución.

—¡No!

La negativa de Pablo estalló en medio del aire cargado de tensión que se respiraba en el despacho y creó un incómodo silencio.

—No venderé nuestros perfumes a los alemanes, y aún menos los crearé para ellos. No pienso subsistir a cualquier precio si es lo que me pides. ¡No de esta manera! —Y, sacudiendo la cabeza como si quisiera sacarse de ella un estorbo, añadió—: Esto ha terminado.

Los dos hombres se quedaron mirando en silencio. Todo estaba dicho. Allí terminaba la aventura empresarial de Pablo Soto. La guerra se lo había llevado todo por delante: el trabajo de todos aquellos años, el del futuro, las ilusiones... Pero no solamente había sido la guerra la culpable de aquel final anunciado. Porque Parfums Royal arrastraba detrás de sí una larga historia de ganancias y pérdidas. Y muchas deudas. Deudas que habían provocado que Pablo hubiera tenido que desprenderse de algunas de sus posesiones más valiosas, como su gran piso de París, para mantener la empresa a flote. Pero la llegada de la guerra y de la ocupación parecía poner punto final a cualquier esperanza de futuro.

2

En 1924, Pablo se había encontrado con el viejo pergamino de los Médici que le había regalado Coco Chanel en las manos. Solo tenía eso y lo que Beaux le había enseñado sobre las nuevas técnicas de perfumería. Descifrar la vieja fórmula y traducirla al lenguaje de la perfumería moderna se convirtió para él en una obsesión. El resultado de su esfuerzo, que se prolongó durante más de un año, fue el sugerente perfume L'Acqua della Regina.

Cuando Jacques Guerlain olió por primera vez la creación de Pablo quedó francamente admirado. Su fina sensibilidad y su gran experiencia le advertían de que se encontraba ante algo muy especial. Compró los derechos de comercialización a Pablo y lanzó su perfume al mercado bajo el prestigio de su marca centenaria.

Fue un éxito inmediato y Pablo pudo dejar su puesto de ayudante y entrar en el mundo de la perfumería por la puerta grande. L'Acqua della Regina le abrió el acceso a una vida nueva: dinero, una gran casa en París, viajes, fiestas... Todo lo que podía desear estaba a su alcance.

Pero todo esto no era suficiente para él. Sabía que si se quedaba en Guerlain su trabajo permanecería para siempre ligado a la fama y el prestigio de aquella gran casa. Seguramente acabaría convertido en un *hombre-nariz* prestigioso y nunca más tendría que preocuparse por el dinero. Pero debería limitarse a trabajar en los perfumes que el perfumista crease. Quizás Guerlain comercializaría alguna otra de sus creaciones como había hecho con L'Acqua della Regina. Pero lo que la gente compraría seguiría siendo un perfume de Guerlain.

A finales de 1930, Pablo se encontró ante una oportunidad que parecía abrir la puerta a sus ambiciones. Parfums Royal, una empresa perfumista creada hacía más de sesenta años por Pierre Goutal, había entrado en una gran crisis económica que amenazaba con hacerla desaparecer. André Goutal, el hijo del creador y nuevo propietario de la empresa, no había sabido seguir la línea iniciada por su padre. Hacía mucho que Parfums Royal no lanzaba al mercado un perfume de la categoría de Soie o Brocart, los aromas que habían dado fama y prestigio a la casa.

Pablo fue a ver a André. Lo que le propuso fue un trato que, si Goutal aceptaba, podía solucionar los problemas y las ambiciones de ambos. Él trabajaría para Parfums Royal, pondría todo su talento joven al servicio de la empresa; renovaría su línea de perfumes. Y, además, compraría la mitad del negocio, se convertiría en socio de Goutal a partes iguales, lo que evitaría la quiebra.

Evidentemente, André Goutal vio el cielo abierto. Él y Pablo se convirtieron en socios. Pablo dejó en sus manos la gestión de la empresa e invirtió en el proyecto todo su talento, además de gran parte de sus ahorros. A partir de aquel momento se dedicó a lo único que de verdad le interesaba en la vida: crear sus perfumes. Y Parfums Royal comenzó a remontar.

La vida de Pablo empezaba a ser tal y como él quería: la de un gran perfumista. La de un artista. Su nivel de exigencia era muy alto. Sus perfumes se vendían bien, pero resultaban carísimos de crear. Y él no reparaba en gastos. Para crear Elle, en 1931, una esencia que evocaba la belleza y el romanticismo a través del equilibrio de notas florales y toques de madera con aldehídos, Pablo viajó hasta el sur de Asia, donde crece la ylang-ylang. Quería estar presente en el proceso de recolección y destilación de la planta. El aroma de sus flores no aparece hasta que llevan dos semanas abiertas. Es entonces cuando se deben cortar y destilar de inmediato. Es decir, que el proceso debe ser hecho *in situ*.

También recorrió la India buscando el mejor sándalo que encontró en Mysore, y las especies más exóticas que necesitaba para Indien, creado en 1934.

Fueron años emocionantes. Hacía lo que realmente deseaba hacer. Se sentía realizado como perfumista. Viajaba, creaba; era admirado. Tenía un nombre. Coco no le había mentido: se puede vivir una vida completa, aunque nos falte lo que más deseamos en el mundo.

Pablo aprendió a vivir la vida que tenía. Una vida en la que arrastraba una ausencia y, además, la cadena de un matrimonio infeliz. Incapaz de enfrentarse abiertamente a su desamor hacia Violette, intentó esquivarlo entregándose a aventuras tan banales como pasajeras. En cada mujer que hacía suya buscaba a Claudine. Sin darse cuenta, se enamoraba una y otra vez de ella: de unos ojos verdes como los de Claudine, de otros cabellos rojos, de una sonrisa que le recordaba a la suya. Todas las mujeres que amaba eran un poco Claudine. Y ninguna era como ella.

Por su parte, también Violette vivía zambullida en una gran mentira. Quería creer que lo había conseguido; que Pablo era suyo y bien suyo. Se hubiera dejado arrancar un brazo antes de admitir que él no la amaba ni la había amado nunca. Se esforzaba en pensar que cada aventura que su marido ni se molestaba en ocultar, cada engaño, cada traición eran solo los caprichos de un hombre que necesitaba ser adulado. Nada importante. Nada tan definitivo como un matrimonio que no podía ser destruido. Ni tan importante como el hijo que esperaban. ¡Había tardado tanto en venir! Pero su existencia, incluso antes de nacer, significaba el inicio de una nueva etapa. De un futuro finalmente feliz.

Un futuro, sin embargo, que quedó hecho añicos una noche trágica. Violette estaba encinta de cinco meses. Aquella noche, se despertó en medio de unos terribles dolores. Estaba sola. Pablo había salido en uno de sus largos viajes. Intentó incorporarse; la cabeza le daba vueltas. Encendió la luz de la mesita de noche. Un grito de angustia llenó el silencio de la habitación. La cama estaba empapada en sangre.

Violette perdió el hijo que esperaba y la infección que siguió al aborto le frustró toda posibilidad de volver a ser madre.

No le perdonó nunca a Pablo que no hubiera estado allí con ella.

Y él tampoco se perdonó a sí mismo.

Aquel niño no nacido añadió un eslabón más en la cadena del matrimonio que Pablo y Violette arrastraban. Un eslabón hecho de acusaciones mudas y de remordimientos escondidos.

Fue entonces cuando Violette empezó a ahogar sus frustraciones en la bebida. Bebía mucho. Detrás del maquillaje, de los trajes elegantes y de las joyas caras intentaba ocultar los estragos que su adicción le provocaba. Pero cuando de noche, sola en casa, se despojaba de cualquier artificio y se enfrentaba al espejo, ya no se reconocía. Sin su disfraz, Violette era una mujer marchita e insatisfecha que amargaba la vida de los que la rodeaban.

Una mujer devastadoramente desgraciada.

3

Primavera. El aire de la mañana era fresco y limpio. Había llovido y las copas de los árboles parecían llorar lágrimas que brillaban con el sol que penetraba entre las hojas.

Olor a lluvia.

Olor a tierra mojada.

Olor a cementerio.

El perfume de la muerte...

Pablo cerró los ojos como si al hacerlo cerrase, también, el paso a los recuerdos. Los recuerdos de los que se habían ido antes: su madre, su padre... Y, ahora, Clément. ¡Cómo le costaba arrastrar la sombra de tantas ausencias!

Clément. El primo. El hermano. El amigo.

La primera palada de tierra cayó encima del ataúd y a Pablo le pareció que los huesos se le volvían de esponja y no lo sostenían. Alphonse y Anne se abrazaban sin lágrimas. Ya no les quedaban, tantas eran las que habían derramado. El dolor les había partido el corazón. Arlette, la compañera de Clément, se aferraba a la mano de su hijo Léo, que a Pablo tanto le recordaba aquel niño delgaducho y alegre que había sido su primo y que ya solo existía en el recuerdo.

Los ojos de Violette, bajo el tul del sombrero, parecían oscurecidos bajo una pátina de tristeza. Durante un tiempo, también ella había querido a Clément. O eso prefería pensar Pablo.

El cielo se volvió a cubrir de nubes de tormenta. Nubes de mal agüero. El ruido de la tierra al caer sobre el ataúd se fue ensordeciendo a medida que se sucedían las paladas.

Clément ya había recibido sepultura. Se lo había tragado la tierra. Y, sin embargo, aquellas figuras doloridas no se movieron de allí, cada una de ellas envuelta en su propio silencio, como si hubiera muchos silencios distintos.

Pablo se arrodilló ante la tumba de su primo. La acarició con los ojos cerrados y los dedos se le llenaron de la adolescencia perdida mientras un temblor tan frío como la misma piedra le recorría la espalda .

Un rayo desgarró el cielo. Al salir del cementerio, la lluvia les volvió a hacer compañía.

4

Pablo y Violette pasaron el día en casa de los Guerin, en Grasse. El recuerdo de Clément los había unido alrededor de la mesa familiar. Hacía años que el sitio de Pablo había quedado vacío. Violette era la primera vez que compartía aquella mesa. Su gesto silencioso y ausente durante toda la comida mostraba la incomodidad que sentía al formar parte de una escena que no le pertenecía.

Anne, serena, los obsequió con el vino preferido del hijo ausente; con los quesos que tanto le gustaban. Fue desgranando recuerdos durante toda la comida que hicieron sonreír a Pablo. Estuvo todo el tiempo pendiente del nieto y en sus ojos volvió a brillar una luz tenue cuando anunció:

—Para nosotros es una gran alegría que Arlette y Léo se queden a vivir en Grasse, con nosotros. Haremos todo lo posible para que Arlette no se sienta sola y para que Léo crezca feliz —añadió mirando tiernamente a la joven viuda de su hijo. Hizo una pausa. Saboreó un trago de aquel vino denso y rojo, como sangre—. Será como si Clément no se hubiera ido del todo, ¿verdad, querido?

Alphonse miró a su mujer con los ojos tristes, llenos de la ausencia de su hijo. No pudo decir nada.

Arlette no soltaba la manita de Léo. Era como si quisiera evitar que él también se fuera dejándola sola. El niño, de tan solo cuatro años, tenía la misma mirada de Clément. Se había mantenido serio durante toda la comida como si temiese romper el dolor y el recogimiento que intuía en los mayores. Pablo lo miraba y se reconocía en él. Reconocía al huérfano que había sido. Aquel niño solitario que no volvió a sonreír hasta que llegó a la casa donde ahora comían todos juntos, y se encontró con una nueva familia; con un hermano inesperado, Clément, el único ausente.

Pablo y Violette se marcharon esa misma tarde. Pablo se disculpó atribuyendo a la guerra la culpa de sus prisas. La dificultad de circular por las carreteras en tiempos de guerra, dijo, le impedía que viniera a visitarlos más a menudo a Grasse a pesar de la corta distancia que los separaba, ya que desde hace un año él y Violette vivían en Villefranche sur Mer.

Al principio, Violette se había opuesto con todas sus fuerzas a abandonar París. Primero había sido la pérdida de su hijo. Después, la casa y casi todo lo que poseían. ¿Tenía también que perder París? Ni la guerra era motivo suficiente para obligarla a abandonar la capital y volver a la Provenza de donde había salido hacía tantos años. Además, a finales de 1940 París era aún una ciudad resplandeciente. El gobierno alemán se comportaba con cierta educación y parecía respetar la vida de los parisinos. Pero tras esa fachada condescendiente se escondía el puño de hierro que había de oprimir a los franceses. Las calles se llenaban de carteles escritos en alemán que avisaban a los ciudadanos de los nuevos edificios ocupados. El Palacio de Luxemburgo había sido tomado por la Luftwaffe. El Hotel Crillon, situado en la Place de la Concorde, se había convertido en la temida oficina alemana de seguridad. Por las calles circulaban coches con altavoces que recordaban a los parisinos la prohibición del más mínimo disturbio. Por la noche se decretaba el toque de queda. Se empezaban a racionar los alimentos.

Pablo se había escapado de la guerra. Lo hizo comprando un certificado médico falso. Fue una huida. Una más. La disfrazó con el íntimo convencimiento de que la única manera de salvar Parfums Royal del desastre era quedándose en París, trabajando. La esperanza duró poco. La cruda realidad se impuso y la vida a la que él, como tantos otros, intentaba aferrarse empezó a diluirse en medio de unos acontecimientos cada vez más angustiosos. No lo pudo soportar.

Decidió huir de París porque, en el fondo, le pareció que, al hacerlo, huía no solo de la ocupación sino de su propio fracaso.

Necesitaba regresar a la Provenza. Pero no a Grasse. También había huido de Grasse. Y solo él conocía la auténtica razón, siempre envuelta en un silencio incómodo que era incapaz de romper. No estaba seguro de poder reanudar la relación con su familia en el punto donde la había dejado. Durante aquellos años de éxitos, fama y dinero eran pocas las veces en que los había visitado. Su relación con los Guerin se había limitado a la correspondencia que de una manera irregular mantenía con su tía Anne.

Temió, pues, las miradas. Y los reproches. Y aún temió más tener que enfrentarse a la ausencia de Clément, que estaba en el frente. Una ausencia que, estaba seguro, había de perpetuar un silencio nunca roto. Por todo ello, Pablo se instaló en Villefranche y Violette, muy a su pesar, lo siguió.

Ahora, después de enterrar a Clément, Pablo se habría quedado en Grasse unos días más. Habría vuelto a pasear por las calles que hacía tanto tiempo que no pisaba, aunque cada paso hubiera despertado en él un recuerdo melancólico. Habría ido al cementerio y se habría sentado junto a la tumba de Clément; le habría dicho todo lo que había callado cuando vivía. ¡Cómo le dolían las palabras no dichas! Pero Violette, que tampoco parecía muy dispuesta a enfrentarse con el pasado, estaba deseosa de marchar.

Pablo fue a despedirse de su tía Anne. La encontró sentada en su habitación, en la cama, con la mirada perdida más allá de la ventana y las manos cruzadas sobre el regazo como pájaros muertos. Parecía que cada uno de sus sesenta y nueve años hubiera acudido a pasarle cuentas, robándole para siempre la serena sobriedad de la belleza que hasta ahora se había resistido a abandonarla.

Anne vio entrar a su sobrino. Se levantó y se le acercó. Su mano le acarició el rostro con dulzura:

—Pablo...

Pablo se aferró a la mano que lo acariciaba, la besó y, sabiéndose en puerto seguro, dejó en libertad los sentimientos que se esforzaba en tragar. La voz le salió ronca, estrangulada, cuando, abrazado aún a Anne, con la cabeza hundida en su pelo acogedor, dijo:

—Tía, no me porté bien. Yo... Todos estos años...

Anne apartó a Pablo de su cuerpo cálido y lo miró a los ojos.

—No quiero oírte decir eso. ¡No debes ni pensarlo! Te has convertido en un hombre importante. ¡En uno de los perfumistas más reconocidos de Francia! ¡Ah!, si oyeras a tu tío cuando habla de ti. Y Clément... Él también estaba orgulloso de su primo.

—Clément... —repitió Pablo como en un suspiro.

La mujer le cogió las manos.

—La vida a menudo nos lleva por caminos enrevesados, hijo. Es cierto que estos caminos, los de Clément y los tuyos se separaron. Vuestras vidas fueron diferentes. Os convertisteis en hombres y ambos dejasteis Grasse. Pero cada uno de vosotros lo hizo por un camino distinto.

—Cuando me casé con Violette... Yo debí...

Anne sonrió con una gran placidez que, como un bálsamo, suavizó la pena tan grande que sentía Pablo dentro de su corazón. Le habló en un tono bondadoso, como antes, hacía tantos años, cuando ambos se sentaban juntos y charlaban mientras el tiempo pasaba discreto y silencioso.

—No debes pensar, hijo, que fue Violette quien os separó. ¡Dios mío!, erais tan jóvenes, entonces. Él la olvidó. Ahora era muy feliz con Arlette.

Pablo tomó aire y fijó la mirada en un rincón del techo antes de responder:

—Pero yo le habría tenido que decir... Debería haberlo avisado...

Anne le puso un dedo en los labios.

—Cuando le hirieron en el frente, Clément se pasó meses en el hospital. Pero vino a morir aquí, a su casa. Estuvo lúcido hasta el último momento. ¡Dentro de mi corazón queda el consuelo de haber podido hablar con él de tantas cosas antes de que se fuera! Y que te quede claro esto que te diré, hijo. Él te ha querido como a un hermano hasta su último suspiro. No lo dudes jamás, hijo mío. No lo dudes.

—Si lo hubiera sabido... Si me hubierais dicho que estaba tan mal; que se moría...

—Clément no consintió que te avisáramos. Ni a ti ni a Violette. No quería que os quedarais con el recuerdo del hombre que se consumía. Quería que siguieseis recordando al joven lleno de vida que había sido. Dime, ¿qué habrías hecho tú? ¿No habrías respetado su voluntad?

Pablo dejó de luchar para reprimir aquel nudo que le apretaba la garganta. Con la cabeza descansando en el dulce refugio del regazo de su tía Anne, comenzó a llorar sin freno, mientras la mujer, serena, los ojos secos y la mirada perdida en un pasado que ya no tenía que volver, le acariciaba el pelo y le apartaba el mechón rebelde de la frente, como si volviera a ser un niño de once años solo en el mundo.

5

La lluvia no cesaba. Chorreaba por los cristales del coche cuando Pablo y Violette subieron a él. Parecía como si el mundo llorara.

—Deberíamos haber salido antes —protestó Violette, malhumorada, tan pronto como el coche comenzó a alejarse de Grasse.

Pablo no respondió. Luchaba contra el cristal empañado por la lluvia y contra la confusión nocturna que se extendía más allá de los faros del coche.

—Estamos en guerra. Las carreteras son peligrosas. Ha sido un error venir al entierro. Clément está muerto. Pero a nosotros nos matarán si...

—¡Por Dios, Violette! Solo son cincuenta kilómetros. No vamos precisamente hacia París, no queremos atravesar la zona ocupada, ¿no es cierto?

Violette no dijo nada más. Se acurrucó en el asiento y encendió un cigarrillo. Pablo clavó los ojos en la carretera oscura que se retorcía en una serie de curvas y que la lluvia convertía en un cristal negro y resbaladizo.

Al llegar a casa, Violette, todavía enfurruñada, fue a encerrarse a la habitación. Estaba nerviosa, malhumorada; como si la visita a Grasse hubiera despertado en ella viejos fantasmas. Pablo no tenía sueño. Se acomodó en la sala desde donde podía ver el magnífico espectáculo del mar. Ya era de noche. Había dejado de llover. La luz de la luna, casi llena, entraba por los cristales de la ventana y formaba en el suelo un rectángulo de plata. A lo lejos, se adivinaban nubes de tormenta.

Esperó hasta que los rumores procedentes de la habitación hubieron cesado del todo. Cuando reinó el más absoluto de los silencios en toda la casa, abrió el pequeño secreter que cerraba con llave y sacó una carta. La volvió a leer con calma. Después, con la carta todavía en las manos, se envolvió en una manta y se sentó en el sofá. Cuando despertó, el amanecer se abría paso entre la bruma y la carta descansaba en el suelo, a sus pies. La lluvia del día anterior había dejado paso a un cielo diáfano. Las estrellas se iban apagando, de una en una, con destellos fugaces.

Un rato después, oyó los pasos perezosos de Violette, que, recién levantada, se arrastraban hacia la cocina. Fue a su encuentro.

Violette tenía mal aspecto. Fumaba un cigarrillo mientras esperaba que el agua se calentara en el hervidor.

—¿Has desayunado? —preguntó a Pablo con voz ronca.

Él no le respondió. Se sentó en una de las sillas de enea observando a su mujer. A los treinta y cinco años, Violette no recordaba en nada a la joven que había sido. Envuelta en una bata con dibujos orientales y colores estridentes, sus ojos oscuros, rodeados de profundos círculos amoratados, contemplaban ensimismados cómo el humo del cigarrillo subía hacia el techo. Ya no brillaban. Pablo se preguntó cuándo la mirada de Violette había perdido la osadía y la vitalidad de antes. No lo sabía. Se fijó en que estaba muy delgada. Más delgada que nunca. Había perdido las formas. Parecía que se hubiera secado por fuera. La verdad era que últimamente bebía más que comía. Y él no había hecho nada para evitarlo.

El hervidor chilló y Violette vertió el agua hirviendo en una taza y añadió una cucharadita de té. Con la infusión en las manos, se giró y sorprendió a Pablo, que todavía la miraba fijamente. Le sonrió y aquella sonrisa le provocó a Pablo un pinchazo en el corazón.

—¿Qué te pasa? —le preguntó ella—. ¿Por qué me miras así?

—Siéntate —le dijo. Y puso la carta sobre la mesa—. Lee.

Violette se sentó, dejó la taza sobre la mesa y cogió la carta que le alargaba Pablo. La leyó rápidamente y a medida que leía la inquietud se le empezó a reflejar en el rostro. Alzó los ojos y los clavó en los de su marido.

—¿Qué es esto?

—Ya ves. Me ofrecen trabajo en una importante empresa de perfumes de Barcelona.

—Pero... ¿Cómo? No lo entiendo.

—No hay nada que entender.

—Bueno, supongo que no lo piensas aceptar, ¿verdad?

—Sí. Pienso aceptarlo. Necesito volver a trabajar.

Violette se alzó de golpe como si acabara de sentir un pinchazo. Faltó muy poco para que derramara el té encima de la mesa.

—¿Estás loco? ¿Qué se nos ha perdido en Barcelona? Nuestro sitio está en París, es nuestra casa. Cuando esta maldita guerra termine...

—Nosotros no, Violette —la interrumpió Pablo, con ganas de acabar con aquella conversación. De dejar las cosas claras de una vez. De hacer lo que ya debería haber hecho hacía mucho tiempo—. Yo, Violette. Yo me voy a Barcelona.

—No te entiendo. ¿Una temporada, tal vez? —preguntó ella con los sentidos en alerta, con un miedo súbito. Con el terror pintado en los ojos.

Pablo respiró profundamente.

—Quiero que nos separemos. Quiero empezar de cero, en otro lugar. Quiero volver a ser yo. Quiero...

—¡No! —gritó ella, mientras los ojos se le llenaban de lágrimas, de rabia, de miedo, y todo lo que la rodeaba se volvía gris.

—¿No entiendes que es lo mejor? Yo no soy feliz. Tú no eres feliz, Violette. La muerte de Clément me ha mostrado la brevedad de la vida. No perdamos más tiempo. Los dos podemos volver a ser felices. Pero no juntos.

—¿Con quién te vas? ¿Con una de tus putillas? —aulló Violette como un animal herido.

Pablo la miraba con una mirada que denotaba un gran cansancio.

—No. Esto es mucho más importante que una aventura. Me voy solo. Quiero volver a empezar mi vida. Te dejo.

—¡No te creo! ¡Por supuesto que es otra de tus aventuras! ¡¡¡No te creo!!! —gritó ella fuera de sí.

—No estás en condiciones de hablar.

Pablo se levantó y fue hacia ella intentando calmarla. Pero Violette se lanzó encima de él y le empezó a golpear el pecho con los puños cerrados. Las palabras de Pablo caían sobre ella como piedras. Estaba furiosa y desesperada.

—¡No lo permitiré! ¡¡¡No te permitiré que me hagas esto!!! A mí, a mí... Yo, ¿sabes? Yo lo he hecho todo por ti... Cosas que ni te imaginas...

Pablo la cogió por las muñecas y la apartó con fuerza. Le dio la espalda y se dirigió hacia la puerta.

—Voy a tomar el aire. Cuando estés más calmada seguiremos hablando —le dijo sin mirarla.

Y pensó que lo harían si, al volver, ella no estaba demasiado bebida y se tenía en pie.

6

El mar, con su dulce canción, se encargó de templar los nervios deshechos de Pablo tras la violenta discusión con Violette. Se sentó en la arena ignorando que la mañana que nacía temblaba de frío, como él. Con los dientes apretados, los brazos abrazándose las rodillas, la vista perdida en el horizonte, intentó calmar sus pensamientos con un profundo suspiro. Su cabeza navegaba en un mar de ruidos, de sensaciones. El frío le reavivaba los sentidos.

Quieto, dejándose acariciar por el sol que nacía tímidamente incrustado en un cielo que parecía líquido, Pablo descargó una bocanada de aire y acarició los recuerdos que lo conducían hacia Clément. Recuerdos de cuando él llegó a Grasse arrastrando una soledad demasiado pesada para un niño. Recuerdos de una familia que lo esperaba con los brazos abiertos. De su primo, que siempre le sonreía con los labios y con los ojos; con esos ojos que le mostraban una vida nueva. Recuerdos de la habitación compartida llena de risas pegadas en las paredes; y los susurros, las confidencias a media voz. Y también alguna lágrima. Y los primeros cigarrillos que se fumaron ambos apoyados en el alféizar de la ventana, con la luna espiándolos detrás de una nube. Pablo pensó que aquel había sido el tiempo más feliz de su vida. Un tiempo que Claudine remató descubriéndole el amor.

Pero, ahora, Clément había desaparecido como aquellas estrellas que el día apagaba. Y su desaparición le devolvía a la boca la hiel de su soledad infantil. Una soledad que volvía a sentir pegada a sus huesos. ¿Por qué se había ido Clément tan temprano? Se estremeció, mientras la pena le brotaba de los ojos. Con su partida, todo lo que habían sido Clément y él, el compañerismo, la complicidad, la felicidad, se convertía en polvo.

Se levantó. La humedad de la arena le mojaba la ropa y se le metía en los huesos.

Pablo dejó que la mirada se le perdiera más allá del mar infinito.

¿Qué tenía que hacer con lo que le empezaba a crecer en el pecho?

¿Seguir viviendo sin hacer ruido para no despertar a los monstruos?

¿Huir, como siempre?

¿O, quizás, empezar de nuevo?

Se levantó y emprendió el camino de regreso a casa. Caminaba cabizbajo, sin osar mirar ni la sombra del hombre en que se había convertido. Alzó los ojos hacia la casa como si los elevara desde un abismo. El abismo de su vida. En la ventana de la cocina distinguió la figura de Violette. Lo miraba. Pablo abrió la verja del pequeño jardín y entró en él. Detrás de la ventana, Violette hizo un gesto extraño. Se llevó algo, que Pablo no distinguió bien, a la cabeza.

El disparo dejó a Pablo clavado en el suelo. La silueta de Violette se desvaneció entre el rojo de la sangre que manchaba los cristales.

Pablo no se movió. En vano, intentaba comprender las imágenes que le llegaban a los ojos en toda su crudeza.

De sus labios escaparon unas palabras:

—Violette, ¿qué has hecho?

BARCELONA

LA CENA DE BIENVENIDA

Barcelona, septiembre de 1942

1

Modest Parés disfrutaba de un aromático puro de pie ante los ventanales de su despacho de la calle de Balmes mientras contemplaba distraído el tráfico matutino.

Hacía pocos meses había trasladado su empresa de cosmética al rutilante y moderno edificio esquina con la calle de Mallorca que él había reformado a partir de dos casas construidas con anterioridad. Parés había querido dotar al edificio de un cierto aire clasicista que se manifestaba, sobre todo, en el gran portal flanqueado por dos pares de columnas y en los balaustres embellecidos con frontones triangulares de los balcones de los primeros pisos donde estaban los despachos. Los dos pisos superiores albergaban los modernos laboratorios de la empresa.

Modest Parés había venido al mundo en 1890 en Vilasar de Mar y no siempre se había dedicado a la cosmética. Al contrario, todo parecía indicar que su destino era trabajar en los viñedos, como había hecho antes su padre, y, aún antes, el padre de su padre y así durante generaciones que se perdían en el tiempo. Pero él, un buen día, decidió dejar Vilasar e ir a Barcelona en busca de fortuna.

No llegó a la Ciudad Condal con las manos vacías, sino que llevaba en los bolsillos una buena cantidad de dinero que le serviría para poner a prueba su espíritu emprendedor en varias tentativas empresariales que no duraron mucho. La suerte parecía esquivarlo y a cada nuevo intento frustrado de crear un negocio sus recursos disminuían y se derretían moneda a moneda. A pesar de los repetidos fracasos, él seguía buscando incansablemente ese esquivo golpe de suerte mientras caía en una precariedad más angustiosa cada día que pasaba.

Agotados los recursos, Modest Parés decidió aprovechar la ocasión que se le presentaba de entrar a trabajar en una empresa de productos cosméticos que gozaba de una merecida reputación en la ciudad, a la espera de esa suerte que le daba largas. En un principio, se tomó aquel trabajo como una solución a corto plazo ya que no creía ni mucho menos que la fortuna se escondiera en el almacén donde todo el día cargaba cajas de un lado a otro. Tampoco podía imaginar que, de manera espectacularmente veloz, acabara encontrando en el mundo de la cosmética el medio natural donde desarrollar su genio y sus ambiciones. Pero lo que menos habría esperado era que la suerte le llegara de la mano de una preciosa joven de ojos misteriosos y deslumbrantes que, a pesar de su extrema juventud (solo tenía diecisiete años cuando la conoció, ocho menos que él), lo enamoró dejándolo prisionero de un anhelo totalmente desconocido y que desde el principio supo indestructible.

Valèria Casanoves, así se llamaba la joven, era la única heredera de la empresa de jabones y aguas de tocador, pomadas y productos cosméticos creada en Barcelona a mediados del siglo XIX: J. Casanoves, productos cosméticos. La empresa donde Modest trabajaba.

Gustau Casanoves había heredado la empresa a principios del siglo XX y con gran esfuerzo y dedicación amplió el negocio y le dio un aire nuevo, más acorde con lo que pedían los tiempos, trasladando las instalaciones de la calle de las Tapias, en el Raval, a Sarrià.

Si algo le había negado la vida, pensaba Casanoves, era un hijo hecho a su imagen con su mismo amor a la empresa y su espíritu de sacrificio. En una palabra, un heredero. En lugar de eso, el destino le había regalado aquella muchacha un poco alocada y rebelde que, aunque él se guardaba mucho de decirlo, en nada se le parecía. Por eso cuando Modest Parés, aquel joven que había progresado en la empresa a una velocidad de vértigo, le pidió la mano de su hija Valèria, Gustavo Casanoves no solo no se opuso a aquella boda tan desigual, sino que la aprobó con entusiasmo porque vio en Modest al hijo que le hubiera gustado tener y que se haría cargo del negocio cuando él faltara. Confiaba, y eso no era menos importante, que la cordura de Modest domaría el talante alocado de Valèria, que ya les había causado más de un disgusto. Y es que la muchacha era de esa clase de personas que pretenden beberse la vida de un solo trago; corría demasiado. Y a unos padres ya mayores les era difícil poner barreras a aquella jovencita ansiosa de vivir.

Gustau Casanoves no se equivocaba en sus expectativas. Por lo menos en la presunción de que su yerno velaría por el negocio. Pero en lo referente al segundo asunto, a aquel deseo suyo de que alguien pusiera orden en la vida de Valèria, en eso el éxito no fue tan rotundo. Valèria había llegado a aquel matrimonio con el afán de dejar la autoridad paterna atrás. A los diecinueve años se convertía en dueña de su vida, en señora de su casa. Se le abría la puerta de la libertad, del disfrute. O eso pensaba ella. Pronto, sin embargo, vino el primer hijo. Y, al cabo de un año, el segundo, una niña que ella no había deseado. Y la joven Valèria comenzó a darse cuenta de que entre depender de un padre y depender de un marido no había tanta diferencia. Y lo que había sentido hacia Modest, si es que alguna vez había sentido algo, empezó a marchitarse muy deprisa.

Gustau Casanoves habría estado muy satisfecho si hubiera podido ver el progreso de la empresa familiar de cosméticos. Pero murió en 1931 y todo pasó a manos de su hija, que se apresuró en delegar en su esposo la dirección del negocio. Fue entonces cuando Modest tuvo carta blanca para transformar la empresa heredada en un negocio moderno capaz de competir con los mejores del ramo: con Myrurgia o con la famosa Perfumería Font, creadora de Nilus, una nueva línea de productos cosméticos de gran calidad.

Modest se dispuso entonces a jugárselo todo a una carta. La carta de un agua de colonia que diera un nuevo aire a la firma y que la pusiera en boca de todos. A fin de conseguir este ambicioso objetivo contrató a un ingeniero químico perfumista de probada experiencia, Martí Rovira. Modest sabía lo que quería y Martí sabía cómo hacerlo. Así, en 1933 nació Valèria, una *eau de toilette* clásica con una salida presidida por el aroma cítrico del limón, a la que seguían notas de romero, azahar y bergamota, y que dejaba en la piel de quien la usaba una gran sensación de bienestar y frescura.

Modest Parés había arriesgado mucho en la apuesta, pero el éxito fue inmediato y fulminante. La *eau de toilette* Valèria, fresca y perdurable, tan mediterránea, invadió las calles de la ciudad, las traspasó y viajó mucho más allá del lugar que la había visto nacer. Y, gracias a ello, Parés no solo aumentó el capital del negocio y su propia fortuna personal, sino que empezó a ver sus ambiciones cumplidas, puesto que su empresa empezaba a ocupar un lugar entre las firmas de cosmética más modernas; aquellas que él tanto envidiaba.

Parés cambió el nombre a la empresa, que pasó a denominarse Perfumes Donna. Y entonces, cuando el éxito ya se intuía como una realidad, estalló la guerra. Fue un paréntesis en la línea ascendente del negocio, que había multiplicado el número de trabajadores y había hecho mejoras en la maquinaria y en el proceso de producción. Pero después de aquellos tres años terribles, la producción se reanudó con empuje, en parte porque el espíritu emprendedor de Parés no se había enfriado en los años del conflicto, y, en parte, porque él se había posicionado del lado de los vencedores y era considerado un hombre sin mácula en cuanto a su afección al Régimen y a la nueva España del Caudillo, lo que le facilitaba, y mucho, la buena marcha del negocio.

Gracias a todo ello, el agua de colonia Valèria no solo recuperó rápidamente las ventas de antes del treinta y seis, sino que las incrementó y encontró nuevos clientes entre aquellos que, habiendo ganado la guerra, estaban deseosos de olvidar el olor a muerte, a humo y a pólvora en que había quedado ahogado el país.

2

La vivienda familiar de los Parés abría sus tres grandes balcones de la fachada principal al mar de hojas de la rambla de Cataluña. Era un edificio señorial y barroco que hacía esquina con la calle de la Diputación. La familia ocupaba el principal, que era grande y lujoso, al que se accedía mediante una gran escalera de mármol.

El amplio comedor se abría a la luz del balcón central, una de las mejores estancias de la casa junto con el salón contiguo. En aquellos momentos, la actividad allí era frenética. Acompañada por el chispeante diálogo que parecían mantener el cristal y la porcelana, una doncella joven se afanaba en poner la mesa para seis comensales obedeciendo las órdenes de la mayordoma de la casa. La habían vestido con un delicado mantel de encaje y disponían encima con esmero los platos ribeteados de oro y las copas con el pie también dorado. La mesa estaba presidida por un impresionante centro de flores.

—Rita, pon atención a la disposición de las copas. Las de licor a la derecha y manteniendo la justa inclinación respecto a las otras.

Rita solo tenía dieciséis años y todavía conservaba la niñez impresa en el rostro. Era menudita y ágil. Nadie al mirarla se hubiera atrevido a decir que era bonita. Tenía los ojos de un color indefinido y la nariz larga y estrecha. Cuando se quitaba la cofia, una gran mata de pelo moreno y rizado le caía sobre los hombros sin demasiada gracia. Lo más destacado en el rostro delgaducho de Rita era, sin duda, la boca en forma de corazón, un poco grande para esa cara tan pequeña. Una boca que apuntaba una cierta sensualidad.

La muchacha resopló y se pasó una mano por la frente como si se le estuvieran agotando las fuerzas.

—¡No entiendo por qué los señores necesitan tantas copas y tantos cubiertos! Estoy segura de que no los utilizan todos.

Matilde miró a la muchacha con una mirada reprobadora. La mayordoma había entrado en casa de los Parés hacía veinticinco años, justo cuando la pareja se acababa de casar. Ahora, a punto de cumplir los cincuenta, Matilde a menudo pensaba que se había dejado la juventud al servicio de la familia. La única familia que tenía. Había asistido a los buenos momentos, como la llegada al mundo de los dos hijos del matrimonio, a los que había ayudado a criar, y, también, a los malos. Y después de tantos años, y aunque el pelo ya se le pintaba de gris, se movía y trajinaba por la casa con la misma energía de siempre y seguía dirigiendo el hogar de los Parés con mano de hierro.

—Tú no preguntes tanto y haz lo que te mandan si quieres quedarte en esta casa. ¡Y espabila, mujer, que nos van a dar las uvas!

Matilde regañaba a menudo a la joven doncella, pero lo hacía sin acritud porque todo lo que tenía de mandona lo tenía también de protectora y de maternal. De hecho, desde que la muchachita servía en la casa, ella se había dedicado a supervisarla en todo y a instruirla en el oficio, porque Rita había llegado a la casa sin ninguna experiencia ni preparación. Con mucha paciencia, Matilde le había enseñado a cepillar las alfombras, primero verticalmente, en pasadas perfectas, y, luego, horizontalmente. También le había corregido esa manera tan antiestética que tenía de doblar las servilletas. ¡Incluso la tuvo que aleccionar a la hora de limpiar la taza del inodoro!

La mujer pensaba en todo eso mientras se dirigía hacia el aparador con pasos ágiles; abrió uno de los cajones y empezó a sacar los cubiertos. Sin dejar de prestar atención a las cucharas, los tenedores y los cuchillos, dijo:

—No olvides que debe quedarte tiempo para cambiarte de uniforme. Y que antes tienes que plancharlo.

Rita se quedó mirando el que llevaba puesto, el uniforme de diario, blanco con rayitas grises y con la cofia también blanca que le recogía la melena rebelde. Frunció los labios en una mueca de disgusto mientras pensaba que ahora tendría que cambiarse y ponerse el negro con el cuello blanco bien planchado y el delantal también blanco y almidonado, además de la cofia de encaje. ¡No le gustaba nada el uniforme negro! Y no solo porque creía que el negro era un color que no casaba con sus pocos años, sino por el trabajo que le suponía dejarlo tal y como Matilde le exigía, es decir, perfecto.

Y todo aquel alboroto era debido, según había oído decir, porque en la casa no se hablaba de otra cosa desde hacía días, a que esa noche venía a cenar el perfumista francés.

—Y ese perfumista tan famoso que viene hoy a cenar, ¿va a hacer perfumes para el señor?

—Sí. Eso dicen —le contestó Matilde un tanto distraída.

—¿No es el señor Rovira quien sabe hacer aguas de colonia?

Matilde se giró y soltó un alarido:

—¡La copa! ¡¡¡Que es delicada!!! No la frotes como si se tratara de una cazuela grasienta.

Matilde dejó los cubiertos sobre la mesa, cogió la copa de las manos de la muchacha y le mostró el grado de delicadeza exacto que la fragilidad de la copa requería.

—¡Así!

Mientras Matilde sacaba brillo al delicado cristal a base de frotar con suavidad, comentó, respondiendo a la pregunta que le acababa de hacer Rita:

—Ya ves, muchacha. Por lo visto se ha puesto de moda que en las casas de perfumes trabaje un perfumista francés. Al parecer, los franceses son los que más entienden de perfumes, ¿sabes? Y el señor, como quiere convertir su empresa en una de las más importantes de todo el país, pues debe de pensar que también él necesita un perfumista francés.

—Pero la colonia que fabrica el señor es muy buena. ¡Es de las mejores del mundo!

—Pues ahora también hará perfumes.

—¿Y qué diferencia hay?

—¡Por la Virgen del Carmen, Rita! Ya basta de tanta palabrería. Ve a planchar el uniforme que ya termino yo con las copas.

La jovencita no se hizo de rogar y desapareció en un suspiro. Matilde dejó la copa sobre la mesa y se acercó al balcón. La tarde recordaba más al otoño recién iniciado que al verano que se retiraba en silencio. Un vientecillo fresco y perfumado recorría el paseo señorial arrastrando tras de sí las hojas de los árboles. Los días se acortaban. Y eso siempre ponía triste a Matilde.

—Colonia o perfume. ¿Que qué diferencia hay? Y qué sabrá una, si nunca he usado ni lo uno ni lo otro. Todo huele bien y punto. Esta jovencita me agota. Me agota.

3

Martí Rovira llamó con los nudillos a la puerta del despacho de Modest Parés. Entró de forma silenciosa y discreta, tal como él lo hacía todo. Iba vestido de calle y al entrar en el despacho se quitó el sombrero. Tenía el rostro bondadoso; su semblante reflejaba la timidez de su carácter. Era una de esas personas cuyos rasgos se olvidan con facilidad.

—Señor Parés, deberíamos ir saliendo si no quiere que lleguemos tarde.

Parés alzó los ojos de unos papeles que leía atentamente. Al ver a Rovira parado delante de él, sonriendo tan educadamente con el sombrero en las manos, también él dejó escapar una sonrisa.

—Por supuesto, Rovira —dijo levantándose de la silla y yendo a buscar su sombrero—. No quiero imaginar ni por un momento qué podría pasar si llegáramos tarde e hiciéramos esperar al francés. Mi mujer me echaría de casa.

Ambos hombres salieron juntos a la calle dispuestos a recorrer la distancia que separaba la empresa del domicilio familiar de los Parés.

—¿Qué opina usted de esta decisión de contratar a Pablo Soto?

—Bueno, ya se lo dije a usted, señor Parés. Me parece sensata. Si quiere dar un paso más en el mundo de la perfumería debe hacer lo mismo que hacen los grandes. Debe crear un perfume que sea la enseña de la casa. Y en eso, los franceses van unos pasos por delante de nosotros.

Parés dejó pasar unos segundos, como si quisiera acabar de digerir las palabras de Rovira. Por fin exclamó:

—¡Los franceses! Ya sabe Rovira lo poco que me gustan. Francia y su papel en esta guerra que asola el mundo no están favoreciendo nuestros intereses, precisamente.

Soltó el aire despacio, mostrando la preocupación que sentía hacia el hecho que acababa de remarcar.

—Esa fue una de las razones para elegir a Soto. A la postre, él es nacido aquí. Y eso marca; uno no olvida nunca el lugar de donde procede, ¿no cree, Rovira? Espero que esto le dé un talante un poco diferente. ¿Cómo le diría? No tan francés.

—Bueno, aparte de todo —puntualizó Martí Rovira—, se trata de un gran perfumista. Si tan solo creara para Donna un perfume la mitad de bueno que los que ha creado hasta ahora...

Modest Parés se escandalizó y alzó la voz:

—Pero ¿qué dice, hombre de Dios? ¡Cómo que la mitad de bueno! El mejor perfume del mundo tiene que crear. O, de lo contrario, volverá a Francia con el rabo entre las piernas. Y usted me lo tiene vigilado y listo para colaborar en todo lo que necesite. A ver si entre todos...

Las palabras se le murieron en la boca. Se había detenido ante una floristería.

—Dispénseme, Rovira.

Cuando Modest Parés salió de la tienda llevaba una rosa amarilla en la mano. Los ojos de Martí Rovira se posaron sobre la flor, pero, prudente como era, no se atrevió a preguntar nada.

—Es para mi mujer, Rovira. Para mi mujer... —dijo Parés, que había adivinado la curiosidad de su colaborador.

—Ya llevamos veinticinco años casados y se pueden contar con los dedos de una mano los días que he faltado a mi costumbre de llegar a casa con una rosa amarilla para ella.

Olió la rosa.

—Es su flor preferida.

Martí Rovira se quedó mirando a Modest Parés por el rabillo del ojo. Hacía años que trabajaba con él y creía que lo conocía. Pero se acababa de apercibir de que, en realidad, uno no acaba de conocer nunca a las personas que tiene al lado. Quizás porque las personas somos como cebollas y debajo de una capa se esconde otra.

Y otra.

Y otra.

4

Angèlica Parés observaba su imagen reflejada en el espejo ovalado del tocador adornado con faldas de tul blanco de su habitación. Con un dedo se resiguió la línea de las cejas arqueadas que le enmarcaban los ojos grandes, enormes, de un color azul oscuro; dos piedras preciosas. Se pellizcó las mejillas con suavidad y se mordió los labios, que eran carnosos, de adolescente, aunque la joven Parés ya se acercaba a los veinticuatro años. Nunca le había gustado maquillarse y recurría a estos pequeños trucos para destacar el encanto de un rostro que brillaba por sí solo sin necesidad de ningún artificio. A veces, sin embargo, Angèlica pensaba que tal vez debería hacer un esfuerzo y comprar sombra de ojos y *eyeliner* para aprender a dibujarse las cejas como hacían sus amigas.

Cogió el cepillo y empezó a pasarlo por el pelo largo y castaño que brillaba intensamente y formaba ondas que le caían libres por los hombros. Lo sujetó junto a las sienes con dos pasadores adornados con piedrecitas brillantes.

Angèlica tomó un frasco de perfume del tocador: Indien, de Parfums Royal. Era la primera vez que se lo pondría, pero la ocasión bien lo merecía. Hoy venía a cenar su creador, el gran perfumista Pablo Soto. ¡No lo podía creer! ¡Con lo que ella lo admiraba! Era un genio en el mundo de los perfumes. Un artista de verdad.

Cogió el frasco de Indien y aplicó una gota en los lugares donde palpita el pulso: en cada muñeca, en la clavícula y detrás de las rodillas. Hija de familia dedicada a la cosmética, sabía que un perfume no debe ponerse jamás detrás de las orejas porque allí el alcohol se seca con demasiada rapidez.

La puerta de la habitación se abrió y apareció Valèria, su madre.

—¿Ya estás lista? Papá nos está esperando en el salón.

Angèlica se levantó de un salto con la preocupación dibujada en el rostro.

—¡Ay, mamá! Creo que no he acertado con este vestido.

Valèria, elegante con el suyo de *soirée* de muselina negra sin mangas, miró distraídamente a su hija.

—¿Qué le pasa al vestido? ¿No es el que querías? Me hiciste acompañarte a la modista porque querías tenerlo para esta cena.

Angèlica se levantó y fue a contemplarse en el espejo de cuerpo entero del armario. Se miró de frente y de perfil. Dio media vuelta y, girando la cabeza hacia atrás, intentó ver el efecto visto de espaldas.

—No lo sé. Hay algo... Quizás es ese color melocotón tan subido. ¿No te parece un color demasiado infantil? —dijo sin dejar de examinar cada detalle del vestido de cóctel de organdí, con recatado escote en forma de corazón, tirantes anchos y cintura de abeja de donde nacía una falda formada por tres vaporosos volantes.

—¡Venga, Angèlica! Deja ya de mirarte en el espejo. Cualquiera diría que vienen a pedirte la mano.

Valèria no desaprovechaba ninguna ocasión para echar en cara a su hija aquella soltería que ella no parecía tener ninguna prisa en abandonar. El humor de Angèlica se nubló mientras miraba la elegante imagen de su madre a través del espejo.

—¡No me mires de ese modo! —le dijo Valèria, seca—. No me cansaré de decírtelo, Angèlica. Es hora de que resuelvas tu futuro. Ahora no te lo parece, pero el tiempo pasa muy deprisa. Llegará un día en que ni te habrás dado cuenta y ya no estarás a tiempo. No te puedes quedar en casa para siempre, ¿no crees? Tienes que buscar quien dé seguridad a tu vida.

Angèlica se sabía de memoria el discurso. Y tampoco ignoraba el doble sentido que se escondía en él. Lo que día sí, día también, le repetía su madre, equivalía a decirle: «Va, espabila, pánfila; ¡vete de casa y déjanos tranquilos!».

Valèria se giró dispuesta a salir de la habitación. Pero antes de abrir la puerta se giró de nuevo hacia su hija:

—¿Acaso no están casadas todas tus amigas? —insistió. Y, cambiando de tema bruscamente, le preguntó—: Y, por cierto, ¿sabes dónde está Eugeni?

—No, mamá. Mi hermano no me cuenta nunca ni de dónde viene, ni a dónde va.

Angèlica bajó al salón presa del estado de desolación que la invadía la mayoría de veces que hablaba con su madre. Valèria la torturaba con sus reproches y con aquel aire de helada superioridad que siempre empleaba con ella. Las relaciones entre madre e hija no eran demasiado afectuosas. Todo el amor maternal de Valèria parecía haber quedado agotado en la persona de Eugeni, su hijo, un año mayor que Angèlica. Por lo visto, después de tenerlo a él no le quedó ni una migaja de cariño para su hija menor. ¿Cuántas veces la chica se había preguntado entre lágrimas por qué no despertaba en su madre los mismos sentimientos que parecía despertar, casi sin proponérselo, su hermano? ¿Por qué su madre no parecía amarla igual? La respuesta la cazó al vuelo una aciaga tarde cuando escuchó sin querer una conversación entre Valèria y una amiga que había ido a visitarla. Una conversación que no debería haber escuchado nunca.

—Ya sé que no está bien que lo diga, Josefina. Pero no sabes qué disgusto tuve cuando supe que volvía a estar embarazada.

La mujer se quedó unos segundos en silencio, sorprendida y un tanto escandalizada.

—Pero nuestro deber religioso es aportar hijos al matrimonio.

A Valèria se le escapó una sonrisa cínica. Nunca había sido una mujer religiosa, aunque debía mantener las apariencias.

—¡Qué me estás diciendo! ¡Hijos...! Aquellos nueve meses horrorosos cuando el cuerpo te cambia y se deforma. Y, después, aguantar rabietas y tener que sacrificarle todo tu tiempo a otra criatura. No, no. Yo con Eugeni ya cumplí con creces como madre. Él me dio todo lo que una madre espera de un hijo: fue un niño precioso, un Casanoves de pies a cabeza. Yo no deseaba un segundo hijo. Y encima, créeme, Angèlica es la viva imagen de su padre en todo. ¡Si supieras cómo me saca de quicio!

Angèlica huyó de su escondite como alma que lleva el diablo y fue a refugiarse a su habitación. Hubiera preferido no haber oído nunca las palabras de su madre. Aunque, al fin y al cabo, eran reveladoras. Quizás, pensó entre lágrimas y suspiros, había valido la pena descubrir esa terrible verdad. Porque desde aquel día tuvo la firme convicción de que, hiciera lo que hiciera, nada pondría remedio al desamor y a la frialdad de Valèria. Porque ella, ahora lo sabía, únicamente era un añadido no deseado en la vida de su madre. Un pequeño y molesto estorbo.

Su padre era otra cosa. Modest adoraba a su niña, la mimaba y la consentía a pesar de los reproches de su mujer. Aquella noche, al verla bajar tan espectacularmente bonita, con el vestido de organdí color melocotón, los ojos del hombre brillaron de felicidad y de orgullo. Abrió los brazos para recibir a la muchacha, que se refugió en aquel abrazo cálido que tanto necesitaba. Envuelta en él, el mundo volvía a ser amable y bonito para Angèlica.

Llamaron a la puerta y Matilde fue a abrir. A los pocos minutos, la mayordoma entró al comedor seguida de un hombre alto y elegante, de facciones bien esculpidas y con una sonrisa encantadora que le dibujaba dos hoyuelos en las mejillas. Un hombre sin duda apuesto, a quien la madurez apenas iniciada solo añadía encanto.

Al verlo entrar y dirigirse con pasos seguros hacia su madre, a quien besó la mano, y después hacia su padre para saludarlo, Angèlica cerró los ojos un instante. El aire del salón se había llenado de un aroma peculiar: fresco, natural y al mismo tiempo un tanto misterioso. Le pareció como si todo un bosque hubiera entrado junto con el perfumista, esparciendo su olor verde por el salón.

La joven abrió los ojos justo cuando él estaba a punto de saludarla. Angèlica le tendió la mano en un gesto torpe. Estaba totalmente prisionera de ese olor cautivador. Del perfume de Pablo Soto.

5

Eugeni llegó media hora tarde a la cena. Daba pena. El joven apuesto y encantador, de ojos penetrantes de un azul profundo, pelo rubio y abundante que siempre se peinaba hacia atrás con brillantina y que salía a la calle de un elegante que mataba, volvía ahora a casa hecho un andrajo, con un mechón que le caía despeinado sobre la frente, la americana desabrochada y la corbata colgando del cuello con el nudo deshecho. El sombrero parecía hacer equilibrios encima de la cabeza, como si se le fuera a caer de un momento a otro. Había bebido y se le notaba.

Rita corrió a su encuentro.

—Señorito, señorito, ya están cenando. El señor no ha querido esperar.

El joven miró a la joven criada con ojos nublados:

—Bueno, ¿y qué? Me importa un rábano.

Se quitó con gestos torpes la americana y la tiró sobre una de las sillas del vestíbulo, se estiró la camisa e intentó, sin conseguirlo, anudarse la corbata. Pareció que se disponía a ir al comedor tambaleándose. Rita, alarmada, abrió mucho los ojos.

—Pero ¿a dónde va, señorito?

—¿Y a dónde quieres que vaya? ¡A cenar! —balbució él con la lengua pastosa.

Rita lo agarró del brazo y lo obligó a seguirla.

—No, no, señorito, venga conmigo, que mientras se lava le prepararé ropa limpia. Pero ¿no se da cuenta de que así no puede presentarse en el comedor? Hay invitados.

El chico dejó escapar una risa ebria.

—Bien, bien... Lo que tú digas.

La doncella se llevó a rastras al tarambana de Eugeni Parés hacia las habitaciones, mientras Matilde, escondida entre las sombras del pasillo, con los brazos cruzados sobre el pecho y un gesto agrio dibujado en sus labios delgados, movía la cabeza en un gesto de reprobación y se dejaba invadir por pensamientos tenebrosos.

AROMAS PERDIDOS

Barcelona, septiembre de 1942

1

Lo primero que hizo Pablo al llegar a Barcelona fue ir al cementerio de Horta para cumplir su vieja promesa: llevar flores a su madre y explicarle a su padre qué había sido de su vida.

El otoño parecía querer adueñarse de la ciudad. Lo susurraban las hojas de los árboles al ser mecidas por un viento frío que atravesaba con sus finas agujas la chaqueta veraniega de Pablo haciéndole temblar. Una luz tenue, de color de agua, iluminaba la mañana. Estaba a punto de llover.

El cementerio de Horta era pequeño. En el centro, cipreses y pinos, e incluso algunas palmeras, se elevaban orgullosos hacia el cielo mientras custodiaban los grandes mausoleos donde dormían los que habían querido llevarse su poder al otro mundo. Las cuatro paredes que circundaban el cementerio estaban completamente cubiertas de nichos. Paredes de nichos donde se encajonaban muertos y polvo. El de sus padres se encontraba en el tercer piso de la pared del fondo, la opuesta a la puerta de entrada. Había que atravesar todo el cementerio para llegar hasta él. Pablo lo hizo lentamente y se encontró de nuevo ante aquella pared que le despertaba tan tristes recuerdos. Se sentó en un banco de piedra y se quedó contemplando las letras borrosas y empolvadas de la losa que cubría la sepultura de sus padres. «Familia Soto», leyó. No había una lápida blanca que recordara que allí descansaban Ramiro y Marie. Pero él pondría remedio a aquello. No era tarde aún. Los muertos tienen mucha paciencia.

Se quedó mirando el ramo de flores que llevaba en las manos y pensó que tendría que buscar una escalera con plataforma para poder subirlo hasta el nicho. Pero no se movió. Temblaba de frío. ¿O quizás eran los recuerdos los que lo hacían temblar? Pensaba. Intentaba recordar los rostros de sus padres. Del de su padre se acordaba. Su voz, además, le resonaba aún en la memoria. Pero cuando pensaba en su madre los recuerdos parecían ocultarse entre sombras y se le dibujaba en la mente la cara dulce de su tía Anne. Estaba seguro de que su madre se alegraría, allí donde estuviera, de que las dos hermanas Huard se hubieran fundido en una sola madre para él. Pero, por otra parte, sufría pensando que si nadie te recuerda ni te nombra, paulatinamente vas dejando de existir. Y él no quería que eso pasara con su madre. Había prometido preservar su memoria. Se lo había prometido a su padre.

Se pasó una mano por el rostro como si quisiera apartar de él los recuerdos que lo asaltaban, porque le parecía revivir con toda nitidez las imágenes del día en que enterraron a Ramiro. Volvía a ver los rostros que lo acompañaron en aquel adiós: el de Enric, su amigo de la infancia, el de Quimeta. El del buen mosén. Oía de nuevo sus voces. Las súplicas de Quimeta para que apartara la vista del nicho en el momento que sacaban los restos de su madre. Volvía a aspirar el olor de aquella mañana: olor a tierra mojada, a cementerio. A soledad.

Bajó la mirada hacia sus manos. Por un momento le había parecido volver a notar el tacto de su pequeña gorra en ellas. Pero solo era un ramo de flores lo que sus manos sostenían.

¡Qué extraña que era la vida! Imprevisible. Después de enterrar a su padre, había abandonado la ciudad atravesando el mar en medio de una guerra y ahora volvía a ella deslizándose entre raíles en medio de otra. ¡Qué extraño privilegio le había concedido la vida! El privilegio de ser testigo de los intentos de destrucción más bárbaros que la historia de la humanidad había conocido. ¡Dos guerras mundiales! Y él las había vivido, ambas.

Se levantó y buscó una escalera para depositar las flores en el nicho de Ramiro y Marie. El frío le había entumecido el cuerpo; los recuerdos, el alma.

2

Después de enterrar a Violette en Grasse, Pablo sintió como si la vida lo arrollara; como si corriera en su contra. Clément y Violette habían muerto a la misma edad y con pocos días de diferencia. De aquel terceto inseparable de Grasse solo quedaba él. Estaba destrozado y se preguntaba constantemente si se merecía haberlos sobrevivido. Si, realmente, era digno de haber esquivado a aquella muerte impaciente que se los había llevado a ambos en la flor de la vida.

Se refugió en Grasse. Los meses que pasó allí, junto a su familia, fueron un bálsamo para su alma tan dolorida. Al principio, Pablo había pasado los días atormentado por los recuerdos y, también por los reproches con los que se fustigaba continuamente sin que nada pudiera mitigar su pena. Tenía el corazón roto. Estaba ausente. Arisco. Habitaba en el silencio convencido de que la culpa que sentía por la muerte de Violette no lo abandonaría jamás y que tendría que vivir para siempre unido al espectro ensangrentado de su mujer. Pero, con el paso del tiempo, la calidez de tía Anne, la bondad de Alphonse, la compañía de Arlette y la inocencia llena de esperanza de Léo le impidieron hundirse en el dolor y la rabia.

Día a día, la densa niebla que había nublado el entendimiento de Pablo y su voluntad tras el suicidio de Violette se fue desvaneciendo y empezó a anidar en él el deseo de pasar página. El dolor persistía; los recuerdos, también. Y el arrepentimiento por no haber sabido hacer feliz a su mujer. Por no haberla podido amar lo suficiente. Pero Pablo comprendía que no se podía quedar inmóvil, sin hacer nada, dejándose arrastrar por los remordimientos, la pena y la impotencia. Tenía que retomar las riendas de su vida. Tenía que cambiarla. O por lo menos intentarlo. Y tenía que volver a trabajar en lo que había llenado su existencia y le había dado sentido. Solo los rituales de los laboratorios podrían ordenar el caos en que se había convertido su existencia.

Pablo comunicó a su familia ese deseo suyo de empezar de cero, lejos de todo lo que le recordara el pasado.

—Nos hemos acostumbrado tanto a tu presencia que nos resultará difícil vivir de nuevo sin ti —le dijo Arlette al enterarse de su decisión. Y añadió, con tristeza—: Léo te adora.

Un velo de melancolía oscureció la mirada de Pablo. A él también le costaría volver a separarse de sus seres queridos y volver a dejar Grasse atrás. Pero debía hacerlo.

Tía Anne, como siempre, parecía la más entera ante la marcha de Pablo.

—Entiendo tu decisión, hijo mío. Si crees que debes volver a empezar lejos de aquí para encontrar lo que buscas, para rehacer tu vida... ¡hazlo! Huye de la guerra. Huye del mal que nos rodea. Tú has conocido a mucha gente importante, ¿no es cierto? Te pueden ayudar a ir hacia la Argentina o al Brasil. Mucha gente huye hacia allí en estos tiempos. Quizás en un mundo nuevo puedas encontrar una vida nueva.

—No, tía. Quizás más adelante, pero no ahora. Necesito encontrar mis orígenes antes de que olvide quién era yo. Y ahora se me presenta la oportunidad de hacerlo. Me han ofrecido un trabajo en unos laboratorios de Barcelona.

Durante unos segundos, un silencio denso planeó por el comedor. Un silencio que, finalmente, rompió Alphonse:

—¿Barcelona? ¿Piensas volver a Barcelona? España está viviendo una posguerra dura. No te será fácil iniciar una nueva vida allí. Tú eres un perfumista famoso que...

—Era un perfumista famoso, tío. Ahora solo soy...

Calló. La mano cálida de Anne se posó encima de la suya como un pajarillo tembloroso. Las miradas de tía y sobrino se encontraron y se dijeron todo lo que las palabras eran incapaces de expresar.

Y Pablo empezó a poner en marcha sus proyectos. Hacer frente a las deudas de Parfums Royal le había dejado casi sin nada. Solo había conservado un pequeño capital proveniente de la venta del gran piso de París que le había permitido subsistir durante aquel último año en Villefranche. Podía decirse que partía a Barcelona con las manos vacías.

Viajar en plena guerra, además, no era fácil. Las compañías de aviación no efectuaban vuelos civiles. Todos los aviones se destinaban a la causa militar. Por eso decidió hacer el viaje en tren de Narbonne a Portbou, desde donde debería cambiar de convoy para viajar hasta Barcelona.

Era un viaje peligroso. Tan peligroso como el que había hecho aquel lejano niño de once años que fue. En aquel entonces era demasiado joven e ignoraba el peligro. Ahora, simplemente, no le importaba.

3

La velocidad del tren fue disminuyendo al tiempo que empezaban a aparecer, a lo lejos, las primeras siluetas de la ciudad. Pablo, con los ojos pegados a la ventanilla, sintió que un estremecimiento le recorría la espalda.

¡Barcelona! ¡Volvía a Barcelona!

Al llegar al final de la calle de Aragón, el tren redujo aún más la marcha. Pablo bajó el cristal y se asomó a la ventanilla. El aire cargado de humedad de la ciudad, que ya había olvidado, le dio la bienvenida. Miró hacia arriba, hacia el cielo que parecía endurecido por un azul metálico, y cerró los ojos. El silbato que señalaba el fin del viaje hizo que los volviera a abrir. Entraban en la estación de Francia.

Con la maleta que contenía los restos de su naufragio en la mano, Pablo bajó del tren y se dispuso a atravesar el andén. La estación, a aquella hora, se asemejaba a una colmena. Multitud de colores se mezclaban en una amalgama imposible: el verde de los soldados y sus petates; el azul de las camisas de los falangistas o el blanco de las cofias de las monjas y el negro de la gente sencilla que arrastraba algún duelo. Unos llegaban y otros se iban. Había gente que lloraba; abrazos y besos. Maletas y fardos; y ruido, mucho ruido.

Pablo circuló en medio de ese caos hasta que, de repente, tuvo que detenerse en lo que parecía ser un control de pasajeros. Hombres de uniforme ordenaban a algunas personas abrir maletas y bolsas entre gritos y empujones. Pedían papeles. A algunos les cogían el equipaje y los apartaban con malos modos de la hilera impidiéndoles salir de la estación. Pablo se dio cuenta de que apenas entendía lo que decían.

Cuando le tocó el turno, buscó sus papeles y los mostró a uno de los tipos uniformados. Era un hombre bajo, flaco, pero con unos ojos vivos que parecían envolver toda la estación con su sola mirada. El hombre le arrancó los papeles de la mano y se tomó su tiempo para examinarlos. Se los devolvió con un gesto brusco.

—¿Ciudadano francés?

—*Oui.*

—¿Motivo del viaje?

—Yo... Trabajo.

Alcanzó a decir Pablo no sin gran esfuerzo. Era la primera vez en bastantes años que volvía a hablar en español. Lo había hecho esporádicamente en algún viaje. El catalán que había aprendido en la calle y en la escuela no lo había vuelto a hablar nunca más.

El hombre uniformado hizo un gesto con la cabeza para que continuara su camino sin hacerle abrir la maleta. Pablo avanzó hacia la salida. Notó aquellos ojos pequeños y oscuros clavados en la espalda hasta que salió a la calle.

La ciudad era una auténtica desconocida. Caminó hasta el Pla de Palau de su infancia, que ahora era la plaza de Palacio. Atento como estaba a orientarse, no prestaba atención a las calles ni a los edificios. Tanto las heridas de la guerra como las señales de la victoria de los nacionales le pasaron inadvertidos en aquel momento.

Llegó hasta donde comenzaba la vía Layetana. Se sentía cansado del viaje y, también, perdido. La maleta le pesaba. No en vano llevaba todo un pasado dentro. Paró uno de esos coches amarillos y negros que le pareció que debían de ser taxis. No recordaba que fueran de aquellos colores cuando él era pequeño. Pidió al taxista que lo llevara al centro.

—Hombre, al centro... ¿qué quiere decir? ¿A la plaza de Cataluña?

—*Oui, ça va bien...*

El taxista sonrió y se dispuso a iniciar una conversación para amenizar el viaje. No siempre se le presentaba la ocasión de charlar con un extranjero.

—¿Qué? ¿De visita? ¿Es la primera vez que viene a Barcelona? Pablo no contestó. No tenía muchas ganas de conversación y, aunque las hubiera tenido, no encontraba las palabras. El taxista chasqueó la lengua y renegó en voz baja mientras cogía el paseo de Colón.

Pablo se acurrucó en el asiento intentando descubrir, sin conseguirlo, algún recuerdo entre el paisaje tosco que desfilaba ante sus ojos. Al pasar por delante del Portal de la Paz, antes de que el coche se internara por la rambla de Santa Mónica, vio el mar. El mar de Barcelona. Cerró los ojos y aspiró a través de la ventanilla el olor a salitre y le pareció que el aroma de los recuerdos era mucho más mágico que el de cualquier perfume creado por la mano del hombre.

El taxista paró el coche frente al Hotel Colón y bajó del vehículo para sacar la maleta de su pasajero del portaequipaje. Mientras le cobraba la carrera, le dijo señalando el hotel con la cabeza:

—Si pensaba alojarse aquí va mal encaminado, amigo. El Colón ya no funciona. Lo derribarán dentro de nada. Ya ve... No sé a dónde iremos a parar.

Pablo tuvo que hacer un esfuerzo para no perderse ninguna de las palabras que el hombre parecía disparar. Poco a poco, sin embargo, el idioma que tenía tan oxidado iba reviviendo en su memoria. Se atrevió a pronunciar algunas frases:

—Y un hotel más... ¿Más sencillo?

El hombre señaló hacia la Rambla:

—Vaya para allá. Seguro que encuentra alguno.

La Rambla, en efecto, estaba llena de hoteles. De flores y de pájaros. De gente y de olores que a Pablo no le eran del todo desconocidos. Al pasar por delante del Cuatro Naciones le pareció que aquel sería un buen lugar para alojarse unos días hasta que encontrara un sitio más definitivo en donde vivir. Por suerte, todos los gastos corrían a cargo de su nuevo patrón.

Se instaló en el hotel y se dispuso a hacer aquello que durante tanto tiempo había quedado pendiente.

4

Pablo salió del cementerio y se dirigió a pie hacia la calle de Aiguafreda. Caminaba con pasos ligeros, como si le fuera la vida en lo que iba a buscar: el reencuentro con aquel pasado casi olvidado. Observaba las calles sin reconocerlas. Porque el barrio en donde había nacido vivía en sus recuerdos a través de un conjunto de imágenes que poco tenían que ver con la realidad.

Ya era mediodía cuando llegó a la calle que lo había visto nacer. Un mediodía nublado, pero aún limpio de lluvia.

Pablo buscó con la mirada la casa en donde había vivido hasta los once años. Donde habían vivido sus padres. La localizó y se acercó a ella. No se veía a nadie. El pequeño patio estaba desierto. Solo algún pájaro bajaba a picotear el suelo. Pero las ventanas con los póstigos abiertos y las flores que adornaban el balcón del primer piso le mostraron que la casa estaba habitada.

Sintió, entonces, una gran desolación que le hizo cerrar los ojos. En su interior, se agudizó la sensación de soledad que no lo había abandonado nunca. Imágenes lejanas le vinieron a la memoria: la de un niño pequeño que trepaba al lavadero del patio para refrescarse en una tarde calurosa. ¿Cuánto tiempo hacía que dormía aquel niño en su interior? Parpadeó confundido y volvió a la realidad. La realidad gris de un mediodía de septiembre. Fijó de nuevo la mirada en la pequeña vivienda. Tuvo la certeza de que ahora la ocupaba otra familia; otras personas que la habrían llenado con sus vidas, con sus penas y alegrías. Con esperanzas e inquietudes. Pensó que alguien desconocido dormiría en su habitación. Y que otros se amarían en la habitación que había sido de sus padres. Que cocinarían en la cocina y que comerían en el comedor. Que se lavarían en el lavadero. De vez en cuando, pintarían las paredes y harían alguna reforma. Llenarían las habitaciones de la casa con sus risas y sus llantos. Con sus gritos. Y la casa, que había sido suya, poco a poco se habría ido adaptando a sus nuevos inquilinos y los olores conocidos y familiares que él conservaba en la memoria habían desaparecido. Se habían extinguido. Y de las paredes de la pequeña casa se había esfumado todo rastro de su familia. De repente, aquella casa que había sido suya, tan suya, le pareció del todo extraña. Y tuvo la certeza de que ya no volvería a verla nunca más. Que aquello era una despedida.

Se estrujó la frente con los puños, fuerte, muy fuerte, como si quisiera borrar la tristeza que le producían aquellos pensamientos. Retrocedió unos pasos. Sentía la necesidad de huir y, al mismo tiempo, le costaba moverse de donde estaba.

Casi sin querer, desvió la mirada de la casa que ya no era suya y la fijó en la casa vecina, la de Quimeta. Alguien, casi una sombra, estaba sentado delante de la puerta.

Pablo se acercó hacia la casa despacio. Vio que, efectivamente, era una mujer quien permanecía sentada junto a la entrada de la casa. Era vieja. Muy vieja. Los años no la habían tratado demasiado bien. Parecía dormitar con la cabeza casi hundida en los hombros que se le encorvaban bajo el chal de lana negra que la protegía del fresco. Se acercó hacia ella con un pálpito en el corazón, que le latía impaciente. Cuando estuvo lo suficientemente cerca de la mujer, le dijo en voz baja para no asustarla:

—Quimeta. ¿Es usted, Quimeta?

Las palabras le brotaban sin dificultad de los labios en el catalán que siempre había hablado con Quimeta. No le había supuesto ningún esfuerzo y tuvo la sensación de que nunca había dejado de hablar la lengua de su infancia.

La mujer se giró hacia él y lo miró clavando en él sus pequeños ojos rodeados de una legión de arrugas. No dijo nada.

—Quimeta, ¿no me reconoce? Soy Pablo, el hijo de Marie y de Ramiro.

Al pronunciar el nombre de sus padres un destello de imágenes asaltó la memoria de Pablo. Sobre todo, la imagen de un niño, él, con una maleta pequeña en la mano, y la de esa misma mujer que ahora lo miraba sin verlo, mucho más joven, con su hijo Enric al lado, ambos de pie ante aquella casa diciéndole adiós por última vez. Se le hizo un nudo en la garganta.

La mujer lo seguía mirando como ida mientras obligaba a su cabeza vacía de recuerdos a viajar hacia el pasado y a encontrar entre los pliegues de la memoria el rostro de aquel hombre que la miraba expectante.

De repente, la puerta de la casa se abrió y de ella salió un hombre robusto que debía rondar la cincuentena. Tenía la barba áspera y casi blanca. Sus labios eran finos y sus ojos, extraordinariamente pequeños. Se encaró a Pablo con evidente desconfianza:

—¿Quién es usted? ¿Qué quiere de mi madre?

—Yo... Soy Pablo. Pablo Soto. Vivía aquí al lado y era muy amigo de Enric. —Intentó hacer memoria—. Usted debe de ser uno de los hijos mayores de Quimeta. No recuerdo cómo se llamaban...

El hombretón, sin dejar de mirar a Pablo con recelo, cogió a la mujer del brazo, la levantó de la silla con cuidado y comenzó a caminar con ella hacia la casa. Pablo pudo entonces constatar la extrema fragilidad del cuerpo envejecido de la mujer y sintió en su interior una pena profunda.

—¿Y Enric? ¿Aún vive aquí? —gritó antes de que las dos figuras desaparecieran en el interior de la casa.

El hombre se detuvo. Sus ojos irradiaron una pena profunda. Y cansancio. Un gran cansancio.

—Aquí ya no vive ningún Enric. El único Enric que vivió en esta casa se fue hacia el frente de Aragón y ya no regresó. Y deje estar en paz a mi madre, que su cabeza ya no recuerda nada ni a nadie.

Pablo se quedó de pie mientras el hombre entraba en la casa llevando a la mujer fuertemente sujeta y cerraba la puerta detrás de ellos. Sonrió de soslayo, mientras exhalaba una bocanada de aire amargo. Aunque el hermano de Enric le dijera que Quimeta ya casi no vivía en este mundo, él había podido oír cómo de labios de la mujer, justo antes de desaparecer hacia el interior de la casa, se escapaba una palabra:

—Pablito...

Se alejó de allí con el corazón confundido. Nada, nada era igual. Tampoco Quimeta era la mujer que habitaba en sus recuerdos; ahora tan solo era una vieja gris como aquellas nubes que volvían a ocupar el cielo ceniciento.

¿Dónde tendría que buscar para encontrar algún eco de su pasado?

El viento, ahora, soplaba con más fuerza y las hojas de los árboles empezaron a bailar delante de sus ojos. Las nubes corrían bajas y parecía como si quisieran chocar con las azoteas de las casas del barrio, las calles del cual parecían dormidas y casi desiertas. El aire se volvió más frío y, por fin, empezaron a caer las primeras gotas de lluvia. El frío, el aire y la lluvia despertaron los sentimientos de soledad, que dormían en el alma de Pablo.

Lentamente, fue dejando atrás la calle de Aiguafreda.

PERFUMES DONNA

Barcelona, septiembre de 1942

1

Los laboratorios de Perfumes Donna, tan nuevos, le parecieron a Pablo un regalo aún por descubrir. Eran un ejemplo de modernidad y estaban provistos con creces de todo lo necesario para llevar a cabo su trabajo; sin embargo, en su primera toma de contacto con ellos, Pablo echó en falta aquello que tanto en Guerlain como en Royal lo había fascinado: la historia, la tradición, la costumbre. La pátina que, en resumen, deja el tiempo.

Los laboratorios funcionaban casi al completo. Se fabricaban ya los jabones, los perfumados y los transparentes de glicerina; los productos cosméticos para señoras como la leche de almendras, el colorete en polvo y los pintalabios y, por supuesto, la famosa *eau de toilette* Valèria, así como un jabón líquido para el baño con la misma fragancia que el agua de colonia.

Había, sin embargo, una parte del laboratorio aún por estrenar: la que se destinaba a la creación y elaboración del nuevo perfume que Pablo había venido a crear. Su laboratorio. Por supuesto, estaba dotado de todos los avances de la industria perfumista y, además, Pablo disponía de un equipo humano a su disposición formado por Martí Rovira, Anselm Huguet, un joven auxiliar de laboratorio, y la secretaria de Modest Parés, Victoria Dalmau, que también estaría a su disposición para lo que pudiera necesitar. Además, y esta era una condición que había impuesto Parés cuando contrató a Pablo, también contaría con la presencia en el laboratorio de Eugeni, el primogénito de la casa, a quien su padre quería introducir en el mundo de la perfumería y, como era natural, no quería perder la ocasión de que se formara junto a uno de los grandes. A esta condición de Parés, Pablo había respondido con otra: quería tener las manos libres en la creación del nuevo perfume. Ninguna imposición, ni presiones de ningún tipo.

Ambos, Pablo Soto y Modest Parés, pronto se pusieron de acuerdo.

Sin embargo, el primer día de trabajo en el laboratorio, día que Pablo había destinado a conocer a sus colaboradores y a familiarizarse con las instalaciones, Eugeni Parés no se presentó, lo cual no le sorprendió demasiado. El joven no le había causado una buena impresión durante la cena de bienvenida en casa de los Parés. Se había presentado tarde y en lo que duró la cena no se molestó en disimular cómo le fastidiaba tener que estar allí. Y aunque iba bien vestido e, incluso, parecía recién peinado, había algo en él, en la forma de hablar, tal vez en la mirada vidriosa, que hizo pensar a Pablo que antes de llegar había estado tomando una copa. O más de una.

De hecho, aquella cena había sido muy reveladora a la hora de calibrar qué tipo de familia eran los Parés. Pablo había salido del piso de la rambla de Catalunya con una idea bastante clara del papel que en ella desempeñaba cada uno de sus miembros.

El patriarca, Modest Parés, era un hombre que no debía de sobrepasar mucho la cincuentena. Esa noche vestía un traje oscuro de americana cruzada, camisa blanca y una corbata discreta. Ropa cara hecha a medida que, por algún motivo que Pablo no llegaba a discernir, no le sentaba bien. Quizás la culpa la tenía su figura algo rechoncha, con la barriga prominente de los buenos comedores.

Sin lugar a dudas, pensó Pablo aquella noche observando a Parés a lo largo de la cena, lo mejor del físico de aquel hombre de pelo negro que empezaba a clarearle en la coronilla era la mirada profunda y oscura. Una mirada inquisitiva y caleidoscópica que parecía sonreír cuando miraba a su hija, pero que en cuanto se posaba en el hijo se volvía dura como el mármol. Sin embargo, no cabía duda de que el centro de su fuerte personalidad se hallaba en la voz grave y sonora, en la clara rotundidad de su expresión verbal. Aquel hombre estaba acostumbrado a hablar en público y a ser escuchado. Hablaba con una seguridad pasmosa y lo hacía alzando casi imperceptiblemente una ceja. Para conocer el efecto que Modest Parés ejercía en los demás cuando tomaba la palabra, que era a menudo, solo era necesario observar a Martí Rovira. En efecto, cuando Modest hablaba, Martí casi ni respiraba y, por supuesto, no intervenía si no era para afirmar con la cabeza y apoyar las palabras de su jefe.

A juzgar por las fotografías que ocupaban un lugar de honor en la sala donde fue recibido, Pablo pudo deducir algo más del dueño de Perfumes Donna; algunas cosas que, pensó en ese momento, debería tener en cuenta para saber el terreno que pisaba. En la mayoría de las fotografías, Parés aparecía sonriente junto a hombres vestidos de uniforme militar oscuro y camisa azul, de aspecto no muy alejado al de aquellos que había visto en la estación al llegar a Barcelona. Hombres, la mayoría, con el bigotito fino y recortado, y la sonrisa de los vencedores colgando de los labios.

Valèria Casanoves, la señora de la casa, en cambio, mostraba una especie de aire abstraído difícil de definir. Bastante más joven que su marido, poseedora de una elegancia sobria, la señora Parés estaba dotada de unos rasgos regulares y unas facciones finas y bien marcadas. Lucía una melena rubia y elegante que se peinaba hacia atrás para poder mostrar las magníficas esmeraldas que brillaban en sus orejas, y poseía unos ojos azules gélidamente bellos que lo escrutaban todo y a todos con dureza pétrea. A pesar de que era menuda, tenía buena figura y había algo en ella, algo indefinido, que Pablo no se supo explicar; era algo que la hacía parecer inalcanzable. Durante toda la cena, Valèria Casanoves de Parés hizo gala de un comportamiento elegantemente adusto tras el que parecía esconderse y protegerse. Una máscara que solo le cayó del rostro cuando vio entrar a su hijo en el comedor. Entonces, durante unos breves segundos, una traza de humanidad le brilló en los ojos.

En lo referente a la joven Angèlica Parés, Pablo enseguida vio con claridad de qué tipo de chica se trataba. Con su vestido de princesa, algo infantil para su edad, y el pelo púdicamente apartado del rostro con dos pasadores más de princesa aún, Angèlica Parés no inducía a engaño. Era la chica burguesa educada solo para hacer un buen matrimonio. Seguramente tocaba el piano y quizás incluso hablaba francés, aunque Pablo no lo pudo comprobar puesto que ella casi no abrió la boca en toda la cena, sino que se limitó a observarlo con una tímida y dulce sonrisa en los labios. Nadie podía negar que Angèlica Parés era bella como una rosa. Era menuda y delgada igual que su madre, de quien había heredado la figura y también los ojos, azules como los de ella, pero de un azul más oscuro y sin su hielo. En la joven, aquellos ojos eran dos piedras preciosas. Y, además, sus labios generosos y su sonrisa dulce mostraban una hilera de dientes perfectos.

Era una chica bonita, sí. Pero demasiado inmadura. Solo una mujer a medio hacer.

2

Eugeni no se presentó aquel primer día de trabajo en los laboratorios, pero sí lo hizo Angèlica. Pablo intuyó su presencia antes de verla. Su perfume la delataba. Ya durante la noche de la cena notó que la joven, tal vez en un exceso de celo por complacerlo, se había perfumado de manera generosa con su Indien, de Perfumes Royal, un perfume demasiado exótico y atrevido para la joven naturalidad de la muchacha. Indien no casaba bien con la piel de Angèlica; era como si hubiera salido a la calle vestida con camisón; o como si se hubiera presentado en el Liceo con ropa de deporte. Había algo que desentonaba. Una contradicción entre la persona y su olor. Lo más seguro era que el agua de colonia Valèria, que era la que debía de usar normalmente, fuera mucho más apropiada para su piel un poco rosada y tuviera mejor relación con el pelo color de miel que le caía suavemente por los hombros y que se le enredaba, travieso, sobre la frente ahora que había prescindido de los pasadores.

Llevaba un vestido de lino de color verde hoja cerrado en el cuello con una pechera blanca de algodón con botones, y se protegía del fresco de septiembre con una chaqueta de punto negra. Los zapatos eran planos y no llevaba sombrero. Pablo se ratificó en la impresión que había tenido la noche de la cena. Angèlica Parés no era una chica demasiado presumida y no sabía sacar partido de su encanto natural. No poseía ni de lejos la prestancia y la elegancia de su madre. Era una lástima porque era bonita de verdad.

Martí y Anselm dejaron lo que estaban haciendo para saludar a Angèlica, que les deseó un buen día risueño y, después, se puso seria y se dirigió a Pablo:

—Buenos días, señor Soto. Espero que no le moleste mi presencia aquí.

Pablo la miró con un aire un poco arisco:

—En absoluto; aunque, si tengo que decir la verdad, estaba convencido de que era su hermano y no usted quien tenía que venir a trabajar hoy al laboratorio.

Pablo le había respondido amablemente, pero su cortesía le había parecido a Angèlica un bofetón en plena cara. Además, el perfumista la miraba con una mezcla de diversión e indulgencia típicamente francesa, aunque ella eso no lo sabía. La chica se encogió sobre sí misma y enrojeció. La respuesta del perfumista la había desconcertado y ahora no sabía muy bien qué cara poner ni qué hacer, si quedarse o irse con el rabo entre las piernas. Martí Rovira dejó de lado su silencio habitual para romper una lanza a su favor.

—Créame si le digo, señor Soto, que saldrá ganando con el cambio. Angèlica...

Rovira calló de golpe, como si acabara de caer fulminado por un rayo. Había enrojecido casi tanto como la propia Angèlica. Se giró y se concentró en su trabajo. Sin duda, se arrepentía de haber expresado aquella opinión en voz alta. Una indiscreción que no casaba con su forma de ser. Anselm, sin embargo, no parecía tener ni la prudencia ni la discreción de la que siempre hacía gala Rovira y tomó el relevo:

—¡Uy!, no quiera usted saber la de horas que se pasa Angèlica en el laboratorio. El señor Rovira siempre dice que ya le ha enseñado todo lo que le podía enseñar. Pero ella siempre pide más, no se cansa nunca de preguntar, es como una esponja. ¿No es cierto, Angèlica?

La muchacha envió una mirada de súplica a Anselm. Seguía estando roja como un pimiento.

—Ya verá, señor Soto. Póngala a prueba...

—Pero, Anselm, ¡por Dios! ¿Te quieres callar? —explotó por fin Angèlica, con las mejillas ardientes.

Pablo no pudo más que echarse a reír.

—Tranquila, mujer. No hace falta ningún examen para admitirla de buen grado en el laboratorio. Seguro que el señor Rovira le encuentra enseguida algo que hacer. Claro que tal vez usted tenga otros compromisos. No quisiera que su padre se molestara conmigo por entretenerla aquí.

—¿El señor Parés? —volvió a meter baza Anselm, mientras le tendía una bata blanca a Angèlica—. Si el señor Parés hace todo lo que ella quiere...

—No lo crea, señor Soto —saltó la joven a la defensiva—. Si mi padre me concediera todo lo que le pido, ahora estaría trabajando en los laboratorios. Pero...

Alzó los ojos hacia Pablo. La voz le sonó quebradiza cuando dijo:

—Perdone, señor Soto. No quisiera molestarlo con mis cosas. Pero es que mi padre piensa que un laboratorio no es lugar para una chica.

Intentó sonreír mientras se abrochaba con parsimonia los botones de la bata y preguntó:

—¿Usted piensa lo mismo?

—En absoluto. En Francia hay muchas mujeres que trabajan en los laboratorios. El trabajo bien hecho no depende del sexo de la persona, créame, señorita, sino de su capacidad de trabajo.

Los ojos de Angèlica se iluminaron llenos de sincera admiración. Terminó de abrocharse la bata y puso enseguida manos a la obra, mientras las palabras del perfumista le daban vueltas por la cabeza haciéndola sonreír satisfecha.

Durante toda la mañana, Pablo estuvo observando a sus colaboradores. Martí Rovira se crecía cuando trabajaba. El hombre, que pasaba con creces de la cuarentena, tenía los ojos y el pelo muy negros y su mirada dejaba traslucir la reserva de su carácter, así como una evidente inteligencia. En el laboratorio se mostraba seguro y resolutivo. A Pablo le gustó ver cómo lo trataban los dos jóvenes, Anselm y Angèlica, siempre con consideración y respeto. Aunque Rovira era un hombre joven, el papel que jugaba en aquel pequeño grupo era similar al de un padre.

Le sorprendió gratamente ver cómo se movía Angèlica por el laboratorio. Era trabajadora y obedecía las órdenes de Martí sin vacilaciones. Lo estuvo ayudando toda la mañana en el proceso de destilación que estaban llevando a cabo para obtener las esencias que necesitarían. Escuchaba con atención y retenía los datos con avaricia. Le pareció que Angèlica poseía unas cualidades innatas para trabajar en un laboratorio.

El joven Anselm Huguet, que arrastraba una visible cojera, despertó en Pablo gratos recuerdos. Su alegría, el entusiasmo que ponía en todo lo que hacía, lo transportó al Pablo Soto de Grasse; a aquel jovencito que, con ojos maravillados, asistió al nacimiento de uno de los grandes perfumes del siglo.

¿Se repetiría en este laboratorio el milagro?

Pablo había vuelto a Barcelona para reconciliarse con su pasado; para cerrar algunas puertas que habían quedado abiertas. Para olvidar. Necesitaba reencontrarse con el Pablo de su infancia. Y necesitaba afianzar su fama de gran perfumista dormida durante aquellos años en que la vida lo había puesto a prueba.

3

Aquella noche, como buen capitán de barco, Pablo fue el último en abandonar el laboratorio. Al salir a la calle, las luces de las farolas brillaban como puntitos de plata. Se detuvo en la acera para encender un cigarrillo y contemplar cómo el último rayo de sol declinaba detrás de los edificios. Aspiró el olor lejano del mar, un olor salado y verde de alga que se mezclaba con el de los árboles del paseo: olor a madera, a hojas... ¡una *mélange* inigualable!

Tan distraído estaba en su contemplación que no vio al hombre que se le acercaba. Cuando este le habló, Pablo se sobresaltó:

—Señor Soto... ¡Ay!, perdóneme; le he asustado.

El hombre, barrigón y de pelo escaso, vestía de chófer y sujetaba la gorra en sus manos. Con un gesto señaló un despampanante Buick Century del 40 aparcado delante del edificio.

—Soy Sebas, el chófer del señor Parés. En el coche hay alguien que le espera.

Pablo, curioso, siguió al hombre hasta el coche. Al llegar, Sebas se apresuró a abrirle la puerta trasera. El rostro juvenil de Eugeni Parés surgió de entre las sombras del interior. Se acercó a Pablo con una sonrisa traviesa e infantil colgada de los labios y le habló entre susurros, como si le fuera a contar un secreto.

—Buenas noches, señor Soto. He venido a disculparme por haber faltado hoy al trabajo. Ya sé que era el primer día. ¡Uf!, no sabe cómo lo siento. ¿Quizás pueda perdonarme si lo llevo a conocer la Barcelona nocturna?

La idea de subir al coche con aquel joven alocado sublevó a Pablo, que se irguió y se apresuró a responder:

—No me parece una buena idea, créame. La de hoy ha sido una larga jornada. Y mañana...

—Pablo, se lo ruego. Me estoy disculpando. Creo que ya que tendremos que colaborar en el laboratorio estaría bien que nos fuéramos conociendo.

Pablo enmudeció. Había algo en aquel chico, aquellos ojos traviesos, aquel comportamiento amable tan distinto al de la noche de la cena... No supo explicarse por qué, pero el caso es que, muy a su pesar, terminó subiendo al coche. Sebas lo puso en marcha sin pronunciar palabra, con la discreción que caracteriza a los de su gremio.

Después de dar una vuelta por Barcelona y de enseñarle a Pablo algunos de los puntos neurálgicos de la noche barcelonesa, Eugeni mandó detener el coche frente al Ritz.

En los bajos del hotel se encontraba lo que todo el mundo conocía como La Parrilla del Ritz. La sala había sido un cuarto trastero donde se amontonaban mesas y otras piezas de mobiliario en desuso. Bernard Hilda, un judío de origen ruso que no se llamaba Hilda sino Levitzki y que acababa de escapar de la Francia de los nazis, había convertido ese espacio en una pequeña sala de fiestas. Allí, quizás sin mucho humor para hacerlo, destrozado y sin ánimos, dirigía su pequeña banda ante un público formado por mujeres enjoyadas que vestían trajes largos, hombres de frac, y también falangistas, estraperlistas, espías y oficiales alemanes.

Aunque aún era bastante temprano, la sala estaba ya concurrida cuando llegaron. Eugeni, al que todo el mundo parecía conocer en La Parrilla, pidió una botella del mejor champán francés. Pronto la mesa que ocupaban se fue animando con la llegada de los jóvenes amigos de Eugeni Parés; los cachorros de los vencedores. Jóvenes frenéticos, algo salvajes, con el poder recién adquirido vertiéndose por sus ojos, queriendo demostrar con cada gesto, con cada palabra, con cada risa que el país, ahora, era suyo y bien suyo. Porque los otros lo habían perdido todo.

El reloj avanzaba sin piedad y Eugeni se mostraba cada vez más desinhibido: bebía sin mesura, gritaba, reía y se convertía en el centro de la diversión. Parecía haber olvidado la presencia de Pablo, que, como convidado de piedra, se limitaba a observar con gesto lleno de incomodidad la nueva imagen de Eugeni Parés, tan alejada de la que ofrecía entre las cuatro paredes de su casa y ante la mirada reprobadora de su padre. Allí, en ese ambiente de fiesta, El joven Parés era un seductor; un tipo simpático, imaginativo, al que todos parecían adorar. Sobre todo, las mujeres que no podían resistirse a su atractivo insolente, a esa belleza casi femenina que atraía todas las miradas.

Cuando aquellos jóvenes ávidos de diversión decidieron ir a continuar la fiesta en algún otro lugar «más salvaje», según palabras del propio Eugeni, Pablo vio por fin la ocasión de dejar el grupo en el que, evidentemente, no se sentía cómodo.

—Ha sido muy amable al invitarme, Eugeni. Pero yo me retiraré.

—¡Claro! Es que mañana hay que madrugar, ¿no es cierto?

Y soltó una carcajada como si lo que acababa de decir fuera un chiste de lo más ingenioso.

Por fin Eugeni y su camarilla desaparecieron y, cuando Pablo se levantaba para irse, alguien que le hablaba en francés lo detuvo.

—¿*Monsieur* Soto?

Bernard Hilda se había acercado hasta la mesa de Pablo aprovechando el descanso de la orquesta y lo saludaba. Era un hombre más bien bajo, delgado, vivaracho, con el rostro oliváceo que se le afilaba gracias al bigotito recortado. Vestía americana blanca con la inevitable pajarita negra al cuello. Era su traje de trabajo.

—¿Nos conocemos? —preguntó Pablo, sorprendido.

—¡Ah! Usted no se acuerda, pero yo toqué en Montecarlo en la presentación de Indien, su perfume.

—¡Una gran fiesta! —dijo Pablo, sonriendo al recuperar aquel recuerdo.

—Una gran fiesta y otros tiempos —puntualizó Hilda—. ¿Le parece si nos sentamos un momento en un rincón más tranquilo?

Se sentaron ambos en una mesa más arrinconada y conversaron ante dos copas de champán, brindando por los viejos tiempos. El humo de los cigarrillos se alzaba por encima de sus cabezas formando una nube a través de la cual los ojos de Pablo seguían inquietos las figuras de dos oficiales alemanes que en la mesa de al lado bromeaban con dos jóvenes muchachas. Hilda siguió su mirada.

—Se acostumbrará a su presencia —le dijo mientras daba una profunda calada a su cigarrillo.

—Es difícil.

El músico desvió la mirada y sonrió.

—No nos queda otra. Están aquí y pretenden ser los dueños del mundo. Y están convencidos de que lo serán. Mire cómo se ríen, cómo nos miran... obsérvelos. Fíjese en su soberbia; en su prepotencia.

Hilda calló. Sin darse casi cuenta, había dejado volar sus pensamientos y sus palabras, pero como en aquellos tiempos que corrían nadie podía estar del todo seguro de con quién estaba hablando, él prefería ser prudente.

Ambos bebieron un sorbo de champán.

—¿Cuánto hace que llegó usted a Barcelona, señor Hilda?

—Unos meses. ¿Y usted?

—Muy poco. He venido a trabajar en un nuevo perfume para Perfumes Donna. En Francia, en estos momentos, me era imposible seguir con mi profesión. Y... bueno, también hubo algunos asuntos personales que me hicieron tomar la decisión de venir a trabajar a Barcelona. No sé si sabe que yo nací aquí. Me fui a Francia cuando tenía once años.

—¡Oh, sí! Había oído hablar de eso.

Pablo bajó la voz para preguntarle a Hilda, sin dejar de mirar de reojo a los oficiales de la mesa de al lado:

—Y dígame, aquí, en Barcelona, ¿cuál es exactamente la situación? Como puede comprender, lo desconozco todo absolutamente. Llevo toda una vida fuera.

Hilda chasqueó la lengua y negó con la cabeza, mientras se apoyaba en el respaldo de la silla, más distendido que antes. Observaba la sala mientras hablaba.

—Aquí las heridas están abiertas todavía. La Guerra Civil no se ha acabado, créame. Aún se están ajustando cuentas.

Clavó los ojos en Pablo, con intensidad, y adoptó un tono de voz confidencial que pareció un aviso:

—Barcelona está llena de germanófilos. Los franceses no somos bienvenidos aquí. Ya se dará usted cuenta.

—Lo entiendo.

Hilda apuró su copa de un solo trago.

—Tengo que volver al trabajo.

Levantó un poco más la voz:

—Ha sido un verdadero placer, *monsieur* Soto. Verlo me ha recordado otros tiempos. ¿Me comprende usted?

—Perfectamente, *monsieur* Hilda.

Bernard Hilda volvió al escenario, que tenía cierto aire afrancesado y era algo pequeño, pues él y los diez hombres de la orquesta lo llenaban por completo. La sala volvió a llenarse de baladas francesas.

El encuentro con el músico había hecho desaparecer la incomodidad de Pablo y, también, las ganas de irse de allí. Más relajado, pidió otra copa. Mientras se la servían, se dedicó a observar más a fondo la sala y a quienes la ocupaban. Frente a sus ojos se desplegaba todo un muestrario de la sociedad acomodada barcelonesa: hombres y mujeres bien vestidos, pero con discreción, cigarros habanos y alcohol de calidad. La nueva clase dominante afín al franquismo que hacía del champán su distintivo de clase.

De repente, descubrió unos ojos rasgados del color de la canela que lo miraban fijamente. Pertenecían a una mujer de una belleza exótica. Guapa, esbelta y con una espesa cabellera negra. Tenía los labios carnosos y sensuales y la nariz bien perfilada. Llevaba un traje muy ceñido, con un escote profundo. En el cuello, un sencillo collar. Era una mujer difícil de ignorar. Seguramente una profesional, pensó Pablo, porque por regla general solo las putas entraban solas en las salas de fiestas. La mujer sacó de la bolsa un paquete de tabaco y encendió un cigarrillo. Le dio una profunda calada echando hacia atrás la cabeza, sin dejar por ello de observar a Pablo, que se había levantado y rodeaba la mesa con pasos vacilantes. Mientras se acercaba a ella, la devoraba con los ojos. Él se presentó. Se sentó a su lado. Hablaron y a medida que hablaban, Pablo fue cayendo en el más urgente deseo. Abandonaron la sala por separado. Se encontraron en la puerta. Pablo pidió un taxi y la llevó a su hotel.

4

Por la mañana, cuando Pablo abrió los ojos, la mujer ya no estaba. Únicamente su perfume barato pervivía en el aire dejando constancia de su paso por la habitación.

¡Perfumes! No había otro perfume para Pablo sino aquel que se evaporaba en una botella abierta, dejando un rastro fugaz de despedida.

Se levantó sin ganas, con los párpados pesados. Se sentía aletargado bajo una pátina de tristeza. Como siempre que vivía una noche de amor furtivo y, a menudo, pagado, le parecía que podía paladear el sabor amargo de su soledad. El recuerdo de su amor perdido, el único que había conocido, le retornaba a la mente. Primero lo había recordado con desesperación. Con el paso del tiempo, la desesperación cedió lugar a una pena inmensa; después, esta pena se había convertido en una tristeza más soportable. Ahora era pura melancolía. Una melancolía que le llevaba a la memoria, en momentos como aquel, los detalles de aquella mañana en que Claudine y él se habían despertado juntos por primera vez en el lecho del pequeño apartamento parisino.

Hizo un esfuerzo para apartar de su mente aquellas imágenes. No quería tener que batallar una vez más con los recuerdos. Y menos después de la muerte de Violette. El pasado se había evaporado. No contaba. Y el futuro no existía. Sin embargo, los recuerdos parecían ser ajenos a las intenciones de Pablo y se negaban a desaparecer. Y su cuerpo también lo traicionaba. Porque su cuerpo no había olvidado nada.

Las cortinas a medio cerrar filtraban la luz del exterior. Con una rabia helada, Pablo las abrió para mirar a la calle. Fuera, la ciudad se despertaba lenta y tranquilamente en un amanecer gris pintado de naranja que, despacio, iba dejando paso a un cielo azul oscuro cubierto de nubes que parecían un ejército en pleno avance.

Pablo apoyó la cabeza en el cristal de la ventana. Aquella sensación fría lo aligeró. Intentó recordar a la mujer que tan salvajemente había amado aquella noche. Tenía los ojos repletos de melancolía.

Sonrió tristemente. Siempre era igual. No recordaba nada más. Ningún recuerdo le quedaba impreso en el alma después del amor. Mientras se dirigía a la sala de baño, pensó, resignado, que él no era de los hombres que esperan una relación amorosa intensa y eterna.

No. Ya no lo era.

LAS COSAS DE LA VIDA

Barcelona, octubre de 1942

1

Pablo ya llevaba casi un mes en Barcelona cuando Parés le ofreció una vivienda cercana al laboratorio. Se encontraba en la segunda planta de un edificio de la calle de Mallorca al que se accedía por un magnífico portal profusamente esculpido. Los balcones mostraban bellos esgrafiados florales y las tribunas vidriadas ocupaban los ejes laterales. En aquel edificio vivían familias acomodadas y un portero uniformado vigilaba cuidadosamente las entradas y salidas y atendía las necesidades de los vecinos. Nada hacía pensar que por allí hubiera pasado una guerra.

Fue a verlo con la esperanza de poder ocuparlo pronto puesto que ya tenía ganas de dejar la provisionalidad del hotel. Al entrar, quedó aturdido. El piso estaba como si sus antiguos ocupantes fueran a regresar de un momento a otro. La sala y el comedor estaban repletas de vitrinas con objetos bellísimos que debían de haber pasado de padres a hijos escribiendo así la historia de alguna familia. Las habitaciones estaban completamente amuebladas, con las camas hechas. En la más amplia, Pablo pudo ver un escultural tocador de cajoneras panzudas y cerraduras de plata. En el despacho no faltaba ningún detalle y los estantes llenos de libros cubrían por completo las paredes. La sala de baño disponía de bañera de hierro y porcelana.

La vivienda le habló a Pablo de delaciones y de venganzas. De vencedores y de vencidos. El hosco silencio del portero cuando le preguntó por los antiguos inquilinos terminó de convencerlo de que no se equivocaba. Tuvo la seguridad de que, de noche, aquellas paredes le contarían historias tristes que no le dejarían dormir. No había regresado a Barcelona para aprovecharse de la desgracia ajena. Aquel piso estaba habitado por la crueldad de la pérdida y él supo que de ningún modo podría vivir allí. Se inventó una excusa. Le dijo a Parés que ya tenía el ojo puesto en un piso más pequeño y más cómodo, un piso de soltero, le comentó. Y empezó a buscar enseguida un piso de alquiler que no llevara impresas en sus paredes las huellas de los vencedores.

Vio el anuncio en *La Vanguardia* una mañana mientras desayunaba en el hotel y enseguida pensó que le interesaba más que los otros que le acompañaban en la sección de anuncios por palabras.

Piso bien amueblado..., calef..., teléf...,
familia reducida sin niños. Balmes, 62

Aquel «sin niños» le indicaba que se trataba de un piso muy pequeño no apto para la vida familiar, o que sus dueños no querían someterlo a las torturas infantiles. Ambas cosas le parecían bien. Y, además, estaba cerca del trabajo.

Se dispuso a ir a ver el piso dando un paseo. No había tenido mucho tiempo aún para pasear por Barcelona desde que había regresado. Se pasaba los días trabajando y en sus salidas del hotel no había ido mucho más allá del paseo de Gracia o de la rambla de Cataluña. Tenía ganas de redescubrir la ciudad que había abandonado hacía ya tantos años. Había olvidado la Barcelona de su infancia; y la que ahora pisaba le era una gran desconocida. Necesitaría tiempo para ese reencuentro. Sentía la necesidad de recuperar las imágenes del pasado. Y, también, de ir descubriendo la Barcelona del presente.

Subió a la habitación para abrigarse porque los días refrescaban. Aquel otoño se parecía cada vez más a un invierno con su aire húmedo, los días tan cortos y el cielo de aquel color plomizo. Frente al espejo, Pablo se pasó la mano por el pelo abundante y castaño peinado hacia atrás. Con el paso de los años había aprendido a dominar la rebeldía de su flequillo indómito en el que ya brillaba algún hilillo blanco. Se ajustó el nudo de la corbata y estiró con una mano la americana de viscosa adaptándola a la caída natural del cuerpo. No podía dejar de pensar que la guerra también se había llevado la elegancia de los vestidos de lana. Ahora la lana se utilizaba exclusivamente para la producción de uniformes militares. También se habían eliminado de los trajes masculinos los elementos considerados no indispensables, como las tapas de los bolsillos o los pliegues del pantalón. La moda se había vuelto austera incluso en los colores. Predominaban los solemnes y oscuros, como el gris que él contemplaba en el espejo en aquellos momentos. Pensó que hacía demasiado tiempo que se vestía como si la vida se hubiera convertido en un eterno funeral. Con una mueca de disgusto en los labios, se puso la gabardina encima del traje y, finalmente, se ajustó el sombrero inclinando el ala sobre la frente.

En la calle lo recibió una temperatura más agradable de lo esperado. Por eso decidió ir hacia Balmes dando un rodeo por algunas calles que no había visitado aún. En París, siempre le había gustado pasear sin prisas, disfrutando del paseo. Empezó a subir por la Rambla en dirección al Mercado de la Boquería.

Los edificios que sus ojos contemplaban en la Rambla, el Liceo o el Palacio de la Virreina despertaron en él recuerdos lejanos y algo nublados, pero al girar por la calle del Carmen y perderse por la de Xuclà sus ojos chocaron con una ciudad desconocida, pesada y lóbrega, cuyas calles parecían manchadas de un gris sombrío. Muchos de los edificios de los tristes callejones que Pablo iba siguiendo, desorientado, estaban en un estado ruinoso. En las paredes se podían ver carteles de Franco con el yugo y las flechas que recordaban a todos a quién pertenecía, ahora, la ciudad deshecha y vencida. ¡Qué realidad tan diferente a la de aquellos locales frecuentados por la burguesía que había visitado! ¡Qué distintas sus gentes! Barcelona parecía haber sido tomada por fantasmas. Por hombres, mujeres y niños hambrientos, de rostros chupados y ojos tristes que vestían de negro, el color del luto y de la pena, ahítos de guerra, de racionamiento. Del odio que los oprimía.

Se fijó en que en las tiendas de comestibles mostraban carteles en los que se avisaba a la clientela no de lo que había, sino de todo lo que faltaba, y no pudo más que recordar la suculenta cena en casa de los Parés. Vio una gran bandera con la cruz gamada colgando de un edificio que no supo identificar. No fue la única. Las banderas nazis hacían compañía a las fotos de Franco y de José Antonio Primo de Ribera que se exponían en muchos escaparates enmarcados con consignas facciosas. El pensamiento le voló hacia los oficiales que había visto divirtiéndose en el Ritz y recordó las palabras de Bernard Hilda:

«Están aquí y pretenden ser los dueños del mundo. Están convencidos de que lo serán».

Un temblor sacudió a Pablo de arriba abajo y se sintió profundamente triste. Barcelona ya no era la ciudad de su infancia. Había pasado una guerra. Y Hilda tenía razón, porque aquella guerra todavía humeaba. Y es que a pesar de que ya había terminado, resultaba muy difícil acostumbrarse a todo aquel silencio.

2

Tuvo que preguntar varias veces para conseguir salir del enramado de calles donde había quedado atrapado. Finalmente, consiguió llegar a la calle de Pelayo y de allí a la de Balmes.

El número 62 de la calle de Balmes era un edificio cuya fachada, que presentaba una mezcla de estilos, estaba estructurada en tres cuerpos. En el central se abrían balcones corridos y en los cuerpos laterales balcones individuales. Con paso decidido, Pablo atravesó la puerta de entrada, adornada con relieves coronados por una cabeza de león.

El vestíbulo era amplio, con dos grandes lámparas bruñidas que colgaban del techo. A la izquierda se abría la gran escalera que conducía a los pisos superiores y al ascensor. A la derecha, casi escondida bajo el vacío que formaba la escalera, una puerta daba acceso a la vivienda de la portera, oscura y raquítica como si se tratara de un mundo aparte. La portera, en aquel momento, barría el vestíbulo enérgicamente. Era una mujer entrada en años con cara de pocos amigos, vestida de negro de pies a cabeza. Al darse cuenta de la presencia de aquel extraño dejó de manejar la escoba, se apoyó en ella con ambas manos y, mirando inquisitivamente al recién llegado, le preguntó con sequedad:

—¿Qué desea?

Él la saludó tocándose levemente el ala del sombrero.

—¿Es aquí donde se alquila un piso?

—Pues claro. Es el segundo. El de la señora Maspons —dijo la portera, suavizando el tono duro de su recibimiento. Y se quedó mirando a Pablo como si estuviera haciendo un examen rápido pero exhaustivo de la conveniencia o no de aquel futuro inquilino.

—¿Sabe usted? Los pisos son muy grandes. Pero la señora Maspons, mire usted, al quedarse sola, de un piso ha hecho dos. Uno para ella y otro para alquilar, ¿sabe? Lo ha dejado muy arregladito el piso, muy bonito, que servidora ya lo ha visto. Porque a ella no le hace falta el dinero, ¿sabe usted? Es que un piso tan grande y con tantos recuerdos se le venía encima y...

—¿Usted sabe si podría verlo? —la cortó Pablo seguro de que, de no hacerlo, la portera no cerraría la boca ni para respirar.

—Oiga, ¿es usted extranjero?

—No.

Respondió él rotundo, consciente de cuánto se le notaba el acento francés.

Por un momento, una sombra de duda oscureció la mirada curiosa de la mujer. Pero finalmente dijo:

—Lo acompaño.

La señora viuda de Maspons era una señora bajita, rechoncha y pulcra, que llevaba el pelo de plata peinado cuidadosamente hacia atrás y que tenía una mirada que hablaba de pérdidas y tristezas. Recibió amablemente a Pablo, cogió las llaves del piso y se dispuso a enseñárselo, seguida de lejos por la mirada inquisitorial de Pepita, qua así se llamaba la portera, que parecía no querer perderse ni un detalle de la operación.

El piso, en efecto, representaba la mitad de la enorme vivienda original, de modo que cada una de esas mitades se había quedado con un balcón central y uno lateral. La que se alquilaba era la que tenía los balcones a la izquierda, visto desde la calle. Como ya le había dicho la portera a Pablo, el piso estaba muy bien arreglado. Contaba con dos habitaciones. El comedor y la sala, que eran muy alegres y luminosos, daban al balcón central y una de las habitaciones tenía salida al otro balcón que también daba a la calle. La segunda habitación era interior, así como la pequeña pero bien provista cocina, y el baño, sencillo pero completo.

Pablo pensó enseguida que aquel era el piso ideal para él: céntrico, bien equipado y amueblado con muebles modernos, algo impersonales, que no tenían nada que ver con él, ni con la vida que dejaba atrás. Un piso para empezar de nuevo.

—El piso me gusta —dijo con una sonrisa. Una de esas sonrisas que le encendían los hoyuelos de las mejillas y que no pasó inadvertida para la viuda Maspons, que le respondió con otra sonrisa bondadosa. Pablo le parecía todo un caballero; tenía la impresión de que sería un buen inquilino y que no le daría ningún problema. Porque, se dijo por dentro, ¿qué tipo de problemas podía dar un señor que dejaba tras de sí aquel aroma tan limpio y tan bueno?

Y, de esta manera, sonriendo, firmaron un acuerdo tácito y la viuda Maspons dio el visto bueno a su nuevo inquilino. Y Pepita estuvo de acuerdo con ello.

3

Modest Parés no aparecía muy a menudo por el laboratorio. Por ello, su visita aquel mediodía esplendoroso de finales de octubre, en el que los rayos del sol atravesaban las hojas amarillentas de los árboles, fue casi una sorpresa.

—Amigo mío —dijo dirigiéndose a Pablo, después de haber saludado al resto de los empleados—. Le he tenido abandonado todas estas semanas. No me lo tenga en cuenta. Piense que poner en marcha estos nuevos laboratorios me ha supuesto más trabajo del que nadie pueda imaginar. Pero hoy me he dicho: Modest, ve a buscar al señor Soto y llévatelo a comer a La Puñalada. ¿Qué le parece?

Pablo no tenía ni la más mínima idea de qué era La Puñalada y estaba bastante ocupado como para tener que perder el tiempo en comidas. Pero, claro, no podía rechazar la invitación del dueño de la empresa y no era tan ingenuo como para pensar que detrás de la invitación no se escondía alguna otra intención, bien lícita por otra parte, como la de rendir cuentas del trabajo que estaba haciendo.

—¿A La Puñalada? —preguntó Anselm, acercándose a Pablo con sus andares renqueantes—. Si usted no quiere ir, ya iré yo, señor Soto, que se come... ¡Usted no sabe cómo se come allí!

Parés dejó escapar una de sus carcajadas estentóreas.

—¡Tú irás a comer a La Puñalada cuando te afeites, chaval!

—Pero si ya me afeito, señor Parés. Ya me afeito...

La Puñalada era un gran y elegante restaurante que estaba en el paseo de Gracia, esquina con Rosellón. Además del gran comedor de la planta baja, disponía de un altillo en forma de balcón hacia donde Modest Parés se dirigió entre los saludos del personal. Parecía que allí todo el mundo lo conocía y que era cliente habitual.

La comida fue abundante y distendida. Parés pidió lo mejor de la carta para él y para su invitado. Ya saboreaban el café y la copa de licor cuando, por fin, pareció que salía a relucir el tema que realmente les había llevado allí:

—Y dígame, señor Soto, ¿cómo ve a mi chico? ¿Se comporta en el trabajo? ¿Piensa usted que tiene aptitudes? Ya le dije que le hice estudiar un peritaje químico, pero estaría bien que fuese inclinando sus intereses hacia el campo de la perfumería. Nuestro campo.

Pablo se quedó mudo y desconcertado. Dio un sorbo al licor ambarino que tenía en la copa antes de responder mirando fijamente a su interlocutor a los ojos:

—Su hijo, en un mes, ha pasado por el laboratorio dos o tres veces. Y no ha sido para trabajar ni para quedarse demasiado tiempo en él.

El puñetazo que Parés dio a la mesa hizo tambalearse copas, tazas y cubiertos y atrajo sobre ellos las miradas de los que ocupaban las mesas de alrededor.

—¡Diantre de muchacho!

Las facciones del hombre se habían solidificado. Parecían de piedra. A pesar del enfado, hizo de tripas corazón e intentó sobreponerse. No era su deseo dar un espectáculo. Sacó del bolsillo interior de la americana una caja de puritos, ofreció uno a Pablo, que lo rechazó, y encendió uno para él, que se puso a fumar con avidez.

Estaba todavía congestionado, pero el humo perfumado del purito parecía ejercer un efecto calmante en su ánimo.

Parés bajó la mirada hacia los dedos con los que pinzaba el cigarro.

—Créame, Pablo. No tenga nunca hijos. No los tenga.

—Y usted no diga estas cosas. Se le cae la baba cuando mira a su hija.

Modest sonrió más relajado:

—Tiene usted razón. Angèlica es un regalo del cielo. Pero Eugeni... Él es el heredero, ¿lo entiende? Él algún día dirigirá la empresa. Yo no viviré para siempre. Ya se ha metido en más de un problema, no pretendo negarlo. Nada importante. Y yo le he ayudado siempre. ¡Demonio de chico! No crea, que ya sé que le iría bien que lo dejara en la estacada a ver si así ponía algo de cordura. Pero no lo hago para evitar que mi mujer se acueste una sola noche con la tristeza pegada a los ojos. Ella adora a Eugeni. No soportaría...

Modest calló. La mirada se le había entristecido. Pablo había oído decir que en aquella España de posguerra incluso la Iglesia se mostraba altamente tolerante y comprensiva cuando un hombre faltaba al sexto mandamiento. Algunas conversaciones cogidas al vuelo en el laboratorio le habían hecho ver que incluso había mujeres que toleraban las infidelidades de sus maridos mientras tuvieran la seguridad de que no perjudicarían la paz del matrimonio. Estaba convencido, pues, de que existía una doble moral que, como una gran alfombra, escondía debajo los trapos sucios de aquella burguesía acomodada. Pero mirando a Modest a los ojos tuvo la seguridad de que ese no era su caso. Parés estaba enamorado de su mujer. De aquella mujer que a él le parecía hecha de hielo. Y para no verla sufrir soportaba en silencio las barrabasadas del crápula de su hijo como si fueran una piedra en el zapato.

—Pero usted también tiene una hija, Modest. Una hija que tiene un don especial; un olfato privilegiado. Unas ganas de aprender y de trabajar fuera de lo común. ¿Por qué no le permite trabajar en el laboratorio? Es lo que ella desea. Ha nacido para esto. Sería de gran ayuda para mí.

Modest Parés hizo un gesto con la mano, como si se apartara de enfrente un insecto molesto.

—¡Tonterías! Lo que debe hacer Angèlica es casarse y darnos nietos enseguida. Es un encanto de chica, pero tiene la cabeza llena de pájaros. ¿Dónde se ha visto una muchacha de buena familia trabajando en un laboratorio lleno de hombres y haciendo un trabajo de hombres?

Clavó unos ojos inquisidores encima de Pablo.

—¡Le prohíbo que le dé alas! Yo hago la vista gorda, pero si su madre supiera que se pasa el tiempo en el laboratorio tendríamos un buen disgusto. No sabe cómo le preocupa a mi señora que a punto de cumplir los veinticuatro años esta muchacha todavía no piense en casarse.

Parés chupó el puro con avaricia y expulsó el humo lentamente. Miraba a Pablo con los ojos llenos de advertencias.

—Oiga, Soto, este país ha pasado por el cataclismo de una guerra civil. Pero por suerte, este país —repitió por segunda vez y recalcó mucho la última palabra— ha vuelto al orden estricto y una chica no puede trabajar sin el consentimiento de su padre primero y del marido después. Este es un país de orden, Soto.

Pablo pensó con preocupación si ese tipo de orden al que se refería Parés duraría mucho. Había regresado al país que lo había visto nacer y lo había encontrado convertido en un auténtico desconocido. Y había cosas que iba descubriendo en él que le horrorizaban.

Pero ¿quién era él para meterse en la vida de aquella familia? Calló. No podía hacer otra cosa. Pero, pensando en Eugeni Parés y en Angèlica, no pudo por menos que llegar a la conclusión de que, a veces, la vida tenía cosas muy extrañas.

Modest Parés terminó el café y la copa deprisa. Dejó la servilleta de cualquier manera encima de la mesa junto a un billete en el que se veía la cara de Franco. Se levantó. Todo parecía indicar que estaba impaciente por dar la comida por terminada.

Volvieron ambos hacia el edificio de Perfumes Donna en silencio. Modest Parés no dejaba de darle vueltas a lo que le había dicho Pablo; y él, ya no tenía nada más que añadir a todo aquel asunto.

En cuanto Parés pisó de nuevo su despacho cogió el teléfono y marcó un número.

—Páseme con Saavedra... ¿Carlos? Hola, soy yo, Parés. Oye, necesito que me hagas un favor...

LOS CLAVELES DEL MARESME

Barcelona, diciembre de 1942

1

El cuarto de plancha y costura era el punto de reunión del servicio de la casa. Los momentos más animados eran las tardes de los miércoles cuando la planchadora, Roser, una chica de veintipocos años, vivaracha y parlanchina, acudía a la casa a planchar. Entonces Matilde y Rita, que aprovechaban para repasar la ropa, y Tina, que era la cocinera y que les hacía compañía hasta la hora de ir a preparar la cena, se reunían en aquel cuartito lleno de armarios. Mientras escuchaban los consultorios sentimentales y las obras de teatro radiofónico, las mujeres no dejaban de trabajar y parlotear, mezclando sus voces con el murmullo de las que se escapaban del aparato de radio.

—Es que todo el mundo debe vestir como le corresponde, Rita. ¿O crees tú que es normal que una criada salga a la calle vestida de señorita? ¡Una criada debe vestir como una criada! Por eso es por lo que no me parece bien que las chicas del servicio salgan emperifolladas a la calle queriendo aparentar lo que no son. ¡Como haces tú!

—Pues yo creo que en el tiempo libre una puede hacer lo que quiera y parecer lo que quiera parecer...

—¡Callad, callad! —interrumpió Roser poniendo fin a la discusión que desde hacía un rato mantenían Matilde y Rita—. ¡Que ya empieza!

La Sociedad Española de Radiodifusión presenta...
(música de fanfarrias)

—¿Qué harán hoy? La obra del otro día me gustó mucho.
—¡Ay, no, Matilde! Que era muy triste.
—Yo no la entendí.

El Teatro en el aire...

—Lo que te pasa, Rita, es que eres demasiado romántica, y eso no te llevará a ninguna parte, que ya te lo tengo dicho. Las chicas románticas como tú acaban a menudo con el corazón roto.
—Eso no tiene nada que ver, Matilde. La obra del otro día fue triste y aburrida. En eso le doy la razón a Tina.
—¡Callaos ya!

Con Antonio Calderón en la dirección...

—Deberías pensar en otras cosas, muchacha. Tienes la cabeza llena de pájaros. No sé qué vamos a hacer contigo.
—Déjala, mujer, que es aún muy niña.

Y Remedios de la Peña en el Montaje Musical...

Las voces moduladas de los actores comenzaron a propagarse por el cuartito llenándolo de nuevas historias.
—¿Habéis oído? Sale Pedro Pablo Ayuso. ¡Qué bonita voz tiene!
—Pues casi seguro que la de hoy es de amor porque él siempre hace de galán —añadió Rita con los ojillos chispeantes.
Y Roser, sin dejar de planchar, se la quedó mirando y ambas rieron cómplices.
Poco a poco fue reinando el silencio. La atención de las cuatro mujeres se centró en la obra teatral que les llegaba por las ondas. En ese largo invierno que asoló el país después de la guerra, lleno de días grises, de desilusión y de desesperanza, programas como aquel eran un rayo de luz que entraba en las casas alumbrándolas de pura magia. Poder escuchar una obra de teatro, un concurso musical o dejarse

llevar por los problemas ajenos que buscaban consuelo y respuesta en los consultorios sentimentales eran las únicas puertas abiertas al ocio, a veces el único contacto con la cultura para muchas personas sencillas, aisladas en aquella España que aún vestía de luto.

En cambio, aquella tarde, la atención de Matilde no estaba puesta ni en la obra de teatro de la radio ni en la ropa que cosía. Ella pensaba en Rita y en todo lo que, desde hacía algún tiempo, observaba en ella. Estaba preocupada. Preocupada por su inconsciencia espeluznante. Le preocupaba que se perfumara con el perfume de la señorita cuando sabía que el señorito Eugeni estaba a punto de llegar a casa. Y que lo espiara, que fuera siguiéndolo por las habitaciones como un perrito faldero. Que jugara a ser quien no era cuando lo tenía cerca. Y todo aquello le preocupaba porque se sentía responsable de aquella jovencita, como antes se había sentido de aquella otra a quien despacharon después de que Eugeni Parés la usara y la tirara como un pañuelo sucio.

Matilde se pasó una mano por los ojos. Los tenía anegados en lágrimas. ¿Qué habría sido de la joven Consuelo? Había intentado ayudarla, pero no pudo. ¿Cómo habría podido ayudarla ella? Si ella no era nadie. Ni siquiera sabía si había tenido el niño o lo había perdido. El señor le dio dinero y la echó. La señora no supo nada de todo aquello. Ella no parecía ver la niebla que oscurecía las habitaciones de aquella casa y que escondía tantos secretos. O quizás prefería no verla.

—¡Qué bonita la obra de hoy! —saltó Rita con los ojos brillantes de lágrimas emocionadas—. ¿Verdad, Matilde? ¿Verdad que te ha gustado?

La mujer sonrió. Se había quedado silenciosa, con las manos en el regazo como si no se acordara de la pieza que cosía. Como ausente.

Movió la cabeza con un gesto de resignación:

—Pues claro que me ha gustado. Claro que sí.

2

El Buick conducido por Sebas enfilaba alegre la carretera de la costa tragándose kilómetro a kilómetro la corta distancia que separaba Barcelona del Maresme. Era una mañana apacible de domingo de principios de diciembre en que el cielo parecía recién lavado.

Pablo, algo ajeno a la alegre cháchara de Angèlica y Anselm, no podía despegar los ojos del paisaje que descubría: paisaje de viñedos y cultivos que descendían por la colina en una explosión de colores hasta las plácidas y largas playas arenosas donde desembocaban las rieras.

Respiró a fondo. No habría imaginado encontrar tanta belleza con solo salir de Barcelona.

Hacía ya días que Pablo oía hablar a Angèlica y a Anselm de la excursión que pensaban hacer a Vilasar de Mar aquel domingo. Aunque no era hombre de meter la nariz en conversaciones ajenas, era imposible no enterarse de los planes de los dos jóvenes, puesto que no hablaban de otra cosa.

—Tu padre estará muy contento de volver a verte, Anselm. Hace casi un mes que no vas a visitarlo.

Pablo los miró con la sorpresa reflejada en los ojos. Angèlica sonrió contenta de haber captado el interés del perfumista y dijo, moviendo las manos, sonriendo y trabajando, todo a la vez, porque ella era de las que no sabían parar quietas un minuto.

—Anselm es de Vilasar, señor Soto. Su padre cultiva flores. Tanto él como mi padre nacieron en Vilasar. Se conocen de toda la vida. Incluso habían ido juntos a la escuela.

Pablo abrió mucho los ojos:

—¿Campos de flores? ¿Hay campos de flores cerca de Barcelona?

Anselm se giró hacia él:

—¡Por supuesto que hay planteles! Pero no crea usted que tienen que ver con los cultivos de la Provenza, señor Soto. El suelo del Maresme es realmente pobre para poder plantar flores. Se necesita una gran cantidad de agua para contrarrestar su capilaridad. Y mucho abono y estiércol.

—Entonces ¿por qué dedican estas tierras al cultivo de las flores? ¿Por qué no dedicarlas a otro tipo de cultivos? —preguntó Pablo, cada vez más interesado en el tema.

Martí Rovira, que también era un buen conocedor del asunto que les ocupaba, cedió a la tentación de intervenir pese a su proverbial modestia:

—Es una larga historia, señor Soto. Y muy interesante.

Pablo lo animó a continuar con la mirada.

—El clavel lo introdujo en Vilasar un italiano, Beniamino Farina. Había dejado su Liguria natal para ir a probar fortuna a los Estados Unidos. Se dedicaba al cultivo de flores, ¿sabe?

—Y una vez pasada la Primera Guerra Mundial, hacia el 1921, llegó a Vilasar y le pareció que la costa del Maresme era un lugar muy adecuado para sus plantaciones de claveles —puntualizó Anselm.

Martí recuperó la palabra:

—No lo tuvo fácil. Los agricultores de la zona no se tomaron demasiado en serio ese asunto de las flores. Pero él creía en lo que hacía y comenzó a plantar esquejes provenientes de Niza.

—¡De Niza! —se sorprendió Pablo. Y una chispa de añoranza le brilló en los ojos.

Se quedó pensativo y, rascándose la barbilla, añadió:

—Pero sigo sin entender por qué eligió esta zona para plantar flores si la tierra no es la más adecuada para su cultivo.

—Barcelona —dijo Martí con un halo de misterio.

—¿Cómo?

—La proximidad de Barcelona con el Maresme le permitía comercializar los excedentes. ¿Entiende? —acabó de explicar Anselm, pícaro, haciéndole un guiño.

—Pronto se añadieron más agricultores a su iniciativa. Durante los años treinta, el cultivo de flores se expandió. Vilasar se convirtió en líder del cultivo floral. Hasta la Guerra Civil.

Se hizo un corto silencio en el que pareció que todo el mundo volvía al trabajo, cada uno enredado en sus pensamientos. Finalmente, Anselm dijo:

—Ahora ya casi no se cultivan flores en Vilasar. Ni en todo el Maresme. Ahora hay que plantar cosas que se puedan comer, señor Soto. Usted ya me entiende.

Y, como en un suspiro, añadió:

—Con los claveles no se hacen sopas.

Angèlica, que había estado escuchando la conversación sin intervenir, puntualizó:

—Pero tu padre aún cultiva flores —se dirigió a Pablo—: ¡Y qué flores!

—Sí. Hace años adquirió unas tierras y comenzó a cultivar claveles. Le fue bien. Vendía las cosechas en Barcelona, a las floristas de la Rambla y los excedentes a algunos perfumistas. El señor Parés ha sido desde el principio uno de sus mejores clientes. Le compra flores para perfumar los jabones y otros productos de la casa, ¿sabe?

—Seguro que ahora, con el nuevo perfume, aún le comprará más cantidad de flores, ¿no le parece, señor Soto? —preguntó Angèlica sonriendo entusiasmada—. ¡Y es que Anton Huguet tiene las flores más bonitas de todo el Maresme!

Pablo casi no se dio cuenta del entusiasmo de la muchacha. Estaba muy pensativo.

—¡Uy! ¿Qué debe de estar pensando de toda esta historia que le hemos contado? Se ha quedado usted muy callado, señor Soto.

Él pareció despertar de sus cavilaciones.

—¿Les importaría que los acompañara el domingo?

3

Vilasar era una tranquila población situada junto a la orilla del mar y habitada por menos de cuatro mil almas. Una villa que no parecía coronada por ningún elemento importante que la hiciera famosa, ni por ninguna singularidad geográfica destacable, ni por un pasado histórico grandioso que le hubiera abierto las puertas de la historia universal. Precisamente, lo que le pareció mágico a Pablo de aquel Vilasar que descubrían sus ojos era su principal virtud: la pequeñez, que junto con la humanidad de sus dimensiones y la simplicidad de formas la convertían en un pequeño paraíso asomado al mar.

El coche enfiló la fachada marítima, un espacio que en plena vecindad con el Mediterráneo se mostraba al visitante como un escaparate de las bellezas que la ciudad ocultaba.

Atento a las explicaciones que Angèlica y Anselm le daban, Pablo quedó maravillado ante la sinfonía de estilos arquitectónicos que pasaban ante sus ojos, y que le hicieron pensar que se hallaba en un museo de arquitectura de la vanguardia contemporánea. Junto a las joyas modernistas, la ciudad mostraba los vestigios de su pasado: la imponente Torre d'en Nadal o el campanario del siglo XVIII que se asomaba entre las casas de primera línea de mar.

La voz alegre de Angèlica rompió por un momento la concentración del perfumista, que no se perdía detalle de lo que iban viendo:

—Mire, señor Soto. ¡Es esta!

Se entusiasmó Angèlica, señalando una casa no muy grande, de dos plantas, y con la fachada adornada con cerámica de colores.

—Esta es nuestra casa de veraneo.

Casi gritó la muchacha. Y su risa alegre inundó el coche.

—¡Espléndida! —afirmó sinceramente Pablo mientras giraba la cabeza para no perder de vista aún aquella casa de cuento.

Pocos minutos después, Sebas detenía el coche a la salida del pueblo, ante una casa de paredes desconchadas y envejecidas a la que se llegaba por un camino de tierra sin ninguna indicación. Los tres viajeros descendieron del vehículo. Un viento frío atravesó sus abrigos con dedos afilados.

Un hombre alto, altísimo y muy delgado, un poco desaliñado, pero poseedor de una mirada serena y firme, los esperaba ante la puerta de la casa. Era Anton Huguet.

Tan pronto como el coche se detuvo, Anselm se apresuró a bajar y se dirigió hacia su padre.

—¡Padre! ¿Cómo está? ¿Cómo se encuentra?

—Bien, hijo, bien. Con ganas de verte.

El hombre se deshizo del abrazo de su hijo para dirigirse hacia Angèlica y darle una bienvenida respetuosa. Ella, huyendo de formalidades, se abrazó a él con la misma y firme intensidad con la que le había abrazado Anselm. Después, la muchacha hizo las presentaciones:

—Anton, le presento al señor Pablo Soto, el perfumista que ha venido de Francia para trabajar con papá.

Anton alargó hacia Pablo una mano sucia de tierra. Tenía los dedos ásperos y huesudos, algo rígidos. Pablo encontró el apretón cálido y amistoso.

—Les he preparado un buen desayuno; deben de estar hambrientos.

—El señor Soto está deseando ver los planteles, padre.

El hombre se quedó mirando al perfumista con simpatía.

—Si es así, lo mejor será ir a ver las flores ahora que el sol aún calienta un poco.

Anton condujo a sus visitantes hacia la parte posterior de la casa. Iba abriendo camino sin dejar de charlar animadamente con su hijo. Cuando llegó a la zona de planteles, el hombre extendió las manos como si quisiera abarcar todo lo que se mostraba a la vista.

—Mire, estos son mis dominios. Tres cuarteras de tierra. Más de veinte mil esquejes de claveles plantados.

Pablo miró admirado la gran extensión de claveles.

—Estos los planté en otoño y los recolectaremos a partir de febrero.

—Padre, enséñele los rosales.

—¿También cultiva rosas? —preguntó Pablo, sorprendido.

—Digamos que lo pruebo. He conseguido alguna buena cosecha de gerberas, pero con las rosas lo que hago es experimentar. De momento solo puedo vivir de los claveles.

Anselm, impaciente, cogió a Pablo por la manga y le obligó a seguirlo.

—Venga, le enseñaré las rosas.

Al llegar junto a los rosales, Anton hizo lo que no había hecho cuando le había dado la mano a Pablo: se limpió las manos en los pantalones y cogió una rosa con tanto cuidado que pareció que no cogía una flor, sino un sueño. La sostuvo entre sus manos y la mostró a Pablo. Era preciosa: amarilla con los pétalos exuberantes, de una sensualidad inconmensurable, los interiores que parecían encenderse y los de fuera de un color más suave.

Pablo había cogido la rosa de manos de Anton y olía su fragancia. Cerró los ojos un momento para impregnarse de ella. Su olor no era dulce, como el de las rosas rojas, sino especiado, ácido y fuerte.

—Estas rosas van perdiendo el color —le explicaba Anton—. Se vuelven blancas y sueltan un olor muy intenso.

—Lo sé —murmuró Pablo, sin poder despegar los ojos de la rosa.

Sonrió pensando que Anton Huguet, el padre de Anselm, era un mago enamorado de las flores. Él había conocido a algunos como él en Grasse. Quizás el hombre no era consciente del don que tenía, pero sus rosas, de las que él hablaba como simples experimentos, se acercaban mucho a la majestuosidad de las de la Provenza. Pablo pensó que su aroma no desmerecería en el mejor de los perfumes.

4

Las dos criadas de los Parés libraban a la vez las tardes de los domingos y por turnos un día entre semana. Rita tenía fiesta los jueves. Algunas sirvientas jóvenes como ella salían juntas los días de fiesta. Pero ella no conocía a nadie en Barcelona. O a casi nadie. Solamente hacía un año que había llegado de Sant Hilari para servir a los Parés, recomendada por una amiga de mucha confianza de la señora Valèria, en cuya casa servía una prima suya.

A Rita le costaba abrirse a la gente. No se daba maña con las amigas. Podría decirse que desde su llegada solo se había visto con Montse, su prima, y no muy a menudo. Matilde era lo más cercano que tenía a una familia en la ciudad. Le había cogido afecto a Matilde. Aunque tenía que soportar a menudo sus regañinas porque cantaba mientras trajinaba o porque se ponía ropa que no era propia de una criada como ella. Rita sabía que todo lo hacía por su bien. Estaba contenta porque sabía que Matilde también la apreciaba.

Lo que más le gustaba hacer en su día de fiesta era pasear sola y alargar lo más posible la hora de volver a casa. A veces iba al cine. Las heroínas de las películas que veía la transportaban a un mundo de sueños en el que todo era posible. Incluso que un príncipe se enamorara de una pobre cenicienta.

También solía ir a mirar escaparates. ¡Eso le encantaba! ¡Cuántos sueños había desovillado ante los escaparates de La Selecta, la mercería de la rambla de Cataluña, tan cercana a casa, entre Provenza y Rosellón! Le encantaba entrar, aunque no necesitara nada. La tienda era atendida siempre por hombres y eso la fascinaba. Cuando tenía que pedir botones de nácar o corchetes a alguno de aquellos señores, no podía evitar ponerse como la grana. Se quedaba fascinada ante las cremalleras multicolores y ante los flecos para las cortinas.

Y eso por no hablar de las fantasías que dejaba volar en libertad ante el escaparate de Santa Eulalia, en el paseo de Gracia 60, en donde se exponían trajes que solo vestían sus sueños. O ante la Perfumería Ideal, de la avenida de José Antonio, donde tenían todo lo necesario para embellecer a las mujeres.

Pero desde hacía tres jueves, Rita ya no salía a mirar escaparates. Ni iba al cine. Desde hacía tres jueves, Rita se dedicaba a seguir al señorito Eugeni. Quería saber a dónde iba cuando salía tan bien vestido de casa a media tarde. Y con quién se citaba. Si era alguna chica, quería verla para poder fijarse en ella. Así sabría qué clase de muchachas le gustaban a su señorito y probaría de parecerse un poco a ellas. Quizás, algún jueves se atrevería a hacerse la encontradiza con el señorito. Quizás, solo quizás, él la miraría y la encontraría bonita sin su uniforme de criada. Quizás, sería entonces cuando él se daría cuenta de su existencia.

Desde hacía tres jueves, Rita se perfumaba con unas gotas del perfume tan caro que la señorita Angèlica tenía en su tocador y que había creado el perfumista francés. Se ponía la mejor ropa que tenía e iba a sentarse en un banco del paseo desde donde vigilaba las idas y salidas de la finca. El primer jueves no tuvo mucha suerte. El señorito Eugeni salió y se metió en el coche y, conduciendo él mismo, se alejó de la rambla de Cataluña.

El segundo jueves lo siguió discretamente a pie hasta la plaza de Cataluña. Una vez allí, él se encontró con otro joven; ambos pararon un taxi y desaparecieron de su vista.

Pero hoy parecía que el señorito Eugeni no se le escaparía de las manos. Había salido de casa antes de las cinco, elegante, de punta en blanco como siempre, y caminaba sin prisa, con una mano en el bolsillo del abrigo y la otra sosteniendo el cigarrillo que fumaba.

Rita empezó a caminar tras él, procurando que entre ellos dos hubiera siempre una persona y, al mismo tiempo, tratando de no perderlo de vista. El tibio sol de invierno parecía caminar a su lado, languideciendo por las aceras. Sentía la humedad fría de Barcelona clavada en los huesos.

Sin prisa, Eugeni Parés bajó hasta la plaza de Cataluña, cogió Fontanella hasta la plaza de Urquinaona y, una vez allí, giró a la derecha por Junqueras.

De pie en la esquina de la calle, para no ser descubierta, Rita vio cómo Eugeni se metía en un portal de Junqueras. Lo que no vio fue al hombre que, en la acera contraria, seguía también los pasos del joven Parés.

5

Le hicieron entrar en un despacho que, con los póstigos de las ventanas cerrados, ocultaba tercamente las últimas luces de la tarde.

Detrás de la mesa del despacho se sentaba el hombre al que Eugeni solo había visto una vez, cuando cerraron el trato. No sabía su nombre real. Solo el apodo por el que era conocido: el Americano. Era un hombre de pelo escaso peinado hacia atrás con brillantina y con ojos demasiado grandes y de mirada dura que destacaban desagradablemente en su rostro huraño. Lo recibió cómodamente sentado en su poltrona, sin dignarse a mirarlo, con un gesto arrogante dibujado en los labios demasiado finos, casi inexistentes. A cierta distancia, guardándole las espaldas, había otro hombre oculto entre las sombras. En ningún momento habló. Eugeni casi no le podía ver la cara, pero le pareció joven y fuerte.

Con un gesto de la mano, el Americano indicó a Eugeni que tomara asiento delante de él. El joven lo hizo mientras el hombre se tomaba su tiempo para encender un habano. La llama escasa de la cerilla le iluminó la cara. Chupó el cigarro varias veces hasta que la llama prendió. El joven lo observaba en silencio.

El hombre expulsó una nube de humo espeso que enseguida aromatizó el aire de la habitación. Por fin, se decidió a hablar:

—Me gusta que haya venido en cuanto le he llamado, Parés. Me hubiera fastidiado tener que irle a buscar y traerle aquí a la fuerza.

—Ya sé que me he retrasado con el pago —respondió Eugeni con un ligero temblor en la voz, casi imperceptible—. Pero estoy a punto de reunir toda la cantidad que...

—¿Y cómo piensa hacerlo? —lo interrumpió el hombre, sin darle la oportunidad de explicarse—. ¿Le pedirá el dinero a su padre? ¿O quizás prefiera seguir jugando y perdiendo?

—Solamente he tenido una mala racha.

—Una mala racha muy larga. ¿Es usted consciente de que su deuda conmigo asciende a cincuenta mil pesetas?

La voz del hombre sonó metálica y amenazadora, como un disparo seco. Eugeni tuvo que hacer un esfuerzo para mantener la sangre fría.

—Verá...

—Le advertimos de que éramos muy exigentes con los plazos, ¿verdad, Parés? —le preguntó, dejando deslizar sobre el chico un vistazo de recriminación.

Eugeni no respondió.

—¿Verdad? —repitió, con una calma que atemorizaba.

—Sí, lo hicieron.

En el rostro de Eugeni se empezaba a dibujar una mueca de espanto.

El Americano volvió a chupar el habano. Observaba aquel cigarro como si tuviera un tesoro entre los dedos. Casi con orgullo.

—He oído que tiene usted mucho éxito con las mujeres, ¿no es así, Parés?

Eugeni empezó a sudar. Tenía un nudo en el estómago y, a la vez, un mal presentimiento. No sabía a qué venía todo aquello, pero estaba seguro de que el giro de la conversación no presagiaba nada bueno. El corazón le empezó a latir dolorosamente.

—Claro, claro... con esta carita tan bonita...

El otro hombre, que hasta ese momento había permanecido de pie y quieto detrás de la mesa de su jefe, avanzó hacia Eugeni con pasos felinos y silenciosos. Casi sin darse cuenta, el joven Parés se encontró con la punta de una navaja pegada amenazadoramente a su mejilla.

—Le diré cómo hacemos las cosas. Si dentro de dos días no nos trae el dinero, mis hombres le buscarán dondequiera que se esconda y le encontrarán; créame que lo encontrarán. Y entonces, le desfigurarán esa cara tan bonita que tiene.

Eugeni sintió la fría punta de la navaja pinchándole la piel y la caricia húmeda de un hilillo de sangre abriéndose paso por su rostro.

El individuo apartó el arma. Se sacó un pañuelo del bolsillo y limpió las gotitas rojas que habían quedado pegadas en ella. Después volvió a ocupar su lugar detrás de su dueño.

—Cuando se haya recuperado de las heridas y su cara sea solo un montón de carne desfigurada, si todavía no nos ha podido pagar, amigo mío, le mataremos.

Después de hablar, con parsimonia, el Americano se echó de nuevo hacia atrás, apoyándose cómodamente en el asiento de cuero.

Eugeni no se movió. Sentía el sudor resbalando por el cuello. La sangre le borboteaba en cada vena del cuerpo.

—Claro que... —Sonrió. Esperó unos segundos antes de continuar hablando sin dejar de observar las reacciones de Eugeni Parés— no hay por qué llegar a estos extremos. ¿Sabe? Corren malos tiempos. Si uno quiere sobrevivir en este mundo que nos ha tocado vivir tiene que hacer de todo un poco. Debe estar atento a cualquier tipo de negocio que surja. Y justo ahora, fíjese qué casualidad, tengo uno entre manos que me puede dar buenos resultados. ¿Sabe por qué le cuento todo esto?

Eugeni negó con la cabeza. La voz no le salía de la garganta.

—Porque quizás me podría devolver lo que me debe de otro modo, ¿sabe? En especies. ¿Entiende de qué le hablo?

Eugeni, movido por aquel débil rayo de esperanza, pareció que recuperaba el don del habla. Se había dado cuenta de que solo en un minuto, su vida habría podido cambiar para siempre. Pero ahora se abría una puerta ante él.

Dejó escapar el aire que retenía en los pulmones muy lentamente.

—No. No lo sé —dijo.

—Escuche...

6

El hombre bajó del tren con la maleta en la mano. Era muy delgado y caminaba inclinando el cuerpo hacia delante, como si se dejara llevar por el peso de su equipaje. Dejó la maleta en el suelo un momento mientras sus ojos curiosos y negros, de mirada lánguida, se perdían entre la monumentalidad de los andenes que se extendían bajo la doble marquesina metálica que de día iluminaba la estación. Le pareció que la estación era elegante, digna de los trenes que unían Barcelona y Francia.

Se arregló el sombrero, se colgó la gabardina del brazo y con la mano que le quedaba libre cogió la maleta y avanzó hacia el vestíbulo. Lo observó con calma, concediéndose tiempo, ya que a esas horas de la noche no circulaba por allí mucha gente. No le decepcionó. Lo encontró hermoso tanto por los materiales que se habían utilizado en su decoración, el mármol o el bronce, como por las grandes cristaleras y el reloj que marcaba la hora con elegancia.

Al salir al exterior, se vio sorprendido por una lluvia fina que empezaba a mojar las calles de la ciudad, así como por un viento ligero pero desagradable. Dejó la maleta en el suelo, se puso la gabardina y se levantó el cuello.

La idea de lo que había venido a hacer a Barcelona le cruzó por la mente. Respiró con fuerza y llenó de aire sus pulmones para alejar cualquier imagen de fracaso. No podía fracasar y no fracasaría. Tenía muy claro que, tanto en París como en Barcelona o en cualquier rincón del mundo, el dinero podía conseguir casi todo lo que uno quisiera comprar.

Y el dinero, ahora, no había de faltarle.

ROMPEOLAS

Barcelona, enero de 1943

1

Esa mañana, Pablo trabajaba rodeado de los frascos de aluminio que contenían los aceites esenciales. Alrededor, había otros ingredientes guardados en contenedores de vidrio, probetas y alambiques. Había, también, cuentagotas y embudos de papel. Concentrado, mezclaba las esencias en un cilindro graduado mientras anotaba en su inseparable libreta negra, cuyas páginas estaban repletas de *mouilletes* pegadas con los olores de las mezclas seleccionadas, el número exacto de gramos de las esencias que acababa de emplear. Como siempre que se sumergía en esta tarea, pensaba en el talento tan especial que se necesitaba para fundir decenas de notas individuales en un buqué sensual, memorable. Sin duda, esa era la magia de los buenos perfumistas.

Se levantó, cansado, y dejó volar la mirada a través de los cristales de las ventanas del laboratorio. Hacía rato que habían traspasado la barrera del mediodía y el sol parecía a punto de vencer en la lucha tenaz que había mantenido toda la mañana con la espesa capa de nubes blancas que cubría el cielo de Barcelona. El débil estallido de luz le animó. Él no era hombre de invierno. Ni de cielos cubiertos y nublados. Echaba de menos la luz brillante de los cielos de la Provenza. En este aspecto, le costaba reconciliarse con el invierno barcelonés tanto como le había costado habituarse a los inviernos fríos, húmedos y grises de París.

La mañana había sido un poco extraña. Anselm había salido a hacer unas compras de material y Martí se había quedado en casa aquejado de un fuerte resfriado. Eugeni, que últimamente acudía al laboratorio con cierta regularidad y que, además y sorprendentemente, mostraba una actitud positiva e incluso amable, había disculpado su asistencia ese día por asuntos personales. Por todo ello, Pablo se había pasado la mañana trabajando con la única compañía de Angèlica.

Le gustaba ver trabajar a la joven. Le gustaban sus ganas de aprender, las preguntas que le hacía e, incluso, las iniciativas que a veces se permitía. Y sonreía cuando se descubría a sí mismo ejerciendo de maestro, como Ernest Beaux había hecho con él en Grasse.

¡Añorado Ernest Beaux!

¡Querido maestro!

—Nunca hubiera imaginado que la elaboración de un perfume necesitara meses de pruebas y de preparación —le había comentado la muchacha aquella mañana.

Pablo había sonreído sin dejar de trabajar.

—Bueno, no siempre es así. Ha habido perfumistas que han encontrado lo que buscaban a partir de una intuición. De un ensayo afortunado. Yo, ¿sabe, Angèlica?, siempre comparo la creación de un perfume con la de una partitura musical, o con la de una obra literaria. Su nacimiento depende mucho del artista, de su momento de inspiración, de su objetivo, de su forma de trabajar...

—¿Y con todos sus perfumes ha sido necesario un proceso tan largo? ¿También con el primero?

Una nube gris había nublado la mirada de Pablo:

—El nacimiento de L'Acqua della Regina es una larga historia que algún día le contaré.

Angèlica abrió unos ojos como platos que pedían a gritos que ese secreto le fuera desvelado.

—No, no... ya le he dicho que es una historia larga. Solo le adelantaré que, si no hubiera sido por Coco Chanel, L'Acqua della Regina no existiría.

Angèlica no pudo articular palabra. La admiración que sentía por el perfumista, por lo que se imaginaba que había sido su vida de éxitos, por su talento, asomaba constantemente a sus ojos, se percibía en las palabras trémulas y en cada sonrisa admirada. Y todo ello incomodaba un poco a Pablo, que no se sentía, ni de lejos, digno de la adoración que le rendía la joven.

—Pero lo que sí le puedo decir es que en mi caso el proceso de creación siempre ha sido largo. Quizás eso es debido a que busco muy dentro de mí lo que quiero expresar en un perfume. No sé si me comprende. En una nueva creación debo verter conocimientos, experimentación, pero también todo un mundo de sensaciones propias; de imágenes que, a menudo, se esconden en un sinfín de recuerdos. Un perfume, al fin y al cabo, acabará formando parte de mí mismo.

Pablo abandonó la mesa de trabajo y fue a sentarse ante el órgano de perfumes. Pareció que inhalaba la cacofonía de olores que en él se almacenaban: jazmín, azahar, sándalo, vainilla, orquídea... Clavó los ojos encima de los frascos del órgano, como si los quisiera abarcar todos con la mirada. Angèlica lo observaba en silencio, sinceramente impresionada.

—¿Se ha preguntado alguna vez por qué los hombres nos hemos esforzado tanto desde el principio de los tiempos en arrancar a la naturaleza el secreto de sus fragancias?

—Supongo que es porque el ser humano siempre ha tenido la necesidad de deleitar su olfato —respondió la muchacha.

—Más que eso: el perfume ha tenido una función religiosa. Y ha sido utilizado, también, como un arma de seducción desde el principio de los tiempos. Está íntimamente relacionado con la vida emocional.

—¿Quiere decir que el perfume es como una especie de llamada al amor? —preguntó Angèlica casi con candidez.

—Bueno —susurró Pablo con un aliento de tristeza pegado a su voz—, lo cierto es que lo primero que olemos al abrazar a la persona amada es el aroma de su pelo.

Y, como si tuviera prisa por dejar el tema espinoso al que lo había conducido la conversación, volvió hacia la mesa de trabajo. Cogió un frasco y puso unas gotas de la esencia que reposaba en él en una *mouillette*.

—Huela —le pidió a Angèlica.

Ella le obedeció tímidamente. No olvidaba nunca quién era Pablo Soto, uno de los perfumistas de más éxito de los últimos años. Y que estuviera compartiendo su trabajo con ella era una especie de milagro que conllevaba, también, una gran responsabilidad.

—Tiene un olor picante —dijo sin dejar de aspirar el olor de la *mouillette* con los ojos cerrados, totalmente concentrada. El perfume que desprendía la había impactado. Era embriagador—. ¿Como a especias?

—Sí.

La joven volvió a aspirar la *mouillette*.

—¿Es cilantro? Tiene un olor muy intenso. En mi casa siempre han utilizado el cilantro para aromatizar algunas conservas. Me parece que es el mismo olor.

—¡Lo es! —afirmó Pablo, entusiasmado—. ¿Y qué más, Angèlica?

—Percibo un olor más fragante, más picante que el del cilantro... Pero no sé qué es.

—Bayas de enebro y también pimienta. Es un punto de salida efervescente y atrevido, pero a menudo vale la pena introducir una nota audaz, aunque ello suponga un riesgo para la composición. Siga oliendo.

Angèlica sacudió la *mouillette* esperando que le llegaran a la nariz las notas de corazón de la composición. Aspiró:

—¡Limón, sin duda!

—¡Excelente! Un leve matiz cítrico y otro floral que le proporcionan las bayas rojas. El fondo está compuesto por los aromas de la madera del cedro y del almizcle. He pensado en añadir notas de ámbar.

—No acabo de comprender la idea, pero la mezcla me parece extraordinaria. ¿Es el perfume que piensa presentar a mi padre?

Pablo se pasó una mano por la cabeza, retirándose el flequillo hacia atrás. Cuando trabajaba, su pelo parecía volverse más rebelde.

—No, todavía no lo es. Es solo un esbozo. Una idea de salida. Bastante elaborada, quizás, pero lejos aún de ser definitiva. Porque el perfume que quiero crear debe tener un impacto emocional que este no tiene ni de lejos. Este perfume que acaba de oler todavía no tiene alma, Angèlica.

Continuó explicando Pablo; pero, en realidad, ya no hablaba con ella sino consigo mismo. Allí, en ese momento y en ese laboratorio donde destilaba, filtraba y componía todo un mundo nuevo de olores que nacía desbocado, solamente había lugar para él y para su nuevo perfume.

—Lo tengo aquí —dijo señalándose con un dedo la cabeza y cerrando fuertemente los ojos—. Noto su aura delicada en mi interior; y la imagen de la naturaleza, verde, húmeda. Debe ser una fragancia que juegue con estas dos ideas: la atmósfera exterior y la piel abrigada y protegida. ¿Lo comprende, Angèlica? —le preguntó Pablo, mirándola como si la acabara de descubrir allí, a su lado.

También la muchacha lo miraba con los ojos muy abiertos, admirados. No se atrevía ni a respirar. ¡Ella era tan poca cosa al lado del maestro!

—No.

Él sonrió.

—¡Es tan complicado de explicar! Es como si pudiera oler el perfume dentro de mí, pero fuera incapaz de hacerlo realidad.

Calló.

—Estoy segura de que lo conseguirá, señor Soto —dijo Angèlica, con la *mouillette* aún en la mano. La tiró; el olor se iba desvaneciendo como un latido de alas.

Pablo volvió a concentrarse en esa prueba. Había deslizado una gota de esencia dentro del filtro y ahora lo olía intentando discernir qué camino debía tomar; cómo debía continuar. Cada esencia era una emoción que se apoderaba de él y que no lo abandonaría hasta que el perfume estuviera listo. Quizás le pasaba lo mismo que a los escritores con sus personajes, que se infiltran en sus corazones, en sus cerebros y no los abandonan hasta que la novela está terminada. De esta manera, los sentidos de Pablo se perdían en aquel olor y nada, fuera de él, parecía importarle.

2

Eugeni se había reunido con el hombre del que dependía su vida en un rincón discreto del Café Zurich. Se habían visto un par de veces desde que aceptó la propuesta que le había hecho el Americano para liquidar su deuda, cuando se reunieron en el piso de la calle de Junqueras. Fue allí donde, por primera vez, Eugeni fue consciente del tipo de persona con quien trataba y de lo que era capaz aquel hombre. Estaba seguro de que, hasta que aquel horrible asunto no terminara, no recuperaría su vida ni volvería a respirar tranquilo.

—¿Cómo va nuestro negocio?

—De momento Pablo Soto sigue haciendo pruebas. No hay nada en firme.

—¿Está seguro de eso?

Eugeni tomó un largo trago de la jarra de cerveza que le acababan de servir.

—Completamente. No he faltado ningún día al trabajo. Me comporto. Intento que Soto me vaya cogiendo confianza. Colaboro, escucho, miro... ¿Qué más quiere que haga?

—Lo mejor será que haga todo lo que pueda.

—No puedo robar una fórmula que aún no existe.

—Pues espere, Parés. Pero no se distraiga. Y, sobre todo, ni se le ocurra engañarnos. Eso sería fatal para usted.

—Ya lo sé. Cuando el *hombre-nariz* escriba en su libreta negra la fórmula definitiva del perfume, le aseguro que la tendrá.

Soltó un suspiro y se llenó de valor para sentenciar, en tono experto:

—No sé si lo sabe, pero un perfume no se hace de la noche a la mañana. Y Pablo Soto trabaja despacio. Se nota que quiere crear un perfume sublime.

El Americano asintió con la cabeza mientras sus ojos penetrantes se clavaban en los de Eugeni mostrando sin tapujos el desprecio que sentía por aquel muchacho de buena familia. El joven notó cómo el estómago se le revolvía bajo esa mirada. El miedo se estaba convirtiendo en una presencia constante en su vida.

Mientras, en una mesa cercana, un hombrecillo delgaducho y con un bigotito tan fino que parecía una raya hecha a lápiz encima del labio saboreaba también una cerveza mientras leía el periódico. O lo simulaba. Cuando el Americano y Eugeni Parés se levantaron y salieron del local, el del bigotito, que llevaba una gabardina y unos zapatos que habían recorrido muchos caminos, esperó un tiempo prudencial para hacer lo mismo.

El hombre cubrió a pie la distancia que lo separaba de la comisaría de policía de la vía Layetana. Entró y recorrió pasillos ruidosos llenos de gente, con el aire cargado y recalentado, atravesó la espesa pared de olores corporales, tabaco y esa mezcla inconfundible de perfumes baratos y fijador para el cabello.

Subió al segundo piso y se dirigió al despacho del inspector Saavedra, su jefe. Llamó a la puerta con los nudillos de los dedos.

—¡Adelante!

El inspector alzó los ojos del papeleo que leía y los clavó en el recién llegado:

—¡Ah! Eres tú, López. ¿Qué hay?

El hombre se quitó el sombrero y pidió permiso con la mirada para sentarse.

—Siéntate, hombre.

Lo hizo, resoplando:

—Ese chaval, jefe, ya me perdonará usted que se lo diga, pero es más tonto que Abundio, por muy hijo que sea de ese tal Parés amigo suyo.

Saavedra se lo quedó mirando con un gesto de impaciencia. Movió la barbilla imperiosamente para que continuara.

—¿A que no sabe con quién tiene tratos el niñato?

López dejó pasar unos segundos, como para dar más emoción a la cosa. Saavedra se emocionó poco y el otro no tuvo más remedio que continuar:

—Con el Americano en persona.

El inspector jefe pareció tomar interés en el asunto. López dibujó un gesto de triunfo por debajo del bigotillo mientras dejaba escapar una risita de conejo ronca de nicotina.

—¿Estás seguro?

—Jefe, llevan ya un tiempo reuniéndose. Parece como si tontearan. Casi como si fuesen amigos. Al principio, pensé que tenía que haber alguna deuda por medio. El Americano citó al gachó en su guarida, ya sabe, en la calle de Junqueras. Pensé que era para ajustarle las tuercas y no los perdí de vista. Y luego, ¡como si nada! Se citan, se toman unas cervecitas... En este asunto, inspector, hay algo que no me cuadra. Algo que apesta. El Americano se trae algo entre manos y ese niñato está metido en un buen berenjenal. El Americano no se anda con chiquitas.

Saavedra se había quedado pensativo.

—No los pierdas de vista y tenme al corriente, López. A ver qué sale de todo esto si sigues tirando del hilo.

López asintió con la cabeza con gesto asqueado.

3

Al llegar a casa, aquel mediodía, Eugeni no solo conservaba el sabor amargo de la cerveza en la boca. También le sabía amarga la conversación que había mantenido con el Americano. La idea de tener que robar la fórmula del perfume en el que su padre había depositado tantas esperanzas de éxito no le hacía feliz. Pero menos feliz le hacía la de perder la vida a manos de aquellos mafiosos que lo tenían bien atrapado en sus redes.

No había hecho preguntas. No quería saber a manos de quién iría a parar el perfume. No quería ni pensar en las consecuencias que su acción tendría sobre la empresa y, por lo tanto, también sobre su patrimonio. Únicamente pensaba en salir de aquel callejón sin salida. Después... Después todo cambiaría. No habría más juego. Ni más deudas. Trabajaría para resarcir a su familia del mal que estaba a punto de causarles.

Sí. Después, todo cambiaría.

Todo.

Rita oyó las llaves en la puerta y un sexto sentido la alertó. Estaba segura de que era el señorito. El corazón le empezó a latir alocadamente. Se arregló el pelo bajo la cofia, se alisó el delantal y se pellizcó las mejillas. Al pasar ante el espejo del pasillo se miró y sonrió satisfecha.

Eugeni acababa de entrar y se quitaba el abrigo en el recibidor. Estaba pálido y en los ojos le brillaba una luz agresiva. Pero Rita no supo ver nada de todo aquello. Ella solo tenía ojos para aquellas facciones casi perfectas, angelicales, para la nariz patricia y para la boca sensual.

—Buenos días, señorito. Deme el abrigo que se lo guardo. ¿Quiere tomar algo antes de comer? Le...

No la dejó terminar. Eugeni vertió toda la hiel que llevaba acumulada en el corazón encima de la pobre Rita:

—¡Vete! Ni se te ocurra tocar el abrigo con tus manos. No quiero que lo ensucies ni que dejes tu olor nauseabundo pegado a él.

La jovencita notó cómo le subía la sangre a las mejillas y las lágrimas a los ojos.

—¡Que te largues!

La chica dio media vuelta y se fue corriendo hacia la cocina. Entró como una exhalación y se arrojó en brazos de Matilde.

—Pero ¿qué ha pasado? —le preguntó la mujer, recibiéndola con un abrazo protector.

Rita quería hablar, pero los sollozos habían sustituido a las palabras.

—Vamos, vamos... Seguro que, sea lo que sea, tiene remedio.

—¿Te ha echado la bronca la señora, chiquilla? —le preguntó Tina sin dejar de vigilar una gran cazuela que borboteaba al fuego—. Vamos, que no hay para tanto. Si yo te contara la de veces que se mete conmigo.

Rita negaba una y otra vez con la cabeza. Matilde, con suavidad, la hizo sentarse. Tina le llevó un vaso de agua. Al cabo de unos minutos, los sollozos se habían convertido en dolorosos suspiros.

—El señorito... El señorito... —intentó explicarse Rita mirando a las dos mujeres que, asustadas, no le quitaban los ojos de encima esperando sus explicaciones—. El señorito me odia. Le doy asco.

Matilde se envaró. Su mirada pareció perderse en un recuerdo lejano y doloroso a la vez. La voz le salió seca, cortante, cuando dijo:

—Pues escucha bien lo que te dice Matilde, pequeña. Procura que siga siendo así. Créeme. Procura que siga siendo así.

4

Era la una de la tarde. Pablo dejó lo que estaba haciendo y se frotó los ojos. Se levantó de la silla y estiró las piernas con un gesto cansado.

—¿No le parece a usted que ya hemos trabajado bastante esta mañana, señorita Parés?

Ella le clavó encima una mirada sorprendida:

—No lo sé, señor Soto. Las horas aquí me pasan volando.

—Usted sería una extraordinaria ayudante de laboratorio y, diría aún más, una buena perfumista si su padre no fuera...

—¿... tan terco?

Rieron.

—Y aún gracias que me permite venir a ayudar. Está convencido de que es un capricho mío. La novedad, dice él. Piensa que se me pasará, que me cansaré. ¿Sabe?

Pablo alzó una ceja.

—Me ha hecho prometer que no le diré nada de esto a mamá. Si ella lo supiese, le aseguro que se acabarían para siempre mis días de laboratorio.

—Bueno, Angèlica. No se preocupe. La vida da muchas vueltas. Y usted es muy joven.

—¡No tanto! Dentro de dos meses cumplo veinticuatro.

Pablo se alzó sonriendo por el comentario de la chica, contemplando divertido esa manera que tenía ella de arrugar la nariz. Fue a buscar los abrigos. Le alargó el suyo a Angèlica.

—Pues, señorita, es hora de comer. Invito yo, pero usted escoge el lugar. Sorpréndame. ¿Dónde me llevará?

El lindo rostro de Angèlica enrojeció y se iluminó a la vez con una sonrisa alegre. Aceptó la galantería de Pablo, que la ayudó a ponerse el abrigo y, mirándole fijamente, dijo:

—Acepto el reto.

—¡Vamos!

Un rato después, Pablo y Angèlica llegaron frente al Portal de la Paz. De nuevo, las nubes habían ocultado aquel sol tan tímido e inseguro y se deslizaban pesadas y oscuras por el cielo. El gélido viento golpeaba rabioso las hojas de los árboles. Pablo se caló el sombrero; el ala casi le frotaba los ojos de mirada profunda. Se alzó el cuello del abrigo y refugió las manos en los bolsillos. Casi no se le veía la cara.

—¿Las golondrinas? ¿Está segura de que es sensato navegar con este tiempo?

Angèlica lo miró divertida. También ella se había abrochado hasta arriba el abrigo y caminaba con la cabeza gacha para protegerse del viento; se había anudado un pañuelo al cuello.

—¿No había subido nunca a las golondrinas de niño, cuando vivía en Barcelona? —preguntó risueña.

—Sí, sí que lo había hecho.

—¿Y había ido a comer alguna vez al Porta Coeli, el restaurante del final del rompeolas?

Pablo se quedó mirando aquel cielo oscuro como si estuviera buscando algo entre las nubes: un recuerdo, una imagen... algo que le cosquilleara en el cerebro. Después soltó una carcajada y exclamó:

—¡Mejillones! ¡Mejillones y sardinas! Lo había olvidado por completo y ahora el recuerdo me ha venido a la cabeza. ¡Y el olor! Yo debía de ser muy pequeño porque mi madre aún vivía. Fuimos los tres. —Suspiró—: ¡Qué lejos queda todo eso...!

Angèlica vio cómo por el rostro de Pablo cruzaba una sombra fugaz. Pero enseguida la luz volvió a alumbrarlo pintándole en los labios una sonrisa tierna y angulosa. Una sonrisa enmarcada por aquellos dos hoyuelos que él, siempre tan serio, parecía esforzarse en ocultar. Era la primera vez que Angèlica le veía sonreír de aquella manera. Y le encantó.

La golondrina acababa de llegar y recogía a los pocos pasajeros que esa mañana invernal se atrevían a hacer el recorrido hasta el final del rompeolas. Pablo y Angèlica subieron. Ella, como una niña juguetona, cogió a Pablo de la mano y lo arrastró hacia el piso superior que quedaba al descubierto.

—¡Pero nos vamos a congelar!

—Señor Soto... ¡No sea miedica!

La embarcación se puso en marcha y empezó a alejarse del muelle. La pareja, entusiasmada ella, sorprendido él, observaba cómo la nave se tragaba las olas mientras el viento los azotaba sin misericordia. Unos mechones de pelo se habían escapado del recogido de Angèlica y se agitaban delante de su rostro. Con movimientos ágiles, la chica intentó ponerlos en su sitio. Pablo la observaba. Había algo en la lucha de la joven con su pelo revuelto que lo fascinaba. Cogió un mechón con los dedos y lo puso detrás de la oreja de Angèlica, que notó cómo las mejillas se le encendían como fuego. Susurró algo, no supo qué, tal vez un «gracias» apresurado, con una voz que no era la suya. Se quitó el pañuelo que llevaba al cuello y se lo puso en la cabeza para domar la rebeldía del pelo. Después giró la cara para esconder a Pablo su desconcierto. A pesar de todo, cuando él se distrajo, la joven no pudo evitar mirarlo de reojo. ¡Le gustaba tanto su perfil! Aquella nariz perfecta. La mandíbula tan potente...

Antes de llegar al rompeolas la pareja comenzó a sentir sobre el rostro la caricia de las pequeñas gotas de lluvia que empezaban a empaparles los hombros. Cuando por fin entraron en el restaurante, estaban mojados y helados. Pidieron mejillones y sardinas a la brasa y empezaron a reanimarse ante dos vasos de vino.

—Todavía me castañetean los dientes —pudo por fin decir Pablo, después de beber un generoso trago de aquel vino tinto con cuerpo.

La joven entornó los ojos mientras también bebía. Se había quitado el severo abrigo de color granate con solapas, cinturón y doble fila de botones mostrando la falda negra y plisada y un suéter gris de lana como los que empezaban a estar de moda.

—¿Sabe, Angèlica? Usted me sorprende. Me sorprende mucho.

—Ah, ¿sí? ¿Y puedo saber por qué?

—Esperaba que me llevara a un restaurante caro, a uno de esos del centro, a donde suele ir la gente de su clase, y va y me lleva a comer mejillones al rompeolas.

—Bueno, quizás le haya resultado demasiado atrevida, yo...

—Me encanta. Pero ¿por qué lo ha hecho?

La muchacha se quedó un poco pensativa, como si dudara de la conveniencia de explicar a Pablo lo que le pasaba por la cabeza. Pero ella era una chica transparente. Sin dobleces. Tampoco tenía malicia y desconfiaba de muy poca gente. Comenzó a hablar en voz baja, con palabras que murmuraban como el mar:

—¿Sabe, señor Soto...?

—Pablo.

Ella sonrió:

—¿Sabe, Pablo? Yo adoro Barcelona. Mi niñez y mi adolescencia fueron muy felices. ¡Me gustaba tanto mi ciudad, entonces! —Suspiró—. Era tan diferente a como es ahora...

—Me lo imagino.

—Pasé los tres años de la guerra en Vilasar, con mi madre y con mi hermano. Y al volver, todo había cambiado mucho.

Movió la cabeza con gesto nostálgico. Parecía que lo que decía lo dijera para sí misma.

—Durante estos años, desde que la guerra ha terminado, he intentado reencontrarme con la Barcelona de antes. Porque yo creo que Barcelona solo está enferma. Ha pasado una enfermedad muy grave, pero ha sobrevivido. Ahora solo tenemos que esperar que se vaya curando despacito; que vuelva a ser ella.

Hizo una pausa.

—No crea que soy una ingenua. Yo no entiendo de política. En mi casa, me han educado en el convencimiento de que ni la política ni la religión son temas adecuados para que una chica aborde en sociedad. Nunca se habla de estos temas en mi presencia. Todo el mundo me tiene por una niña sin cabeza ni ideas. Pero yo escucho y me doy cuenta de que este país ya no es el mismo. Acaso no lo será nunca más. Y que si los alemanes ganan la guerra todo cambiará aún más. —Suspiró. Dio un sorbo a su vaso de vino y se reafirmó en lo que acababa de decir—: Las cosas han cambiado mucho. Claro que sí. No hay que ser demasiado listo para darse cuenta de ello. Pero, mire, hay cosas, cosas pequeñas que vuelven, si no a ser exactamente como antes, a parecerse. Las golondrinas, por ejemplo, o este restaurante.

—¿Qué quiere decir?

—Durante la guerra, las golondrinas y el restaurante dejaron de funcionar. Era como si el rompeolas de mi infancia, de mis recuerdos felices, hubiera muerto. Igual que tanta gente. Muertos. Todo muerto. ¡No sabe cómo me entristecía ver desaparecer tantos recuerdos! Pero, hace solo unos meses, han vuelto a abrir. Las golondrinas funcionan de nuevo. Y eso, esa cosa tan pequeña, me hace feliz. Yo... ¡le debo de parecer una pánfila!

—En absoluto.

Los ojos azul oscuro de Angèlica se habían vuelto más dulces.

—Vengo muy a menudo hasta el rompeolas. Mirar este paseo, el mar, estas pequeñas embarcaciones que me parecían tan grandes cuando venía con papá de pequeña... Todo esto es un consuelo para mí.

La referencia a Modest Parés provocó que ambos se miraran a los ojos y se entendieran sin palabras.

—No me parece que su padre vea las cosas de la misma manera que usted, ¿no es cierto?

Angèlica bajó la mirada y comenzó a repasar con un dedo los cuadraditos del mantel. Su silencio demostró a Pablo que había tocado un tema muy delicado.

—Sé lo que piensa, Pablo. Mi padre...

Se detuvo. Cogió de nuevo el vaso de vino y tomó un sorbo. Pablo la observaba atentamente mientras espirales de humo se escapaban del cigarrillo que acababa de encender. Angèlica bajó mucho la voz.

—Ya le he dicho que yo no entiendo de política. Pero no me gustan los que mandan. No me gusta que mi padre piense como ellos. Es verdad que en mi casa tenemos criadas, casa de veraneo y usamos azúcar blanco. Es verdad que no necesitamos la cartilla de racionamiento. Todo esto es verdad: vivo al lado de los vencedores. Pero esto no quiere decir que me guste lo que ha pasado. Lo que pasa. Y mi padre... ¿Qué quiere que le diga, Pablo? ¡Yo le quiero con locura! Es un buen hombre. Nunca ha hecho daño a nadie. Yo...

Calló. La llegada de una aromática bandeja de mejillones rompió el momento de las confidencias. La comida se fue alargando en medio de una conversación distendida, divertida y estimulante a lo largo de la cual Pablo fue convenciéndose de que se había precipitado al juzgar a Angèlica el día que la conoció. ¡Aquella chica era una caja de sorpresas!

Regresaron en la última golondrina. Había dejado de llover, pero el viento era frío y húmedo. Se cobijaron en el piso inferior, contemplando el mar que empezaba a oscurecerse a través de los cristales de la embarcación. Era tarde para volver al trabajo. Ninguno de los dos tenía demasiadas ganas. Pablo se ofreció a acompañar a Angèlica hasta su casa. Ya casi llegaban, cuando ella le dijo:

—¿Puedo hacerle una pregunta, Pablo?

—Por supuesto.

—Bueno, es que... Es una curiosidad. Hace mucho que se lo quiero preguntar, pero me da un poco de vergüenza.

—No me asuste...

—Su perfume... Es... tan especial. ¿Qué perfume usa?

Pablo soltó una sonora carcajada. No se dio cuenta, en ese momento, de que hacía mucho que no se reía de ese modo.

—Lo hago yo mismo sobre una fórmula de mi maestro, Ernest Beaux, que he ido variando a lo largo de los años. De hecho, es uno más de los muchos regalos que él me hizo.

Angèlica, admirada, abrió mucho sus bonitos ojos.

—Es un olor... ¡Tan fresco!

—Como el de todos los *fougère*, Angèlica. Las notas verdes le aportan una frescura penetrante, más natural. Yo he ido adaptando la fórmula original de Beaux a mis gustos. Quise buscar el maridaje de aceites cítricos chispeantes y hierbas mediterráneas.

—¡Lavanda!

—Sí, la lavanda de la Provenza. Echo tanto en falta su aroma que lo llevo conmigo, pegado a mi piel. Y tiene un corazón con acordes florales y un gran final de armonías terrosas, de ámbar y maderas. Siempre he respetado los toques verdes que le dio mi maestro: el aroma de musgo del pino, el más afrutado del abeto... Todo lo que a él le recordaba sus añorados bosques y estepas.

Sin darse cuenta, Angèlica se había quedado mirando a Pablo cautivada. Él la despertó de pronto de aquel hechizo.

—Ahora me toca a mí, señorita Parés.

—¿Una pregunta?

—Un consejo.

La chica sonrió inquieta:

—Adelante.

—No se perfume con Indien. No la favorece.

Angèlica enrojeció hasta la raíz del pelo.

—Yo... Creía... Me ponía... ¡Oh, qué vergüenza! Hoy no me lo he puesto.

Se habían detenido ante el portal de casa de los Parés.

—Ya me he dado cuenta.

Pablo se acercó un poco más a la joven y ella sintió sus ojos clavados en la piel. Hizo un esfuerzo ingente para mantenerse serena, por no exteriorizar su nerviosismo.

—Su pelo, Angèlica —y al decirlo cogió un mechón de pelo de la chica y lo olió—, desprende una suave fragancia a limón. Es un olor limpio, joven y adorable. Y su piel...

Le cogió una mano y repitió el gesto, cerrando los ojos. El olor natural de Angèlica le parecía encantador. La frescura juvenil de su piel se mezclaba naturalmente con matices de almizcle. Era un olor de una elegancia refinada. Un olor inspirador.

—Deje que el perfume de su cuerpo hable con toda su energía. Porque este aroma es su esencia verdadera. Y si algún día quiere fortalecerla con algún perfume, elija el que más se parezca a esa esencia maravillosa que emana de usted.

Pablo soltó despacio la mano de la chica, que lo miraba muda, como transportada a otro mundo.

—Buenas tardes, Angèlica —se despidió Pablo—. Hasta mañana.

Se marchó pensando que Angèlica era una extraña mezcla. Le recordaba el olor de los limones, pero con notas de bergamota: abrasiva en la salida, aguda en el corazón y dulce en el fondo.

Mientras, Angèlica se había quedado de pie delante del portal. No podía moverse. Estaba clavada en el suelo. Vio alejarse al perfumista, pero su aroma y sus palabras permanecieron allí, junto a ella.

EL OLOR ACRE DE LA VIOLENCIA

Barcelona, febrero de 1943

1

El Manhattan era un local de apariencia normal, situado en la esquina de Urgel con Rosellón, cuyo interior no se caracterizaba precisamente por su limpieza. El Americano era cliente habitual de sus timbas nocturnas y, evidentemente, ilegales, en que se ponían encima del tapete de juego cantidades indecentes de dinero. Se encontraba allí como en casa y por eso escogió el local para citarse con su cliente.

—Mire —dijo este una vez se hubieron sentado delante de un café y una copa de coñac—, hace ya dos meses que espero. Como usted puede suponer, ir y venir de París a Barcelona en los tiempos que vivimos no es nada fácil. Además, también a mí se me acaba el tiempo. También a mí me dan prisas. Quiero la fórmula y la quiero ahora.

El Americano pareció regresar de la penumbra de sus pensamientos.

—Le he dicho que lo tengo todo atado y bien atado. Pero ese tal Soto trabaja despacio. Eso usted ya debería saberlo...

—¡No me venga con monsergas! —lo interrumpió el otro, visiblemente molesto—. A mí eso me importa un rábano. Le he anticipado ya más de cincuenta mil pesetas. Lo que me exigió para pagar a su contacto en la empresa. Y aún le tengo que pagar más del doble. Pero escúcheme bien, si no quiere perder el negocio tendrá que inventarse algo que acelere los resultados. Yo quiero la fórmula. El resto es su problema.

El Americano se quedó mirando a su cliente con sus ojos pequeños, perforándole la piel. No le gustaba nada aquel hombre. De hecho, a él no le gustaba nadie. Pero no dijo nada. Se limitó a observar aquel rostro tan pálido, enfermizo y angustioso con una mirada llena de ira contenida; una mirada capaz de amedrentar a cualquiera, pero que al parecer no asustó al hombre que, en ese momento, con la mente lejos de allí, apagaba el cigarrillo en la taza del café con un crepitar espeluznante.

—Esperaré una semana. No puedo esperar más, ¿lo entiende? Si Soto trabaja despacio, dele prisa. ¡Métale usted el miedo en el cuerpo! ¿No es ese su trabajo? Pero si dentro de una semana no tengo la fórmula de Soto considere finalizado nuestro acuerdo. No volveré a Barcelona y usted no verá ni una peseta más. ¿Entendido?

El Americano no dijo nada. Solo movió la cabeza imperceptiblemente.

2

Aunque lo anunciaban como «un formidable cabaré al estilo de París», en la Nueva Criolla, el cabaré de la calle de las Tapias número 5, todo era decadente: desde las columnas en forma de palmera que rodeaban la pista de baile, pasando por el gran mural que reproducía a dos mujeres desnudas meciéndose entre loros tropicales, sin olvidar al «prodigioso» ramillete de artistas que amenizaba las veladas. Eso por no hablar de la miseria que reinaba en el barrio chino y que se había acentuado tras la guerra.

Pero todo esto parecía no importar nada a Eugeni Parés, que tenía en ese antro uno de sus locales de diversión habituales, sobre todo desde que se había encaprichado de una de sus «estrellas», una morenaza de pechos y caderas generosos y moral un tanto disoluta que había nacido en Almería pero que se hacía llamar Dolly.

Aquella noche de finales de febrero, Eugeni había acudido al cabaré en compañía de uno de sus más fieles amigos, Alberto Gil, un «camisa nueva», oportunista, trepa y con un carácter violento que esperaba ver recompensada su militancia con algún cargo importante. Poco después de la medianoche, Eugeni, que ya iba bastante bebido y con alguna raya de cocaína en el cuerpo, se dedicaba a dar vueltas por el local persiguiendo a Dolly, que le había estado aguantando el juego y se había dejado toquetear por las manos ansiosas del joven con la esperanza de sacar de aquel acoso algo sustancioso, pero al ver que por culpa de Eugeni se esfumaban otros clientes más fiables lo dejó plantado y a merced del deseo insatisfecho que lo carcomía.

Burlado y humillado, Eugeni se dedicó a renegar, perjurar y gritar improperios por la sala, hasta que Alberto se vio obligado a sacarlo a la calle para evitar males mayores. Y mientras arrastraba a su enfurecido amigo hacia Marqués del Duero se vieron sorprendidos por aquellos individuos.

Eran dos y les cayeron encima sin darles tiempo a reaccionar. El objetivo del ataque era claramente Eugeni, que recibió, a modo de aperitivo, dos golpes de los atacantes: uno le impactó en el ojo y le hizo ver las estrellas y otro le dio de lleno en la nariz. Esto dio tiempo a Alberto a sacar del interior de la americana la navaja que siempre lo acompañaba. Entonces la pelea se hizo más igual, aunque Eugeni casi no se podía defender y bastante trabajo tenía cubriéndose el rostro de los puñetazos que le seguían cayendo encima. En un momento de la pelea, la navaja de Alberto hirió en el brazo a uno de los hombres que, gritando, echó a correr y se perdió entre las sombras. Inmediatamente, sin embargo, en un gesto rápido y enormemente ágil, el otro atacante cogió a Eugeni por el cuello, mientras lo amenazaba con un cuchillo de grandes dimensiones. Se dirigió a Alberto:

—¡Tú, quieto o lo corto en rebanadas!

Después, sin soltar a su víctima, le advirtió:

—Y tú, abre bien las orejas. El jefe quiere la libreta. ¡Y la quiere ya! Tienes tres días.

Aflojó la presión sobre Eugeni, que se dejó caer en la acera acurrucado y cubriéndose aún la cabeza con los brazos. El hombre se fue tal como había aparecido, como una sombra en medio de la noche.

—¿Qué querían esos? ¿De qué hablaban? ¿Qué significa eso de la libreta? —preguntó Alberto, que aún sudaba tras el esfuerzo de la pelea.

Eugeni negaba con la cabeza. La voz luchaba por salirle de la garganta. Por fin, pudo decir:

—No preguntes, Alberto. No te metas en esto. Lo mejor es que no sepas nada.

—¿Que no pregunte? ¿Casi nos matan y no quieres que pregunte?

Agarró a Eugeni por el brazo y lo alzó del suelo.

—¿Qué escondes? ¡Canta, hostia!

Y Eugeni cantó.

3

También esa noche Pablo había salido a recorrer la noche barcelonesa. Y lo había hecho junto a Angèlica.

Después del día de la comida en el rompeolas, había empezado a dar vueltas a la idea de invitar a la joven a bailar; en parte porque le apetecía divertirse un poco (hacía demasiado que no lo hacía) y en parte porque tenía ganas de volver a salir con Angèlica. Tenía que reconocer que su compañía era como un soplo de aire fresco en medio de su vida, tan oscura últimamente.

Salió de su casa hecho un dandi, vestido con uno de los impecables trajes a rayas que conservaba de antes de la guerra, con la americana cruzada con dos botones de un tono azul oscuro, camisa blanca, corbata de seda y pañuelo, también de seda brillante, en el bolsillo de la americana. Llevaba el abrigo al brazo y el sombrero gris con ala en las manos. Bajaba las escaleras de dos en dos, con la energía de un muchacho de veinte años, elegante y sonriente.

Había sobrepasado ya la portería cuando oyó la voz de Pepita:

—Buenas noches, señor. Abríguese, que hace frío.

Pablo se volvió y se quedó quieto. Aquella mujer parecía tener un sexto sentido. Quizás eso formaba parte de su oficio, quién sabe; fuera como fuera, no había ocasión en que no se la encontrara delante, tanto si entraba como si salía de casa. Parecía que viviera esperándole.

Salió a la calle masticando esa idea mientras la portera, de pie en el portal, lo veía alejarse y se decía en voz baja que aquel hombre desprendía un aroma que le precedía siempre y que avisaba de su presencia. Era un olor tan bueno y tan fresco que se te metía dentro de la nariz y ya no te dejaba nunca.

Pablo recogió a Angèlica en su casa y ambos fueron paseando acompañados del fresco de la noche hacia la plaza de Cataluña número 14, donde abría sus puertas el Rigat, un local que ocupaba los bajos de la Casa Joan Girona y que era el lugar de moda donde iban a divertirse los miembros de las clases acomodadas de la alta burguesía ciudadana. Un local muy diferente al que había elegido el hermano de Angèlica esa misma noche.

Al llegar, la joven se desprendió del abrigo largo de terciopelo negro y cuello de piel, dejando al descubierto un vestido que nada tenía que ver con el que llevaba la noche en que ella y Pablo se conocieron en casa de sus padres. El vestido, rabiosamente rojo, entallado y con un cuello chimenea que arrancaba orgullosamente de sus esbeltos hombros, le sentaba como un guante. Pablo quedó gratamente impresionado. Angèlica estaba tan atractiva que él no pudo menos que mirarla por primera vez no como a la joven hija de Parés, sino como a una mujer. Una mujer espléndida y sensual.

Mientras Pablo dejaba los abrigos en el guardarropa, Angèlica sacó un espejito del bolso de mano y se retocó el *rouge* de los labios con un gesto lleno de coquetería. Pablo la observó sonriendo y, ambos del brazo, entraron en la gran sala de la planta baja en donde se abría la amplia pista de baile decorada de manera moderna y donde se ofrecía música en directo, básicamente latina.

Ocuparon una mesa junto a una columna muy cerca de la orquesta, que en ese momento atacaba las notas del bolero *Nosotros*. Una cantante de voz aterciopelada comenzó a recitar la melancólica letra de la canción:

> *Nosotros,*
> *que fuimos tan sinceros,*
> *que desde que nos vimos*
> *amándonos estamos.*

Nosotros,
que del amor hicimos
un sol maravilloso,
romance tan divino.

Mientras la pareja saboreaba sus cócteles, un Bronx para Pablo y un Gin Fizz para Angèlica, la joven iba repitiendo en voz baja la letra de aquella canción que tanto le gustaba, paseando la mirada por la sala y por la pista donde las parejas bailaban muy juntas.

—Esta es la mejor sala de fiestas de Barcelona —dijo Angèlica entusiasmada. Y se puso a reír como si lo que acababa de decir fuera la cosa más divertida del mundo—. No me malinterprete, Pablo. No es que yo frecuente mucho los cabarés de la ciudad, como ya debe suponer. Pero he oído hablar a menudo de este sitio.

Nosotros,
que nos queremos tanto,
debemos separarnos,
no me preguntes más.
No es falta de cariño,
te quiero con el alma,
te juro que te adoro
y en nombre de este amor y
por tu bien te digo adiós.

Angèlica se había quedado de nuevo embobada escuchando la canción. Pablo la observaba sonriendo, saboreando aquella mezcla de ginebra, vermut y naranja de su cóctel.

—¡Es tan romántica! ¿No cree?

Rio, un poco avergonzada. Y, de inmediato, apoyando el codo en la mesa y acercándose un poco más a Pablo, dijo con entusiasmo:

—Hábleme de París, Pablo. Del París de antes de la guerra. Del que usted ha conocido. Hábleme de su vida. ¡Debe de haber vivido cosas tan extraordinarias! Seguro que ha viajado por todo el mundo. ¿Sabe? Una de las cosas más tristes de esta época que me ha tocado vivir es que no se puede viajar. A veces pienso que me voy a morir sin haber visto otra ciudad que Barcelona y...

Angèlica miró a Pablo a los ojos y enrojeció.

—Perdone. Le estoy agobiando. Pero me gustaría saber tantas cosas. ¡Usted ha conocido a Coco Chanel! Dios mío, cuando pienso...

Comenzó a sonar *Bésame mucho*. Pablo, que se había quedado extrañamente silencioso ante el entusiasmo de la chica, le pidió:

—¿Bailamos?

Como otras parejas, Pablo y Angèlica salieron a la pista y se pusieron a bailar a los acordes de la popular y romántica canción. Angèlica notó el calor de la mano de Pablo en su cintura. La dulce aspereza de la mejilla de él acariciándole la mejilla. Temió que no sería capaz de contener el corazón que se le desbocaba.

Los últimos compases de la canción sonaban en la sala cuando los labios de Pablo recorrieron el breve camino entre la mejilla de la chica y su oreja. Entre susurros, le dijo:

—No me merezco su admiración, Angèlica. Créame.

Ella se separó un poco de él. Iba a protestar. Pero Pablo se lo impidió. Le habló mirándola a los ojos:

—Solo soy un hombre que no ha podido retener a su lado al único amor de su vida y que ha visto morir a quien hizo su esposa, una mujer a la que no supo amar y que acabó quitándose la vida. ¿Qué tiene eso de admirable?

La música había cesado, pero la pareja seguía aún abrazada de pie en medio de la pista. Angèlica, con el corazón acelerado, miraba a Pablo con una mirada distinta; triste, compasiva. Compungida. Tuvo que hacer un gran esfuerzo para retener las preguntas que se le acumulaban en la boca. Él se separó de ella, la cogió por la cintura y ambos se dirigieron a su mesa. Recogieron sus cosas, fueron a buscar los abrigos y salieron a la calle. Habían perdido las ganas de seguir bailando.

Fuera, una espesa cortina de humedad enturbiaba la luz amarillenta de las farolas. Comenzaron a caminar en silencio. Habían dado unos pocos pasos cuando empezaron a caer unas gotas minúsculas. Ellos no parecieron advertirlo.

—Cuénteme, Pablo, ¿qué pasó?

—¿De verdad quiere saberlo? No es una historia muy edificante, ni muy oportuna para explicar cuando uno sale una noche a bailar con una chica bonita.

—Se lo ruego.

Pablo suspiró sin fuerzas para oponer resistencia. Cuando empezó a hablar, pareció que mordía las palabras:

—Me enamoré como un loco de una chica de pelo rojo lleno de sol y ojos verdes como el agua. Ella también se enamoró de mí. Y la vida jugó con nosotros al gato y al ratón. Nos separamos y nos reencontramos, hasta que ella decidió comenzar otra vida lejos de mí. Y yo, nunca he sabido por qué, me casé con otra chica a quien conocía desde que éramos unos niños, que me quería y a la que yo no pude nunca amar. Le destruí el alma. Se convirtió en una persona lejana. Horrible. Y cuando la quise dejar, se mató.

Caminaban por el paseo de Gracia cuando la lluvia, azotada por el viento, arreció y los golpeó con ganas. Pablo cogió a Angèlica de la mano y corrieron hasta encontrar refugio en un portal.

Se quedaron mirando absortos cómo el agua comenzaba a bajar por la acera y se metía en la boca de las alcantarillas. Ambos, cada uno a su manera, llevaban reflejada en la mirada la aspereza de aquella historia.

—Ya ve. Seguro que ahora no le parezco un gran hombre, ¿verdad, Angèlica? Lo siento, pero acabo de hacer pedazos la imagen que tenía de mí.

El agua resbalaba por las alas del sombrero de Pablo y le mojaba los hombros. El pelo de Angèlica se empapó en unos segundos y se le pegó a la cara. La chica cerró los ojos e inspiró con fuerza:

—No sé por qué, pero adoro el olor de la lluvia —dijo ella de pronto, oliendo con deleite aquella mezcla familiar de humedad y de refrescantes notas marinas.

De repente, Pablo notó la sensación dulcemente húmeda de un beso en los labios.

—¡Angèlica...!

—Yo... Perdone... Yo...

Sin dejarla seguir, Pablo se inclinó hacia Angèlica e, impulsado por un deseo quizás repentino, tal vez contenido, cerrando los ojos, apretó sus labios contra los de ella, abriéndose paso en su boca, bebiendo su aliento dulce con una pasión que hacía tiempo que había olvidado.

4

La casa dormía cuando Angèlica llegó, empapada y flotando aún en medio de una nube, con el aroma de Pablo pegado a la piel y su sabor aún en los labios. Tenía que hacer esfuerzos para sofocar una risa de felicidad. Había cogido frío y antes de acostarse fue hasta la cocina. Tomaría algo caliente y se retiraría a su habitación enseguida para hundirse en el recuerdo de aquel momento delicioso y sublime que sabía que no olvidaría nunca.

No le importaba que Pablo, después de besarla, se hubiera deshecho en excusas, y le dijera que aquello era del todo inapropiado y que no debía haber sucedido nunca, alegando la diferencia de edad y no sabía cuántas cosas más. ¡Ni que fuera un viejo! Pablo era el hombre más atractivo que había conocido jamás y se sentía mucho más cerca de él que de ninguno de los jóvenes que la habían pretendido con anterioridad. Por mucho que se disculpara y pareciera arrepentido de haberla besado, ella sintió toda la pasión que Pablo había puesto en aquel beso. Aquel había sido un beso de amor. Aunque, de hecho, Angèlica no sabía casi nada de besos de amor.

La cocina de la casa de los Parés era grande y estaba bien amueblada. No le faltaba de nada. Desde que Angèlica tenía memoria era allí, en aquella cocina, donde había pasado los ratos más apacibles de su infancia, siempre junto a Matilde y a las distintas cocineras que habían desfilado por la casa, rodeada de las conversaciones de las mujeres, y de los olores de los guisos y de las tortas y los pasteles, mientras el tictac del reloj silenciaba el ajetreo de la gran ciudad.

La puerta de la cocina estaba cerrada, pero por la rendija del suelo se escapaba un hilillo de luz. Angèlica abrió la puerta y descubrió a Matilde sentada en una silla, durmiendo con la cabeza caída sobre el pecho.

—Buenas noches, Matilde.

La mujer levantó la cabeza con rapidez. Su sueño era ligero.

—La noche ya queda atrás. Son las dos de la madrugada.

La joven avanzó hacia la mayordoma y la abrazó. Matilde se ablandó al instante y abandonó el gesto enfurruñado. Había visto nacer a Angèlica. Siempre había pensado que si en vez de pasarse la vida gobernando la casa de otros se hubiera casado y hubiera tenido su propia casa y su propia familia, le hubiera gustado tener una hija como Angèlica. Una niña con los ojos tan curiosos como los de ella y con los mismos rizos que tenía de pequeña; y con la cara de angelito, que el nombre que llevaba le sentaba de maravilla. Pero su destino de criada había sido inapelable y Matilde se tuvo que conformar con querer a Angèlica de lejos, como a la hija que nunca había tenido.

—Ahora no me digas que me vas a regañar porque he salido a divertirme un poco —protestó la joven, medio en broma, zalamera.

—¡Ay, señorita! Si no es eso, que usted bien sabe que yo no puedo dormir hasta que no oigo la puerta y sé que ya está usted en casa.

Angèlica le dio un beso en cada mejilla y fue a sentarse.

—Bueno, vamos, caliéntame un vaso de leche, que hace un tiempo fuera...

Matilde puso la leche al fuego. Mientras se calentaba, preguntó:

—¿Ha salido con sus amigas, señorita?

Una sonrisa traviesa se dibujó en la boca de Angèlica.

—¿A qué amigas te refieres? ¡Ay, Matilde! Si todas mis amigas están ya casadas y algunas incluso ya tienen niños.

—Pues créame si le digo que tendría usted que hacer lo mismo, señorita.

—¡Uy, hablas como mi madre! —se quejó Angèlica. Y añadió—: Aunque, claro, eso es lo que he dicho a mis padres: que salía a divertirme con mis amigas.

—¡Señorita!

—¡Ay, Matilde! ¿Es que nadie en esta casa se da cuenta de que ya soy una mujer?

—Pero es que mentir a los padres está muy mal.

—Y esconderles esto es aún peor.

La joven se levantó, se quitó el abrigo y mostró el hermoso vestido rojo sangre que le caía elegantemente por los hombros. La mujer se llevó las manos en la boca para ahogar un grito.

—¡El vestido de la señora!

—Ella no se lo pone. Ya no le sienta bien. Y en cambio a mí...

Se dio la vuelta, luciendo el vestido de todos lados.

Matilde sacó la leche del fuego y la vertió en un vaso. Añadió dos cucharaditas de miel y, con el vaso en las manos, se acercó hacia la silla en donde había vuelto a sentarse Angèlica.

—¿Y se puede saber con quién ha salido, señorita? ¿Para quién se ha vestido usted así? ¿Tenemos algún pretendiente a la vista?

La chica sonrió mientras negaba con la cabeza:

—¿Un pretendiente? No, no... No se puede decir que sea ningún pretendiente.

—¿Entonces?

—He salido con Pablo, el perfumista.

Los ojos de Matilde se abrieron tanto que pareció que se le saldrían de las órbitas. Sin darse cuenta se llevó el vaso de leche caliente a la boca y tomó un buen trago.

—¡Caramba! ¡Me he quemado el paladar...! ¿Con el perfumista? —Se sentó—. ¡Dios mío! En esta casa pasará algo gordo. Lo veo venir. Las cosas están cambiando demasiado. Todo lo que está pasando en esta casa parece como un presagio, señorita; un presagio de algo oscuro. Malo. Muy malo.

—Vamos, Matilde, no me riñas... Y no seas agorera. No me estropees la noche más bonita de mi vida. ¿Sabes? Creo que estoy enamorada. Siento... ¡como mariposas en el estómago! Sí, ¡estoy enamorada! —dijo Angèlica dándose cuenta de golpe de lo que sentía, como si acabara de apercibirse de que los pies no le tocaban el suelo. De que flotaba. No se había sentido nunca así antes. Estaba segura de que se había enamorado de Pablo. Y, a la vez, comenzaba también a temer que toda aquella felicidad se le rompiera en las manos como si fuera de cristal. Porque era imposible ser tan feliz como ella lo era en aquel momento.

Matilde tomó otro sorbo del vaso de leche mientras pensaba que en vez de miel le debería haber añadido un buen chorro de coñac del que guardaba Tina para poner a sus guisos.

Angèlica, risueña, se inclinó hacia delante con los codos sobre la mesa y la cabeza apoyada en las manos.

—Bueno, Matilde, ¿te parece bien calentar un poco más de leche para mí?

La mujer se quedó mirando el vaso medio vacío, y después desvió la mirada hacia la muchacha, que se había echado a reír a carcajadas. Se llevó las manos a la cabeza y se unió a las alegres risas de Angèlica.

5

Rita tampoco conseguía dormir. Había oído llegar a la señorita y se había levantado. La había visto entrar en la cocina. Al cabo de un rato, ella y Matilde habían salido y la casa había quedado de nuevo a oscuras, reposando.

Había vuelto de puntillas a su habitación. Hacía solo un rato que se había metido en la cama y casi empezaba a adormecerse cuando oyó de nuevo la puerta. Se levantó con la seguridad de que esta vez se trataba del señorito. Sonrió al reconocer sus pasos por el pasillo. Hasta la respiración de Eugeni era capaz de distinguir. Se echó una bata por los hombros y, descalza, se perdió entre las sombras. Los nervios le ponían alas en los pies.

Escondida, vio cómo Eugeni se encerraba en el cuarto de baño. Se acercó hasta la puerta y pegó a ella la oreja. Oyó con claridad unos lamentos de dolor. Rita se asustó. El corazón le latía deprisa. No sabía qué hacer. Estuvo a punto de llamar a la puerta para saber si el señorito estaba bien, pero el recuerdo de sus constantes desprecios la detuvo. No quería volver a enojarlo. Esperó.

Cuando el joven salió del cuarto de baño y encendió la luz del pasillo, la chica pudo verle la cara. La tenía llena de restos de sangre, el ojo derecho medio cerrado y la nariz inflamada. Rita se llevó ambas manos a la boca y, sin poderlo evitar, le salió al paso:

—Señorito Eugeni, ¿qué le ha ocurrido?

Él la miró de una manera extraña, como si no llegara a comprender qué hacía ella allí.

—Nada. ¡Déjame!

Comenzó a caminar hacia su habitación mientras la chica lo seguía con la mirada, aspirando el fuerte olor a tabaco y alcohol que desprendía su cuerpo, clavada en aquel pasillo que ahora le parecía una especie de túnel largo y oscuro.

—Pero, señorito, hay que desinfectar esas heridas y esos cortes.

—Ya lo he hecho.

—Y para los golpes Matilde tiene una pomada que hace milagros. Si se la pone, mañana ya casi no se le verán. —Él se había detenido. Rita insistió—: Así, si su madre le pregunta qué le ha pasado, le podrá decir que solo ha chocado con una puerta. ¿La voy a buscar?

—¡Ve!

Rita voló hacia el armario del lavabo de las criadas donde Matilde guardaba sus potingues. Cogió la pomada y, además, alguna venda, algodón, desinfectante y con todo ello en las manos fue corriendo hacia la habitación del señorito.

Eugeni estaba tumbado en la cama, con los ojos cerrados. La muchacha llamó a la puerta y entró.

—Siéntese, señorito, que lo voy a curar.

El chico se sentó lentamente y dejó que Rita le desinfectara las heridas y le pusiera la pomada. Por su cabeza, mientras, desfilaban las imágenes de aquella noche desgraciada. Los golpes y las amenazas de aquellos desconocidos. El desprecio de Dolly. ¡Ramera! ¿Qué se había creído, aquella mujerzuela? Todas las mujeres eran iguales y solo servían para lo mismo.

Tenía la cara de Rita muy cerca de la suya. La chica estaba muy concentrada en lo que hacía. Él la miró y la vio por primera vez. La bata se le abría un poco mostrando el camisón debajo y el comienzo de unos senos pequeños como mandarinas.

Eugeni la agujereó con una mirada de fuego. De repente, se levantó de la cama donde estaba sentado y cogió a Rita por el brazo. Vendas y pomada fueron a parar al suelo. Con la fuerza de un animal salvaje, la agarró por la cintura y la pegó a su cuerpo intentando besarla en la boca.

Estaban tan cerca el uno del otro que el aire entre los dos dejó de existir. Rita respiró su vaho de alcohol y sintió una náusea. Intentó quitárselo de encima, empujando con suavidad y girando la cara para evitar su aliento, con la esperanza de que la soltara.

—Señorito, por favor, tengo que curarle... Tengo que...

Notó cómo él le cogía la cara y la obligaba a girarse de nuevo. Los labios del chico, calientes, se pegaron a los suyos. Notaba sus manos manoseándole el cuerpo. Sintió asco. Sabía que lo que Eugeni estaba intentando hacer no tenía nada que ver con el amor. Con ese amor de las películas. Amor de príncipes y cenicientas.

—No... No —suplicó ella, intentando librarse de aquel beso que la ahogaba.

Pareció que él aflojaba el abrazo y la chica aprovechó para correr hacia la puerta, pero Eugeni la alcanzó antes de que pudiera salir de la habitación y la atrajo de nuevo hacia él, con rabia, y también con rabia la volvió a besar en la boca. Los intentos de liberarse del empuje de Eugeni en esa lucha tan desigual empezaban a dejar a Rita sin fuerzas y más indefensa todavía.

—¿No era eso lo que querías? ¿No lo era? Vamos, no te resistas, que sé que te gustará.

Un sudor frío comenzó a empapar la frente de Rita. Ya no era incomodidad ni extrañeza lo que sentía. Era sencillamente miedo.

El joven Parés la miraba con expresión de depredador, con el rostro hierático y los ojos fríos. Ella sintió cómo la agarraba fuertemente del brazo. La lastimaba. Luchó con todas sus fuerzas para deshacerse de aquel abrazo, pero él la empujaba con fuerza hacia la cama tapándole la boca con sus labios duros, de mármol.

Con una mano, Eugeni le arrancó la bata. Rita sintió sus labios en el cuello, las mordeduras en el hombro, los arañazos en la espalda. A cada roce con el cuerpo de él, notaba cómo el corazón se le aceleraba de una manera dolorosa. Pensó que acabaría explotándole de puro agotamiento. Se echó a llorar.

Finalmente, él la arrojó sobre la cama y se abalanzó encima de ella. Sus manos, frías como el hielo, la inmovilizaban. A la luz de la luna que entraba por la ventana, Rita fijó los ojos aterrados en la mandíbula del chico, en la nariz, en los pómulos tan perfectos. Los cabellos rubios le caían despeinados sobre la frente y sus azules ojos no parecían humanos. El olor acre del cuerpo de Eugeni se apoderó de Rita. Era un olor con notas de almizcle que se convertía, poco a poco, en una esencia animal. Desconcertante. Un olor que flotaba sobre todos los demás olores que llenaban la habitación y que atrapó a Rita, amenazando con tragársela.

Sin más preámbulos, Eugeni la penetró mientras con una mano le tapaba la boca y ahogaba sus gritos de dolor y desesperación.

El llanto de Rita se fue convirtiendo poco a poco en gemido. Tumbada en la cama, notaba la huella viscosa de la sangre entre las piernas.

Cerró los ojos e intentó distanciarse de su propio cuerpo.

6

Rita se levantó de la cama y cogió la bata del suelo. Se la puso por encima para cubrir su desnudez. Las manos le temblaban tanto que sus movimientos eran torpes e imprecisos.

Fue hacia la puerta de la habitación y antes de salir se volvió para mirar a Eugeni. Dormía desnudo encima de las sábanas arrugadas.

Le resbaló una lágrima por la mejilla.

Se dirigió a su pequeño cuarto de criada con pasos temblorosos. En la oscuridad del pasillo sentía el pecho oprimido. Le costaba reconocer las paredes, los objetos que formaban parte de su cotidianidad. ¡Todo parecía tan irreal en medio de aquella penumbra!

Al entrar en su habitación, notó que le costaba respirar, como si acabara de hacer una carrera. Una bocanada agria le subió hasta la boca y corrió hacia la pila donde se lavaba. Vomitó y cuando se sintió vacía de aquella quemazón en el estómago, se miró en el espejo que colgaba de un clavo sobre la pila. La imagen que vio reflejada la asustó. Poco a poco se deslizó por la pared hasta que quedó sentada en el suelo. Tenía los cabellos pegados a la frente y notaba cómo el frío tacto de las baldosas se le metía en el cuerpo.

Faltaban menos de dos horas para comenzar una nueva jornada. Pensó que se tenía que lavar para quitarse toda aquella suciedad de encima. Se sentía como una hoja de papel que alguien ha roto, esparciendo luego los trocitos al aire. Pero nadie tenía que darse cuenta de ello. Nadie debía enterarse de lo que le había hecho el señorito, porque si alguien lo supiera, ella se moriría de vergüenza. Y Matilde menos que nadie. Ella no lo tenía que saber. Ahora entendía sus palabras; se daba cuenta de que la había querido avisar porque sabía que el señorito no era bueno. Y ella, como una ingenua, no la había querido escuchar.

Nadie sabría nunca qué le había pasado.

Nadie.

Pero si había un Dios en el cielo, el señorito Eugeni pagaría por lo que le había hecho.

CUENTAS PENDIENTES

Barcelona, febrero de 1943

1

—¡Tres días! —se lamentó Eugeni, con la mano apoyada en el palmar de la chimenea del salón de su casa—. Tengo tres días para entregarles una libreta llena de bocetos, pero sin la fórmula que buscan.

Miró a Alberto con unos ojos que recordaban a los de las ovejas de camino al matadero.

—¿Qué voy a hacer?

Alberto fumaba tranquilamente. Dejaba escapar espirales de humo que volaban hacia el techo hasta perderse en él. Su expresión no mostraba ningún tipo de nerviosismo ni de preocupación, al contrario que Eugeni, que estaba pálido y ojeroso porque se pasaba las noches en vela, con la mirada clavada en el techo, sobresaltado ante cualquier pequeño ruido que osase romper el silencio nocturno. Incluso el canto melancólico del sereno lo asustaba. Se despertaba cada mañana empapado en sudor, con el miedo fluyéndole por las venas.

—No tienes otra que entregarles la dichosa libreta. Con fórmula o sin ella. Quizás lo que les interese sean, precisamente, los bocetos de que hablas. O quizás solamente quieran ponerte a prueba.

—¿A prueba?

—Sí. A prueba —repitió Alberto, dando la última calada a su pitillo—. Puede ser que lo que deseen saber es si realmente tienes lo que hay que tener para robar la libreta o si, por el contrario, les estás dando largas.

Eugeni se pasó la mano izquierda por el pelo y se dejó caer en el sofá que tenía más cerca. Se reclinó en él, desalentado, con la cabeza apoyada en la mano.

—¿Y qué se supone que debo hacer?

—Evidentemente, o les pagas las cincuenta mil pesetas o les tendrás que entregar la libreta enseguida. Te tienen bien agarrado por los cojones, amigo.

—No hace falta que me lo recuerdes.

—¿Te has planteado pedirle el dinero a tu padre?

Eugeni hizo una pausa preñada de tensión mientras se hundía más en el sofá y dejaba escapar un suspiro pesado. Los pensamientos le corrían veloces por la cabeza; el miedo, por el estómago.

—¡Imposible! La última vez que me dio dinero para pagar una deuda me dejó las cosas bien claras. Me amenazó con echarme de casa, con desheredarme. ¡Y era una cantidad insignificante! No sabes cómo se puso. No, no puedo decirle que debo cincuenta mil pesetas.

—Pues si no puedes contar para nada con tu viejo, tendrás que robar la libreta y, con un poco de suerte, tal vez el perfumista crea que la ha perdido. Total, no es más que una libreta. Un perfume de mierda. Ya hará otro nuevo. Nadie tiene por qué enterarse.

Eugeni se levantó hecho una furia. Parecía como si el sofá que lo había acogido le quemara las carnes. Empezó a dar vueltas por el salón sin poder disimular su angustia.

—¡Eso no sucederá! ¡Imposible! No lo conoces. Soto tiene la libreta bajo llave. No la enseña a nadie. Jamás. Para él la libreta no es una simple libreta: ¡es su trabajo! En ella anota todo cuanto hace. La encierra en el cajón de su mesa y siempre lleva la llave encima. Tendré que espabilarme para cogerla. Quizás a la hora de comer, cuando el laboratorio esté vacío... —De golpe, se paró. Una idea crecía angustiosamente en su interior—. Enseguida sabrá que se la han robado. Y lo que es peor, mi padre también lo sabrá y moverá cielo y tierra si sospecha que alguien va detrás de su perfume.

El rostro de Alberto no pareció inmutarse.

—Entonces, sé inteligente. Adelántate a los acontecimientos.

—¿Cómo?

—¿Aún trabaja en el laboratorio aquel cojo de mierda que tu padre tiene en tanta estima?

—¿Anselm? —preguntó el joven Parés—. ¿Qué tiene que ver Anselm con todo esto?

—Quizás nada, o quizás mucho. Depende de quién quieras que cargue con el muerto. Si tú o él.

Alberto sonrió. Odiaba a Anselm casi tanto como le odiaba Eugeni. Ninguno de los dos alcanzaba a entender cómo Modest Parés trataba a aquel a quien consideraban un muerto de hambre con tanta consideración. Eugeni no perdonaba a su padre que le hubiera pagado los estudios y que, después, le hubiera dado trabajo en la empresa. Y Alberto aún entendía menos que Angèlica lo mirara siempre con tanta simpatía y en cambio apartara los ojos cuando tropezaba con él. Pero hay veces que las cosas parecen venir rodadas y una idea le empezaba a dar vueltas por la cabeza.

El asunto era muy sencillo. Desde los estamentos de poder se propugnaba: «la delación policíaca que subirá al prestigio de aviso patriótico». Delatar estaba a la orden del día. Servía para vengarse o para alcanzar favores. Para escalar posiciones, que era lo que Alberto anhelaba más que nada en este mundo. Si él delataba a Anselm, si encontraban pruebas en contra del muchacho por su supuesta traición al Régimen, él conseguiría poner a aquel desgraciado en su sitio y, de paso, subiría unos escalones más en la confianza de quienes lo podían encaramar hasta cargos de poder. Y ello sin olvidar que, además, haría un favor a Eugeni, aunque la verdad era que encontraba al joven Parés tan poca cosa que no sabía si realmente merecía su ayuda.

—¿Tú confías en mí?

—¡Pues claro!

—Entonces harás lo que te diga: mañana mismo coges la libreta y me la traes. Casi no tenemos tiempo material, hay que darse prisa. Dentro de tres días yo te la devolveré y entonces se la entregas a aquel hombre. Es la única manera que tienes de salir de este lío bien parado, créeme.

2

Eugeni no se había equivocado en sus predicciones. Cuando dos días después Pablo descubrió la desaparición de su libreta de trabajo, se negó en redondo a considerar la posibilidad de haberla extraviado. Aquello era imposible. Su libreta era una extensión de él, de sus horas de trabajo, de los ensayos. Formaba parte de su memoria y lo último que hacía al salir del laboratorio era guardarla y encerrarla bajo llave. Y eso era lo que había hecho, no tenía duda alguna, la tarde anterior.

Aun así, no se opuso a que el personal del laboratorio iniciara una exhaustiva búsqueda. Martí, Anselm, Angèlica y, por supuesto, Eugeni se remangaron y no dejaron ni un rincón por mirar, mientras él se dirigía al despacho de Modest Parés para explicarle la extraña y preocupante desaparición de la libreta.

—Ayer la dejé encerrada bajo llave. Y llevo la llave encima. No recuerdo haberla dejado en ninguna parte. Pero... claro —dudó—, a veces la guardo en el bolsillo de la bata. Alguien ha podido cogerla en una distracción mía.

Se removió inquieto en el asiento:

—Sea como sea, estoy seguro de que quien la haya cogido ha tenido que hacer una copia de la llave para llevarse la libreta porque la cerradura del cajón no estaba forzada.

Parés, con la preocupación reflejada en el rostro, recorría el despacho a grandes zancadas, como una fiera enjaulada.

—Pero... ¿usted qué cree? ¿Qué sospecha tiene? —preguntó, mirando al perfumista con ojos suspicaces.

—Bueno, no sé cómo van las cosas por aquí, Parés. Pero en Francia se han dado casos de espionaje entre casas rivales. Casos de robos de fórmulas. Luchas entre la competencia, ya me entiende. ¿Usted tiene enemigos entre la competencia?

Parés insinuó una sonrisa cínica:

—La palabra competencia ya no es en sí misma muy amistosa, ¿no cree, Soto?

Pablo se quedó en silencio unos segundos, pensativo. Luego dijo:

—Aún no había llegado a la fórmula definitiva, pero estoy seguro de que con las notas que hay en la libreta, sobre todo las de las últimas semanas, un perfumista experto podría extraer ideas y conclusiones. Podría incluso llegar hasta el perfume que yo tenía en la cabeza. O conseguir crear una variante muy parecida.

Modest Parés se dejó caer ruidosamente en su butaca y enterró la cabeza entre las manos:

—Este es un asunto muy feo.

—Sí, lo es. Y lo que más me preocupa es la deslealtad de alguien en quien he confiado. Alguien del laboratorio.

—¿Cree que el ladrón es alguien de su laboratorio?

—Del mío, o de alguno de los laboratorios de la casa. Aunque de hecho no tengo casi ninguna relación con los trabajadores de los otros laboratorios. Quien haya robado mi cuaderno de trabajo me ha estado observando muy de cerca. Créame.

Los dos hombres se miraron a los ojos, como si cada uno de ellos buscara una respuesta en el otro.

—¿Qué piensa hacer, señor Parés?

—Déjeme hacer algunas llamadas.

3

A la mañana siguiente, el inspector Saavedra se presentó en el despacho de Parés. Era de suponer que le debía algún favor, y de los grandes, porque él no solía molestarse en acudir en persona y con tanta celeridad al despacho de aquellos que lo llamaban porque querían hablar con él. Por su parte, Parés confiaba en el inspector de policía, en su trabajo siempre impecable y, sobre todo, sabía que podía contar con él a ciegas para resolver asuntos escabrosos. Cualquier tipo de asuntos escabrosos.

—Hombre, Saavedra, no sabes cuánto te agradezco... —dijo Modest Parés, levantándose para recibirlo en la puerta. Lo hizo pasar y le invitó a sentarse. El inspector Carlos Saavedra tenía una cara que no se olvidaba fácilmente: barbilla puntiaguda, piel muy blanca y nariz prominente. Para compensar tanta extravagancia física sus ojos eran marrones y luminosos. Era un hombre muy quisquilloso por lo que respectaba a su aspecto personal. Muy pulcro. Le gustaba vestir bien y, con su llegada, el despacho se había llenado de una intensa y perfumada olor a loción masculina.

—Nada, nada, faltaría más. ¿Y qué es eso que me contabas del robo? ¿Una libreta? Pero ¿es eso importante?

Parés ofreció un purito al inspector, que este aceptó. Él también cogió uno. Encendió ambos, aspiró el humo del suyo con fruición y lo dejó escapar lentamente por la boca.

—Ya te conté que he contratado a un perfumista. Un profesional de los mejores, residente en Francia, pero nacido aquí.

Saavedra hizo una mueca de descontento. La simple mención del país vecino levantaba aún ampollas entre los que habían ganado una guerra y esperaban firmemente que Alemania ganara otra.

—Compréndelo, es de los mejores y la empresa tiene que afrontar nuevos retos. En esa libreta, guardada bajo llave, estaban anotados sus ensayos para el nuevo perfume. Fórmulas... en fin, el trabajo de estos meses. Una inversión importante. Dime, ¿qué te parece? ¿No es cierto que el asunto huele a competencia desleal?

El inspector se sacudió de los pantalones un cilindro de ceniza que se había desprendido del purito.

—Podría ser. Pero es temprano para sacar conclusiones aún. ¿Cómo puede estar ese perfumista tan seguro de que no perdió el cuaderno?

—¡Joder, Saavedra! Que te digo que lo tenía bajo llave. Quien la cogiera tuvo que hacer una copia de esa llave.

—Ya...

—¿Y ese ya? —preguntó Parés, preocupado por el tono del policía.

—Nada, hombre. Que ya investigaremos.

Parés se removió en el asiento. Había otro asunto que lo preocupaba; y mucho.

—¿Y qué hay de lo de mi hijo?

—Aún nada seguro, aunque...

—¡Hostias, Saavedra! Ve al grano.

—Bueno, pues puse a uno de mis hombres en seguimiento. Jugándomela, Parés, jugándomela, que algunos de los de arriba no han visto con buenos ojos que haya dedicado esfuerzos y personal a esas menudencias. Que tú no sabes la de trabajo que se nos ha venido encima con tanto rojo y tanto traidor.

Parés pasó por alto el tono de reconvención de su amigo, el inspector. Mientras hiciera lo que le pedía, le daba igual si había quien lo encontraba bien o mal.

El policía se echó hacia delante y adoptó un tono más confidencial:

—Mira, Parés, no te lo he querido decir antes porque aún no lo tenía del todo claro. Pero, vaya, que puedo poner la mano en el fuego sin quemarme si te digo que tu hijo tiene tratos con tipos poco recomendables. —Y añadió, casi susurrando—: Y muy peligrosos.

Parés no pudo evitar que la voz le temblara al preguntar:

—¿Estás seguro de eso?

—Sí, lo estoy. Lo que aún no sé es qué clase de asunto se trae entre manos. Dame un poco más de tiempo.

El policía se levantó y apagó lo que le quedaba del purito en el cenicero. Parés le acompañó hasta la puerta mientras seguían hablando.

—Te daré más datos cuando los tenga. Puedes estar seguro, Parés.

Modest Parés se quedó solo. Volvió a sentarse en la butaca de ese despacho tan amplio, luminoso y moderno, lleno de muebles tan lujosos, y se pasó las manos por la cara, como si quisiera arrancarse algo que se le hubiera quedado pegado en ella tras la visita de Saavedra. En cuanto supo por Pablo Soto la falta de interés de Eugeni por el trabajo del laboratorio y de sus continuas ausencias, intuyó que su hijo andaba de nuevo metido en líos. Fue por eso que acudió a Saavedra. Para salir de dudas. Lo que le acababa de insinuar el policía no lo tranquilizaba en absoluto, sino todo lo contrario. ¿En qué estaba metido su hijo? Se estremeció ante la idea que le empezaba a rondar por la cabeza.

Mientras tanto, el inspector había salido a la calle y caminaba hundiéndose en la frialdad de aquella mañana invernal. Pensaba en todo aquel asunto. Eugeni Parés tenía tratos con uno de los mafiosos más conocidos de la ciudad. Un hombre peligroso a quien sabían responsable de un montón de delitos: extorsiones, robos, asesinatos y desapariciones. Un hombre que tenía contactos en las más altas esferas y que sabía mantener a la policía a raya, bien porque era capaz de proporcionarles informaciones muy valiosas cuando era necesario, bien porque sabía cómo cerrar las bocas de algunos peces gordos a base de dinero y de regalos en especies. Era un tipo peligroso. Muy peligroso. Y ahora se reunía con Eugeni y, al parecer, tenía algún negocio con él. Justo cuando había desaparecido aquella libreta clave en la producción del perfume de Parés. Saavedra sabía sumar dos y dos. Se preguntaba si aquel muchacho consentido y amoral podría llegar a ser capaz de robar a su propio padre, tal vez para salir de un lío.

La respuesta le pareció clara y diáfana.

4

La noticia cayó como una bomba en los laboratorios. Una denuncia anónima había llevado a la policía hasta la habitación realquilada donde vivía Anselm Huguet. Habían puesto la habitación del chico patas arriba y encontraron papeles comprometedores, papeles que probaban que se trataba de un rojo y de un traidor.

También dieron con una libreta negra llena de anotaciones y fórmulas.

Angèlica no podía dejar de llorar. Había entrado como una exhalación en el despacho de su padre y, abrazada a él, solo hacía que repetir:

—Papá, no puede ser... No puede ser... Usted lo conoce. Sabe que todo lo que dicen de Anselm es mentira. Él nunca ha tenido nada que ver con la política. Y en cuanto a robar la libreta... —La muchacha se interrumpió para secarse las lágrimas y los mocos con un pañuelo. La voz casi no le salía de la garganta cuando intentó continuar—: Él no ha robado la libreta. No le robaría nunca a usted, papá. Tiene que hacer algo.

El hombre se quedó mirando a su hija a los ojos y le dijo muy seriamente:

—Si solo se tratara del asunto de la libreta la cosa sería fácil. Bastaría con no poner la denuncia por robo. Evidentemente, lo echaría a la calle. Ha traicionado mi confianza y eso ya no lo recuperará nunca, Angèlica. Cuando un hombre te traiciona... —Hizo una pausa para terminar diciendo—: Pero yo no puedo hacer nada contra las otras acusaciones.

—Sí que puede, papá. Sí que puede. Anselm no ha hecho nada malo. Él no mataría ni a una mosca. No le robaría nunca a usted. No se metía en líos. Él...

—Sé que sois muy amigos, hija. Pero ahora tienes que abrir los ojos ante la realidad. Las ideas de Anselm son peligrosas. Más que peligrosas, son un delito.

—Pero ¿qué ideas, papá? Parece mentira que crea esas cosas. Anselm solo vive para ayudar a su padre con su trabajo en el laboratorio. Usted lo sabe perfectamente. Y también sabe que él no ha robado la libreta. Es incapaz de hacer algo así. Alguien le ha tendido una trampa. Alguien que debe de odiarlo mucho. Por favor, papá, usted lo sabe tan bien como yo. Conoce a Anselm desde que era un niño. ¿Por qué finge creer esas mentiras?

Angèlica no lo sabía, no se daba cuenta, pero Modest Parés no podía aún responder a aquella pregunta. Aunque el hecho de haber encontrado la libreta en poder de Anselm lo había enfurecido y las dudas lo aguijoneaban aún, con el paso de las horas también él empezaba a poner en cuarentena la veracidad de las acusaciones, porque en el fondo sabía muy buen que Anselm era incapaz de robar nada. Y la sospecha de que el muchacho había podido ser víctima de una conjura, de una trampa retorcida y maliciosa con la que alguien esperaba matar dos pájaros de un tiro iba haciendo mella en él.

Pero ¿quién?

No. No era capaz de responder a eso.

Aún no.

Tampoco era fácil de asumir el paso que debía dar a continuación. Porque Modest Parés sabía que tenía que ir a hablar con Anton Huguet, el padre de Anselm. Y debía hacerlo cuanto antes.

Descolgó el teléfono.

La voz de la secretaria sonó al otro lado del aparato.

—Victoria, dígale a Sebas que prepare el coche. Tengo que ir a Vilasar esta misma tarde.

5

Los recuerdos se agolpaban en la cabeza y en el corazón de Modest Parés mientras el coche recorría la distancia que lo separaba de Vilasar. Habían pasado muchos años desde que un oscuro y profundo precipicio se había abierto entre él y Anton Huguet, quien había sido su mejor amigo. Sí, hacía ya mucho que una sombra inquietante, difícil de olvidar, se había interpuesto entre ellos dos.

Parés miraba el paisaje tan conocido desde la ventanilla del coche y pensaba que tal vez todo había empezado a causa de aquel pequeño insecto que en forma de plaga y proveniente de Francia diezmó las viñas del Maresme y las de toda Cataluña. Todo había comenzado unos años antes de que él viniera al mundo. Las viñas francesas se morían y esto trajo consigo un tiempo de prosperidad para las de Cataluña. Una prosperidad que estuvo presente en los primeros años de vida de Modest. Pero cuando la plaga llegó al Maresme, acabando con las cepas, se produjo una crisis de grandes dimensiones que provocó entre otras cosas los cambios de propiedad de las tierras. La muerte súbita de las cepas a causa de la filoxera supuso el retorno de la tierra a los propietarios que la habían cedido a los arrendatarios mediante el contrato de *rabassa morta*, un contrato que en la práctica se convertía en perpetuo. Los arrendamientos se harían, a partir de ahora, en condiciones más favorables para los propietarios. Esto provocó que Ramon Parés, el padre de Modest, que vivía de las tierras arrendadas a los Huguet, las perdiera quedando en la ruina más absoluta.

Josep Huguet recuperó las viñas que tenía arrendadas. Pero eran viñas muertas. La única solución que se le presentaba para reanudar la producción vinícola era el injerto o la plantación con cepa americana, inmune al insecto. No todo el mundo estaba de acuerdo con esta solución. Durante unos años, existió la polémica entre los partidarios y detractores de esta práctica. Pero con el tiempo los hechos dieron la razón a los que utilizaron la cepa americana porque las vides que nacieron de ellas dieron vino y aún se pudo mantener la exportación a América Latina. Este fue el caso de los Huguet, que continuaron de este modo viviendo de las viñas.

Ramón Parés no soportó la situación en que había caído. Perseguido por el infortunio cayó en una espiral de deudas que la bebida y el juego no hicieron más que agravar. A su muerte, antes de cumplir los cincuenta, su único hijo, Modest, se encontró solo en el mundo y sin otro patrimonio que el de su juventud. Sobrevivía como jornalero trabajando las tierras de los demás, incluso en aquellas que habían mantenido a su familia durante generaciones y que ahora volvían a estar en manos de los Huguet. La sangre se le agriaba en las venas al joven Parés. Y aquella amistad tan limpia de la niñez que lo unía a Anton Huguet se tiñó de sombras.

Pero las desgracias nunca vienen solas. Eso dicen los mayores. Y fue verdad, al menos en el caso de Modest Parés.

Aquella noche había salido a tomar unos vinos con Anton después de todo un día de trabajo en las viñas. Había propietarios que celebraban la venta de las cosechas y se notaba en el aire un ambiente de euforia. Pero él sentía el corazón pesado, como si una mano se lo estrujara. Una mano muy negra. No tenía ganas de diversión. Se despidió temprano de su amigo y se fue para casa masticando su rabia. Solo tenía ganas de estar solo.

Era noche cerrada y las calles del pueblo dormían tranquilas. De repente, una sombra le salió al paso. Era su vecino, Ignasi Montagut, un hombre de mediana edad, de rostro eternamente congestionado, sanguíneo y violento. Ramón Huguet le había dejado a deber una fuerte suma de dinero por culpa del juego. El hombre, ahora que Ramón ya no estaba, derramaba su rabia en el hijo. Cuando se lo cruzaba lo humillaba, lo increpaba, lo insultaba, tirándole en cara unas culpas que no le pertenecían.

Modest había aprendido a esquivarlo. Pero aquella noche, el hombre iba muy bebido y montó en cólera al ver la indiferencia con que el joven Parés recibía sus insultos. De las palabras pasó a los hechos y se abalanzó sobre él, que, más joven, más fuerte y más sereno, no tuvo ningún problema en quitárselo de encima.

Ignasi Montagut cayó al suelo al segundo puñetazo de Modest. El joven estuvo a punto de dejarlo tendido en medio de la calle solitaria hasta que se le pasaran la mona y las ganas de pelea. Se lo merecía. Pero un impulso que no supo explicarse en ese momento lo llevó a acercarse y tratar de ayudarle. Montagut no respondió a su voz ni a sus sacudidas. Modest intentó incorporarlo, pero al hacerlo las manos se le tiñeron de sangre. Asustado, intentó comprobar los latidos del corazón de Montagut. Pero aquel corazón había dejado de latir. Montagut estaba muerto.

Modest Parés no podía creer que la desgracia, aquella dama negra, se complaciera en perseguirlo a él tan de cerca como había perseguido a su padre. ¿Qué tenía que hacer? ¿Qué podía hacer? Se levantó y se quedó mirando el cuerpo sin vida de aquel hombretón. La cabeza le decía que tenía que salir de allí cuanto antes. Pero algo le llamó la atención. Un bulto que sobresalía de la chaqueta de pana del muerto. Se agachó. En el bolsillo, el hombre llevaba una pequeña fortuna. Un gran fajo de billetes atados de cualquier manera con un cordel. Sin pensarlo dos veces, el joven cogió el dinero y, ahora sí, se fundió entre las sombras. Entró en su casa con el corazón que se le salía por la boca y con la certeza de que con todo ese dinero podría marchar de Vilasar, ir a Barcelona y empezar de cero una nueva vida.

Decidió esperar unos días antes de marchar. A pesar de que los nervios no lo dejaban vivir de día ni dormir de noche, se esforzó por llevar una vida en apariencia normal para no levantar sospechas. Pero las noticias corrían por el pueblo como ratones hambrientos. Todo el mundo hablaba de la muerte de Montagut. Parecía que el muerto lo acechara en cada rincón del pueblo para recordarle su crimen.

Oyó contar que la Guardia Civil había detenido a un hombre. Modest achacó la noticia a las habladurías de la gente. Pero llevaba el sabor de aquella muerte pegado en las entrañas y no podía domar su ansia de saber qué estaba ocurriendo realmente. Intentaba pasar desapercibido, pero aguzaba el oído cuando oía comentarios acerca de aquel hecho tan extraordinario que había trastornado la vida del pueblo.

La sorpresa de Modest fue mayúscula cuando pareció confirmarse que el detenido era ni más ni menos que Anton Huguet. Llegados a ese punto, la noticia corría ya de boca en boca. Se decía que Montagut había fallecido a causa de un fuerte golpe en la cabeza, y que habían encontrado a Huguet encima del cadáver, con las manos manchadas de sangre. La familia del difunto había asegurado que le habían robado todo lo que llevaba encima. El dinero de la venta de la cosecha. Sin duda lo habían atacado para robarle.

Modest se asustó y entró en una espiral de pensamientos contradictorios. Aquello no tenía ni pies ni cabeza. La conciencia le decía que tenía que dar la cara. Pero la razón lo detenía un segundo después. Se decía a sí mismo que no había tenido intención de matar a Montagut. Solo se había defendido. Aquello no era más que un desgraciado accidente del que no era responsable porque el hombre lo había atacado primero. Montagut había recibido su merecido. Si se había dado un golpe en la cabeza al caer, ¿de quién era la culpa sino del destino?

No. No se podía entregar. ¿Quién iba a creer la versión del hijo de un borracho con quien Montagut estaba enemistado? ¿Y el dinero? ¿Qué explicación daría sobre ese dinero? Sabrían enseguida que lo había cogido. ¡Y ese dinero era su futuro! ¿Acaso no estaba en su derecho de resarcirse de todo lo que la vida le había negado? Preso de remordimientos, se repetía una y otra vez que a Anton no le pasaría nada, porque nada había hecho. Quizás en el fondo, muy en el fondo de su corazón, incluso se llegó a alegrar un poco de que también Anton probara el sabor amargo que tiene el infortunio cuando nos cae encima.

La intención de entregarse, si es que la había tenido, fue desvaneciéndose con rapidez. Los razonamientos en contra iban ganando la batalla. Modest se fue de Vilasar, abandonando a Anton a su suerte, para probar fortuna en Barcelona donde, día a día, fue construyendo una coraza que lo aislaba de los recuerdos, de la culpa y de los reproches.

O eso creía él.

Anton Huguet pasó tres años en prisión acusado de un crimen que no había cometido. La familia Montagut necesitaba un culpable e hizo lo posible para demostrar que Anton, que únicamente había tenido la mala suerte de haber encontrado aquel cadáver, pagara las consecuencias. Él siempre se declaró inocente. Lo era. Y no solo eso, sino que conocía perfectamente al culpable. Aunque no tenía pruebas, la repentina desaparición de Modest Parés, a quien creía su amigo, lo delataba a sus ojos. Y su silencio, también. Tras la muerte de Montagut, Modest se había evaporado. Su padre le dijo que ya no vivía en el pueblo. Anton estaba seguro de que esa extraña desaparición estaba relacionada con la muerte de Montagut y con el robo. Pero de sus labios no salió nunca el nombre del amigo, de aquel pobre chico tan olvidado de la fortuna a quien nadie echó en falta en Vilasar.

El padre de Anton, que hasta entonces había logrado sobrevivir con el fruto de sus tierras, se gastaba el dinero de las cosechas procurando sacar a su hijo de la cárcel. Finalmente, Anton Huguet salió por falta de pruebas después de un largo juicio. Pero al dejar la prisión, ya nada era lo mismo. Su padre había muerto y su hermano mayor, resentido por todo el daño que les había causado, lo echó de casa de malas maneras.

Convertido en un hombre rico y poderoso, Modest Parés volvió muchos años después a Vilasar. Compró una casa para pasar los veranos con su familia. No tardó en reencontrarse con Anton Huguet, aunque le costó reconocer en aquel deshecho humano al amigo de su juventud. Viudo, con un hijo lisiado y subsistiendo a duras penas, trabajando para otros cuando había trabajo, Huguet ya no tenía nada que ver con el joven fuerte y robusto junto al que había crecido. Entre aquellos dos hombres que habían sido amigos se abría ahora un profundo averno. Un averno lleno del desprecio de Huguet y de las sombras de culpa que perseguían a Parés. Sombras hambrientas, extrañamente vivas.

Si algo creía haber aprendido Parés en todos aquellos años en Barcelona, era que el dinero lo arreglaba todo. Y que los ricos dictan sus propias reglas. Por eso compró unas tierras y las puso a nombre de Huguet. Le recomendó que se dedicara al cultivo de flores que se estaba extendiendo por el Maresme. Él le compraría parte de la producción. Le dijo que no volvería a pasar hambre. Y que a su hijo le pagaría los estudios y, cuando fuera mayor, le daría trabajo en su empresa.

Huguet lo aceptó todo sin rechistar, seguramente por el bien del hijo, pero nunca se lo agradeció. Y Parés volvió a Barcelona pensando que había hecho lo que tenía que hacer. Había borrado ese error de juventud. Ese «malentendido» tan desafortunado.

Pero ya nunca pudo sacarse de encima la mirada de desprecio de Huguet.

Nunca.

Por ello, lo evitaba. Lo evitaba tanto como podía. Pero ahora lo volvía a tener delante, porque tenía que decirle, antes de que lo supiera por otro, lo que le había pasado a su hijo. Se lo debía. Sobre todo, porque estaba convencido de que Anselm era tan inocente como lo había sido Anton años atrás.

—Han encerrado a tu hijo en la cárcel.

La mirada de Anton Huguet, fría, acusadora, tan llena de desprecio, lo atravesó. Modest tuvo la impresión de que le traspasaba la piel y que se le iría a clavar directamente al corazón.

—Lo acusan de actividades políticas contrarias al Régimen.

—¿Qué actividades políticas? Anselm no ha tenido nunca ninguna actividad política, lo sabes tan bien como yo. Ni nos implicamos con la República ni nos hemos implicado con los de ahora. Solo hemos intentado sobrevivir. Trabajar, tratar de hacer una vida lo más normal posible.

—Han fusilado a muchos otros que querían lo mismo. Que hacían lo mismo. Han matado a mucha gente por motivos insignificantes.

Anton se estremeció. Sabía que Modest tenía razón.

—Encontraron papeles comprometedores en un registro en su habitación.

—¿Y tú te lo crees?

Modest no tuvo ocasión de responder. Anton Huguet se había abalanzado sobre él, lo sujetaba fuertemente por las solapas del abrigo y lo sacudía con rabia.

—Sácalo de la cárcel. ¡Sácalo! Me lo debes.

No habían hablado nunca de aquella deuda. Pero el silencio no la había hecho desaparecer y ahora volvía a interponerse entre aquellos dos hombres que se miraban fijamente, desesperado el uno, atemorizado el otro.

—Haré lo que pueda.

FANTASMAS

Barcelona, marzo de 1943

1

Siempre que tenía que encontrarse con el Americano, Saavedra elegía las sombras de la noche y el refugio de algún callejón solitario. Aquella vez, el Fiat 1500 negro en el que viajaba junto con otro agente se detuvo detrás del impresionante Ford de Luxe Cupé de color granate dentro del cual el Americano esperaba fumándose un cigarrillo.

Los dos hombres bajaron de los coches. Se saludaron sin palabras, solo con un movimiento leve de cabeza, y empezaron a caminar uno al lado del otro por la calle apenas iluminada por la luz amarillenta de las escasas farolas. Al cabo de unos segundos, el Americano levantó los ojos y los clavó en el inspector de policía mientras se llevaba el cigarrillo a los labios, aspiraba con fuerza y expelía el humo hacia la oscuridad de un cielo vacío de estrellas.

El primero en hablar fue Saavedra:

—Ya sé que se ha metido usted a perfumista.

El otro no dijo nada. Poco a poco se iban alejando de los coches.

—No puede seguir adelante con este negocio —puntualizó Saavedra.

El Americano clavó los ojos en el rostro que el policía ocultaba bajo el sombrero en una pregunta muda.

—Es un asunto delicado. Le traerá más problemas que beneficios.

El mafioso miró hacia adelante.

—Nunca abandono un buen negocio sin una razón de peso.

—Lo supongo.

Saavedra se detuvo bajo un farol y sacó un sobre del bolsillo. Lo alargó hacia el hombre, que lo cogió y lo abrió. Eran fotografías. En todas se le podía ver en medio de un grupo numeroso de hombres acompañados de chicas muy jóvenes. Las fotos parecían haber sido tomadas en un domicilio particular y, evidentemente, eran robadas, de poca calidad; algunas muy borrosas.

El Americano, con el sobre en las manos y fijando en Saavedra su mirada turbia, dijo despectivamente:

—¿Y qué?

El inspector cogió una de las fotografías de las manos del hombre y con un dedo señaló a una de las chicas:

—Raquel Matas, dieciocho años. Hija de militar. De esos que acumulan muchas medallas. Me ha contado que fue conducida por usted con engaños hasta ese piso en donde fue encerrada en una habitación y forzada. Es un asunto muy, pero que muy sucio, ¿no le parece? La chica es una menor y está dispuesta a declarar. No quiero ni pensar lo que podría pasar si todo esto llegara a oídos de su condecorado padre.

Sonrió con la seguridad de que había dado en la diana:

—Sus vicios van a acabar con usted.

El Americano no respondió.

—Claro que, por esta vez, yo podría convencer a esa señorita de que desistiera en su empeño de declarar todo lo que sabe. Podría convencerla de que volviera al redil y que procurara cambiar de compañías. Y así todos contentos.

Saavedra le alargó la foto. En el preciso momento en que el Americano iba a cogerla, el inspector la volvió a retirar con un movimiento rápido y ágil, y añadió:

—Y tendría usted que abandonar esa extraña idea de meterse a perfumista y entregarme la libreta desaparecida. Usted ya sabe a lo que me refiero.

Le devolvió la fotografía. Sonreía. Se sabía ganador. Por lo menos, esta vez sí: había ganado.

—Quiero, además, el nombre de su cliente. De la persona que estaba dispuesta a comprar la fórmula.

El Americano soltó un gruñido. No le gustaba perder y ahora no solamente había perdido ante el policía, sino que acababa de esfumársele un negocio muy lucrativo. Y todo por culpa de su afición a las jovencitas y a aquellas peligrosas fiestas con menores. Sabía que algún día le darían un disgusto. Tenía que acabar con eso antes de que eso acabara con él. Miró fijamente a Saavedra mientras ambos se sumían en un silencio abismal. Finalmente, el Americano pronunció con voz metálica el nombre que el inspector estaba esperando.

Dieron media vuelta para volver a los coches. Ya estaba todo dicho. Saavedra pensó que nunca había nada nuevo en su profesión. Miserias. Solo la miseria del alma humana mostrando su rostro ponzoñoso una y otra vez.

2

Unos días después de haber recuperado su cuaderno, Pablo todavía no daba crédito a lo sucedido. No entendía nada de lo que había pasado.

El hecho de que lo hubieran encontrado en poder de Anselm lo había confundido. Primero, se había sentido molesto por el hecho de haber depositado su confianza en la persona equivocada. Anselm lo había traicionado. Porque, aunque él sospechase que únicamente una persona muy cercana se había podido llevar el cuaderno, jamás hubiera pensado que esa persona fuera el bueno de Anselm.

Poco a poco, comenzaron a germinar dudas en su interior. La desesperación de Angèlica y la encendida defensa que hacía del joven Huguet fueron el motivo principal. Angèlica no se cansaba de afirmar que aquello era una trampa que alguien había tendido a Anselm y él ya no sabía qué pensar.

Le preocupaba que la libreta pudiera haber ido a parar a manos de alguien interesado en su nueva creación. En las últimas hojas tenía anotadas las diferentes variaciones del nuevo perfume que había mostrado a Angèlica. No eran definitivas. Estaba convencido de que el perfume carecía de alma todavía. Pero no tenía ninguna duda de que, si habían ido a parar a manos de algún otro perfumista, este las podría utilizar en beneficio propio.

Se preguntaba si a Anselm, en caso de ser él el ladrón, le habría dado tiempo de entregar el cuaderno a su comprador. El hecho de que hubieran encontrado la libreta entre sus cosas hacía pensar que no. Pero esto no era definitivo: podía haber copiado las fórmulas. Aunque, si era así, ¿por qué no se había deshecho de la comprometedora libreta? ¿Quizás no había tenido tiempo? No lo sabía. Y cada vez estaba más convencido de que no era Anselm la persona que tenía las respuestas que buscaba.

De hecho, el robo había tenido una parte positiva, si se podía llamar así. Parés se había asustado tanto que había hecho instalar una caja fuerte en el laboratorio y había contratado a un vigilante de noche que trabajaba incluso los domingos. Era de suponer que, con tantas medidas de seguridad, no se repetiría un episodio tan inquietante como el que acababan de vivir.

Pablo pensaba en todo ello mientras abría la correspondencia del día sentado ante la mesa de trabajo del laboratorio. Esa mañana, entre la numerosa correspondencia que recibía a diario, encontró una invitación a una recepción en el consulado francés de Barcelona. No era extraño que lo invitaran. De hecho, era un hombre popular debido a su trabajo, al que los españoles consideraban español y los franceses, francés. En la invitación a la fiesta se destacaba que esta estaría presidida por *madame* De Cubillies, esposa del embajador de Francia en Madrid. Evidentemente, la asistencia era de rigurosa etiqueta.

Aún tenía la invitación en la mano cuando Angèlica entró en el laboratorio. Desde que habían encarcelado a Anselm, la joven parecía un alma en pena y Pablo echaba de menos la alegría de su mirada y las palabras y risas con que ella alegraba el día a día.

Ir a la fiesta de la embajada le causaba a Pablo más pereza que otra cosa. De hecho, le recordaba los numerosos actos sociales que habían llenado su vida pasada y que había dejado atrás sin ninguna añoranza. Pero, mirando el rostro ojeroso y descompuesto de Angèlica, tuvo una idea:

—Angèlica, hágame el favor. Acérquese.

Ella, un poco extrañada, le obedeció. Él le tendió la invitación y cuando la joven hubo terminado de leerla, le dijo:

—¿Qué le parece?

Angèlica se encogió de hombros.

—He pensado que quizás usted estaría dispuesta a acompañarme.

—No estoy para fiestas, Pablo.

—Ninguno de nosotros lo está —respondió él muy serio—. Pero precisamente por eso, porque pasamos unos momentos delicados, es preciso dar una imagen de normalidad. Es bueno que nos vean. Que la vean a usted, la más genuina y bella representante de esta empresa.

Pablo no sabía si se acababa de creer todo lo que acababa de decir, pero lo había dicho y le pareció que le había quedado bastante convincente. Sobre todo, porque una tímida sonrisa empezó a dibujarse en la cara triste de Angèlica.

—¿Querrá acompañarme a la fiesta como embajadora de esta casa?

Angèlica sonrió abiertamente. Desde aquella lluviosa noche en que se habían besado, hacía de ello algunas semanas, Pablo parecía evitarla. No la había vuelto a invitar a salir y solo hablaba con ella de modo profesional y cuando había alguien presente. Su comportamiento la había confundido y entristecido. Quizás, pensaba la muchacha, se había hecho demasiadas ilusiones respecto a Pablo. Y después habían pasado tantas cosas, y tan terribles, que sus sentimientos habían quedado en un triste segundo plano.

Aquella invitación a la fiesta del consulado era como un respiro. Un poco de aire fresco entre tanta tristeza. Se daba cuenta perfectamente de que Pablo se había inventado aquel discurso para convencerla de que lo acompañara, pero que en realidad lo que quería era distraerla. Volver a salir con ella, en definitiva. Y eso la alegraba. Y mucho. Sin que ella se diera cuenta, la sonrisa iba ensanchándose en su rostro y, finalmente, con un movimiento afirmativo de cabeza, aceptó la invitación.

3

El salón de actos del consulado resplandecía la noche de la celebración de la fiesta. Como un imán había atraído a los prohombres más destacados del nuevo Régimen en Barcelona, así como a las personalidades francesas de la ciudad. No eran tiempos propicios para grandes celebraciones donde poder lucir prestigio y poder, por lo que, cuando se presentaba la oportunidad, ese tipo de actos se llenaban con hombres y mujeres deseosos de dejarse ver.

Pablo y Angèlica entraron en la sala de la recepción. Formaban una pareja de película. Él, tan atractivo, con el traje de etiqueta de chaqueta blanca y pantalón negro y una orquídea blanca en el ojal, el pelo plateado en las sienes y la mirada profunda y atrayente, como su sonrisa. Destilaba lo que los franceses llaman *charme*. A su lado, Angèlica lucía su brillante juventud envuelta en un vestido largo de *chiffon* crudo, con escote corazón y encaje negro en la parte superior. Se había recogido el pelo en un moño y había dejado en libertad algunos mechones juguetones y rebeldes. Un camarero les acercó una bandeja llena de copas de champán y Pablo cogió una para Angèlica y otra para él.

Angèlica daba pequeños sorbos a su copa mientras observaba a las ilustres invitadas, la mayoría muy elegantes, que habían escogido el negro como color predominante en sus vestidos. Mientras,

Pablo se había alejado un poco para saludar a algunos señores conocidos: *monsieur* Deffontaines, el director del Instituto Francés de Barcelona, y el presidente de la colonia francesa, *monsieur* Foret.

Después, cogió con dulzura a Angèlica por el codo y ambos recorrieron la sala paseando de grupo en grupo. Él devolvía saludos y sonreía; ella también sonreía, pero nerviosamente, sin saber muy bien de qué sonreía o a quién sonreía.

De repente, una ola de murmullos se extendió por la sala. Las miradas se dirigieron hacia la puerta. Alguien importante estaba a punto de hacer su entrada.

—¡La embajadora!

Oyeron que decía una señora a su lado.

Pablo y Angèlica se giraron a la vez. Una nube de curiosos se había congregado ante la puerta de entrada al salón y ocultaba por completo a la embajadora. Todos querían ser los primeros en verla y saludarla. Su figura, escondida tras el muro de invitados, era un misterio sin desvelar. Y a pesar de ello, el corazón de Pablo inició un furioso galope cuando el aroma intenso de Chanel n° 5 empezó a flotar en el aire. Cerró los ojos e intentó tragar rápidamente aquel sentimiento de melancolía.

La embajadora se acercaba hacia el centro de la sala. Antes de verla, Pablo pudo oír su voz, y aquella voz le trajo a la memoria un eco lejano, pero no olvidado. Un cúmulo de sensaciones y sentimientos rebotaron contra las paredes de su corazón. Sin saber por qué, el olor de lluvia y de despedida, de besos desesperados en medio de un camino de Grasse, se materializó a su lado y sintió cómo el ambiente se cortaba con cada latido de su corazón.

Impaciente, intentando domar la ansiedad que se apoderaba de su ánimo, Pablo se separó de Angèlica e intentó penetrar la corte de aduladores que rodeaban a la embajadora. Ella estaba de espaldas. Era una dama pelirroja que envolvía su espléndida figura con un vestido de seda de color de luna.

Se dio la vuelta.

Pablo notó cómo el mundo entero se desvanecía. Sus pasos lo acercaron a la embajadora en medio de la tormenta que le estallaba en el corazón. Una tormenta que todo lo removía, aunque empezaba a dar paso al más brillante de los soles.

—Claudine... —murmuró—. Claudine...

Era un bello nombre que le gustaba saborear.

Y, pronunciándolo, se dio cuenta de que todo volvía a ocupar el lugar que le correspondía y le invadió una gran y placentera calma. Fue un momento especial. Lleno de quietud. Pablo cerró los ojos como si lo quisiera retener para siempre. Y entonces alguien le dio un golpe y una copa de champán se derramó sobre su flamante chaqué blanco. La voz de Claudine, a su lado, se disculpaba nerviosa. Él le buscó los ojos.

Lo miraban asombrados.

4

—¡Cuánto lo siento, *monsieur!* Le pido perdón...

Claudine tartamudeaba e intentaba secar la mancha de champán de la chaqueta de Pablo con un pañuelo.

—Señora embajadora, no se preocupe...

Ella buscó a alguien con la mirada. A una mujer. Le dijo algo al oído y luego añadió en voz alta:

—Por favor, Anne, que acompañen a este señor a un lugar tranquilo donde se pueda limpiar la chaqueta.

Y añadió, mirando de nuevo a Pablo con sus grandes ojos verdes:

—Cómo lo siento, señor...

La mujer empujó suavemente a Pablo fuera del círculo de curiosos que contemplaban la escena, entre ellos la propia Angèlica. Lo condujo por un pasillo solitario. Al cabo de un minuto, lo hizo entrar a un despacho del consulado.

—Un momento, señor, espere aquí si es tan amable.

Pablo se quedó solo. Se quitó la chaqueta mojada y la dejó encima de una de las butacas. Dio un vistazo al despacho. Si no era el del cónsul, sí que debía de ser el de algún alto cargo del consulado. La pared del fondo estaba forrada de librerías. En medio de la sala se extendía una gran alfombra con un pesado escritorio de madera noble encima. Cerca de las librerías había un par de sillones y una mesita baja. Desde las ventanas se podía ver el pequeño jardín del consulado. Pablo abrió una de las ventanas. Respiró complacido el aire que entraba perfumando el despacho. Iniciado el mes de marzo, se empezaba a intuir la primavera cercana. La luna, allá arriba, le pareció que era solo una especie de paréntesis luminoso.

Se dispuso a esperar lo que estaba por venir. La imagen de Claudine le danzaba en la mente; en el corazón. No podía dejar de sonreír. Tenía el pecho ahogado entre un millar de sueños y recuerdos. Respiró fuerte, como si haciéndolo pudiera librarse de aquellos sentimientos tan intensos.

La puerta se abrió y entró Claudine. Pablo se giró. Se quedaron de pie, cada uno de ellos en un extremo de la sala. En silencio. Observándose. Todavía brillaba el estupor en los ojos de la mujer.

—¿Pablo? —preguntó Claudine, como si quisiera asegurarse de lo que estaba viendo: de que realmente era él, Pablo Soto, el hombre que tenía delante.

Pablo avanzó hacia ella. La luz tenue del despacho iluminaba el rostro de Claudine y hacía resplandecer su piel, tan blanca. Él la observó con detenimiento, deleitándose en los ojos, en la boca, en cómo movía las manos e, incluso, en cómo respiraba.

—Estás...

Los ojos grandes y verdes de la mujer recorrieron indecisos el rostro de Pablo. Lo detuvo con un gesto de la mano.

—¡Oh, Dios mío! No me lo puedo creer.

Claudine pasó junto a Pablo y se dirigió hacia la ventana abierta con pasos firmes. Le dio la espalda y se quedó mirando hacia fuera, al jardín y a aquella luna tan blanca. Pablo se volvió lentamente. No quería dejar de mirarla. Había pasado demasiado tiempo sin verla. Un tiempo absurdo. Perdido. Dejó que los ojos disfrutaran de su perfil, que se recortaba como el de un ángel en el contraluz de la ventana.

—¿Qué es lo que no te puedes creer? —preguntó con voz frágil y quebradiza.

Ella se volvió y le clavó encima aquellos dos ojos inigualables. Pablo nunca había vuelto a encontrar otros como aquellos.

—Pablo, te ruego que me perdones, estoy confundida. Encontrarte así, aquí... ¡Ahora!

Se dirigió hacia el escritorio. Pablo la vio avanzar con el vestido de noche de seda de color perla que dibujaba su figura sinuosa.

Lo lucía con la naturalidad de una diosa. Estaba tan espectacular que él tuvo que hacer un esfuerzo para no quedarse mirándola como un bobo.

Habían madurado. Quizás sí. Pero la Claudine que tenía delante era la feminidad en persona. Ahora se daba cuenta. ¡Cuántos años intentando engañarse! No la había olvidado. Nunca la había dejado de amar. Pero ella tenía razón. ¿Qué dios travieso y cruel se recreaba con ellos haciendo que se reencontraran precisamente ahora? ¿Quién se divertía tanto jugando con sus destinos?

—Tengo la impresión de que te incomoda verme —dijo él por fin, después de un silencio que parecía que ninguno de los dos sabía romper.

—No. Simplemente... Cuando te vi... Ha sido tan inesperado. Tan sorprendente...

Claudine se llevó una mano al corazón, como si quisiera mitigar sus latidos. Luego, se enderezó intentando recobrar el dominio de sí misma. Cuando volvió a hablar la voz le sonó metálica y los ojos le brillaban en medio de un mar tempestuoso:

—Solo quiero que sepas que me ha encantado volver a verte y saber que estás tan... Tan bien. Ahora, deberías salir. No podemos estar solos aquí más tiempo sin llamar la atención.

Pablo afirmó con la cabeza, lentamente, sin dejar de mirarla. Confundido. Decepcionado, tal vez. Después de unos segundos se dirigió hacia el sillón y con actitud decidida recogió la chaqueta. Se la puso lentamente. Le parecía que el despacho entero se había dado la vuelta. Caminó hacia la puerta; se apoyó en ella. Cerró los ojos. Estaba profundamente enfadado con su destino.

Se volvió hacia Claudine y se quedaron mirando los dos a distancia: él, junto a la puerta; ella, de pie detrás del escritorio.

—¡Ah!, por cierto, me ha encantado comprobar que aún te perfumas con Chanel nº 5. Veo que sigues siendo fiel a tus promesas.

Pablo se dio la vuelta en redondo y se fue dejando tras de sí la aspereza de aquellas palabras dichas en un tono duro. Al quedarse sola, Claudine no hizo nada para impedir que las lágrimas brotaran de sus ojos. Se abrazó a sí misma y comenzó a llorar con la cabeza caída sobre el pecho.

Nunca habría pensado que los fantasmas pudieran regresar con tanta fuerza del maldito lugar donde se escondían.

5

Angèlica soltó un gran suspiro cuando vio que Pablo volvía a entrar en la sala de la recepción. Tuvo la impresión de que había estado reteniendo la respiración durante horas. Corrió hacia él.

—Pablo, ¿está bien?

Él la miró con una dureza nueva en los ojos que hizo estremecerse de frío el corazón de la chica:

—¿Por qué no iba a estarlo? Solo han sido unas gotas de champán.

—Yo... Me ha parecido...

Pablo tomó a la joven del brazo.

—Debe de estar cansada, ¿verdad, señorita Parés? Quizás sea ya hora de que la acompañe a casa.

Angèlica hubiera querido decirle que no hacía ni una hora que habían llegado y que la fiesta apenas comenzaba. Pero no lo hizo. Un nudo le atenazaba la garganta y las lágrimas le escocían en los ojos. Las palabras de Pablo le habían hecho el efecto de un bofetón. Bajó la cabeza y se dejó conducir fuera.

Mientras volvían en taxi hacia la rambla de Cataluña, inmersos ambos en un silencio denso e incómodo, unas palabras que Pablo le había dicho la noche que habían salido a bailar resonaban insistentemente en la cabeza de Angèlica:

«Me enamoré como un loco de una chica de cabellos rojos de sol y ojos verdes de agua».

Cabellos rojos y ojos verdes. Como los de la embajadora que parecía haber trastornado con su presencia la serenidad de Pablo; que le había endurecido la mirada y le había robado las palabras y la sonrisa como si fuera un fantasma proveniente del pasado.

DECISIONES

Barcelona, marzo de 1943

1

Anochecía. Pablo, con una copa de vino en la mano, miraba por el ventanal cómo el crepúsculo emprendía su particular batalla de luces naranjas y violetas con las que pintaba la calle. Vio cómo el viento agitaba los árboles que parecían arañar los cristales de las ventanas de los primeros pisos con sus ramas.

Llamaron a la puerta. Fue a abrir esperando encontrar la cara afable de la viuda Maspons o el gesto curioso de la portera. Las dos mujeres habían entrado en franca competencia a la hora de cuidar de él. No les cabía en la cabeza que un hombre pudiera sobrevivir solo, y cuando no era una la que le subía un platito de sopa, era la otra la que lo obsequiaba con alguna golosina hecha en casa con la ración de azúcar moreno de todo el mes.

Pablo se quedó sin habla cuando vio relucir los ojos verdes de Claudine entre las sombras del rellano.

—¿Puedo pasar?

Él notó que el corazón se le disparaba dolorosamente.

—Claro —respondió en un tono inconscientemente bajo.

La hizo pasar hasta el salón. Ella lo miraba todo con curiosidad. Caminó hacia el balcón y se quedó observando la vista sobre la calle de Balmes, que se iba oscureciendo poco a poco. Pablo, detrás de ella, aún no daba crédito a que aquella mujer madura, espléndida, fuera Claudine. Su Claudine.

—¿Conoces la ciudad? —le preguntó. Ella se dio la vuelta para mirarlo a los ojos.

—Hace un tiempo que vivo en Madrid. Solo he venido algunas veces a Barcelona.

Ambos quedaron observándose en silencio y se echaron a reír a la vez.

—Es difícil, ¿no crees? Quiero decir, iniciar una conversación. Han pasado tantos años —dijo ella.

—Podría preguntarte cómo has sabido dónde vivía, pero supongo que para la mujer de un embajador esto debe de ser una nadería.

Ella sonrió con coquetería:

—En este país puedo saber todo lo que quiera de una persona en unas pocas horas. Aquí no hay información que no se pueda comprar.

Pablo le había servido una copa de vino mientras ella hablaba. Se la ofreció y bebieron ambos de pie ante el ventanal, mirando a la calle, como si no se atrevieran a dar el siguiente paso.

Claudine bebió el último sorbo de vino rojo que brillaba en su copa. Después la dejó sobre una mesita baja y se quitó el pequeño sombrero de fieltro verde adornado con una pluma que le cubría el pelo.

—He seguido tus éxitos todos estos años. L'Acqua della Regina te hizo famoso. Y después te convertiste en el perfumista de Parfums Royal y en uno de los mejores de toda Francia.

Pablo sonrió.

—Pero tú has seguido fiel a Chanel, ¿verdad?

Ella afirmó con la cabeza. Había melancolía en sus ojos.

—Leía todo lo que caía en mis manos sobre ti. Tus viajes, las fiestas a las que acudías con tu mujer. —En los ojos de Claudine brilló la inquietud—. Es de Grasse, ¿verdad? ¿Vive aún allí? ¿Os habéis separado, quizás? Por lo que sé, vives solo...

Pablo no la dejó terminar.

—Murió.

—Lo siento.

Él afirmó con la cabeza y cambió rápidamente de conversación:

—¿Y qué ha sido de tu vida?

—Me casé con un diplomático. Tengo una hija de diecisiete años.

Calló, como si lo que acababa de decir fuera suficiente para resumir todos aquellos años de ausencia. Como si ya no hubiera nada más que contar. El salón se había quedado a oscuras. Estaban muy cerca el uno del otro. Los ojos les brillaban encendidos de deseo. Él acercó una mano hacia ella para liberar sus cabellos del moño que los sujetaba. Acarició el pelo sedoso de Claudine. Ella alzó sus ojos hacia el rostro de Pablo. Pudo sentir el calor de sus dedos en el cuello y cómo la atraía lentamente hacia él. Sus bocas se unieron de nuevo para pisar el tiempo, el pasado, como si este no fuera más que un hilo muy fino a punto de romperse. Pablo besó a Claudine lentamente, con dedicación. Como antes. Como no debería haber dejado de besarla nunca. Ella le devolvió los besos con labios cálidos. Su respiración se acompasó sobre los músculos palpitantes de él, a punto de explotar de deseo.

2

Yacían ambos en la cama, medio incorporados. Claudine envuelta en la corpulencia de Pablo; él peinando con suavidad las hebras rojas de pelo, largas y suaves, que se enredaban entre sus dedos. Se sorprendió al darse cuenta de que recordaba el peso exacto de aquellos cabellos; su tacto sedoso al introducir los dedos en ellos. Era como si el tiempo se hubiera detenido en su punto justo, en aquel punto de donde no debería haberse movido nunca.

—Tengo que irme, Pablo. Tengo que volver a Madrid. Ya he sido bastante imprudente viniendo a verte. No debería haberlo hecho...

La voz de Claudine parecía cubierta por un velo de tristeza. No pudo terminar de hablar. No era necesario. Pablo recorrió su cuello con los labios, dejándole sobre la piel pequeños besos de consuelo. Puso un dedo sobre la boca de Claudine para impedirle pronunciar ninguna otra palabra que le provocara dolor.

—No sufras por mí. Vete si es lo que debes hacer —dijo él, consciente de que ella estaba a punto de desaparecer de nuevo de su vida. Como antes. Como siempre. Se giró de espaldas a ella para ocultar la tristeza que lo invadía. Claudine pegó la mejilla a su espalda musculosa y después la recorrió con los dedos. Una luz nueva, llena de esperanza, le hizo brillar los ojos, que se volvieron de repente soñadores.

—No, Pablo, no te librarás de mí tan fácilmente ahora que te he encontrado. Volveré. Te avisaré cuando pueda hacerlo.

Cuando Claudine hubo partido, Pablo siguió acostado en la cama. Pensaba que, si unos días antes le hubieran dicho que se reencontraría con Claudine en Barcelona, que volvería a amarla, a hacer el amor con ella, no se lo habría creído. Y, en cambio, ahora podía sentir el rastro de su presencia en las sábanas y en su alma.

Habían compartido sus cuerpos, como si el deseo de hacerlo fuera inmune al paso oscuro del tiempo. Pero el tiempo había pasado. Y ellos ya no eran los mismos. Y era duro mirar cara a cara un sueño roto. Era cierto que su presencia le había llenado el corazón de alegría, pero no podía ignorar la incertidumbre que sentía y que atizaba su angustia.

Cogió un cigarrillo de la caja que guardaba en la mesita de noche y sin levantarse de la cama lo encendió. Fumó lentamente, sin prisas, observando cómo el humo subía lento hacia el techo dibujando espirales. Los recuerdos que llevaban años escondidos entre sombras se volvían a hacer presentes. Recordó vívidamente los días y las noches que pasó cuando ella lo abandonó en París. ¡Cómo lo golpeó, entonces, la oscuridad! ¡Cómo se había apresurado a guardar esa pena tan grande en un rincón escondido del corazón! Para sobrevivir. Solo había sobrevivido.

Apagó el cigarrillo en el cenicero de la mesita de noche y se dispuso a descansar. Por la ventana entraba un rayo de luna que, travieso, le cosquilleaba en los ojos. El sueño se le acercaba, seductor. Se dejó caer en sus brazos y así, casi dormido, le pareció que el reencuentro con Claudine no había sido real. Solo niebla, recuerdo y magia.

3

Saavedra había sumado dos y dos y había sacado sus propias conclusiones. Se había olido desde el principio que en aquel asunto se escondían más cosas de las que podían ser discernidas a simple vista. Había esperado. Hacía tiempo que había aprendido que en su trabajo la mejor manera de obtener resultados era mostrarse paciente. Después de su cita con el Americano, la historia se cerraba y era el momento de hablar con Modest Parés. Esta vez fue él quien lo citó en su despacho de la vía Layetana.

—Pasa, Parés, y toma asiento —le dijo sin levantarse de su butaca, en cuanto vio entrar al empresario.

Parés se dejó caer en una silla frente al inspector. En el rostro se le reflejaba la impaciencia con que había acudido a la llamada de Saavedra. Era un hombre listo, intuitivo. Sabía leer las señales. Estaba seguro de que lo que estaba a punto de oir no era nada bueno. Que de alguna manera afectaría a su vida. Aunque no lo admitiera, Modest Parés había pasado todos estos años, desde que había abandonado Vilasar, esperando las sombras. Porque vivía con una muy grande pegada a la conciencia. Y, ahora, algo en su interior le decía que las sombras se acercaban.

—Dime, pues.

Saavedra fue al grano.

—Tu hijo robó esa libreta del laboratorio, Parés. Debía mucho dinero; deudas de juego. ¿No es la primera vez, no es cierto?

Parés no respondió.

—La ocasión fue aprovechada por un tipo muy peligroso; un viejo conocido nuestro. Un mafioso. Un matón. El tipo tenía un negocio entre manos, un negocio que había de reportarle pingües beneficios. Muy lucrativo. Tenía el encargo de robar tu perfume. Solo necesitaba a alguien dentro de la empresa que lo hiciera posible.

Modest Parés notó cómo los nervios se le adherían al intestino.

—¿Sigo? —le preguntó Saavedra, advirtiendo su palidez.

El empresario afirmó levemente con la cabeza.

—Siguió a tu hijo, vio cuáles eran sus puntos débiles. Le prestó dinero para pagar sus deudas. Una gran cantidad de dinero. Lo encerró en su jaula. Luego, cuando ya lo tenía en sus manos, le hizo creer que le perdonaba la deuda a cambio de un pequeño servicio.

—Entiendo —dijo Parés. Pero era mentira. No lo entendía. No entendía cómo un hijo podía hacerle algo así a un padre. Las palabras del inspector le perforaban el alma como cuchillos afilados.

Tuvo que hacer un esfuerzo para volver a hablar. Pero quedaba un tema por esclarecer.

—¿Y puedo saber quién quería comprar la fórmula?

Saavedra afirmó con la cabeza.

—Puedes, aunque este tipo no representa ya una amenaza ni para ti ni para tu empresa. Ha vuelto a su país con el rabo entre las piernas.

—¿A su país?

—Concretamente a Francia. Se trataba de André Goutal, el antiguo socio de tu perfumista en París. Había hecho tratos con los alemanes. Quería conservar el negocio y les había prometido un gran perfume. Solo que, a él, por lo visto, no se le dan bien los perfumes. Y como además estaba resentido con Soto porque creía que lo había dejado en la estacada...

—... creyó que lo más fácil sería robarle la fórmula.

—Así es.

Parés se dejó caer en el respaldo de la silla. Se sentía profundamente cansado. Pero Saavedra aún no había terminado.

—Mira, Parés, conozco a ese tipo que llevó a tu hijo a robar la fórmula y créeme si te digo que no lo va a dejar tranquilo así como así. Me gustaría equivocarme, pero sé cómo actúa. Es un tipo vengativo y ha visto cómo se volatizaba un gran negocio delante de sus narices. Tal y como están las cosas, él piensa que tu hijo no le ha pagado la deuda que contrajo con él. De hecho, solo le ha causado problemas. Así que...

—Ya —lo interrumpió Parés. Lo entendía perfectamente. No necesitaba oír aquellas palabras—. ¿Qué sugieres?

—Mira, tú tienes dinero. Úsalo. Envía al chico fuera una buena temporada, hasta que las cosas se suavicen.

Modest Parés se quedó mirando al policía a los ojos, fijamente, intensamente.

—Pero, a un tipo de esa calaña, ¿no lo podéis detener?

Saavedra le sostuvo la mirada. Pero no respondió a su pregunta.

—Hazme caso, Parés.

El empresario asintió con la cabeza. Estaba noqueado. Le costaba pensar. Se levantó con dificultad de la incómoda silla, lentamente, apoyando las manos sobre las rodillas para ayudarse, como un viejo. Como si desde que había entrado a ese despacho hubiera envejecido diez años. Le dio la mano al inspector y susurró un «gracias». Antes de irse, le preguntó:

—Ese otro muchacho, Anselm Huguet, es inocente. Supongo que lo dejaréis en libertad.

Saavedra había vuelto a sus papeles. Ni siquiera levantó la mirada cuando dijo:

—Ahí no tengo ninguna potestad, Parés. Eso está en manos de la Brigada Político Social.

Modest Parés, que no solía tener miedo a casi nada, se estremeció.

Cuando salió a la calle se topó con aquella mañana primaveral, suave, sin un soplo de aire. El abrigo de invierno le molestaba, lo hacía sudar. Pensó que le diría a Valèria que mandara guardarlo y que hiciera sacar la ropa de entretiempo del armario. ¿Por qué pensaba en estas cosas? Ahora, precisamente ahora.

Los pies lo llevaron por calles de ropa tendida en los balcones; ropa que chorreaba agua. No podía pensar. Se ahogaba.

Las sombras.

Aquellas sombras.

Intentó poner orden en el amasijo de pensamientos que no lo dejaba comportarse como el hombre resolutivo que era.

Se quedó parado en mitad de una calle desconocida. Lo primero era el hijo de Huguet. Se lo debía. Pensó que dedicaría la mañana, el día entero a llamar a todas las puertas que pudiera; que recorrería los largos pasillos que conducían a las oficinas donde residía el poder. Los mismos pasillos que él había recorrido tantas veces, con pasos firmes. Que visitaría a quienes le debían favores. Y, si era necesario imploraría. Amenazaría...

Y después, Eugeni. ¿Adónde lo iba a enviar si medio mundo estaba en guerra? ¿Cómo le contaría todo aquello a Valèria? Eso la mataría. Era incapaz de contárselo.

Modest Parés, el gran empresario, el triunfador, se apoyó en la pared desconchada de una calle sucia que olía a orines. Volvía a ser el chico asustado de Vilasar.

No. No se lo podía permitir. Ahora no.

4

La señora repartía órdenes al servicio. Ese día estaba especialmente irritable. Parecía enfadada y fumaba un cigarrillo tras otro con gesto nervioso. El ruido de sus tacones acuciantes encima de los suelos de parqué resonaba por toda la casa como una amenaza. Tenía un compromiso aquella tarde y había descubierto una mancha en el traje de chaqueta que se pensaba poner. Matilde había cargado con el mochuelo. Le gritaba como si la pobre mujer fuera la responsable no solamente de la mancha del vestido, sino de la guerra que asolaba media humanidad.

Matilde salió de la habitación de la señora sin dar muestras de que todo aquel cataclismo la afectara lo más mínimo. Estaba acostumbrada. Formaba parte de su trabajo. Conocía a la señora y sabía cómo tratarla. Cuando perdía los nervios de esa manera lo mejor era callar y esperar a que escampara. Eso sí, más valía que aquella mañana la casa funcionara como una seda. Tampoco era cuestión de echar más leña al fuego.

Fue en busca de Rita. La muchacha la tenía preocupada. Hacía días que vagaba por la casa como un alma en pena. A veces había pegado la oreja a la puerta de su habitación y la había oído llorar. Los dos últimos jueves por la tarde, que era cuando libraba, se había quedado en casa, encerrada en su pequeño cuarto con la excusa de que no se encontraba del todo bien y que prefería descansar. Matilde rezaba cada noche para que Eugeni Parés no hubiera vuelto a las andadas. Para que no le hubiera hecho daño a aquella criatura tan tierna todavía.

La encontró limpiando los cristales de la sala.

—Rita, cuando acabes con eso vas al despacho del señor, que ayer quedó por arreglar. Habrá un dedo de polvo. Si a la señora se le ocurre entrar tendremos una buena.

Rita ni se giró.

—Muchacha, ¿me estás oyendo?

—Sí. Que limpie el despacho —respondió por fin Rita, con una voz que parecía venir de otro mundo.

Matilde dejó escapar un suspiro largo y ruidoso y se fue a ver cómo iban las cosas por la cocina.

Así que acabó con los cristales, Rita fue hacia el despacho del señor Parés con el plumero y los utensilios de limpieza. Lo barrió y se dispuso a sacar el polvo del gran escritorio de caoba. Matilde le tenía dicho que al pasar el plumero debía procurar no cambiar nada de lugar porque si lo hacía el señor se daba cuenta y se molestaba. La joven empezó a limpiar sin mucho entusiasmo: primero el sobre de la mesa, después se agachó para pasar el plumero por los cajones. Había tres a cada lado. El de arriba tenía una cerradura que los cerraba todos. Siempre estaban cerrados. Ahora, sin embargo, el de la cerradura estaba algo abierto. Lo acabó de abrir. Dentro había papeles, guardados con el mismo orden escrupuloso que el señor ponía en todo. Sin saber muy bien por qué, también abrió el segundo cajón. Había una caja cerrada. La abrió. Dentro brillaba un objeto. Lo sacó del estuche. Lo sujetó con ambas manos. Lo contempló durante un largo rato y, finalmente, se lo guardó en el bolsillo del delantal.

5

También Angèlica, desde la soledad de su habitación, oía los gritos de su madre y el ir y venir del servicio por la casa. Cada día la aguantaba menos. Todas las preocupaciones de Valèria quedaban reducidas a sí misma, a su aspecto, a su vestuario, a detener el tiempo que comenzaba a marchitar la espectacular belleza que siempre había tenido. A todo ello y a salir con las amigas. O con quien fuese que saliera. Valèria era de aquellas mujeres a las que la casa no se le caería encima. No estaba nunca en ella. Seguía siendo la misma madre ausente de su niñez. ¿Qué gran desgracia le debía de haber pasado aquella mañana? ¿Por qué gritaba de aquella manera? Parecía que el mundo se hundiera bajo sus pies.

Sentada frente al espejo del tocador de su habitación, Angèlica se tapó la cara con las dos manos. ¿Para eso insistía tanto su madre en que se casara? ¿Para acabar como ella? ¿Para llevar esa vida vacía y estúpida?

Se apartó las manos de la cara y se miró en el espejo. ¡Qué ilusa había sido! ¡Se había hecho tantas ilusiones con Pablo! Había soñado una vida maravillosa a su lado. La guerra terminaría y ellos, juntos, recorrerían el mundo con sus perfumes. Serían una pareja perfecta. Unida. Puede que al final acabara casada, como tanto deseaba su madre, pero lo haría por amor, con el único hombre del que se había enamorado nunca.

Cogió el frasco de Indien que había encima del tocador y no pudo evitar sonreír recordando lo que le había dicho Pablo. ¡Qué vergüenza había pasado ese día! Ya no se había vuelto a poner ni una gota de ese perfume.

Y luego él la había llevado a bailar, la había besado. Bueno, de hecho, ella lo había besado primero. ¿Cómo se había atrevido? No había podido controlar el impulso y no se arrepentía de ello.

¡Qué feliz había sido aquella noche! ¡Y cuán breve es la felicidad! Claro, que Pablo no la había engañado. Le había hablado de su amor por esa mujer pelirroja que la vida le había arrebatado. Y la mujer había vuelto. Como un fantasma. La embajadora...

Sí, estaba segura de que aquella mujer era el gran amor de Pablo. Su presencia lo había trastornado. Le había cambiado la mirada, y su silencio en el taxi de regreso a casa le hablaba de la sacudida de aquel reencuentro.

Ella no lo había podido soportar. No había vuelto al laboratorio. No se sentía capaz. No era capaz de enfrentarse a la ausencia de Anselm ni al silencio de Pablo.

Se había encerrado en casa. Había caído en una especie de estado en el que el más mínimo gesto le exigía un esfuerzo descomunal. ¡Siempre había sido una cobarde!

Se levantó y se dirigió hacia el armario ropero. Sacó algunas piezas que lanzó sobre la cama. Luego salió del cuarto y buscó a Matilde. La encontró en la cocina.

—Matilde, tráeme una maleta y dile a Sebas que prepare el coche, que dentro de una hora me tiene que llevar a Vilasar.

Dio media vuelta para volver a su habitación. Matilde, con las preguntas y la ansiedad pintadas en el rostro, la siguió inquieta.

—¿A Vilasar, señorita? ¿Se va a Vilasar? ¿Sola? Pero si la casa está cerrada, estará fría...

Objetó, como si esa fuera la desgracia más horrible con la que se podía encontrar Angèlica en la vida.

La joven se giró hacia la mujer con los ojos brillantes de lágrimas. La voz, sin embargo, sonó firme cuando dijo:

—Sí, Matilde. Me voy sola. Quiero estar sola.

LA INFANCIA LEJANA

Barcelona, marzo de 1943

1

El día se despertaba plácidamente.

En Vilasar la primavera parecía brillar más que en Barcelona. La mañana después de su llegada, Angèlica salió a pasear por la playa. El sol caminaba a su lado tímidamente, calentándole la nuca.

Se sentó en la arena húmeda y se quedó contemplando el mar, disfrutando de aquel momento de soledad tan ansiado. El abrazo cálido del sol la aletargaba. El canto de las olas ejercía un poder calmante en su ánimo. Cerró los ojos, respiró aquel olor que la transportaba a la infancia e intentó dejar la mente en blanco. Poco a poco lo fue consiguiendo. Con los ojos cerrados y los codos apoyados en las rodillas, Angèlica fue serenándose hasta que un halo de paz la envolvió. Entonces, los recuerdos del pasado fueron abriéndose paso en su mente.

2

Angèlica recordaba perfectamente el primer día en que su padre los llevó a ver la casa de Vilasar. Era un domingo de marzo en toda regla: frío y ventoso.

Recordaba, incluso, cómo iban vestidos. Ese día Valèria llevaba un bonito abrigo de cuello alzado ribeteado de piel. En aquella época, debía de correr el año veintisiete o veintiocho porque ella tenía unos ocho o nueve años, su madre estaba entusiasmada con la moda de los sombreros *cloches*, que todo el mundo en Barcelona llamaba «de campana». Era por ello que se había cortado la bonita melena a la *garçonne*. Si no se llevaba el pelo muy corto, aquellos sombreros estrechos y de líneas rectas no entraban en la cabeza.

A Angèlica le encantaban los sombreros de campana. Y le encantaba aún más ver a su madre ponérselos: se los encajaba tanto en la cabeza que casi le tapaban los ojos obligándola a levantar mucho la barbilla y a dirigir la mirada hacia abajo, como si mirase el mundo desde una altura superior. De hecho, a Angèlica, de niña, le gustaba absolutamente todo lo que se ponía su madre. ¡La encontraba tan bella y tan elegante!

Ella, en aquella época, había dado un buen estirón y estaba delgada como un alambre. Aún ahora le parecía estar viendo el abrigo que llevaba aquel domingo, abotonado hasta el cuello y de un color entre verde y amarillo. ¡Espantoso! Los calcetines altos, por debajo de la rodilla, tampoco ayudaban mucho a mejorar el conjunto que le daba a Angèlica un aspecto frágil, como el de los árboles que crecen haciéndose un lío con las ramas. Nunca había sido una niña demasiado hermosa. O eso le daba a entender su madre a menudo, cuando la comparaba continuamente con su padre y le decía, con el desprecio pintado en los ojos, que era igual de desaliñada que él. Y es que los verdaderamente elegantes de aquella casa, los guapos de verdad, eran Valèria y Eugeni. Ellos podían vestirse con un saco de patatas que les quedaba bien. Debía de ser la herencia de los Casanoves.

Aquella mañana la familia Parés al completo hizo el viaje hacia Vilasar en coche. Entonces aún no tenían chófer y conducía Modest. En el coche flotaba un ambiente algo enrarecido. Sus padres casi no se dirigieron la palabra en lo que duró el trayecto. Solo abrían la boca de vez en cuando para regañarla a ella o a su hermano porque no dejaban de pelearse o porque hacían demasiado ruido.

Al llegar, Modest Parés detuvo el coche en una calle de aceras anchas en las que las casas y sus pequeños jardines se alineaban tranquilas como si quisieran verterse al mar. Les dijo que aquella era la calle de San Pablo y añadió que era la de más empaque del pueblo. Angèlica lo creyó a pies juntillas porque su padre había nacido en Vilasar y, por lo tanto, conocía muy bien el lugar. Valèria lo miraba todo con frialdad mientras seguía sin abrir la boca para nada.

Las casas de la calle de San Pablo estaban custodiadas por grandes árboles que se alzaban ante sus puertas y que delimitaban la carretera general, muy tranquila en aquellos momentos. Angèlica, feliz e ilusionada, se imaginó la sombra que darían en verano cuando fueran a pasar las vacaciones a su nueva casa. Al otro lado de la carretera, había un paseo con bancos encarados al mar, que estaban vacíos porque el día era frío.

Recordaba a la perfección la felicidad que la embargaba aquel día; le gustaba todo lo que veía y hasta le dolía la barriga de lo nerviosa e impaciente que estaba por saber cuál era la casa que su padre había comprado para pasar los veranos. Era una emoción que parecía compartir con su padre, pero que a juzgar por sus rostros serios estaban lejos de sentir Valèria y Eugeni.

Finalmente, el misterio se resolvió cuando su padre los condujo hasta una de las casas de la calle y con orgullo dijo:

—¡Es esta!

A Angèlica le pareció que aquella era una casita de cuento de hadas. Tenía dos plantas y mosaico de colores en las barandillas y en el friso del tejado. Se accedía a la puerta de entrada atravesando un patio ajardinado.

—¡Es preciosa! —exclamó Angèlica con los ojos y la boca muy abiertos.

Su padre hizo los honores. Abrió la puerta enrejada y dio paso a la familia. Primero entró Valèria. Luego Angèlica y Eugeni, a la vez, dándose empujones para ser los primeros en entrar. Atravesaron el patio que la imaginación de la niña pintaba de flores de colores y entraron en la casa mientras su madre se entretenía poniendo un cigarrillo en una larga boquilla y comenzaba a fumar indolentemente, observándolo todo con manifiesto desprecio.

—¿Y aquí quieres que me pase todo el verano? —oyó que le preguntaba Valèria a su padre en un momento dado, mientras miraba cada rincón de la casa con displicencia.

Pero allí pasó el verano. El verano entero del año veintisiete y el de los que vinieron después.

Angèlica guardaba muchos recuerdos y muy vivos de aquel primer verano en Vilasar. Por muchos motivos.

Recordaba los baños de mar. Habían sido toda una novedad para los dos hermanos Parés. Eugeni iba a la playa con un traje de baño a rayas de una pieza con pantalón corto y manga también corta. Ella se bañaba vestida de marinera, con faldita azul marino y pantalones debajo. Eran unos trajes de baño incómodos, pero ellos entonces no se daban cuenta. Casi siempre los acompañaba Matilde a la playa. Se pasaba el rato persiguiéndolos, sobre todo a Eugeni, que se divertía haciéndola correr de un lado a otro, medio asfixiada bajo el uniforme de criada.

En Vilasar, su madre lo que hacía era aburrirse. Aburrirse mortalmente. Se podía decir que llevaba el aburrimiento pegado al cuerpo como una barra de plomo. Sin sus amistades de Barcelona, sin las salidas, sin las visitas a la modista y sin todo lo que llenaba su vida en la ciudad, la señora Parés se pasaba los días sin saber qué hacer, en un pueblo que no le gustaba y donde no conocía a nadie, con sus dos hijos correteando todo el día por la casa y agobiándola de mala manera. Estaba de un permanente mal humor que llegaba a su punto álgido cuando, los fines de semana, Modest llegaba a Vilasar con la ilusión de pasar unos días con la familia en esa casa que significaba, para él, el triunfo de todas sus ambiciones. Y, con él, llegaban los gritos y los portazos. Y es que Valèria de alguna manera tenía que hacer pagar a su marido aquel exilio al que la tenía condenada. Y el pobre hombre no sabía qué hacer para calmar aquellos desaires.

Hasta que un buen día de finales de julio, el día del cumpleaños de Valèria, a Modest se le ocurrió regalarle un piano.

—Hace mucho que no practicas —le dijo—. Y así te distraerás con algo.

Ella lo miró con desdén, mientras fumaba con su boquilla.

—Podríamos buscar a alguien que dé clases de piano aquí en Vilasar y así la niña también podría aprender a tocar.

Valèria debía de estar tan sumamente aburrida que acabó cediendo. Buscó a alguien que le diera clases de piano. Y lo encontró. El profesor era un joven bastante atractivo que tenía un aspecto romántico: estaba algo demacrado y lucía grandes ojeras; peinaba su negro pelo hacia atrás y tenía el rostro un poco enjuto, con ojos grandes y oscuros, y las manos de dedos largos y finos. De pianista.

Las lecciones de piano le cambiaron el humor a Valèria. Y en la casa de veraneo todos respiraron un poco más tranquilos. Angèlica recordaba perfectamente cómo además de los arpegios de rigor, por debajo de la puerta del saloncito donde habían puesto el piano a menudo salían risas y retazos de animadas conversaciones. Y algún que otro gemido.

Y recordaba también que, a ella, aquel profesor no le dio ni una sola lección de piano. Jamás.

A finales de agosto, Valèria empezó a reconciliarse con el veraneo. Pero entonces aparecieron Anton Huguet y su hijo.

Angèlica nunca podría olvidar el día en que los vio por primera vez. Fue una tarde de domingo, muy calurosa. Los ventanales de la sala estaban ajustados y el sol no se atrevía ni a entrar. Valèria estaba en el saloncito, echada en el sofá, adormilada, y los dos niños jugaban en silencio porque sabían cómo las gastaba su madre si hacían ruido y la despertaban. Y entonces llegó Modest con aquel hombre que vestía como un vagabundo y un niño, su hijo, que cojeaba de una pierna.

Valèria se levantó molesta y miró a su marido en silencio, con una mirada helada que hacía presagiar lo peor. Era su manera de pedirle explicaciones. Pero él no le dio ninguna. Solo le presentó a aquel hombre como un viejo amigo del pueblo y le dijo que iban al despacho porque tenían que hablar. Cogió al niño, que era de la edad de Eugeni, por los hombros y les dijo, a ella y a su hermano:

—Este es Anselm. Id a jugar un ratito mientras yo hablo con su padre.

Eugeni se quedó mirando al niño y con evidente desprecio soltó:

—¡Pero si es cojo!

Valèria sonrió. Siempre le hacían mucha gracia las salidas de Eugeni. Pero la sonrisa se le cortó en seco cuando Modest se acercó a su hijo y le pegó un bofetón que le quitó las ganas de hacer ningún otro comentario.

Valèria y Eugeni no olvidaron nunca esa afrenta. Ninguno de los dos pudo ver nunca ni en pintura a Anselm, a «el cojo», como se referían siempre a él, como si no tuviera nombre. Y este odio fue creciendo con los años, a medida que Anselm se hacía más presente en la familia y Modest lo protegía más y más. Valèria nunca llegó a entender por qué su marido pagaba los estudios a aquel chiquillo ni por qué pasados los años le daba trabajo en la empresa familiar. Y aunque debía de sospechar que Modest tenía razones muy poderosas para actuar como actuaba, jamás preguntó. Porque ella era de aquella clase de personas que creen a pies juntillas que, si uno evita mirar los problemas a la cara, estos desaparecen.

Eugeni, un niño mimado y protegido, no olvidó nunca aquel bofetón que le diera su padre aquel día. Nunca tragó a Anselm. Pero a Angèlica le cayó bien enseguida. Anselm tenía un pelo rizado del color del chocolate y unos ojos risueños y simpáticos, un poco más claros que el pelo. Se veía de lejos que era un buen niño, listo y con un gran corazón. ¿Qué podía importar que tuviera una pierna más corta que la otra?

Angèlica lo supo desde el primer momento: Anselm y ella serían buenos amigos.

Y lo fueron siempre.

3

Los gritos de las gaviotas despertaron a Angèlica de su estado de contemplación. El sol se había escondido detrás de unas nubes. Tenía frío. Se levantó para deshacer el camino. No se había equivocado viniendo a refugiarse en Vilasar. Allí todo era más diáfano, más fácil.

Mientras se acercaba de nuevo a la casa, empezó a pensar en su futuro inmediato. Matilde tenía razón. La casa de Vilasar no se abría hasta la temporada de verano. Estaba fría y las habitaciones dormían el reposo invernal envueltas bajo sábanas blancas. Había tenido que recurrir al matrimonio que cuidaba todo el año de la casa para poner a punto su habitación y disponer de un poco de comida caliente. Pero si se quedaba mucho tiempo allí, sola, resultaría extraño. Esto sin tener en cuenta que sus padres pondrían el grito en el cielo por su escapada. Modest Parés era capaz de ir a buscarla y llevarla a casa por una oreja. Tenía que tomar una decisión. Una decisión de futuro.

Angèlica pensaba en todo esto y lamentaba más que nunca el conflicto que desangraba al mundo. Lo lamentaba de una manera egoísta, porque si no hubiera sido por la guerra, este habría sido el momento idóneo para irse lejos. Para ir a estudiar a París. O a Grasse, a donde decían que iban todos los futuros perfumistas para formarse. Claro que antes habría tenido que convencer a su padre para que la dejara ir.

Pero ¿para qué pensar en ello? Había una guerra.

¿Qué hacer ahora? Necesitaba irse de casa una temporada, respirar...

Y entonces tuvo esa maravillosa idea.

Vio la casa y corrió hacia ella. Entró como una exhalación y subió los peldaños de la escalera de dos en dos hasta llegar a la pequeña biblioteca que miraba al jardín. Apartó las sábanas que cubrían los muebles y rebuscó hasta que encontró papel de carta. Sacó de la funda la vieja Underwood y puso el papel en el carro. Se acomodó como pudo en el dormido despacho y empezó a escribir.

Vilasar de Mar, 27 de marzo de 1943

Mi muy querida Cristina:

Recibí con sorpresa e ilusión tu carta donde me dabas cuenta de tu futura maternidad. Debo decirte que al principio no me lo podía creer. Bastante extraño fue para mí que mi mejor amiga se enamorara de un muchacho tan atractivo y de apellido tan largo e importante, se casara y se fuera a Madrid a vivir con su flamante esposo. Y lo de que vayas a convertirte en mamá... Pero, Cristina, ¡si solo hace dos días que íbamos a las monjas!

La distancia hace que olvidemos muchas cosas, querida Cristina. Demasiadas. Y yo no quiero olvidarme de ti, ni dejar de compartir estos momentos emocionantes de tu vida. Por todo ello he decidido aceptar la invitación que me has reiterado en varias ocasiones y venir a visitarte a Madrid antes de que nazca tu hijo y ya no tengas tiempo para dedicar a las viejas amigas.

Tú y yo nunca nos ocultamos nada, ¿verdad, Cristina? Tampoco ahora te ocultaré que mi deseo, además de venir a verte, es el de pasar una temporada en la capital. Lo necesito. Necesito alejarme de algunas cosas que me han pasado últimamente y que te explicaré en detalle cuando estemos a solas y tengamos tiempo de sobra para las confidencias, como antes.

¿Crees que tu marido, con esa familia que tiene tan influyente, podría encontrar algún trabajo para mí? Solo por unos meses. No sé..., cuidar niños. Despachar en una tienda elegante...

Se me escapa la risa solo con imaginar la cara que debes de estar poniendo, amiga mía. Pero confía en mí. Necesito un cambio de aires.

Si te parece bien que te vaya a ver, telefonéame en cuanto te sea posible. Yo no lo he hecho porque ahora estoy en Vilasar. Pero mañana volveré a Barcelona.

Espero poder estar contigo lo antes posible.

Te quiere, tu Angèlica.

DIOS EXISTE

Barcelona, abril de 1943

1

Modest Parés vivía su particular infierno. Intentaba no rendirse a la adversidad para poder solucionar el asunto que llenaba todos sus pensamientos. La traición de su hijo le había corroído el corazón. No lo podía negar. Hasta entonces lo tenía por un chico irresponsable. Por un tarambana a quien Valèria había consentido demasiado y al que él no supo atar corto. Pero no era eso. O no solo era eso. Su hijo era un amoral sin conciencia y sin corazón. Y empezaba a alegrarse de tener que alejarlo de su lado. Aunque temblaba solo al pensar cómo se tomaría Valèria la ausencia del hijo adorado.

Aprovechó la noche en que él y su mujer tenían una cena en casa de unos amigos. Él había aducido un malestar repentino para poder quedarse en casa. Le dijo a Eugeni que quería verlo a las ocho en punto porque tenía que hablar con él.

A las ocho menos cuarto, Modest Parés estaba sentado en el salón preparado para lo que tenía que hacer, con un sobre en las manos que contenía un billete de avión con destino a Suiza. Sabía lo que su hijo le preguntaría y sabía lo que él le respondería:

—Te vas de esta casa. Y te vas no solo porque no mereces vivir en ella, ni mereces ser considerado hijo mío, sino porque si no te vas tendré que ver cómo te matan.

Así se lo diría. Con esas mismas palabras que llevaba horas repitiendo en su cabeza. Las palabras más tristes que quizás pronunciaría nunca. ¿Cómo era posible que hubiesen llegado hasta aquí? Nunca había considerado a Eugeni un chico demasiado inteligente, pero hasta ahora no se había dado cuenta de lo imbécil que era. Lo había estropeado todo. Y lo más grave era que ahora destrozaría el corazón de su madre.

No sabía cómo contarle aquello a Valèria. No lo sabía.

Se pasó una mano por la cara mientras, lentamente, como si las piernas le pesaran mucho, se levantaba del sillón, dejaba el sobre encima de la mesa auxiliar y se dirigía a la ventana desde la que se veía la rambla de Cataluña. El cambio de estación cargaba la atmósfera de una electricidad que la proximidad de la noche realzaba. Pero él no se daba cuenta. Solo podía pensar en que mandaba a su hijo a Suiza en un avión en el que viajarían civiles. Suiza era un país neutral, pero sabía que el viaje era peligroso. Podría ser que el avión no llegara nunca a su destino. Pero si Eugeni se quedaba en Barcelona era hombre muerto.

¿Qué hacer?

Modest Parés miró el reloj que marcaba el paso del tiempo desde la repisa del hogar. Eran las ocho menos diez.

2

El reloj de pulsera de Eugeni Parés señalaba las ocho menos cuarto cuando atravesó la calle de la Diputación para dirigirse hacia su casa. Caminaba con la cabeza gacha, dando vueltas a los pensamientos que lo acosaban desde que su padre le había dicho que tenía que hablar con él. En el rostro de Modest Parés, en su voz, el joven vio la seriedad de la cuestión. Si su padre se había enterado de todo el asunto de la libreta, si tan solo intuía lo que había sucedido, las cosas se le complicarían aún más. ¡Y bastante complicadas estaban ya!

Alberto había cumplido con su parte del trato haciendo recaer las sospechas del robo sobre Anselm. Luego le había devuelto la libreta que cogiera de la habitación del muchacho, se la había dado y él la había entregado al Americano. Hasta ahí todo había ido como una seda. Se sintió libre por fin. Pero aquel espejismo de libertad duró muy poco. Solo hasta que se dio cuenta de que Soto volvía a tener la libreta en sus manos.

¿Qué había pasado? El Americano no se había vuelto a poner en contacto con él y esto le producía un malestar constante. Caminaba por la calle mirando hacia todos lados con la sensación de que los hombres del mafioso se le echarían encima de un momento a otro para propinarle otra paliza. Quizás era por ello que Eugeni sentía el inexplicable deseo de que todo aquel negocio explotara de una vez.

Que se supiera la verdad. Que su padre tomara cartas en el asunto. Incluso valoró la posibilidad de confesárselo todo. En realidad, Eugeni estaba pidiendo a gritos que alguien lo sacara de aquel callejón sin salida en donde había quedado atrapado. Estaba deseando que, de nuevo, y como siempre, Modest Parés se encargara de limpiar sus trapos sucios.

Se paró en el centro de la rambla de Cataluña para encender un cigarrillo. Todavía tenía tiempo. Miraba nervioso a todos lados, fumando con fruición como si se tratara del último cigarrillo. Se tranquilizó al ver que el paseo estaba tranquilo y solitario. Dejó escapar una gran bocanada de humo mientras pensaba que ya llevaba mucho tiempo cargando con aquel miedo sobre los hombros. Sintiendo en el estómago las cosquillas de la incertidumbre. Era consciente de que todo lo que le había pasado solo era culpa suya, de que su debilidad le había hecho perder la tranquilidad en que había vivido siempre. Intuía que esta vez ni su padre podría sacarlo de aquel lío.

Tiró la colilla al suelo, atravesó el paseo y se dirigió hacia el portal de su casa sin darse cuenta de que el impresionante Ford de Lujo Cupé de color granate del Americano se acercaba despacio por su derecha. No pudo darse cuenta de ello porque no tuvo tiempo. Antes de que el coche llegara a su altura, un disparo que provenía del centro de la rambla de Cataluña segó la vida de Eugeni Parés.

3

Eran las ocho menos cinco de la noche. Modest Parés seguía con la mirada perdida en la calle. De repente, despertando de sus lúgubres cavilaciones, descubrió a Eugeni atravesando la rambla de Cataluña en dirección al portal. El corazón se le encogió de pena. Era su hijo y lo sería siempre, aunque se comportara como un inconsciente. Lo quería y había puesto en él todas sus esperanzas y sus planes de futuro. Y ahora lo iba a perder.

Lo iba a perder tal vez para siempre.

No tuvo tiempo de pensar en nada más. El estallido seco de un disparo llegó hasta él ensordecido por el grosor de los cristales. Horrorizado, vio cómo Eugeni caía al suelo, el cuerpo roto como el de un muñeco sin alma. Se giró y salió precipitadamente del salón gritando incoherencias como un loco. Casi llegaba a la puerta cuando le salió al paso Matilde, asustada por sus gritos. Faltó muy poco para que la tirara al suelo. Por las escaleras se cruzó con Rita, pero no la vio.

Modest Parés llegó junto a su hijo, que yacía en el suelo, la vida arrasada por aquel disparo en la sien que era solo una mancha oscura que destacaba entre los cabellos rubios y por donde se le escapaba un hilillo de sangre. Tenía los ojos abiertos, muy abiertos, sorprendidos, fijos en la muerte.

Rita terminó de subir muy despacio la escalera hasta el principal, ajena al alboroto que comenzaba a formarse en la calle, hasta aquel momento tan solitaria. Sonreía pensando que Dios existe y es bueno, y hace pagar sus culpas a los pecadores.

4

Matilde se había quedado de pie ante la puerta abierta del piso sin saber qué hacer. Intuía que lo que les acababa de caer encima era algo muy grande, demasiado grande. Algo que partiría en dos la vida de aquella familia. Entonces entró Rita. Parecía un fantasma, tan blanca y tan ausente. Llevaba el pequeño bolso fuertemente agarrado con ambas manos y pegado a su pecho.

—¡Rita! ¿Qué tienes? ¿Qué te pasa? ¿No has visto al señor? Ha salido a la calle como si lo persiguiera el diablo.

Rita pareció no oírla. Las sienes le golpeaban el cráneo y tenía las manos húmedas de sudor. Sentía la mente espesa, llena de niebla. Le pareció estar habitando una nueva realidad, extraña y desconocida. Entró en el piso como si una fuerza misteriosa tirara de ella y la obligara a caminar en contra de su voluntad. Al pasar al lado de Matilde, pronunció aquellas palabras que helaron el corazón de la mujer.

—He matado al señorito Eugeni.

Matilde supo entonces que la realidad puede superar las más negras expectativas.

5

Siguió una noche de llantos y lamentaciones. Tan pronto como el juez dio su permiso para levantar el cadáver de Eugeni, lo subieron hasta el piso y lo depositaron en su cama. Cuando Valèria regresó a casa asustada después de recibir el mensaje que su marido le había enviado, presagio de una funesta desgracia, y se había encontrado con su hijo muerto, enloqueció. La había tenido que atender un médico. Modest Parés iba de la habitación de su mujer a la de su hijo, sin acabar de creer aún todo lo que estaba ocurriendo.

Nadie reparó en la ausencia de la joven criada, de Rita, a quien Matilde había encerrado con llave en su propia habitación.

Eran cerca de las dos de la madrugada cuando Matilde abrió la puerta de ese cuarto. Tenía los ojos rojos e hinchados de tanto llorar y todavía se resistía a creer que lo que le había confesado Rita era verdad; prefería pensar que todo era fruto de la impresión que la chica debía de haber tenido al contemplar el asesinato del joven Parés.

La encontró sentada en la cama, tal y como la había dejado horas antes. No había movido ni un músculo. No había soltado el bolso que pegaba a su cuerpo como si temiera que alguien se lo arrebatara.

—¡Pobrecita mía! —se lamentó la mujer tomando asiento a su lado y acariciándole maternalmente el pelo—. Cuéntale a Matilde lo que has visto, hija mía.

Rita la miró con aquellos ojos enloquecidos que daban miedo.

—Yo le he matado, Matilde. He sido yo.

—No sabes lo que dices. Estás asustada.

Por toda respuesta, Rita separó el bolso del cuerpo, lo abrió y sacó una pistola. Matilde fijó en ella sus ojos llenos de espanto y se llevó las manos a la boca para ahogar el grito que le subía a la garganta.

—No... No puede ser...

—Me hizo daño, Matilde. Mucho daño. Yo solo quería curarle los golpes, pero él no me dejó salir de la habitación y...

La pobre mujer se santiguó mientras las lágrimas acudían a los ojos de Rita y el terrible secreto que había guardado en su interior comenzaba a convertirse en palabras. Salía fuera de su alma la angustia de tantos días de silencio y todas aquellas horas de cavilaciones en la soledad de su habitación, maquinando la venganza.

—No quería que me hiciera daño otra vez. Tenía mucho miedo, Matilde. Tú me habías avisado, pero yo no te quise escuchar. Fui una estúpida.

Se abrazaron uniendo lágrimas y sollozos. Rita ahora tenía el revólver en su regazo y no podía dejar de mirarlo.

—El señor se dejó los cajones del escritorio abiertos. Hace días que tomé la pistola que guardaba en uno de ellos. Él no se ha dado cuenta, ¿sabes? Llevo días escondiéndola. Mira... —le dijo alargándole la pistola, plateada, menuda y ligera. Matilde se echó atrás llena de espanto—. No pesa nada, ¿ves? Pensé que iba a ser más fácil apuntar con esta pistola que con la escopeta con la que mi padre iba de caza, allá en el pueblo. A veces me dejaba probar. A mí me gustaba.

El recuerdo la hizo sonreír y le pintó con un poco de color la cara tan pálida. Se pasó la mano por los ojos y se secó las lágrimas con rabia.

—He esperado frente a la casa hasta que he visto llegar al señorito y he apuntado a su cabeza con las dos manos agarrando fuertemente la pistola. Así.

Rita repitió el gesto que hacía unas horas había acabado con la vida de Eugeni Parés. Matilde no podía creer lo que oía, lo que veía.

—¡Dios mío!

La muchacha dejó la pistola encima de la cama y acarició el rostro cubierto de lágrimas de la mujer a la que amaba como a una madre.

—No llores por mí, Matilde. ¿No lo entiendes? Ahora ya no podrá hacer daño a nadie más.

—Pero hijita... ¿Y tú? ¿Qué va a ser de ti, ahora?

Se miraron ambas con el miedo escrito en los ojos. Rita no había pensado en nada más que en su venganza. No había un después. Su mente se había cerrado a cualquier otro sentimiento, a la razón, y había evitado pensar en las consecuencias de lo que iba a hacer. Durante el tiempo que había durado la concepción de su venganza, Rita, sencillamente, había dejado de ser ella.

—Diré la verdad —dijo mientras cogía de nuevo la pistola para volverla a guardar.

Matilde se la arrebató de las manos y se levantó con presteza. Le habló bajo, muy bajo y muy seriamente.

—El señorito Eugeni no se merece que te pierdas por él. —Rectificó—: No se lo merecía. Escúchame...

—Matilde, debo decir la verdad —respondió la chica alzando los ojos hacia la gobernanta.

—¡No! Yo me hago cargo de la pistola. Si como dices el señor no la ha echado en falta, y si lo hubiera hecho ya nos hubiéramos enterado, las cosas aún se pueden arreglar. Cuando la policía te pregunte debes decir que no saliste de casa en todo el día. Yo lo confirmaré.

—Pero el señor...

—Aquí nadie ha visto nada, Rita. Lo que tú y yo digamos será la verdad. Tú no te has movido de casa para nada. ¿Entendido?

Rita se quedó mirando a la mayordoma con los ojos muy abiertos. Afirmó lentamente con la cabeza.

UN FRASCO DE CHANEL

Barcelona, abril de 1943

1

Claudine telefoneó a Pablo esa misma tarde. Estaba en Barcelona. Podrían pasar la noche juntos.

Él sonrió satisfecho solo de pensar que volverían a verse. Habían pasado solo unas semanas desde su encuentro y Claudine regresaba a Barcelona. Por él. Solo para estar con él. Esta vez, la promesa de Claudine se haría realidad.

El corazón le latió en las sienes anticipándose a los nervios de la cita. Esas horas, antes de verla, de volver a estar con ella, eran tan intensas como el mismo encuentro. Y, sin embargo, había una nube que las enturbiaba. ¿Y después? ¿Qué podían esperar Claudine y él de aquel amor que retornaba a sus vidas después de tantos años de ausencia?

La sonrisa se le tornó amarga. Sabía que no debía hacerse preguntas. No podía esperar nada. La vida le había obsequiado con el retorno de Claudine, sí, pero ¿el futuro? No. No tenía que pensar en el futuro. No existía. Su vida estaba hecha únicamente de presente. De aquel presente que estaba a punto de llegar con Claudine. Se prohibió a sí mismo mantener cualquier rastro de esperanza en el corazón.

A las ocho en punto de la tarde, un taxi dejó a Claudine delante de la puerta de la casa de Pablo. Pepita, la portera, vio bajar a la mujer del coche y reconoció a aquella señora tan elegante y tan guapa que ya había visitado a Pablo en otra ocasión, no hacía mucho. Le daba a ella que era una artista de cine. Una de esas que tienen un nombre que no se puede ni pronunciar de lo difícil que es. Y si no lo era, se le parecía como una gota de agua a otra gota de agua.

La dama entró en el portal, clavó su mirada verde y serena en la portera y la saludó con la cabeza. Pepita le devolvió el saludo con la boca abierta, sin quitar los ojos de la elegante chaqueta con dos filas de botones que resaltaba la finísima cintura de la mujer, ni de la falda que le llegaba justo por debajo de la rodilla, ni del sombrero inclinado sobre la frente, con flores de las que salía una redecilla que le cubría los ojos ni, por supuesto, de los zapatos de tacón altísimo y del bolso que llevaba colgado del codo.

Cuando Pablo le abrió la puerta, una expresión divertida bailaba en los ojos de Claudine.

—En esta casa más que portera parece que tengáis a un general vigilando a su ejército.

Pablo alzó la mirada hacia el cielo.

—Ni te lo imaginas.

Rieron. Tenían los ojos alegres. Ansiosos.

—¿Cuánto tiempo te vas a quedar esta vez? —le preguntó él.

—Toda la noche.

Claudine se quitó el sombrero y se soltó el pelo rojo y perfumado con jazmín y rosas. El jazmín y las rosas de Chanel nº 5.

Repitió:

—Toda la noche.

2

Contempló cómo él dormía a su lado, con la expresión serena y el cuerpo desnudo medio oculto entre las sábanas. Mientras observaba el leve movimiento de su pecho, que subía y bajaba al compás de la respiración acompasada y tranquila, Claudine pensaba.

Pensaba.

Pensaba en los años que hacía que se conocían y en las vueltas que les había dado la vida.

Recordaba.

Recordaba cómo se reencontraron en París, en la casa Chanel. En esa semana de amor juntos. En cómo lo abandonó porque no fue capaz de romper con todo y con todos.

¡Era tan joven!

Había lamentado esa decisión cada día de su vida. No porque hubiera sido desgraciada, sino porque no había sido feliz. Había vivido junto a un hombre bueno al que había aprendido a respetar, pero de quien no había estado nunca enamorada. Había sido madre de una niña preciosa. Aquella época fue un dulce paréntesis. Las obligaciones de madre la distrajeron de sus frustraciones. Pero los hijos crecen y, con una hija adolescente, ella había tenido que aterrizar de nuevo en aquella existencia llena de lujos y comodidades, pero carente de emoción. No pasaba un día que no recordara al único hombre al que había amado de verdad. Constantemente reproducía en su memoria su rostro, con el rebelde e indomable flequillo que se empeñaba en taparle los ojos. Aquellos ojos tiernos que se llenaban de luz cuando la miraban.

Había dedicado mucho tiempo a aprender a domar el deseo. Y ahora, después de tantos años, todo volvía a empezar. Reanudaban su historia, su amor y su pasión. Como si no hubiera pasado nada. Sin hacer preguntas, le agradecían a la vida esta nueva oportunidad.

Claudine se volvió de espaldas a Pablo y miró hacia la ventana. El amanecer se abría paso, lívido e impuro. Sintió cómo finas gotas de lluvia repicaban contra los cristales.

¡Como si no hubiera pasado nada! Se repitió. ¡Tanto como había pasado! Habían hablado poco sobre ellos mismos desde que se habían reencontrado. Pero lo suficiente para saber que la vida de Pablo, a pesar de sus éxitos profesionales, no había sido fácil. Él había cambiado. Quizás había comenzado a cambiar el mismo día en que ella lo había abandonado en París. A menudo, descubría en él una mirada triste e inquieta, y su sonrisa, esa sonrisa que ella no había olvidado nunca, ya no le iluminaba tan a menudo el rostro.

Pablo le había dicho que había vuelto a Barcelona para empezar de nuevo. Necesitaba retomar su carrera de perfumista que la guerra había roto. Pero ella intuía que había algo más. A Pablo el alma le crujía de dolor. Y ella había ignorado ese dolor, se había querido convencer de que todo era igual que antes y se había entregado a aquel deseo arrastrado durante años, arañando viejas heridas que aún no habían cicatrizado.

¿En qué había pensado? ¿En quién había pensado? ¿Qué podía esperar de aquella relación? ¿Qué le podía dar a Pablo? ¿Y él a ella? Pablo seguía siendo el hombre apasionado y romántico de sus recuerdos, pero ya no la miraba con los mismos ojos. Su pasión, estaba segura, ya no era para ella.

Claudine sintió en su interior la devastadora certeza de que había perdido su oportunidad. Su momento había pasado. Había sido un momento sin retorno.

Se incorporó. Los minutos avanzaban despacio hacia la luz del día. Cogió la ropa sin hacer ruido y comenzó a vestirse. El aliento le había quedado prisionero en la garganta. Le parecía doloroso respirar. Pero, sin embargo, estaba serena. Iba a hacer lo que tenía que hacer.

Descalza aún, se acercó a la ventana que se empezaba a iluminar con la primera luz del día. Una luz aún de plomo. La lluvia era fina pero constante y golpeaba contra los cristales, terca, mientras dibujaba en ellos hilos de agua. Ella los siguió con el dedo. La voz adormilada de Pablo la sobresaltó.

—¿Te irás otra vez sin despedirte? ¿Sin decirme adiós?

Claudine se giró. Aquellos ojos de ámbar la miraban fijamente y ella sintió como si se hubiera tragado una piedra. Tenía un gran peso en el estómago. La certeza de que su infelicidad no tendría fin.

—Amor mío... Es lo mejor.

—¿Para quién?

—Para ti. Para mí.

En los ojos de Claudine se reflejaba una gran sensación de pérdida.

—¡Reencontrarnos ha sido tan sorprendente! Ha sido un sueño. Hemos soñado ambos que recuperábamos el tiempo perdido. Que el tiempo nos permitía volver atrás... Pero es inútil. No se puede volver atrás. ¡Han pasado tantos años! No podemos detener el tiempo. No podemos cambiar lo que pasó.

Suspiró mientras, acercándose más a él, le acariciaba el rostro con ojos dulces y tristes.

—¿Para qué engañarnos? Nos volveríamos a hacer daño si lo hiciéramos. Esto no ha sido más que la oportunidad de cerrar una puerta que habíamos dejado entreabierta. Sí, la vida nos ha dado la oportunidad de decirnos adiós sin rencores.

Se mordió el labio como si se resistiera a continuar. Sentía cómo se le empañaban los ojos. Hizo un esfuerzo por no llorar. No era el recuerdo de sus lágrimas lo que quería dejar a Pablo.

Él no se había movido. Intentaba reprimir el alud de emociones aún tan confusas que se le venía encima. Se incorporó un poco, alargó los brazos hacia Claudine y la envolvió en un abrazo.

Pablo y Claudine dejaron pasar unos minutos en silencio, solo disfrutando de aquel abrazo que era un adiós para siempre.

Finalmente, ella se deshizo de los brazos de Pablo, se levantó y cogió los guantes, el sombrero y el bolso. Tuvo que hacer equilibrios para coger también los zapatos y ponerlos en lo alto de la pila. No quería entretenerse más. Si no se iba deprisa, si no lo hacía, ¿quién sabe?, tal vez ya no podría hacerlo.

Se puso un dedo en el labio y le envió un beso suave a Pablo. Y salió de la habitación.

3

Claudine se terminó de vestir mientras bajaba la escalera. Cuando llegó al vestíbulo todavía iba descalza, con los zapatos en la mano. Pepita ya estaba fregando; se levantaba muy temprano para que nadie la molestara. No soportaba que le dejaran pisadas en el suelo húmedo. Por eso se quedó mirando a Claudine con un gesto adusto que se llenó de cristales cuando la vio con los zapatos en la mano y la ropa arrugada y mal puesta.

Claudine le sonrió y muy dignamente se calzó los zapatos. Se enderezó encima de los tacones e intentó recuperar su gesto impecable. Lo consiguió sin muchas dificultades.

Metió la mano en el bolso y sacó un frasco de Chanel nº 5. Se lo tendió a la mujer.

—Esto es para usted —le dijo en francés.

Pepita miró a la mujer con extrañeza. Abrió mucho la boca, pero no salió de ella ni una sola palabra. Cogió la delicada botella de perfume con las manos enrojecidas de tanto lavar y frotar y se quedó mirando a aquella señora tan fina que parecía una artista.

Claudine añadió:

—A mí ya no me hace ninguna falta.

Y se fue.

4

Pablo se pasó todo aquel domingo lluvioso encerrado en casa, pensando en el adiós de Claudine y en lo que le había dicho. Cada cosa ocupaba el lugar que le correspondía como si obedeciera a un complicado plan trazado de antemano. Y, sin embargo, ¡cómo le costaría olvidar el tacto de las manos de Claudine en sus mejillas y el roce de su cabello en el rostro!

A pesar de todo, pensó, ella tenía razón; la vida les había dado la oportunidad de despedirse dulcemente, sin anidar rencores. La puerta del amor que les había unido también se cerraba y él, aunque estaba seguro de que no la olvidaría nunca, se sentía en paz. Siempre, de un modo u otro, había creído que el futuro sin Claudine era imposible. Pero, extrañamente, ahora no tenía esa sensación. Quizás porque la conexión entre los dos se había roto hacía mucho. Demasiado. O quizás porque en su vida había entrado un aroma nuevo y fresco; un aroma sosegado que lo llenaba de paz y lo hacía sentirse, de nuevo, esperanzado. Vivo.

El aroma de Angèlica.

Pablo se pasó las manos por los ojos y sonrió, algo desconcertado. ¿Cómo podía estar pensando aquello? Las posibilidades de que una relación como esa saliera adelante eran muy complicadas. Los separaban muchos años, ¿cuántos?, ¿quince?, y vivían en mundos distintos. Era cierto que se sentía bien al lado de Angèlica, que el encanto de la chica lo subyugaba. Pero no podía permitir hacerse ilusiones y, menos aún, que ella se las hiciera. Por eso había retrocedido después de besarla aquella noche bajo la lluvia. Sí, estaba prendado de Angèlica. Pero aquella relación era simplemente impensable. No había venido a Barcelona a complicarse aún más la vida. ¿Por qué pensar en ella?

El timbre del teléfono interrumpió las cavilaciones de Pablo. Miró el reloj. Eran más de las once de la noche. ¿Quién lo llamaba a esas horas?

Descolgó y oyó la voz de Martí Rovira al otro lado del aparato. Lo que le dijo lo dejó helado.

EL ALMA DE UN PERFUME

Barcelona, abril de 1943

1

Barcelona era una ciudad provinciana. Las noticias volaban. Era imposible ocultar, disimular, disfrazar algo como lo que había sucedido a los Parés. La noticia comenzó a correr como la pólvora. Al hijo de Modest Parés, el dueño de Perfumes Donna, lo habían asesinado delante de su casa. No hubo más testigos que su padre, que había tenido la desdicha de contemplar la escena desde su propio salón. Pero por desgracia no podía aportar nada para esclarecer el asesinato. Solo oyó el estampido de un disparo y vio a su hijo caer fulminado.

En la iglesia, aquel sábado lluvioso de principios de abril, no cabía ni un alfiler. Había asistido en pleno la familia Casanoves: tíos, primos y familiares lejanos de Valèria Casanoves de Parés, los que no se perdían ni un sepelio.

No había faltado el personal de la empresa al completo, así como la larga lista de contactos de Modest Parés: los que le debían algún favor, los que iban tras él para conseguir hacer negocios con una empresa al alza, los que esperaban, pacientemente, cobrar facturas pendientes.

Había una amplia representación de la nueva burguesía barcelonesa, la que vivía pegada al nuevo poder. No faltaba ni una de las amistades de Valèria Casanoves.

Había muchos jóvenes, los amigos del fallecido.

Estaba el servicio de la casa: la gobernanta, la cocinera y una chica jovencita, la doncella; y también el chófer.

Había curiosos. Muchos curiosos.

Y un padre deshecho de dolor a quien acompañaba su joven hija vestida de negro de pies a cabeza, con un velo que le cubría el rostro.

No había ni rastro, en cambio, de Valèria Casanoves, la madre del fallecido. Los asistentes comentaban que la mantenían sedada y que, la pobre, después de aquella desgracia, ya no levantaría cabeza.

La comitiva se había visto reducida a un círculo más íntimo a la hora de acompañar al joven Parés hasta el cementerio de Montjuïc. Familiares y amigos esperaban la llegada del féretro con los restos mortales de Eugeni ante el panteón de la familia Casanoves, que, asentado en una base maciza, se elevaba hacia el cielo mediante un obelisco coronado por una escultura femenina. Lo había hecho construir el abuelo de Valèria y desde 1914 se había dado sepultura en él a los muertos de la familia. Valèria sabía que aquel sería su lugar de descanso, pero nunca habría podido imaginar que su joven hijo, aquel muchacho bello y lleno de vida, tuviera más prisa que ella en ocuparlo.

Pablo también había acudido al cementerio para despedir a Eugeni, aunque se mantenía en un discreto segundo plano. Aquí y allá, al vuelo, iba cazando comentarios en voz baja que intentaban explicar unos hechos inexplicables. Las preguntas iban de boca en boca. Pero nadie conocía las respuestas.

Tan pronto como se había enterado de la muerte del joven, había considerado la posibilidad de ponerse en contacto con Parés y, sobre todo, con Angèlica. Pero sabía por experiencia lo que ocurría en esas situaciones. Él no era un amigo de la familia; no compartía la intimidad de los Parés y creyó más oportuno respetar el dolor de aquellas primeras horas y esperar al día del entierro para dar el pésame a la familia, aunque se moría de ganas por ver a Angèlica y expresarle en persona cuánto sentía aquella pérdida. Quizás Eugeni no había sido un ejemplo de joven virtuoso y sensato, pero nadie se merecía una muerte como aquella. Una muerte que le había quitado toda oportunidad de rectificar, de enderezar su vida.

Pablo vio de lejos a Angèlica, de pie ante el panteón familiar, más menuda que nunca, encogida ante aquella desdicha sin fondo, sujetando a Modest Parés por el brazo. Sintió que el corazón se le aceleraba dolorosamente. Muchos recuerdos, otros muertos le vinieron a la memoria mientras se perdía en añoranzas eternas. Pero no fueron solo los recuerdos la causa de su dolor. Era Angèlica, su fragilidad y tristeza, la que lo devolvía a las sombras y le hacía sentir un escalofrío que emergía del fondo de su alma.

¡Cómo había echado de menos la sonrisa tan limpia de la muchacha! La ternura de aquellos ojos que lo miraban siempre admirados. El cascabel de sus risas que llenaban el laboratorio de música.

¡Cómo echaba de menos a Angèlica! A la Angèlica que hablaba por los codos, la que se reía por cualquier cosa, la que se entusiasmaba y se ilusionaba. La que bajo la lluvia de una noche de invierno lo besó tímidamente.

Angèlica.

El refugio cálido de una noche de lluvia.

El perfume de su nueva vida.

Pablo entrecerró los ojos para poder aspirar mejor el aroma de aquel perfume.

2

El piso familiar de los Parés se había convertido en un mausoleo. Suspiros de tristeza se colaban por las rendijas de las ventanas que permanecían cerradas todo el día impidiendo el paso de aquella luz nueva con que la primavera vestía la ciudad.

Modest Parés sobrevivía con la única esperanza de ver salir a Valèria del estado de postración a que había quedado reducida. Cuando los sedantes dejaban de hacer su efecto, los gritos y los llantos de la mujer subían por las paredes y corrían por las estancias de la casa, provocando escalofríos a todos los que allí vivían. Parecía como si únicamente ella tuviera derecho al dolor. Como si la muerte de Eugeni solo la afectara a ella. No quería ver a nadie. No soportaba las palabras de consuelo, ni la presencia a su lado de Modest o de Angèlica. Se preguntaba constantemente a gritos por qué, de entre todos, la muerte le había arrebatado a su hijo.

Cuando la mujer dormía gracias a la medicación que le administraban, Modest no se movía de su lado. Le hablaba suavemente para no despertarla y le decía todo lo que no podía decirle cuando estaba despierta. Incluso le confesaba aquella culpa que lo carcomía por dentro. ¿Cómo había podido dejar que su hijo se perdiera por aquellos caminos tortuosos? ¿Por qué no lo había vigilado de cerca en lugar de rechazarlo constantemente? Él y solo él era el culpable de la muerte de su hijo. Los remordimientos lo capturaban, lo inmovilizaban. Su mundo volvía a llenarse de sombras. Y él sabía muy bien qué era vivir a merced de las sombras.

Pero cuando Valèria despertaba, Modest salía de la habitación y dejaba su lugar a Matilde, que entraba con una bandeja de comida en las manos para que la señora se alimentara un poco. Entonces empezaban los gritos, el ruido de los platos rotos y los lamentos de Matilde, que salía del cuarto recriminándose entre murmullos no haber sabido parar, cuando todavía estaba a tiempo, lo que Rita fraguaba en su corazón.

Y Rita lo miraba todo desde lejos, intentando buscar un arrepentimiento que le diera un poco de paz. Pero no lo encontraba. No se podía arrepentir.

Angèlica, entre tantas lágrimas, tanto dolor desbocado y tantos sentimientos de culpa, vagaba todo el día por la casa como alma en pena, sigilosamente para no entorpecer el silencio y ligera como si no quisiera dejar constancia de su presencia. Tenía la impresión de avanzar dentro de otra realidad totalmente ajena a lo que había sido hasta entonces su vida. Era como si estuviera viviendo dentro de una pesadilla. Una pesadilla que diluía los perfiles de aquella persona que se había ido. Porque día a día, inexorablemente, iba sintiendo que el rostro de Eugeni, su voz y los recuerdos de lo que habían vivido juntos e, incluso, todo lo que los separaba, se iban borrando de su memoria. Y se preguntaba por qué la vida puede cambiar tan de repente, transformándolo todo, llevándose consigo las ilusiones y los proyectos; mudando sonrisas en lágrimas.

Y es que la muerte de Eugeni le acababa de dar una gran lección. Una lección que hubiera preferido no tener que aprender nunca. La fatalidad llega sin avisar y cuando llega te deja con las manos vacías.

Había abandonado por completo la idea de ir a Madrid una temporada porque, a pesar de todo, se sentía necesaria en aquella casa vestida de luto. Sabía que su padre la necesitaba. Cuando comían o cenaban juntos, cuando se hacían mutua compañía, entonces Angèlica era fuerte. Le hablaba con suavidad, tragándose el llanto. Le sonreía. Le daba a entender que el dolor que abatía a su madre era normal, que tenía que pasar por aquello, pero que lo iría superando. Y cuando ya no quedaban palabras que decir, ni ningún consuelo que dar, Angèlica cogía su grande y firme mano y la retenía entre las suyas. Y, cerrando los ojos, se veía otra vez paseando fuertemente agarrada a esa mano por la Rambla, cuya anchura, de niña, la hacía temblar y le hacía temer que se perdería. Porque ella siempre había sido una niña miedosa y tímida, al contrario que Eugeni, que parecía que se iba a comer el mundo. ¡Pobre Eugeni! Y, a menudo, su padre, para huir de los empujones de la Rambla que a ella tanto miedo le daban, enfilaba Portaferrissa y, entonces, el paseo se hacía más amable.

Cuando se quedaba sola, lo único que hacía Angèlica era llorar. Se sentía del todo hundida en la nostalgia de lo que había sido su vida hasta este momento. Y estaba convencida de que tenía por delante un futuro carente de toda esperanza. Vagaba por la casa como un alma en pena. Como vagaban todos. Como vagaba Modest Parés, aquel hombre tan fuerte y decidido, que ahora era del todo incapaz de abandonar el refugio de aquellas cuatro paredes y enfrentarse al mundo.

En las semanas que siguieron a la muerte de Eugeni, solamente hubo una buena noticia. Por lo menos para Angèlica. Un pequeño rayo de luz entre tantas tinieblas.

Anselm había salido de la cárcel.

3

En la casa no se recibían visitas. Estaban de luto riguroso. Parés incluso había ordenado desconectar el teléfono. Pero una mañana llamaron a la puerta y Angèlica, que desayunaba sola en el comedor oscurecido por los cortinajes que no se abrían nunca, oyó a Matilde que, arrastrando los pies, iba a abrir. Unas voces lejanas saltaron por el pasillo. De repente, la puerta del comedor se abrió y la chica vio aparecer a Anselm Huguet.

—¡Anselm! —gritó, y levantándose de un salto y corriendo hacia él lo abrazó con tanto ímpetu que el muchacho se tambaleó.

Permanecieron un rato así, abrazados, bajo la mirada llorosa de Matilde, que cuando no lloraba por una cosa, lloraba por otra. Todo eran lágrimas y llantos aquellos días. También Angèlica lloriqueaba, y Anselm hacía esfuerzos por contener las lágrimas.

Cuando deshicieron aquel largo abrazo, la muchacha se quedó mirando fijamente a su amigo. Se dio cuenta de que conservaba en el rostro señales de golpes. Tenía algunos cortes y cuando le habló vio que le faltaban dos dientes. Pero eso no era lo peor. Los ojos de Anselm, esos ojos que siempre habían brillado optimistas, parecían ensombrecidos tras un velo. Un velo negro, de tristeza y de desesperanza. De rencor. Anselm ya no miraba igual. Y no sonreía.

Angèlica se estremeció. Su amigo ya no parecía él. Había recuperado la libertad, sí, pero la chica entendió con presteza que se había dejado una parte de sí mismo dentro de la miserable prisión. Una parte de sus fuerzas, de sus ilusiones. De su eterna alegría.

—¿Qué te han hecho? —susurró por fin Angèlica, y no se refería a los golpes, ni a los cortes, ni a los dientes.

Anselm hizo un gesto vago y dijo, esforzándose en bromear y quitar importancia a su aspecto:

—Nada que no tenga remedio, Angèlica. Lo de la pierna ya venía de fábrica.

La chica lo volvió a abrazar. Fuerte, muy fuerte. Lo invitó a sentarse e insistió para que se tomara un café y desayunara con ella.

—¿Cuándo has salido?

—Hace dos días. Me vinieron a buscar a la celda y yo me temí lo peor —comentó mientras la mirada se le oscurecía un poco más—. Pero me dijeron que me podía marchar, que era libre.

Angèlica apoyó una mano encima de la de su amigo. Matilde, antes de irse y dejarlos solos, les había servido una taza de café, pero él no lo había probado. Tampoco comió nada.

—Sabía que papá removería cielo y tierra para liberarte —dijo Angèlica, convencida. La mirada de Anselm Huguet se heló. La voz se le llenó de hiel.

—Muchos cielos y muchas tierras tendría que remover tu padre para hacerse perdonar todo el mal que ha hecho, Angèlica.

La joven abrió la boca y la volvió a cerrar, incapaz de pronunciar palabra. Lo que acababa de decirle Anselm se le había clavado en el corazón como un puñal. Retiró la mano como si la de Anselm quemara. Finalmente, consiguió preguntar:

—¿Qué estás diciendo, Anselm?

Él no apartó la mirada de la de su amiga. Había bajado las manos y las tenía cruzadas sobre el regazo.

—Mi padre vino a verme a la cárcel. Una vez. Solo le dejaron verme una vez. Me lo contó todo. He pensado mucho en si debía contártelo. Pero he llegado a la conclusión de que mereces saber la verdad. Mereces saber que tu padre mató a un hombre, le robó y dejó que el mío cargara con la culpa. Mereces saber que su fortuna descansa sobre dinero manchado de sangre.

Angèlica se había levantado de la silla de un salto. No podía dejar de mirar a Anselm con los ojos muy abiertos. No sabía por qué le estaba contando todo aquello; por qué había venido a hacerle tanto daño, a decirle aquellas mentiras. ¿Acaso no había ya bastante sufrimiento en aquella casa? ¿Quizás la cárcel lo había trastornado?

—Pero... ¿Qué dices? ¿Estás loco?

Le dio la espalda. Temblaba de indignación. Cuando volvió a mirar al chico, tenía los ojos rojos y brillantes de lágrimas:

—Mi padre ha velado siempre para que no te faltara nada, ni a ti ni a tu padre. Te dio una educación. Y trabajo. Te ha sacado de la cárcel...

Anselm afirmaba con la cabeza:

—¿Cuánta ropa sucia tenía por lavar, no crees?

—¡Mientes! —gritó Angèlica a punto de saltarle encima.

—Pregúntale a él, Angèlica. Pregúntale si miento.

—¡Fuera! ¡Fuera de mi casa!

Anselm se dio la vuelta para irse. Antes de hacerlo, añadió:

—Tenías que saberlo, Angèlica. Tú eres una buena chica. Demasiado buena. Tenías que saber quién es tu padre.

El chico desapareció y Angèlica se dejó caer de nuevo en la silla. Se tapó la cara con las manos. Un llanto nervioso la sacudió, haciéndola temblar.

El chirrido de la puerta al volverse a abrir le hizo levantar la cabeza.

Modest Parés estaba en el umbral. Quieto, con la expresión oscura y la mirada perdida.

—Lo ha oído todo, ¿verdad?

El hombre no dijo nada. No movió ni un músculo.

Angèlica se levantó y fue hacia él. Se quedaron uno frente al otro en medio de un silencio tan denso que se podía cortar. La expresión de su padre y su mirada culpable la aterrorizaron:

—¡Dígame que es mentira, padre! ¡Dígamelo!

No se lo dijo.

No dijo nada.

Miraba al vacío.

A las sombras.

Angèlica pasó por su lado corriendo, impelida por la náusea que le subía por la garganta amenazando ahogarla.

Esa misma tarde, Angèlica volvió a hacer la maleta para irse a Madrid. Se le moría el alma. Esa ya no era su casa. Su padre era un desconocido. Su madre, una extraña.

En algún lugar tenía que haber un poco de aire puro que ella pudiera respirar.

Fue a despedirse de Matilde.

—Señorita, no debería marcharse. Su padre la necesita.

—No, Matilde. Créeme. Mi padre no necesita a nadie —le respondió, y al pronunciar la palabra padre notó un sabor amargo en los labios.

La mujer se secó los ojos con la punta del delantal:

—No llores, Matilde. No llores. Estaré bien y volveré pronto. Ya lo verás...

Se abrazaron. Matilde la vio marchar sin poder hacer nada para retenerla. Lo había presentido. Había presentido que una sombra muy grande estaba a punto de caer encima de aquella casa. Pero jamás hubiera pensado que se llevaría por delante a tanta gente: a Rita, que había echado a perder su vida para siempre. A Eugeni, muerto en plena juventud. A los pobres señores, que ya no serían nunca más lo que eran. Y, ahora, a su niña, que se iba de casa a escondidas, en silencio, como si tuviera una vergüenza que ocultar. Ella, que era la mejor de todos.

Se santiguó mientras sus labios murmuraban una oración. Después, hablando sola, se fundió en las sombras lúgubres de aquella casa.

4

Angèlica salió a la calle cargando la maleta. Era una tarde de domingo y parecía que la primavera la hubiera salido a recibir con alegría. Los días se iban alargando. Las lluvias que habían sido tan frecuentes aquellas últimas semanas empezaban a remitir. Los árboles del paseo mostraban minúsculos brotes de un verde brillante en las ramas. Las tinieblas en que había vivido en su casa se fundían ante sus ojos.

Vestida con un *tailleur* muy primaveral, con chaqueta y falda de color miel hasta la rodilla, aspiró el aire perfumado y el corazón se le ensanchó. Sabía que huyendo no dejaría atrás el dolor. Pero tampoco quería hundirse en él. En Madrid, lejos del ambiente enrarecido de su casa y de los secretos desvelados que le pinchaban el corazón, intentaría pensar con claridad y decidir el camino de su futuro.

No había avisado a Sebas para que la llevara a la estación. Cogería un taxi. Miró la hora en el reloj de pulsera para ver de cuánto tiempo disponía. Faltaban dos horas para la salida del tren. Tiempo más que suficiente. Tiempo de sobra, incluso, para hacer una visita rápida al laboratorio. Sentía la necesidad de despedirse de él. Había añorado muchísimo su trabajo allí y a sus compañeros. A Pablo. Hacía semanas que los acontecimientos la habían apartado de aquel lugar donde tan feliz había sido. Le parecía que habían pasado años. ¡Qué rápido había sucedido todo! Se había enamorado de Pablo y le había parecido que él la correspondía. Pero enseguida se dio cuenta de la triste realidad. Para el perfumista ella no significaba nada. Solo era una niña. Una jovencita con la cabeza llena de pájaros. Él había recuperado a su gran amor. No se lo podía echar en cara. No la había engañado nunca.

Después había desaparecido la libreta, habían encarcelado a Anselm y, finalmente, como colofón a los acontecimientos que se precipitaban sobre ella y sobre su familia con la fuerza de un destino trágico, la muerte de su hermano. Y aquellas revelaciones de Anselm sobre el pasado de su padre que él había confirmado con su silencio culpable.

¿Quién era su padre? ¿A quién había amado y admirado toda su vida?

Hizo un esfuerzo para retener las lágrimas. No. No quería llorar más. Era el momento de secar las lágrimas y tomar decisiones. Comenzó a caminar hacia el laboratorio con la cabeza alta. Con decisión.

Al llegar ante Perfumes Donna, el vigilante le abrió la puerta con una inclinación de cabeza. Ella dejó la maleta en el vestíbulo bajo su custodia y subió a los laboratorios.

Al tomar el pasillo del segundo piso, vio un hilillo de luz que salía por la puerta cerrada del laboratorio de Pablo. Pensó en la posibilidad de que estuviera allí, trabajando. No era nada extraño. A menudo había visto al perfumista trabajar de noche, e incluso algún domingo. El trabajo para Pablo era pasión y para la pasión no existían los horarios. El miedo se le enredó en las piernas y la paralizó. Estuvo tentada de dar media vuelta segura de que aún era incapaz de verlo. De hablar con él.

¿Por qué?, pensó a continuación. ¿Qué le impedía volverlo a ver? No tenían nada que echarse en cara; que perdonarse. Él le había enseñado muchas cosas. Le había infundido confianza en sí misma, en sus aptitudes. Le había descubierto mejor que nadie el mundo mágico del laboratorio. La había besado como no la había besado nadie. Pero ¿por qué se engañaba? Lo que le daba miedo de verdad, lo que no podía evitar pensar era en que él había entregado su amor a la mujer pelirroja; a aquel fantasma empeñado en errar desvergonzadamente por la vida de Pablo, sin hacer ruido, brillante y etérea bajo la luz de luna del vestido de noche que la hacía parecer una diosa.

Angèlica sacudió la cabeza, avergonzada ante sus propios pensamientos. Se enderezó y caminó hacia el laboratorio. Abrió la puerta con mano temblorosa.

El olor de Pablo precedió a su imagen, alertando a Angèlica de su presencia. ¡Aquel aroma! Cerró los ojos concentrándose en el perfume; dejando que penetrara cada poro de su piel.

Pablo se volvió al oír pasos detrás de él.

—¡Angèlica, eres tú! —exclamó sorprendido, tuteándola por primera vez desde que se conocían.

Ella se había quedado quieta, mirándolo. Las palabras que tal vez había pensado que le diría se habían disuelto en su aroma, que empezaba a mezclarse con los otros olores del laboratorio: rosas, madera, cedro... ¡Una ola olfativa!

—He intentado hablar contigo, Angèlica. He telefoneado a tu casa, te he buscado... Parecía que te hubiera tragado la tierra. En el cementerio tampoco me pude acercar a ti para decirte...

Calló. La chica lo miraba silenciosa; en sus ojos se leía una cierta incomodidad. Meneó la cabeza en un gesto que Pablo no supo interpretar. ¡Cuánto daño le hacía verla así, con la mirada tan ausente, perdida, arrastrando una pena tan grande!

Pablo se acercó un poco más y le tomó una mano.

—¡Ven! —le dijo. Y la llevó hasta la mesa de trabajo—. ¿Recuerdas el perfume que te enseñé?

Angèlica asintió con la cabeza.

—¿El perfume sin alma? —le preguntó.

Él sonrió mientras con una pipeta extraía unas gotas de un líquido dorado de un frasco. Puso una en el dorso de la mano de la chica.

Angèlica la olió. Y al hacerlo, un mundo olfativo nuevo, inesperado, fragante, absolutamente equilibrado y a la vez atrevido y sorprendente se abrió ante ella. Ese perfume se apoderó de sus sentidos a una velocidad alarmante. De repente, se sintió llena de un sentimiento de euforia inmenso que era incapaz de controlar.

Se apartó la mano de la nariz y se quedó mirando a Pablo. Su rostro se había transformado. Los ojos le brillaban de nuevo, llenos de asombro, de admiración. Los labios se abrían en una sonrisa nueva que a Pablo le recordó la sonrisa de la Angèlica feliz.

Él se quedó mirándola, impaciente, esperando sus palabras.

—Noto el olor picante del cilantro todavía, sin embargo... Ha cambiado. Se ha endulzado. Y no sé... Hay un olor floral, pero...

—¿Cómo lo definirías? ¿Qué te sugiere ese olor floral? —insistió Pablo, expectante.

Angèlica se volvió a llevar la mano a la nariz. Cerró los ojos para concentrarse:

—Es una nota muy fugaz... Pero está ahí, y emociona.

Pablo se había acercado más a la muchacha. Le tomó la mano en la que había depositado la gota de perfume:

—Es el olor fugaz de un ramo de Angèlica después de la lluvia. Simple y a la vez sublime como el más querido recuerdo. Es el olor de una noche fría de lluvia, el olor de la humedad etérea y transparente mezclada con la calidez de tu piel. Es el contraste entre no tener nada o tenerlo todo.

Angèlica se quedó mirando a Pablo a los ojos, mientras que un torrente de emociones le llenaba el corazón. Le costaba respirar. No tenía palabras. Una sensación cálida y agradable le empezaba a llenar el cuerpo.

—El alma del perfume eres tú, Angèlica. Eres tú. Y yo lo tenía delante y no lo veía.

Los ojos de Angèlica empezaron a brillar llenos de lágrimas.

—Te amo, Angèlica. Quédate conmigo, a mi lado. Te necesito para vivir, para crear. Para ser quien quiero ser —le dijo Pablo, que la había cogido por los hombros y la atraía hacia él, abrazándola. Le hablaba con una voz suave, tan suave como el aleteo de un pájaro pequeño.

A Angèlica le pareció que el mundo se deshacía a su alrededor mientras intentaba tragarse lo que le crecía en la garganta. Pero era incapaz de tragar nada. Tenía la boca seca y la lengua de cartón.

—Quédate conmigo, Angèlica. Haremos este perfume y mil más. No para tu padre, ni para nadie. Los haremos para nosotros, vamos a crear nuestra propia empresa en esta Barcelona que duerme y que tiene que despertar. Y cuando la guerra termine, recorreremos el mundo para enseñar a todos lo que somos capaces de hacer tú y yo juntos. Y si no podemos hacerlo, si no podemos hacer nada de eso, estaré satisfecho teniéndote junto a mí. Porque el único perfume que vale la pena respirar hasta morir eres tú.

Pablo acarició el rostro de Angèlica. Con suavidad. Se besaron. Después, ella apoyó la cabeza en el pecho de Pablo y cerró los ojos mientras inhalaba su aroma y su aliento cálido daba la bienvenida a un futuro que hacía muy poco creía perdido para siempre.

Mientras acariciaba el pelo suave de Angèlica, Pablo pensaba que había vuelto a Barcelona para descubrir quién era Pablo Soto. Sonrió. En realidad, no sabía aún quién era él. Tal vez no lo sabría nunca. Pero se había reconciliado con el pasado de aquel huérfano arrancado de su hogar y había dibujado un futuro. Un futuro que quería vivir junto a Angèlica.

—¡Por cierto! —exclamó Pablo separándose del cuerpo de la chica y mirándola risueño a los ojos—. ¿Sabes cómo se llama este nuevo perfume?

Ella alzó la cabeza y lo miró con esa mirada juguetona que él tanto había echado de menos. Dibujó una sonrisa pícara y arrugó la nariz.

—Naturalmente, mi amor. Se llama Angèlica bajo la lluvia.

LA PRESENTACIÓN

Barcelona, abril de 1948

1

Angèlica se arreglaba frente al espejo del tocador mientras por la puerta abierta de la habitación entraban los gritos juguetones de Pablito y las voces de Matilde y de tía Anne, que mantenían una conversación imposible, cada una de ellas en su propio idioma. Era curioso ver cómo las dos mujeres se entendían a base de miradas, de gestos y del amor que ambas sentían hacia la criatura. El hijo de Pablo y de Angèlica.

Hacía ya un mes que Anne Guerin había llegado a Barcelona para pasar una temporada. No había podido asistir a la boda de la pareja cinco años atrás, ni al nacimiento de su hijo hacía tres, porque Alphonse, su marido, cayó gravemente enfermo y ella no se movió de su lado hasta que la dejó para ir a reencontrarse con Clément, el hijo de ambos, a quien Alphonse, en los últimos días de su vida, llamaba entre suspiros.

Después de la muerte de Alphonse, Anne ya no tuvo excusa para no viajar hasta Barcelona. Se estaba haciendo mayor y, como decía a menudo en las cartas que escribía a Pablo, no quería irse de este mundo sin visitar el lugar donde reposaba Marie, la hermana nunca olvidada.

Además, si bien se había perdido esos acontecimientos tan felices en la vida de Pablo y Angèlica, ahora había otra cosa que celebrar: la presentación del nuevo perfume de Perfumes Donna. Por todo ello, dejó a Arlette al frente del salón de té (que de hecho ya casi llevaba ella sola) y de la casa, se despidió de Léo, su nieto, y emprendió el viaje hacia Barcelona con la ilusión de reencontrarse con quien para ella había sido como un hijo, con Pablo, y de conocer a la familia que había formado.

Angèlica sonrió. Por los gritos y las risas que le llegaban del comedor le pareció que el pequeño Pablito estaba ganando la batalla a las dos mujeres que se esforzaban por darle la merienda en medio de una discusión sobre las bondades de la cocina francesa y las de la catalana.

Intentó concentrarse en la raya que se hacía en los ojos con el *eyeliner*. Era una tarea delicada y tenía que hacerla bien porque esa noche quería estar más guapa que nunca. Pablo llegaría pronto. Había ido a supervisar los últimos detalles de la presentación del nuevo perfume. ¡Estaba más nervioso que el día en que se casaron! Ese pensamiento la hizo sonreír, la mano le tembló y estropeó el trazo de *eyeliner*. Observó el desastre en el espejo.

—Bueno, ¡vuelta a empezar, Angèlica! —se dijo a sí misma. A esas alturas, ya sabía ella que en esta vida uno lo puede conseguir todo si se lo propone. Incluso algo tan difícil como una raya de *eyeliner* bien hecha.

2

Pablo caminaba a paso ligero hacia su casa tras comprobar que todo iba como debía ir en el salón Gran Vía del hotel Ritz que tenía que acoger la fiesta de presentación del nuevo perfume. Habían despojado la sala, de más de doscientos metros cuadrados y con una capacidad para doscientos invitados, de mesas y sillas, y ahora lucía una elegancia digna de los salones de Versalles, con sus impresionantes cortinajes dorados, las grandes lámparas de lágrimas y la alfombra que cubría todo el suelo y que estaba inspirada en un diseño del siglo XIX. En los laterales se habían dispuesto las grandes mesas donde se serviría el refrigerio. Al fondo del salón, entre las dos columnas de granito rosa y justo delante del espejo que multiplicaba el espacio hasta el infinito, había una plataforma bajo la cual, oculto bajo terciopelo verde, se escondía el gran secreto de la noche.

Pablo había estado supervisando hasta el último detalle y no había abandonado el salón hasta asegurarse de que todo estaba a punto para recibir a los invitados a la fiesta. Martí y Anselm no se moverían de allí hasta que esta empezase por si tenían que hacer frente a algún imprevisto. Además, Anselm, ayudado por Marta, su mujer, se estaba ocupando de arreglar las flores que hacía poco su padre le había enviado desde Vilasar, y que llenaban de color y aroma el ambiente. Había colocado dos espectaculares ramos de rosas blancas al pie de cada columna. A Pablo se le escapó una sonrisa solo de imaginar la cara que pondría Angèlica al ver los arreglos florales.

Se llevó la mano al bolsillo de la chaqueta y palpó la carta que anhelaba enseñarle a su mujer.

Aún se le hacían extrañas aquellas palabras: su mujer. ¡Y llevaban cinco años casados! Había llegado a pensar que el amor y la felicidad eran hitos inalcanzables para él, pero llevaba ya cinco años junto a Angèlica, que se había convertido en el centro de su vida: esposa, compañera, socia, amiga, confidente y madre de aquella criatura preciosa que los había acabado de llenar de felicidad.

Sin embargo, al principio de su matrimonio las cosas no habían sido fáciles. Angèlica había roto los lazos con su familia y habían comenzado su nueva vida juntos sin un céntimo. No tenían ahorros y, pese a que Modest Parés hizo intentos para acercarse a su hija y ayudarles, ella los rechazó. Aún no tenía el corazón preparado para el perdón.

Pero lo que sí tenían entre las manos era un perfume. Un perfume excelente: Angélique sous la pluie.

La guerra que asolaba el mundo aún no había terminado. No corrían buenos tiempos para el mundo de la perfumería. Tampoco lo eran en España, que vivía una posguerra dura. Sin embargo, la prohibición de importar productos cosméticos del extranjero aún vigente desde el final de la Guerra Civil había favorecido la aparición de nuevas empresas catalanas de perfumería y el auge de algunas de las existentes. Aunque el sueño de Pablo y Angèlica era tener su propia empresa donde crear sus perfumes, eran conscientes de que aquello aún quedaba lejos. Si querían subsistir haciendo perfumes, debían ofrecer Angélique sous la pluie al mejor postor. Solo vendiendo su perfume a una empresa solvente podrían avanzar.

No les costó demasiado conseguirlo. Pablo Soto tenía un nombre, disfrutaba de la fama de sus creaciones anteriores en Francia. Y su nuevo perfume era excelente. Dana, la empresa de perfumería creada en Barcelona en 1932 por un antiguo directivo de la casa Myrurgia, se había establecido en Francia al estallar la Guerra Civil y, cuando este país fue invadido por los alemanes, se desplazó a Estados Unidos. Seguía disponiendo de una buena red de ventas en Europa y comenzaba a abrir un mercado internacional. Jean Carles, uno de los más grandes perfumistas franceses, había creado perfumes para Dana. Y Pablo Soto se decidió a ofrecerles su nueva creación. La operación fue un éxito.

El año 1945 llegaba cargado de novedades. Angélique sous la pluie comenzaba a ganar un renombre internacional. Se fabricaba en la fábrica que Dana tenía en Granollers, pero se distribuía con éxito por medio mundo, sobre todo por el mercado americano. La situación económica de los Soto mejoraba y la pareja empezó a plantearse dejar el piso de soltero de Pablo y adquirir una vivienda más grande. Una vivienda donde pudieran criar al hijo que estaban esperando.

Fue entonces cuando a Valèria, la madre de Angèlica, se le declaró la enfermedad que se la llevó de este mundo después de unos meses, afortunadamente pocos, de sufrimiento. Angèlica volvió entonces a pisar aquella casa que había sido la suya. Llevaba un hijo en el vientre y eso la acercó de nuevo a sus padres en aquellos momentos de dolor. Cuando Valèria murió, Modest, que tras el asesinato de Eugeni no había vuelto a ser el mismo, quedó totalmente hundido en la pena. Angèlica, conmovida, estuvo a su lado para secarle las lágrimas. Lo había perdonado. O puede que no. Tal vez únicamente había llegado a la conclusión de que un hijo no es nadie para juzgar a un padre.

Modest Parés esperó a que su nieto, su única alegría en tanto tiempo, hubiera nacido para hacer realidad lo que ya hacía tiempo que le rondaba por la cabeza. Puso la casa y la empresa a nombre de su hija y se fue a vivir al lugar que le había visto nacer, a Vilasar, a aquella pequeña casa de ladrillos de colores donde la familia había pasado los veranos. Volvía a la casilla de inicio.

Hacía ya tres años que Modest vivía en Vilasar, tranquilo. De vez en cuando volvía a Barcelona para ver a su nieto. Pero no lo hacía tan a menudo como a Angèlica le hubiera gustado. Las más de las veces, era Angèlica quien tenía que desplazarse hasta Vilasar para que abuelo y nieto pasaran unas horas en mutua compañía. Y es que Modest estaba muy ocupado ayudando a Anton Huguet a cuidar de sus claveles. Y cuando no tenían trabajo, los dos hombres iban a dar largos paseos cerca del mar, hablando de todo un poco, discutiendo a veces, porque en el fondo eran muy diferentes: la noche y el día.

No hablaban nunca del pasado.

3

Pablo entró en casa y lo primero que hizo fue ir a besar a Pablito y a su tía Anne.

—Pero tía, ¿aún sin arreglar?

Anne sonrió y, como siempre que lo hacía, su rostro se iluminó con una luz que se asemejaba a la de las mañanas de la Provenza.

—Ahora me arreglo, cuando Pablito termine de merendar. Si no le canto una canción, no se bebe la leche. La sabe muy larga, este hijo tuyo.

—Pero es que se está haciendo tarde...

La mujer hizo un gesto con la mano y volvió a centrar toda su atención en el pequeño y en el vaso de leche que no se acababa de vaciar.

—¡Cuánta prisa! ¿No te das cuenta de que a mi edad me basta y me sobra con cinco minutos para arreglarme? Además, Matilde ya lo tiene todo a punto.

Las dos mujeres intercambiaron una mirada de complicidad. Se habían caído bien mutuamente. Cierto es que se pasaban el día entero discutiendo por menudencias, pero... ¡Ay! Cómo se echarían en falta cuando Anne regresara a su querida Provenza.

Derrotado por los argumentos de tía Anne, sonriente y nervioso, Pablo se dirigió a la habitación de matrimonio en donde Angèlica sí que se tomaba su tiempo para arreglarse.

Entró como un huracán en la habitación, pero se quedó quieto en la puerta cuando vio a su mujer.

—¡Estás preciosa!

Angèlica se volvió hacia Pablo con las mejillas enrojecidas por aquel rubor que la admiración de su esposo, sus elogios, aún provocaban en ella. Corrió hacia él y se le echó al cuello. Los ojos de ambos se enzarzaron en un beso hecho de miradas sorprendidas. Tenían la gran suerte de que aún les sorprendía su amor. A veces no lo creían. ¡Y es que había sido un regalo tan inesperado!

Angèlica depositó un beso en los labios de Pablo, se separó de él y giró sobre sí misma para enseñarle el vestido por todos lados. Había tenido mucho cuidado a la hora de elegirlo. Aquella era una ocasión muy especial y quería estar espléndida. Y por la cara de él, lo había conseguido gracias a aquel conjunto de dos piezas negro, con falda en forma de tulipán unido a la blusa sin mangas con un gran lazo.

—¡Estás impresionante! Ya veo que no te podré perder de vista en toda la velada —exclamó Pablo, abrazándola de nuevo.

Angèlica se deshizo del abrazo.

—¡Venga, hombre! Así no vamos a terminar nunca. Y tu aún tienes que vestirte.

Pabló se dirigió obediente hacia el armario y sacó la ropa que debía ponerse aquella noche. Angèlica se calzó los zapatos negros de tacones muy altos y se puso encima de las dos piezas el corpiño a juego, de escote cuadrado, manga corta y gran cuello alzado. Cuando ya estuvo vestida por completo, volvió al tocador y cogió un frasco del nuevo perfume de Perfumes Donna. Había estado presente en su proceso creativo y suyas eran algunas aportaciones que habían enriquecido el aroma del perfume, como el uso de las lilas en las notas de corazón, unas flores cuyo aroma Angèlica encontraba enormemente sugerente. Estaba segura que aquel perfume se convertiría en un éxito. Solo albergaba dudas en lo referente a un tema.

—Pablo, ¿de verdad crees que ha sido buena idea no revelar el nombre del nuevo perfume? ¿Ni a la prensa?

—Bueno —respondió él mientras se ajustaba el nudo de la corbata—. No me negarás que hemos conseguido crear un halo de misterio.

Angèlica cerró los ojos para oler el contenido del frasco antes de perfumarse siguiendo el ritual acostumbrado. Después se acercó a su marido. Se colgó de su cuello. Le buscó la mirada.

—Tú no lo escondes por ese motivo.

—Ya sabes por qué lo hago —respondió Pablo con voz suave y aterciopelada, cerrando los ojos y oliendo el aroma del nuevo perfume que se fundía en la piel de Angèlica y lo transportaba a su añorada Provenza.

Estaban ya casi a punto de salir cuando Pablo dijo:

—¡La carta!

—¿Qué carta?

Corrió hacia la americana que vestía al llegar de la calle y sacó una carta del bolsillo. Cogió a Angèlica de la mano y la hizo sentarse en la cama, a su lado. Le enseñó el sobre antes de empezar a leer.

—¿Ernest Beaux? ¿Tu maestro te escribe? —preguntó Angèlica gratamente sorprendida.

—Sí, él. Es una carta maravillosa. Habla de las muestras que le envié con entusiasmo. ¿Te la leo?

—¡Pues claro! —dijo Angèlica empezando a ponerse los guantes largos y negros.

Con voz emocionada, Pablo Soto empezó a leer:

—*Mon cher* Pablo...

4

La joven cogió el tranvía de la línea 20 en Marqués del Duero y bajó en la parada del paseo de Gracia. Después fue andando hasta la avenida de José Antonio, a la que antes todo el mundo conocía como Gran Vía, siempre con el niño en brazos. Tenía dieciocho meses y ya andaba, pero no había modo de que lo hiciera cuando lo sacaba a pasear por las calles de la ciudad. Los brazos se le quedaban dormidos de tanto llevarlo a cuestas.

Había dejado la casa recogida y ordenada, y la cena de Miquel y de Cinta preparada. La mujer solo tenía que calentarla si ella llegaba tarde. No le había dicho a su suegra dónde iba. No por nada. Es que era difícil de explicar. ¿Cómo había de entender Cinta que se iba hasta el centro de Barcelona solo para ver entrar en el Ritz a los invitados a la presentación de un perfume? Pobre Cinta. Si ella casi no se había movido nunca de su barrio, del Poble Sec. No lo entendería. Y menos sabiendo que tenía que acarrear con Lluïset. Claro que no podía dejarlo en casa, al niño. Cinta no tenía salud y no se podía hacer cargo de él. Ella se ocupaba de todo. Ya se sabe: la compra, hacer la comida, lavar la ropa en el lavadero, tenerlo todo a punto para cuando Miquel llegaba de la fábrica y, encima, cuidar de una persona mayor y enferma y de un crío. No le quedaba ni un ratito libre. Por eso, quizás, aquella escapada le hacía una ilusión especial.

No le importaba tener que acarrear con todo el trabajo de la casa. Desde muy jovencita se había acostumbrado a trabajar. Estaba hecha al trabajo. Y Miquel era un buen chico. Él la quería. Por eso cuando le pidió que se casaran ella no lo dudó, aunque ya sabía que tendría que hacerse cargo de su madre. Se casó y se fue a vivir a aquel pisito del Poble Sec. Era sencillo, pero era una casa. Un hogar. Y después nació Lluïset, que era un sol de niño. ¿Se le podía pedir algo más a la vida? Quizás sí. Claro. Hay gente que tiene mucho más. Que es rica. Que está enamorada. Que se siente feliz siendo quien es. Pero a ella le bastaba su pequeña felicidad. Tampoco se merecía otra cosa.

Vio el ir y venir de coches y de gente nada más llegar frente al Ritz. Se notaba que pasaba algo especial. Habían dado la noticia por la radio, por eso ella se había enterado. El perfumista Pablo Soto y su esposa, Angèlica Parés, presentaban aquella noche su nuevo perfume, el primero que creaban desde que eran los nuevos dueños de Perfumes Donna. Se esperaba la asistencia de lo mejor de la sociedad barcelonesa. Es decir, de todos aquellos que no pasaban miserias en aquellos tiempos tan duros.

Al oír la noticia, el corazón de la joven dio un salto. Oír hablar de Perfumes Donna, del señor Soto, de la señorita Angèlica era, para ella, como volver al pasado. Un pasado del que había escapado como había podido. Y, a pesar de ello, el deseo casi enfermizo de ir hasta allí y de contemplar el espectáculo le fue creciendo dentro como una plaga, hasta que entendió que era mejor ir y quitárselo de encima que estar pensando en ello días y días.

Por eso estaba allí, como una más de aquellos curiosos que se habían acercado hasta el Ritz para poder ver cómo llegaban los coches elegantes y descendían de ellos las señoras cargadas de joyas, felices de poder mostrar sus vestidos de ensueño.

Hasta que vio que de uno de los coches descendía la señorita Angèlica; entonces, el corazón de la joven pareció que le explotaba dentro del pecho. No había imaginado que le haría tanta impresión volverla a ver después de tanto tiempo. ¡Estaba tan guapa! ¡Iba tan elegante con aquel vestido negro ajustado al cuerpo! La señorita, que ahora que lo pensaba ya no era señorita sino señora, caminaba junto a su marido, el perfumista. Ambos repartían sonrisas. Se les veía felices. Y se miraban enamorados.

Le entraron ganas de llorar. Como a su hijo, que se cansaba de estar allí y empezaba ya a quejarse.

Esperó un rato más. Pero no vio a ningún otro conocido. El señor Parés no había ido a la presentación. Quizás porque la empresa ya no era suya.

Si el señorito Eugeni hubiera vivido, todo habría ido a parar a sus manos, pensó. Y aquella fiesta de presentación hubiera sido diferente; o no se hubiera celebrado nunca. Pero no había vivido. Ella lo había matado. Y lo había hecho no solo por lo que le había hecho a ella, sino para impedir que se lo hiciera a nadie más. El señorito Eugeni era como una alimaña y su padre, allí en el pueblo, siempre decía que a las alimañas había que eliminarlas porque si las dejabas vivir acababan con todo.

Había hecho lo que tenía que hacer y no se arrepentía de ello. Matilde la había ayudado a tapar el asunto. Después, habían empezado a salir a la luz los trapos sucios del señorito: que si jugaba, que si debía no sé cuánto dinero, que tenía tratos con mafiosos... Se acusó del crimen a un capo de la mafia muy poderoso. Pero no lo atraparon. Y, poco a poco, la gente empezó a olvidarse de Eugeni Parés. Como ella, que había aprendido a no pensar más en él.

Empezaba a oscurecer y ahora su hijo lloraba a pleno pulmón.

Rita dio media vuelta y emprendió el camino de regreso a casa.

5

El Ritz brillaba como un faro en medio de la avenida. El continuo trasiego de los botones del hotel, el ir y venir de numerosos automóviles y la elegancia de sus pasajeros indicaba que estaba a punto de celebrarse allí algún acontecimiento social de suma importancia.

Bolsistas, políticos y hombres de negocios, sobriamente vestidos y protegidos del relente primaveral con abrigos y hasta con capas, descendían de los grandes automóviles de la mano de sus respetables esposas y seguidos de sus jóvenes y entusiasmadas hijas vestidas con sueños de seda, muselinas, moarés y satenes de todas las tonalidades imaginables. No faltaba alguna *vedette* de renombre, ni los artistas habituales, esos que no se perdían ningún evento social.

Todos sin excepción se sentían atraídos por el misterio del nuevo perfume que debía presentarse en sociedad, cuyo nombre no había sido desvelado todavía. Pero no era un secreto para nadie que uno de los alicientes de la fiesta era ver de cerca a la pareja de la que hablaban todos en los círculos sociales: los Soto. Y es que aquel perfumista llegado de Francia, de cabellos plateados y sonrisa encantadora, y la joven ingenua que había heredado la gran empresa perfumista después de la trágica muerte de su hermano y de la retirada del mundo de su padre, formaban una pareja que no pasaba desapercibida en una Barcelona que se recuperaba muy lentamente de la negrura y el tedio.

Pablo y Angèlica no decepcionaron a sus invitados esa noche. Atentos a todos los detalles, deslizaron su elegancia y su glamur entre los suelos alfombrados de aquel salón que transportaba a quien lo pisaba, aunque solo fuera por unas horas, a un mundo de ensueño.

Camareros vestidos de negro y con delantales blancos que les llegaban a los pies se afanaban para que las copas de los invitados no estuvieran nunca vacías. Los canapés iban desapareciendo poco a poco de las bandejas y el volumen de las conversaciones subía de tono amenazando con apagar los sonidos de la orquesta que amenizaba la velada. Angèlica y Pablo, que no soltaba del brazo a Anne Guerin, una dama de cabellos blancos y mirada serena que vestía de negro, se paseaban entre los invitados sin escatimar en palabras ni sonrisas. Todo iba sobre ruedas y la satisfacción se reflejaba en las miradas cómplices de la pareja.

Hasta que llegó el momento.

La orquesta dejó de tocar y Pablo reclamó la atención de los asistentes mientras se colocaba junto a aquel podio donde, según todo parecía indicar, se escondía el nuevo perfume y sus misterios.

Con Angèlica y Anne flanqueándolo, tan pronto como se hizo el silencio, Pablo Soto se dirigió a los asistentes:

—Señoras, señores, en primer lugar, quiero darles las gracias por su amable presencia hoy aquí —dijo abarcando toda la sala con su mirada franca—. No quiero darles la lata ni aguarles la fiesta con un gran discurso. Ustedes han venido a conocer lo que se esconde bajo esta tela verde. No me gustaría abusar de su paciencia.

Risas tímidas y discretas se esparcieron por la sala.

—Para presentarles nuestro nuevo perfume —la mirada de Pablo voló hacia Angèlica al pronunciar estas palabras— de una manera rápida y clara, y con el fin de que lo vayan ustedes conociendo, les diré que se trata de un homenaje a la Provenza en donde me crie. Es un perfume floral dulce con una salida que mezcla la violeta con las notas afrutadas. Creo que hemos conseguido una *mélange* de flores espectacular en las notas de corazón, rematadas por la vainilla y el vetiver.

Pablo tosió levemente. En sus labios se dibujó una sonrisa encantadora.

—Bueno, quizás esté mal que sea el propio perfumista quien califique de espectacular su perfume. ¡Pero es que este lo es, se lo aseguro!

Una carcajada ruidosa barrió la sala.

—De hecho, nuestro perfume, que hoy se presenta en sociedad, solo llegará a ser lo que nosotros hemos soñado que sea cuando ustedes lo hagan suyo. Por lo tanto, y antes de obsequiar a todas las señoras con un pequeño frasco de perfume en muestra de nuestro agradecimiento por su presencia, únicamente me queda un secreto por desvelar.

A una indicación de Pablo, Anselm se dirigió hacia donde se escondía el perfume y, apartando el verde terciopelo, dejó su secreto al descubierto.

En efecto, bajo la tela se escondía un órgano de perfumista en miniatura repleto de frascos. En la parte superior, presidiéndolo, destacaba un frasco más grande donde se podía leer perfectamente el ansiado nombre: Marie.

Pablo se dirigió hacia su tía Anne, su segunda madre, y la tomó de las manos. Ella, con ojos chispeantes, se abrazó a su sobrino. Un aliento de emociones contenidas flotaba por la sala como si alguien acabara de destapar un frasco de perfume y la fragancia de especias fuertes, la de la pimienta, la del almizcle y la suavidad del olor de las rosas hubiera invadido el corazón y los ojos de los asistentes.

Sin deshacer el abrazo, Pablo le dijo a Anne, en voz alta, de manera que todo el mundo pudo oír sus palabras:

—El olor de la Provenza es el olor de mi madre, de la hermana que no la olvidó nunca y a quien usted nunca olvidó.

Con los ojos brillantes de emoción, añadió:

—Tía, la quiero.

Angèlica contemplaba la escena con un nudo en la garganta. Enternecida y feliz. Pensaba que era cierto: Pablo Soto, su esposo, era uno de los mejores perfumistas del mundo. Un perfumista capaz de preservar el aroma de aquellos a quienes amamos eternamente.

El aroma que perdura en el tiempo.

Los perfumes de la novela

Nuit Persane, de Paul Poiret.

> Nariz: Maurice Schaller.
> Año: 1911.
> Categoría: oriental
> Notas: nunca ha sido comercializado y por ello no queda rastro de su fórmula.

Chanel nº 5, de Coco Chanel.

> Nariz: Ernest Beaux.
> Año: 1921.
> Categoría: aldehído floral.
> Notas:
> Salida: ylang-ylang, neroli, aldehídos.
> Corazón: jazmín, rosa, iris, lirio del valle.
> Fondo: sándalo, vetiver, almizcle, vainilla, algalia, musgo de roble.

Jicky, de Guerlain.

>Nariz: Aimé Guerlain.
>Año: 1889.
>Categoría: cítrico.

>Notas:
>Salida: lavanda, bergamota, limón, mandarina.
>Corazón: lirio, vetiver.
>Fondo: pachulí, ámbar, vainilla, lirio del valle.

L'Heure Bleue, de Guerlain.

>Nariz: Jacques Guerlain.
>Año: 1912.
>Categoría: semioriental floral.

>Notas:
>Salida: bergamota, grano de anís, neroli, tarrago.
>Corazón: clavel, jazmín, rosa, neroli.
>Fondo: iris, vainilla, sándalo, lirio del valle.

Shalimar, de Guerlain.

>Nariz: Jacques Guerlain.
>Año: 1925.
>Categoría: oriental con especias.

>Notas:
>Salida: mandarina, cedro, bergamota y limón.
>Corazón: iris, pachulí, jazmín, vetiver, rosa.
>Fondo: cuero, sándalo, almizcle, algalia, incienso y haba tonka.

L'Acqua della Regina

El perfume creado por Pablo Soto según el manuscrito que le entrega Coco Chanel y que en la ficción comercializa Guerlain se inspira en:

Acqua di Colonia Santa Maria Novella

También conocida como Acqua della Regina, fue creada originariamente en 1533 por frailes dominicos para Catalina de Médici. Su composición consta de esencias frescas de bergamota, cítricos, flores blancas y especies exóticas.

Eau de Toilette Valèria

La primera agua de colonia fabricada en los laboratorios de Modest Parés está inspirada en:

Aigua de colònia 1916, de Myrurgia

Perteneciente a la familia olfativa cítrica, con notas de romero, azahar, bergamota y limón. Es un agua de colonia fresca, para hombres y mujeres. Se empezó a comercializar en 1982.

Air Pur, el perfume de Pablo

El perfume de Pablo Soto, que tanto enamora a las mujeres, está inspirado en el aroma de:

Fougère Royale, de Houbigant

Nariz: Rodrigo Flores – Roux (versión moderna).
Año: 1882. Relanzado en 2010.
Categoría: *Fougère*.

Notas:
Salida: aceites de cítricos, lavanda y aceite de manzanilla marroquí.
Corazón: rondeletia, geranio, especias calientes.
Fondo: ámbar, musgo, pachuli, hava tonka, salvia absoluta.

Elle, de Parfums Royal

Elle, el perfume creado por Pablo Soto para Parfums Royal, está basado en:

Le Dix, de Parfums Balenciaga

Nariz: *perfumistes de Roure.*
Año: 1947.
Categoría: floral.

Notas:
Salida: bergamota, melocotón, limón, cilantro.
Corazón: rosa, jazmín, iris, ylang-ylang, lirio del valle.
Fondo: sándalo, vetiver, almizcle, vainilla.

Indien, de Parfums Royal

Indien, el perfume creado por Pablo Soto para Parfums Royal, se inspira en:

Une Nuit Étoilée au Bengale, de Baccarat

Nariz: Christine Nagel.
Año: 1997.
Categoría: ámbar floral oriental.

Notas:
Salida: bergamota, rosa.

Corazón: sándalo, especias de Ceylan, jengibre, canela.
Fondo: ámbar, vainilla.

Angélique sous la pluie

El perfume que crea Pablo Soto para Angèlica está inspirado en:

Angéliques sous la pluie, de Frederic Malle

Nariz: J. C. Ellena.
Año: 2000.
Categoría: floral.

Notas:
Salida: pimienta rosa, bergamota, cilantro, enebro, mandarina, naranja.
Corazón: angélica, freesia, jazmín, lirio del valle, rosa.
Fondo: ámbar, cedro, almizcle.

Marie

El perfume presentado por Perfumes Donna en 1948 y creado por Pablo Soto y Angèlica Parés se basa en:

Soir de París, de Bourjois

Nariz: Ernest Beaux (reformulado por Jacquess Polge para Chanel).
Año: 1929 (1992).
Categoría: floral dulce.

Notas:
Salida: violeta, notas afrutadas.
Corazón: trébol, tilo, lila, rosa, jazmín.
Fondo: vetiver, cedro, vainilla.

Este libro
se terminó de imprimir en España
en el mes de febrero de 2018